나의 카트린

비올렌 위스망 지음
김주경 옮김

Fugitive parce que reine

나의 카트린

시공사

1부

베를린 장벽이 무너지던 날, 그러니까 내가 열 살 되던 해였다. 그날 전 세계의 TV 스크린에는 환희에 찬 얼굴로 먼 지구름 속을 걷는 남녀 무리의 긴 행렬이 이어지고 있었다. 그리고 그 속에 보이는 포옹과, 기쁨의 눈물과, 쭉 뻗어 브이 자를 그린 팔들과, 돌무더기 앞에서 무너져 쌓인 흙더미들…… 그 시간 프랑스인들은 저녁 8시 뉴스 아나운서의 심각한 표정에서 역사적 사건을 목격했다. 그 아나운서는 은연중에 우리를 식탁으로 끌어들인 장본인이었다. (8시 뉴스에 맞춰 식탁에 앉는, 말하자면 가족 의례를 따르는 사람들에게 8시 뉴스는 식사 기도를 대신하는 일종의 프랑스 공화국 기도로 변했다. 그 기도는 이미 오래전에 종교를 떠나 세속화된 우리 조국에 부합한 아주 오래된 의식, 전통 같은 게 되어 있었다.) TV에 눈을 고정하고 있던 나는 화면에 나타난 어지러운 장면 때문에 어리둥절하면서 겁에 질려버렸다. 우리를 열심히 교육하는 아나운서의 노력에도 불구하고, 그 사건을 이해하는 데 필요한 지정학적 지식의 수준이 내 이해를 한참 뛰어넘었기 때문이었다. (그의 목소리 톤에서는 뉴스의 중요성 정도만 판단할 수 있었을 뿐이다. 뭔가 심각한 이야기를 할 때면 그의 톤이 점차 내려갔고, 일주일 내내 코미디나 모험 영화만 기다려온 시청자들에게 뭔가를 알려야 할 책임이 있는 일요일 저녁에는 톤이 높아졌다). 솔직히 베를린 장벽의 붕괴는 내 의식의 레이더망에 전혀 잡히지 않았다. 그럼에도 불구하고, 나는 그 현장 보도에 덥석 물려버렸다. 투명한 유리창 너머에서 엄마의 흔적들을 보는 것 같았다. 폐허들 속에서는 찬양받던 엄마의 초상화를, 잔해들 밑에서는 감춰졌던 엄마의 육체를, 그리고 벽토 덩어리들 밑에서는 엄마의 얼굴, 아마도 엄마의 재를 암암리에 감지했던 것 같다. 그때까지만 해도 나는 눈부실 정도로 황홀하고, 찬란해 보이는 엄마를 좋아했었다. 어린 소녀의 촉촉한 시선 안에서 엄마의 광채는 퇴색할 줄 몰랐다. 그런 엄마의 빛이 어느 날 순식간에 사라져버렸다. 그즈음 엄마는 절망 속에 빠져 있었는데 어찌나 재앙 같은 절망이었던지, 몇 달 동안이나 정신병원에 강제 입원했어야 했다. 사람들은 엄마가 갑작스럽게 사라진 이유에 대해 내게 오랫동안 거짓말을 하다가, 한참 시간이 지나고 나서야 조울증 때문이었다고 알려주었다. "네 엄마는 조울증 환자야"라는 문장이 내게 딱 달라붙어 떨어질 줄 몰랐다. 누군가가 말한 그 한 문장, 아무 데도 사용되지 않고 오직 나를 뒤죽박죽 혼란스럽게 만들고, 학대할 목적으로 사용된 여러 문장 중 하나. 그것은 메아리가 되어 내가 고통스러울 때마다 후렴처럼 되풀이되는 주제가 되었다. 내 혀는 그 의미를 아주 조금이라도 약화하려는 듯 말렸다 풀렸다를 되풀이했다. 처음엔 조울증이라는 말이 아무 의미 없이 들렸다. 어쩌면 그것은 성의 높은 탑, 그러니까 요새 같은 성의 한구석에 있는 종탑에 엄마가 올라갈 수 있었다는 의미이기도 했다. 나는 엄마가 기를 쓰고 종탑 꼭대기로 올라갔다가 갑자기 미끄러져서 지하 감옥이나 지하 묘지로 떨어지는 장면을 상상하곤 했다. 춥고 축축한 곳, 죽음의 냄새가 풍기는 곳으로. 엄마는 갑자기 사라졌다. 엄마가 실종되기 전에 있었던 일들에 대한 기억은 너무 일관성이 없어서 논리적인 이야기로 엮어낼 수 없었다. 하지만 어른들이 해줬던 설명은 있었을 법하지도, 받아들일 만하지도 못한 것들이었다. 결국, 내 유년 시절을 나보다 더 잘 기억할 수 있는 사람은 없었다. 언니만 빼놓고. 언니는 내 서사시에 나오는 에피소드들을 나와 똑같은 식으로 기억하고 있지 않았다. 때로 언니의 반박이 내 기억에서 빠진 부분들을 메워주기도 했다. 우리에게 부족한 부분은 딱 한 가지였는데, 바로 엄마가 추락하던 정확한 순간이다. 그 사건(만일 그런 게 정말 있었다면)은 우리 둘 다 놓친 것이고, 빠진 부분은 우리가 죽을 뻔했었다는 혼란된 감정만을 남겼을 뿐이다. 그랬다. 그 불안은 지속되었다. 한 가지 일화만이 언니와 나의 가정을 뒷받침해주었는데, 그 일화가 확실하게 촉매작용이 되었던 건 아니지만, 달리 그럴 만한 사건을 찾을 수 없는 상황에서는 그 사건을 원인으로 보는 게 꽤 적절해 보인다. 그건 다름 아닌 학교에서 돌아오는 길에 있었던 자동차 사고였다. 언니가 조수석에 앉았고, 나는 뒤에 앉아 있었는데 우리는 한 번도 안전벨트를 맨 적이 없었다. 차가 조르주 생크 대로에서 빨간불 앞에 섰을 때였다. 샹젤리제 거리와 직각으로 교차하는 곳에서 제일 앞줄에 있던 엄마가 갑자기 끼이익 하고 큰 소리를 내면서 액셀을 밟았다. 그 후 얼마나 많은 차와 충돌했는지는 기억이 안 나지만 엄마의 작은 차 오펠을 폐차시키기에는 충분했다.

언니와 나는 엄마의 소란스러운 운전에 익숙해져 있었다. 우리는 어딜 가나 항상 늦었기 때문에 엄마는 길이 막힐 때 인도 위로 올라가는 것도 서슴지 않았다. 교통체증을 피하기 위한 엄마의 기술이었다. 엄마는 왼손 손가락 사이에 담배를 끼우고 핸들을 돌리면서, 인도를 어슬렁거리는 사람들에게 소리를 질렀다. 걸리적거리지 말고 좀 비켜! 우린 바쁘단 말이야! 엄마가 잠깐 망설일 때는 고속도로에 있는 갓길로 들어설 때뿐이었다. 게다가 고속도로에 경찰이 있을 때라든지, 혹은 인도 위로 주행하거나 일방통행에서 역주행을 했을 때라든지, 혹은 빨간불을 몇 번이나 무시하고 지나친 후에 앞길을 막고 있는 자전거나 오토바이 운전자나 그 외의 다른 '개자식'들을 향해 욕을 퍼붓다가 경찰에게 적발되었을 때라든지, 이런저런 이유로 경찰의 저지를 받아 멈추게 되면 언니와 나는 아파서 다 죽어가는 시늉을 하도록 교육받았다. 그때마다 엄마는 두 딸이나 그중 한 명이(안 아픈 쪽이 비탄에 잠긴 표정을 짓고 있어야 했다) 몹시 아파서 생사를 오가는 중대한 상황인지라 어쩔 수 없이 급히 병원에 가는 중이라고 말했다. 가끔 그 방법이 먹히긴 했다. 하지만 덤으로 따라오는 엄마의 매력 어필이 그 계략을 성공시키는 데 많은 부분 일조했던 것 같다. 엄마의 눈부신 미모가 최절정에 달했던 시기에 엄마를 알았던 사람들은 한결같이 엄마가 지구상에서 가장 예쁜 여자일 거라고 입을 모았다. 엄마의 미모는 엄마의 매력에 굴복했던 남자와 여자들에게 치명적이었듯이, 엄마 자신에게도 치명적이었다. 우리는 엄마가 미친 사람처럼 운전해도 놀라지 않았다. 도로교통법은 순전히 이론에 불과한 것이어서, 엄마에게는 그깟 규칙들을 지키는 게 오히려 괴상망측한 짓거리로 보였다. 평소에는 맞은편에서 트럭 한 대가 전속력으로 달려오는 걸 보며 "와우, 저 차는 덩치가 좀 되는걸!" 하면서 잠깐 움찔하던 우리도 그날만은 엄마가 샹젤리제 거리에서 앞 범퍼를 절단내기로 작정하고 덤벼드는 것 같아서 혼비백산했다. 나는 아직도 무슨 기적으로 우리 세 모녀가 하나도 다치지 않고 무사히 빠져나올 수 있었는지 아직도 알 길이 없다.

엄마가 정신 병원에 있는 동안, 언니와 나는 친구들 집에 머물렀다. 그 당시 아빠와 엄마는 이미 몇 년 전에 헤어진 상태였다(엄마는 아빠의 지저분한 외도 때문이라고 했다). 그사이에 엄마는 재혼하여 잠깐 다른 남자와 가정을 꾸렸는데, 나중에 엄마는 그 재앙 같은 남자와 헤어지는 과정에서 자제력을 잃었었노라고 설명했다. 아빠는 두 딸을 돌봐야 한다는 생각이 그리 반갑지 않았던 데다가, 아이들이 계속 친구들 집을 떠돌게 할 수는 없어서 다른 방법들을 검토해봐야 했다. 언니와 나는 같은 반 친구들의 집에서 지내는 것을 딱히 불행으로 느끼지 않았다. (그런 면에서는 우리 운명이 그다지 불행하다고 할 수 없었다. 왜냐하면 그 외의 모든 부분에서 완전히 절망적이었으니까.) 언니와 내 친구들은 이전에도 그랬고, 그때도 그랬고, 앞으로도 영원히 우리와 한 가족일 것이다. 이렇게 만들어진 가족은 열두 살, 열 살의 나이에 엄마 없이 살아야 했던 우리에게 흔들리지 않는 견고한 지지대가 되어주었다.

너희들이 알아서 해! 이 말은 우리더러 자기 일을 알아서 처리하고, 엄마를 조용히 내버려두고, 무례하게 굴지 말고, 딸들을 버릇없이 키우지 않도록 신경 쓰느라 정작 자신은 아무것도 못 한다는 걸 좀 알아달라는 취지로 엄마가 명령하거나 타이르는 모든 말의 시작이었다. 너희들이 알아서 해, 제발 엄마 좀 괴롭히지 마! 엄마의 독설은 결코 그 한마디로 그치지 않았고, 보통은 그렇게 시작해서 갖은 비난과 욕설이 따라왔다. 언니와 나는 엄마의 병적인 언어폭력을 상습적으로 당했기에, 그런 말들이 나오기 시작하면 서로 얼굴 보는 걸 피하고, 각자의 발에만 시선을 고정했다. 엄마가 마음이 풀릴 때까지 말하게 내버려두고 절대로 대꾸

하지 않을 것. 그것이 우리 자매의 행동 지침이었다. 아, 또 있었다. 비웃지 않을 것. 심지어 엄마의 지루한 훈계가 지나치게 과장되어서 너무나 웃기고 이상하게 들릴 때조차도 우리는 웃지 않으려고 팔이나 허벅지를 꼬집곤 했다. 깊이 반성하고 뉘우치는 표정을 짓는 것도 지켜야 할 사항이었다. 엄마가 온갖 미사여구를 써서 말도 안 되는 말을 할 때도 그랬는데, 그중 제일 말이 안 되는 건 이런 것이었다. 내가 몇 년 동안이나 너희들 똥을 닦아줬는데, 그걸 알기나 해! 엄마의 레퍼토리 중에서도 고전 중의 고전인 이 말은 엄마가 완전히 미쳤고, 완전히 부서졌다는 걸 말해주는 부인할 수 없는 증거였다! 대체 어떻게 저런 말을 저토록 진지하게 할 수 있는 거지? 그게 말이 되느냐고 물어볼 필요도 없었다. 특히 약간 머리가 이상해진 사람에게서나 나올 법한 말들에 대해서는! 하지만 모든 문제에 대한 책임이 우리에게 있지 않다는 걸 상기시켜주는 장점도 있긴 했다. 정식으로 꾸짖는 어조로 말하는 엄마의 독백은 늘 이렇게 시작했다. 이 한심하고 멍청하고 쪼끄만 계집애야, 내가 너 때문에 어떤 고생을 했는지 알기나 하니! 은혜도 모르는 년! 너랑 네 언니를 위해서 희생하고 고생한 걸로 말하면, 반의반도 상상 못 할 거다. 그런데 지금 내가 힘이 없다고 날 판단하려고 들어? 도대체 너희들은 누구니? 이 세상에

약점이라곤 하나도 없다고 뽐낼 사람이 누가 있는데? 누가 있냐고! 이 한심하고 멍청한 계집애들아, 너희들이 대체 뭐라고 생각하니? 그렇게 잘났으면 알아서 해결하면 될 거 아니야. 날 이렇게 못살게 굴어놓고는 다음번엔 누가 또 살려달라고 하면서 나타날지 어디 두고 보자. 난 내가 할 수 있는 건 다하고 있어, 무슨 말인지 알아? 최선을 다하고 있단 말이야. 그게 성에 차지 않으면 딴 데 가서 알아봐. 엄마보다 더 나은 사람이 있는지 나가서 찾아보란 말이야. 제기랄, 이제 정말 지긋지긋해. 정말 넌덜머리가 난다고! 빌어먹을, 엄마도 사람이야, 알아? 망할 년들!

당시에 언니와 나는 기저귀를 갈아주고, 조금 크면 아기 변기에 앉히고 엉덩이를 닦아주는 일이 우리 엄마에게만큼은 전혀 평범하고 쉬운 일이 아니었다는 걸 미처 깨닫지 못했다. 엄마에게는 소위 좋은 엄마가 된다는 게 조금도 당연한 일이 아니었다. 젖먹이의 끊임없는 요구와 모성의 상실과 애정의 급변, 그리고 어머니가 된다는 사실이 의미하는 정체성 혼란에 대해, 엄마가 살아온 과정과 질병으로 보건대 엄마는 예측 불능하고, 파괴적이고 폭력적인 방법으로밖엔 반응할 수 없는 사람이었다. 물론 엄마는 우리에게 사랑도 쏟았다. 하지만 그 사랑은 엄마가 받아보지 못했던 것이었으며, 엄마 자신도 평생 주고받기를 꿈꿔온 것이었다. 두 꼬맹이들이 성가실 정도로 표현했던 그 미칠 듯한 사랑, 감당할 수 없는 그 열정적인 사랑, 결코 끝나지 않았고, 끝날 수도 없는 사랑, 강렬한 빛으로 타오르며 모든 것을 용서하는 그 사랑. 우리를 얼간이 조무래기나, 못된 년, 망할 년들이 아니라 내 사랑스러운 이쁜이들(나는 이 표현을 미치도록 좋아한다)이라고 부르지 않을 수 없게 만들었던 그 사랑. 바로 그 사랑이 엄마가 힘이 미치는 마지막 순간까지 살아남을 수 있게 해주었음을 안다.

언니와 내게는 엄마를 향한 특별한 표현이 있었다. 오직 엄마에게만 바쳤던 표현. 내 평생(그리고 세상이 존재하는 동안) 영원토록 미친 듯이 사랑하는 엄마! 우리가 엄마에게 그 표현을 전달하는 데 성공하기만 하면 그 공식은 엄마의 분노를 돌리고, 기분을 변화시켜주었다. 엄마는 순식간에 안정을 되찾고, 안심했다. 우리는 항상 사랑이라는 무기를 갖고 엄마의 공격에 대비해왔다. 엄마의 분노의 뒷면은 절제가 아니라 숭배였다. 우리는 엄마를 누구보다도 사랑했고, 그 사랑의 약속은 엄마의 이마 주름을 펴주고, 목소리를 다시 평온하게 만들어주었다. 우리는 엄마를 사랑했다. 엄마의 광적인 히스테리는 우리가 엄마의 등을 쓰다듬고,

목에 뜨거운 입맞춤을 하고, 키스, 키스, 키스의 세례를 퍼붓는 것으로 다 지나가곤 했다. 전부.

우리는 할아버지, 할머니 그러니까 엄마의 '엄마와 의붓아버지' 집에서 잠깐 지낸 후, 마침내 아빠 집에 들어갔다. 할아버지와 할머니는 일을 하고 계셨기 때문에 아침마다 우리를 몽트뢰유에서 파리 15구역 구석에 있는 학교까지 데려다줄 수 없었다. 두 분은 아빠에게 전화해서, 괜찮으면 운전기사를 시켜서 회사 차를 보내도 된다고 설명했다. 우리의 거주는 어른들에게 번거로운 문제가 되었다. 할아버지 집에 있는 동안, 나는 화장실 안에 틀어박혀 계속해서 울곤 했다. 엄마는 내가 너무 예민하고 지나치게 징징댄다는 생각에, 어린 시절 내내 나를 야단쳤다. 대체 넌 어쩜 그렇게 쉬지 않고 훌쩍거릴 수가 있니? 빌어먹을, 제발 그치지 못해! 넌 도대체 어떻게 된 애니? 네가 왜 우는지도 몰라? 왜 우는지 알 수 있게 한 대 맞아볼래? 엄마는 항상 과장했고, 모든 게 지나쳤으며, 터무니없는 거짓말을 하곤 했다. 그뿐 아니라 걸핏하면 엄마 자신도 발작적으로 울었다. 하지만 눈물의 계절, 장마철이 오는 건 남편을 잃은 이시스의 눈물이 매년 나일강을 범람케 하기 때문이다. 내가 엄마로부터 물려받은 나쁜 습관 한 가지는 지나가는 곳마다 손수건을 떨어뜨리고 다니는 것이다. 그 '눈물의 기간'에 엄마가 여기저기 놓고 다니는 손수건들은 가구 위, 소파 위, 침대 위, 청바지 호주머니 안에 축축한 얼룩을 남겨 놓곤 했다. 엄마의 청바지는 빨지 않아서 늘 더러웠는데도 엄마는 바지를 벗지 않았다. 더는 어떤 옷을 입을지 결정할 힘마저 없었기 때문이었다.

엄마가 없는 동안 나는 시간의 개념을 잃어버렸다. 분초가 너무 길어서 날과 주, 달을 세는 것은 상상도 할 수 없었다. 사람들은 언니와 내게 엄마가 아프다고만 설명했다. 조울증보다 더 심한 거야, 그런 병이 있어. 네 엄만 지금 많이 아파. 이 말 속의 단어들은 어떤 일시적인 질병이나, 우리가 경험할 수 있는 일반적인 병과는 아무런 관계가 없는 것처럼 보였다. 그 단어는 왠지 결정적인 단어 같았다. 마치 영하의 온도가 쇠고기 당근 스튜를 엉기게 하는 것처럼, 죽은 이의 땀방울 하나가 그 위에 얼어붙어 있는 밀랍의 이마처럼 독특한 아우라를 내뿜는 단어였다. 듣기 괴로운 그 수식어는 그저 일시적인 어떤 특징, 하나의 증상으로 나타나는 게 아니라, 엄마의 존재 전체를 한정 짓고 있었다. 그 수식어는 내 무력한 의식 속을 둥둥 떠다녔는데 어쩌면 엄마가 영원히 떠났다는 걸 감추려고 모두가 내게 거짓말을 하는 건지도 모른다는 생각이 멈추지 않았다. 내가 당시에 느꼈던 절망이 긴 세월의 거리로 인해 증폭되었을 수도 있다는 염려가 없는 것도 아니지만, 내가 열 살 되던 해에 엄마에게 썼던 시를 보면 내 계산이 틀렸다고 반박할 수 없는 증거가 나온다. 시의 첫 구절은 이렇게 시작한다. 엄마, 엄마, / 날 너무나 사랑하는 엄마 / 왜 내게 한마디 말도 없이 떠나버렸어요?

내가 아폴리네르의 시 〈병든 가을〉을 알게 된 건 바로 그즈음, 치유될 수 없는 가을이었다.

나는 얼마나 사랑하는가 오 계절이여 얼마나 사랑하는가
너의 웅성거림
따지 않아도 떨어지는 과일
가을에 한 잎 한 잎 저희 눈물을
끝까지 흘리며 우는 바람 그리고 숲
밟히는
낙엽
굴러가는
기차
인생은

흘러간다

　점진적 소멸, 불길하게 사라져가는 존재의 떨림, 그 시가 한 자 한 자 읽어주고, 한 음 한 음 들려주는 덧없음, 준엄한 생의 흐름을 구체화해주는(시구들의 조형성 안에서) 운율, 그리고 단어들이 그려내는 도망치듯 사라지는 실루엣, 그 심미적인 충격은 할머니의 시골집 근처 숲 속에서 산책하던 기억과 겹쳐 떠오르곤 했다. 엄마의 한 친구가, 감히 그 일을 처음 시도했던 사람이 그분인데, 그 아줌마가 엄마에게 무슨 일이 있었는지를 우리에게 설명해주었다. 아줌마의 말은 11월 하늘의 창백한 낮에 눈부신 빛을 비춰주는 햇살 같았다. 마치 우리의 산책로에 왕처럼 늠름한 마로니에들이 깔아놓은 낙엽이 황금빛으로 반짝이는 것처럼. 아폴리네르의 시와 아줌마와의 대화와 마로니에 가지들이 뒤섞이는 가운데, 절망에 빠진 내 마음의 갈라진 틈새, 소망의 가느다란 틈새를 발견한 한 줄기 햇빛이 나뭇잎 사이를 뚫고 수줍게 들어왔다.

　크리스마스가 왔다. 언니와 나는 매년 그랬듯이 크리스마스 선물 더미에 파묻혔다. 알록달록한 종이 위에 묶인 색리본과 선물 꾸러미들이 (누군가가) 화려하게 장식한 전나무 밑에 놓여 있었다. 어른들, 특히 아빠는 어떻게 파티를 준비할 생각을 했을까? 근심으로 창백한 기색은 조금도 없이! 우리가 바라던 크리스마스 선물은 오직 엄마였는데! 딸들의 마음을 이해하기가 그렇게 어려운 일이었을까? 우리에게 가장, 그리고 유일하게 중요한 것은 엄마였다. 엄마를 가질 수 없다면 어떤 선물도 필요 없었다! 엄마, 대체 어디 있는 거예요? 언제 오는 거야?

　우리에게 크리스마스는 늘 갈보리의 시련이었지만, 특히 그해는 결정적인 십자가의 길이었다. 정말 어이없고 어처구니없고 지금 생각해도 여전히 놀랄 수밖에 없는 일인데, 우리는 아빠를 화나게 하면 안 된다는 이유로, 선물 받은 게 너무 좋아서 기쁜 척해야만 했다. 그러니까 크리스마스 때문에 즐거워야 할 사람은 아빠였고, 아빠를 불쾌하게 해서는 안 됐으며, 세상에는 오직 아빠만 존재할 뿐이었다. 우리는 이제 고아라고 쏘아붙일 준비가 되어 있지 않았던 언니와 나는 아빠가 우리를 홧김에 쫓아내지 않도록 최선을 다해 기뻐하는 연기를 해야 했다. 배은망덕. 엄마가 늘 우리에게 내뱉던 그 말과는 다르지만, 우리는 아빠 앞에서도 여전히 그 소리를 들어야 했는데(왜냐하면 자녀들이 부모의 은혜를 모르고 그 희생에 감사할 줄 모르는 건 기정사실이니까), 아무튼 그해 크리스마스는 바로 그 배은망덕이 우리

안에서 고스란히 드러나는 시간이었고, 이미 고통스럽게 버티고 있는 불행 속으로 우리를 더 깊숙이 밀어 넣는 시간이었다. 우리는 그렇게 크리스마스를 축하했다. 하지만 엄마가 늘 말하는 바에 따르면 아빠는 약간 유대교인에 속하는 편이었다. 그리고 아빠는 스스로를 무신론자라고 했다.

아빠의 운명을 결정지었던 역사적 사건은 2차 세계대전의 발발이었다. 프랑스의 전직 부통령이자 총리의 아들이었던 아빠는 어린 시절을 엘리제 궁전에서 자랐고, 그 후에도 궁전을 방불케 할 정도로 호화로운 사택에서 자랐다. 그러다 전쟁이 터지자, 유태인 혈통이라는 사실 때문에 목숨을 잃을 뻔했다. 아빠의 아버지는 경질되어 쫓겨났고, 하루아침에 돈 한 푼 없는 빈털터리가 되고 말았다. 전쟁이 한창이어서, 마르세유에서 가명을 쓰며 숨어 살았을 때였다. 어느 화창한 날, 아빠의 아버지가 나갔다가 돌아와서 이달 말까지 쓸 생필품을 구하지 못했다고 말했을 때, 아빠와 형제들과 어머니는 모두 물에 빠져 죽으려고 칸비에르 중앙로 끝에 있는 비외포르 항구까지 갔었다고 한다. 심리적 상처로 인한 분노와, 유대인 피가 흐른다는 수치감에서 오는 형언할 수 없는 감정과, 태생의 근원 때문에 죽어야 하고 언제라도 아무 이유 없이 모든 걸 잃을 수 있다는 끔찍한 두려움으로 아빠가 얼마나 타격을 받았을지 십분 이해할 수 있다. 그것은 경쟁의 문제가 아니었다. 게임에서 이기는 것은 언제나 끔찍한 홀로코스트다. 홀로코스트는 다른 어떤 정신적 충격보다 늘 가장 우위에 서는 것이니까. 엄마의 실종으로 언니와 내가 받은 상처를 전쟁의 공포로 아빠가 받았던 상처와 비교할 수는 없었다.

마침내 엄마가 돌아왔다. 끔찍한 고통 한 솥단지를 끌고서……. 그 솥단지는 엄마의 일상생활을 방해했고 다량의 신경이완제 덕에 흐리멍덩한 상태에서 몸을 떨며 반수면 상태만 겨우 유지할 수 있게 해주었다. 신경이완제 이야기가 나오면, 엄마는 생탄느에 있을 때 망할 놈들이 하도 엉덩이를 찔러대서 고름이 나올 정도였다고 말하곤 했다. 엄마는 병원에서 행했던 야만적 치료와 처치에 대해 수도 없이 이야기해주었다. 엄마의 묘사는 고통스러울 정도로 사실적이었고(냄새며, 통증의 느낌까지) 도저히 표현하기 어려운 것까지 아주 자세하게 설명했다. 엄마가 말해준 장면들은 몽환적인 연극 속의 장면들처럼 내게 각인되었다. 흐릿한 시선으로 새빨간 식물이 담긴 화분 안에 담배꽁초를 문질러 끄는 마녀라든지, 입을 찢어질 듯이 벌린 채 자신이 누구인지도 모르고 길을 헤매는 비참한 노인들, 도난당한 차에 도색하듯이 짙은 화장을 한 간호사들, 그녀들이 치켜들고 들어오는 자기보다 더 큰 주사기들, 흥건한 오줌 위로 떠다니는 유령……. 이런 감옥, 이런 구속복에서 빠져나오는 데 필요한 용기와 의지? 상상도 못 할 일이었다! 엄마는 흰 가운을 입은 괴물들과 싸웠다. 맨손으로! 그리고 알약들을 소매 안이나 시트 밑에 감췄다가 들켰을 때는 차가운 물세례를 받아야 했다! 결국 엄마는 그들의 부조리한 규칙들에 순종하지 않을 수 없었고, 비굴한 아첨꾼이 되어 납작 엎드렸다. 자신이 매우 협조적일 뿐 아니라 온순하다는 것, 그것도 그냥 온순한 게 아니라 완전히 순둥이 그 자체라는 걸 보여주기 위해 인간 걸레쪽처럼 변하여 모든 감정을 자제했다. 그러나 반항심이란 숨기면 숨길수록 더 강력해진다는 걸 알고 있었기에 속마음을 숨겼다. 그러고는 몰래 다른 환자들과 물물교환을 시도했다. 공중전화가 있는 곳까지 가기 위해서였다. 엄마에게는 담배꽁초 하나 살 돈조차 없었다. 게다가 도와줄 만한 사람도 없었다. 엄마는 파리에 사는 친구들에게 전화했다. 엄마에게 마지막까지 남아 있던 의지할 만한 친구들이라곤 다섯 손가락은커녕 한두 손가락도 겨우 꼽을까 말까 했지만, 어쨌거나 수도로 옮기는 것만이라도 도와달라고 하기 위해서였다. 엄마는 깡촌에 피신해 있던 중에 갑자기 구속복으로 결박당한 뒤 가장 가까운 도시인 튈로 옮겨져 감금되었던 것이다. 엄마는 아빠에게서 훔친 돈으로 코레즈에 집 한 채를 샀다. 엄마와 아빠가 아직 부부로 살고 있을 때, 엄마는 아빠가 금고 안에 보관해둔 두꺼운 지폐 뭉치에서 소액 지폐들을 훔쳤다. 엄마가 꿈에 그리던 집의 보증금 액수를 모을 때까지. 돈은 소비되는 기쁨을 위해 가치가 있는 거지, 축재되기 위해 존재하는 게 아니거든! 엄마가 사들인 집은 석조 건물로, 구멍이 송송 난 고상한 청석돌로 지붕을 얹은 폐가나 다름없었다. 위치는 중앙 산악 지대에 있는 아주 작은 마을의 언덕 꼭대기였고, 주변에 있는 거라곤 몇 개의 사화산과 도자기로 쌓은 유적 비슷한 것뿐이었다. 엄마는 아빠에게 자기 이름으로 된 집을 갖고 싶다면서, 제발 그 집을 사자고 졸랐다. 하지만 아빠는 엄마의 말을 진지하게 듣지 않았고, 그런 촌구석에 집을 산다며 엄마를 미친 사람 취급했다. 그러면서 자기는 페타우츠노크*나 마찬가지인 위험 구덩이에는 발도 들여놓지 않을 거라며, 말 같지도 않은 소리 하지 말라고 대답했다! 그럼에도 엄마가 엄청난 열정을 갖고 보수한 그 집은 아직 넉넉히 남아 있는 훔친 지폐 뭉치와 함께 엄마의 낙원이자, 화강암 담벼락으로 둘

* 아주 멀리 있다고 여겨지는 상상의 도시, 혹은 너무 외진 곳에 있어서 찾기 어려운 장소

러싸인 든든한 피난처가 되어주었다. 엄마는 돌담을 만들 때도 하나하나 돌을 쌓으며 석공들을 도왔다. 돌담을 따라 덩굴광대수염을 심고는, 그 식물이 마치 라푼젤의 머리카락처럼 담 너머로 늘어지는 걸 보려고 애타게 기다리기도 했다. 엄마는 자기의 행복니*들을 본떠서(엄마가 미소를 지으면 행복의 치아들이 가득했다) 그 집을 '행복의 집'이라고 이름 지었다. 그곳은 엄마의 요새였다. 엄마는 그곳에서 외부 공격뿐 아니라, 스스로 파괴될 위험으로부터도 보호받는 느낌을 받았다. 자신이 무적의 존재처럼 생각되었고, 변함없이 한결같을 거라고 느꼈다. 그러니 엄마가 하얀 가운을 입은 남자들에게 추격당하고, 어렸을 때부터 자신을 쫓아다녔던 귀신들의 위협을 본 이후로, 목숨을 구하기 위해 코레즈 집이 있는 곳으로 피신한 것은 당연한 일이었다. 엄마는 사람들 눈에 띄지 않고, 미행당하지 않으려고 친구의 자동차를 빌렸다. 그러고는 밤새도록 운전해서 새벽녘에 페르페르튀즈에 도착한 뒤, 마을의 이웃 농부 집에 몸을 숨겼다. 나는 아빠가 엄마를 찾으러 그곳에 갈 생각을 했다는 것에 놀랐다. 그런 생각을 하려면 머리 회전도 빨라야겠지만, 무엇보다도 엄마의 심리에 대한 깊은 지식이 있어야

* 송곳니와 어금니 사이에 벌어진 틈을 '행복의 이'라고 부른다.

했다. 훗날 아빠와 엄마와 다른 사람들의 토막 이야기들을 모두 긁어모아서(짤막짤막한 이야기들을 이어 붙이느라 힘들었다) 엄마가 그곳에 숨었을 거라고 아빠에게 알려준 사람이 바로 엄마와 재혼했다가 헤어진 남편이었다는 걸 알았다. 하지만 그 남자도, 할머니도 엄마를 찾으러 나서지 않았다. 두 사람 다 까딱 잘못하다가 자기들이 죽임을 당할까 봐 두려웠던 까닭이다. 아빠 역시 그들처럼 불안하긴 매한가지였다. 그러나 누군가는 나서야 했다. 아빠는 엄마가 절대 모를 거라고 하늘에 맹세까지 하면서 할머니에게 입원 허가증에 억지로 서명하게 했을 게 분명했다. 할머니는 행여나 있을지 모를 딸의 복수를 두려워했다. 할머니가 그렇게나 두려워했다는 사실을 아빠를 통해 알게 된 엄마는 "상상이 되는군" 하고 말했다. (아빠에게 가학 취미가 있는 걸까? 이중인격인가? 단지 엄마의 반응을 떠보려고 그랬던 걸까?) 솔직히 그건 이상한 사람이나 할 행동이다. 아빠도 엄마도 전쟁 범죄와 관련되었던 게 아닐까 하는 생각마저 든다. 히틀러랑 관계되어 있을지도 모른다. 어쨌거나 아빠가 그 농부 집에 도착했을 때(다른 농부들이 엄마의 은신처를 가르쳐주었다) 엄마는 정신 병원의 보호사들이 타고 간 소형 트럭을 향해 사냥용 총을 들었다. 그 총이 장전되어 있었는지 내가 어떻게 알았겠어? 젠장, 나도 정말 멍청하지. 그런 줄 알았더라면 그때 총을 쐈어야 했는데! 그 얼간이들에게 총을 쏘는 게 나을 뻔했어. 그래, 그게 더 나았을 거야. 그럼 재판부터 했겠지. 무죄…… 그 뭐라더라, 암튼 뭐 그런 원칙이라는 게 있다던데. 아, 무죄 추정의 원칙? 피고에게 유죄를 선고한다, 땅땅땅! 자, 이제 감옥으로 가시오. 당장! 아니지, 아니지! 사람들은 몰래 내 뒤에서 재판하는 걸 더 좋아하지. 분명히 그래. 상대가 자기방어를 할 수 없을 때 죄를 뒤집어씌우기가 훨씬 쉬운 법이거든. 그러니 굳이 출발점까지 가서 시작할 필요 없어. 그냥 곧장 감옥으로! 차라리 감옥에 있는 게 더 나았을 거야. 적어도 거기선 친구라도 만들었을 거 아니니. 하지만 그 미치광이들 소굴에서는 모든 게 다 꽝이야. 거기선 동맹 맺는 따위의 위험 같은 걸 무릅쓸 필요가 없어.

병원에서 돌아온 엄마는 흐릿하고 우울한 생각으로 가득 차 있었다. 엄마는 우리가 병원에 찾아오지 못하도록 막았다고 고백했다. 우리가 충격받을까 봐 두려워서 그랬다면서 자기 입장을 정당화했다. 심지어 엄마는 파탄 상황에서도 자신의 위치, 엄마의 역할, 자신의 존엄성과 권위를 유지하려고 얼마나 애썼는지 보여주는 것 같았다. 어떤 대가를 치르더라도 엄마로 남아야 했고, 엄마의 위신을 잃고 싶지 않았을 것이다. 우리는 퇼의 병원에도, 생탄느의 병원에도 엄마를 보러 가지 못했다. 가르슈 클리닉에 입원했을 땐 엄마를 보러 와도 좋다고 허락했는데 시간이 많이 흐른, 훨씬 나중의 일이다. 나는 엄마가 입원해 있는 병원을 상상했다(클리닉이 아닌 병원이다. 클리닉과 병원의 분위기는 완전히 다르다). 〈뻐꾸기 둥지 위로 날아간 새〉라는 영화 속에서 본 정신 병원과 같을 거라고 상상했다. 언니와 내가 친구 집에 살고 있었을 때였는데, 너무 무서워서 얼이 빠질 정도였다. 친구 부모님이 영화를 보도록 내버려뒀다는 게 그리 놀랍지도 않다. 그것만 봐도 우리가 책임감이 없거나 힘이 없거나, 아니면 판단력이 마비되었거나 지독한 이기주의로 똘똘 뭉친 경솔한 사람들에게 둘러싸여 있었다는 게 확실하다. 엄마는 아마도 이렇게 말했을 것이다. 세상에! 넘어지면 붙잡아 일으켜줄 사람이 있어야 하는데, 그런 사람이 한 명도 없었구나. 정신병 치료에 대해 엄마가 묘사해준 장면들은 영화에서 잭 니컬슨이 받았던 치료와 정확하게 일치했다. 나는 지금도 그 치료들을 모두 기억하고 있다. 그 뒤로는 그 영화를 절대로 다시 보지 않았다.

엄마는 저녁 식사 대용이었던 이상한 스튜를 불 위에 올려놓은 채 까맣게 잊고 다 태웠다면서 우리에게 용서를 구한 일이 한두 번이 아니었다. 그러면서 모두 우라질 놈의 신경이완제 탓이라고 했다. 사람들이 자신의 뇌를 완전히 세탁해버린 탓에 모든 게 뒤죽박죽에다 혼선이 생겼다는 것이다. 우리는 엄마에게 그런 요리쯤이야 조금도 중요하지 않으니까 하찮은 일로 신경 쓰지 말고, 걱정도 하지 말라고 했다. 저녁 같은 건 조금도 개의치 않는다고, 우리는 그런 건 아무 문제도 아니라고 울지 말라고 했지만 결국 엄마는 울음을 터뜨렸고 딸꾹질까지 해가면서 말했다. 난 아무것도 할 수 없어. 너무 어려워, 너무 힘들어. 난 절대로 이 상황에서 빠져나올 수 없을 거야……. 우리는 엄마를 설득하려고 애썼다. 엄마가 다시 자신감을 느끼고, 미래를 확신하게 하려고 노력했다. 그러나 우리는 사실 아무것도 확신할 수 없었다. 다음 날 아침에도 엄마가 여전히 살아 있을지는 더더욱 확신할 수 없었다. 그래서 잠자리에 들기 전의 의례가 몇 시간씩이나 계속되었다. 우리의 밤에 빠짐없이 따라오는 악몽의 전조처럼.

우리가 살던 아파트에는 방 세 개가 복도를 따라 나란히 있었다. 언니 방, 내 방, 그리고 엄마 방. 순서에 따라서 엄마는 언니에게 먼저 굿나잇 키스를 하고 나서 내게 찾아왔다. 이런 배치(엄마 방과 언니 방 사이에 있는 내 방)는 두 사람 사이의 애정의 굴레로부터 풀려날 때까지 내 청소년기가 어떠했는지를 설명해준다. 그곳은 세 명의 죄수가 서로 묶여 있는 여자들의 감옥이었다. 밤의 의례는 엄마가 언니 방에 찾아가서 잘 자라고 인사하는 것으로 시작했다. 두 사람의 대화가 어렴풋이 들리곤 했다. (내가 그 대화를 정말 들었던 건지 확신이 서지 않는다. 다만 내가 그 대화를 들으려고 몹시 애썼던 기억이 있고, 특히 어둠 속에서 이뤄지는 두 사람의 밤 의식이 수세기, 수광년 동안 계속되는 느낌이었던 건 확실히 기억한다.) 두 사람의 의식은 끝날 줄을 몰랐다. 나는 그 시간 동안 깃털 이불 속에 웅크리고 누운 채, 알록달록한 물고기 종류를 세고 있다고 상상하면서, 그리고 가끔가다 세기를 멈추고 투명색, 자주색, 황금색, 청록색, 주홍색 등의 오묘한 진주모빛을 떠올리면서, 1초를 두 배, 세 배로 늘리고, 1분을 질질 끌고 끌면서 시간을 쟀다. 그러다 드디어 엄마의 발자국이 다가오는 소리가 들려와도 더 참고 인내해야 한다는 걸 알고 있었다. 족히 15분은 더 기다려야 했는데, 매번 엄마가 언니 방의 문턱을 넘자마자 다시 엄마를 불렀기 때문이었다. 엄마! 뽀뽀 한 번 더! 엄마, 잠깐만! 아직 할 말이 한 가지 더 있어! 엄마, 진짜야, 정말 중요한 이야기란 말이야! 엄마, 다시 와봐! 마침내 엄마가 마지막 뽀뽀를 하고 나서, 방문을 반쯤 열어둔 채로(반쯤이란 게 완전히 충분한 건 아니지만, 그래도 그 정도면······) 그 방을 나설 때 비로소 마지막의 마지막, 최종의 최종인 인사말이 나온다. 엄마, 내일 봐! 그 인사는 최소한 수백 번, 중간중간에 약간의 변화를 주면서 반복되었다. 엄마, 내일 아침에 봐. 엄마 내일 만나! 이렇게 수없이 반복되는 인사말에 엄마는 아주 단호하고 확실하고 정직한 어조로 "그래, 내 사랑하는 딸!"이라고 대답해야 했다. 안 그러면 모든 게 제자리로 돌아가서 처음부터 다시 시작이었다. 나는 언니에게도 마음속으로 생각하는 마법의 숫자가 있었는지, 횟수를 세면서 그 인사를 반복했던 건지 한 번도 물어보지 않았다. 그랬을 거라고는 생각하지 않는다. 숫자는 애정의 온도에 따랐을 것이다. 항상 위험할 정도로 높이 올라가는 고열의 온도. 드디어 내 차례였다. 그러나 잘 자라는 인사와 함께 내 침대를 꼭꼭 여며주기 위해 마침내 방 문턱을 넘어온 엄마는 아직도 엄마에게 꼭 해야 할 말, 정말 마지막으로 해야 할 말, 너무나 중요하고 중대해서 내일까지 기다릴 수 없는 말이 있다고 소리치는 큰딸의 곁으로 다시 돌아가야 하는 경우가 대부분이었다. 언니는 엄마와 언니가 서로의 마음에 새겨놓은 암호 같은 언어로, 다음 날 아침에 엄마가 깨어나길 기다리고 있겠다는 뜻을 전달하고 싶어 했다. 언니는 겉으로 드러나지 않는 아주 미묘한 방법을 통해서, 엄마로부터 밤새 살아 있겠다는 맹세를 받아내려고 전력을 다했던 것이다.

"엄마가 약속했었잖아!" 엄마가 병원에 들어가기 전까지만 해도, 우리는 며칠 전에 시작했던 이야기를 엄마가 미처 끝마치지 못해서 사과하면, 그렇게 엄마를 질책했다. 어른이 약속을 지키지 않았기 때문에 일시적으로 부모의 위치에서 해임되었고, 그렇기에 항의를 통해 부모의 권위를 깨닫게 해줄 권리가 있다고 생각하는 아이들의 게임. 암묵적 규칙을 가진 그 게임을 우리는 엄마가 병원에 다녀온 이후로는 계속하지 않았다. 이제 그 규칙들을 믿을 수 없게 되었을 뿐 아니라, 더 이상 엄마의 자리를 놓고 장난할 때가 아니었으니까. 우리는 침대에서 나오려고 애쓰는 엄마, 저녁을 먹는 체하려고 억지로 발을 질질 끌며 부엌으로 가는 엄마, 복도에서 기절해 쓰러져 있는 엄마, 비참한 모습으로 소파 구석에 처박혀 있는 엄마를 부축하기에도 바빴다. 어느덧 언니와 나는 응급처치 수업을 듣지 않았는데도 아주 일찍부터 엄마를 소생시키는 법을 배웠고, 엄마가 우리에게 직접 가르쳐준 단순한 몇 가지 기법도 알고 있었다. 엄마에게 식초 냄새를 맡게 해주기, 젖은 장갑을 끼고 엄마 얼굴 만지기, 뺨 때리기, 눈꺼풀 들어 올리기, 엄마 이

름을 부르기, 크게 소리 지르기, 우리 말이 들리는지 물어
보기, 그리고 엄마의 정신이 돌아오고 나면 우리가 한 말
을 이해했는지 물어보기, 오늘이 며칠인지 물어보기(이건
너무 어려운 질문이다), 우리가 누군지 알아보느냐고 물어보
기 등등. 엄마, 내가 누군지 알아보겠어? 내 이름을 말해봐!
내가 누구지? 당연히 내 딸이지, 내 사랑하는 딸들이지 누
구긴 누구야. 내게 무슨 일이 있었니? 엄마 잠시 기절했었
어. 그래? 이젠 괜찮으니 걱정하지 마라. 곧 괜찮아질 거야.
그래도 엄마가 깨어나지 않으면 구급대원들을 불렀다. 그
들은 항상 당당한 제복을 입고, 응급처치를 위한 전문 장
비를 갖추고서 아주 신속하게 도착했다. 그리고 엄마에게
산소마스크를 씌웠다. 엄마가 정신 차리는 것을 보고 나면
우리는 그제야 아주 깊은 안도의 한숨을 쉬었다. 안도감과
분노 사이의 깊은 탄식 같은 한숨이었다. 엄마는 아무것도
아닌, 별것도 아닌 일에 구급대원들을 불렀다고 매번 우리
를 질책했다. 엄마는 우리를 노려보았고, 무엇이 원인이었
는지 자기는 다 알고 있다는 표정을 지었다. 엄마는 태연
자약한 모습으로 일어나서, 마치 행정적인 약속이라도 잡
은 듯한 진지한 얼굴을 했다. 턱을 높이 쳐들고, 흠잡을 데
없이 당당하고 콧대 높은 엄마만의 태도로. 얘들아, 숙제할
거 없니? 자, 자, 빨리 가서 공부나 해! 혹시라도 구급대원

들이 신중한 처리를 위해 병원에 데리고 가려고 고집하면, 엄마는 그때부터 아이처럼 울부짖기 시작했다. 안 돼, 난 병원엔 안 가! 날 병원에 데리고 가지 말아요! 병원엔 안 갈 거야! 안 돼, 병원은! 그러면 언니와 나는 깜짝 놀라며 당황하는 구급대원들에게 조용히 말했다. 그냥 내버려두세요. 부탁이에요, 아저씨. 우리 엄마는 병원에 가고 싶어 하지 않아요. 그들이 엄마를 병원에 데리고 가면 반드시 일어날 문제, 말하자면 두 딸에게 일어날 일 때문에 엄마는 끝까지 요구를 관철했다. 친절한 아저씨들은 몹시 난처한 표정으로 다른 어른은 안 계시냐고 물었다. 아뇨, 우리만 있어요. 엄마와 우리요. 이제 열세 살과 열한 살인 우리요.

아빠는 우리와 함께 살지 않았지만 매일 밤 빠짐없이 집에 들렀다. 다시 말하면, 아빠는 우리가 사는 새장의 철창 너머에 있다가 밤이 되면 사랑스러운 딸들과 아름다운 전부인을 보러 왔다. 어렸을 때는 대개 우리가 잠들기 직전에 갑자기 찾아와서 침대를 꼭꼭 여며주면서, 잘 자라는 인사를 했다. 바깥일로 아빠의 일정표에 변동이 없는 한. (나는 잠자리에 들 때마다, 다음 날 아침에 깨어나면 아빠와의 이별이 한낱 악몽이었다는 걸 알고 안도하게 되기를 너무나 바랐다. 그래서 이층 침대의 난간에 붙여둔, 반쯤 지

위진 헬로키티 사진에 대고 기도하면서 잠이 들곤 했다. 아빠가 우리 집에 계속 있게 해줘, 다시 돌아와서 우리와 함께 살게 해줘!) 엄마가 병원에 다녀온 이후로 아빠는 우리가 숙제하는 시간과 저녁 먹는 시간 사이에 들렀다. 그 시간은 우리가 숙제를 끝내고, 엄마가 기적적으로 저녁 준비를 끝낸 시간이었다. 아빠는 평생 우리를 미친 듯이 예뻐했다. 그리고 두 사람은 우리를 너무나 사랑한다고, 우리만 보고 있으면 황홀하다고 자주 말해주었다. 우리가 놀랍도록 아름다울 뿐 아니라, 놀랍도록 명석하기까지 해서 완벽함의 화신이라면서! 아빠는 엄마를 기쁘게 해줄 생각으로 과장하여 말했다. 우리 딸들은 아빠의 지성과 엄마의 아름다움을 가진 거야! 아빠는 그 말에 엄마가 매번 화를 내는 걸 보면서 놀라곤 했다. 어떤 부분이 엄마의 마음에 안 드는 건지 전혀 이해하지 못했다. 일단 아빠가 집에 오면, 우리는 마치 시험 끝나는 종이 울린 것처럼 들고 있던 펜을 내려놓아야 했고, 통화하고 있던 전화기도 내려놓아야 했으며, 책이나 노트도 덮어야 했다. 어디서 뭘 하고 있었든지 간에 하던 일을 중단하고 그 자리에서 나와야 했으며, 중요한 사람들 앞에 나설 때처럼 머리를 단정하게 빗어야 했다. 아빠는 존재만으로도 우리를 영광스럽게 하는 사람이었고, 우리는 아빠의 통치 아래서 절대복종을 표해야 했다. 엄마 마음속의 절대군주! 우리는 아빠의 신하였고 충복이었다. 아빠가 우리 거주지의 땅을 밟는 순간 즉시 아빠에게 머리를 숙여야 했고, 아빠가 안정감을 느낄 수 있을지 확인해야 했으며, 아빠가 편안하게 머물다 갈 수 있도록 최선을 다해야 했다. 우리는 아빠의 발밑에 앉아서 아빠의 그날 하루 이야기나 과거 이야기, 즉 아빠의 기분을 풀어주는 이야기를 듣곤 했다. 아빠는 우리를 즐겁게 해주느라 저녁 시간에 우리에게 어떤 계획이 있는지 따위는 조금도 상관하지 않았다. 심지어 우리가 배가 고픈지 졸린지도 궁금해하지 않았고, 우리가 지겨워하든 말든 집을 나서는 것을 서두르지도 않았다. 엄마와 아빠, 두 사람은 자신들이 만들어놓은 그 저녁 의식의 테두리 안에서만 두 딸의 요구와 필요를 들어주었다. 중요한 건 늘 자신들이었다. 우리는 두 사람의 게임에 필요한 도구일 뿐이었다.

엄마는 아빠와 헤어진 뒤에 재혼했음에도 불구하고, 아빠를 향한 사랑을 멈추지 않았다(아빠를 그냥 사랑한 정도가 아니라 열렬히 사랑하고, 애지중지하고, 숭배했다). 그 열정이 엄마의 일상을 지배할 정도였다. 엄마는 그 열정에 완전히 헌신했을 뿐 아니라, 만일의 경우 자기를 대신해서 딸들이 계승해갈 수 있도록 유산이 제대로 전달되고 있는지 수

시로 검토했다. 이처럼 그녀의 딸들이자, 그들의 딸들인 우리는 이 불행하고도 기묘한 두 사람의 관계를 자연스러운 흐름에 맡기지 않을 수 없었다. 그들의 고약한 관계가 끈질기게 지속되는 걸 용서하고, 관계를 정당화하면서, 또 여전히 유효하고 강한 그 관계를 지탱해주면서, 우리는 그렇게 그냥 흘러가도록 내버려두었다. 어린 두 딸이 뭘 할 수 있었겠는가! 엄마와 아빠는 종종 둘이서만 이야기를 하곤 했다. 그럴 때면 두 사람은 거실로 들어갔는데 거실과 현관 사이의 유리문이 두 사람의 목소리를 어찌나 잘 반사해주던지, 거실 반대편에 있는 우리 방까지도 은밀한 회담이 거의 다 들리곤 했다. 두 사람은 보통 돈 문제로 다퉜다. 아빠는 집세는 물론, 우리 집에 관련된 청구서란 청구서는 다 내주고 있었고, 하다못해 정육점, 식료품점, 약국에서 쓰는 돈까지도 다 내줬다. 엄마는 약국에서 쓰는 돈도 아빠가 지불하도록 은행에 아빠 계좌를 열어놓았다. 거기다 양육비로 받는 돈도 상당했다. 그런데도 엄마는 그 많은 돈을 일주일도 못 되어 다 써버리는 방법을 알고 있었다. 솔직히 아빠는 돈 같은 건 신경 쓰지 않는 사람이었다. 우선 산술에 있어서 엄마만큼 강하지 않았고, 많은 자본으로 운영하는 회사를 운영하고 있었다. 그래서 엄마의 낭비벽에 어떤 제동도 걸지 않았다. 어느 날 엄마가 너무 화가 나서 아빠에게 알리지 않았더라면, 아빠는 엄마가 수만 프랑을 금고에서 훔쳐 갔다는 것조차 전혀 알아채지 못했을 것이다. 아빠는 엄마가 얼마나 소비하는지 계산해볼 생각조차 안 했지만, 아빠의 회계사가 그 점을 지적하는 바람에 알게 된 것이었다. 이혼한 전 부인의 광기 어린 낭비벽 때문에 부하 직원에게 질책을 들어야 한다는 것이 아빠에게는 여간 고통스러운 일이 아니었다. 엄마의 낭비벽은 잊을 만하면 심각한 사고를 쳤고, 그때마다 파산의 위협을 받기를 반복, 또 반복했다. 그럴 때마다 엄마는 곤경에 처할 수밖에 없었고, 그 젠장맞을 은행과의 돈 문제는 운전면허증 문제와 마찬가지로 엄마를 끔찍한 상황으로 몰고 갔다. 이런 식으로 운전하면 당신은 몇 년 동안 사고 기록을 달고 다녀야 해. 그 기록이 염병처럼 당신을 항상 따라다닐 거라고. 다시 회복하려면 얼마나 고생해야 하는지 알아? 아빠와 엄마는 많이 다퉜다. 나는 아빠가 벽시계에 태엽을 감아주듯이 엄마의 삶에 태엽을 감으려고 오는 건 아닐까 생각했다. 아빠가 떠나면서 쾅 하고 닫는 문소리는 뻐꾸기시계의 용수철을 건드려서 뻐꾸기가 쑥 튀어나오게 하는 작용을 했다. 뻐꾹! 아빠가 집에 있는 동안에는 절대로 기절하지 않고, 아빠가 떠날 때까지 버티던 엄마가 그제야 우리의 품 안에서 털썩 무너지는 것이다. 두 사람의 부부 싸움은

(사실 그들은 부부도 아니었는데!) 희극적인 요소를 너무 많이 품고 있었기에, 그만큼 터무니없고 기괴스럽게 보였다. 그들은 기분에 따라 문을 부수기 일보 직전까지 가기도 하고, 고함을 질러 서로를 곤두박질치게 하다가 또 서로에게 침을 튀겨가며 설전을 벌였으며, 자신들의 머리카락을 쥐어뜯기도 하고, 서로 혼내주겠다면서 협박을 하기도 했다. 그는 심장마비로 죽겠다고 협박했고, 그녀는 이번엔 정말로 완전히 끝장을 내겠다고 협박했다. 그러면 그는 결정적이라고 생각되는 한마디를 날렸다. 당신이 내 인생을 다 망쳐놨어! 그러고는 괴로움에 찬 신음과 사형선고를 받은 사람 같은 날카로운 소리가 이어서 들려왔다. 증폭기를 옆에 두고 연주하는 집시의 바이올린 같다고 할까. 그러나 다음 날이면 아빠는 또다시 자기 인생을 망치기 위해서 우리 집으로 오는 것이었다.

그러는 동안에도 언니와 나는 또래들처럼 학교에 다녔다. 우리는 성실했고, 열심히 공부했다. 우리는 아무에게도 집안 이야기를 하지 않았고, 가능한 한 가정사의 어려움을 감췄다. 엄마가 또다시 체포당해서는 안 되었으니까. 엄마는 생탄느에 머무는 동안 두 딸의 양육권을 잃었다. 엄마가 병원에 있는 동안 양육권이 어떤 의미였는지 이해할 수 없었지만, 아무튼 그 기회를 이용해서 아빠가 양육권을 되찾아갔다는 게 엄마의 주장이었다. 아빠가 우리를 양육함으로써 세금 공제를 받고, 그리고 특히, 특히, 특히 협박의 방법으로 사용하기 위해서라는 것이다. 너도 알 거야, 네 아빠가 내 딸들을 양육하라고 동냥하듯 은혜를 베풀었거든! 어찌나 관대한지, 내가 내 집에서 내 딸들을 돌볼 수 있는 권리를 수여했단 말이지. 교통경찰이 새끼손가락 하나만 까딱하면 짠! 하고 모두가 그 경찰의 말을 들어야 하는 것처럼, 네 아빠가 서류를 몽땅 다 갖고 있으니까, 난 네 아빠가 손가락 하나만 까딱하면 꼼짝없이 그 말을 들어야 하는 거야. 난 아무 권리도 없는 거지. 전혀! 아무것도! 내겐 엄마로 존재할 권리가 없다는 거야. 네 아빠의 관대함, 너그러움, 비할 바 없는 아량이 없다면 말이야! 네 아빠는 권리란 권리는 모두 가졌어. 돈, 친분, 사회적 위치, 권력, 거기다 너희를 키울 수 있는 양육권까지. 브라보! 그건 확실해. 내가 가진 거라고는 파산할 권리, 개처럼 설설 길 권리, 네 아빠의 자비에 감격하여 울음을 터뜨릴 권리가 전부라는 거지. 오, 감사하기도 해라. 위대하신 나의 전남편님, 황송하게도 내게 딸들을 양육할 수 있게 허락해주시다니! 나쁜 놈!

언니와 나는 모범생이었다. 우리는 두각을 나타내는 것

에 관심이 없었다. 엄마의 생존 이유에서 가장 중요한 건 그 나쁜 놈, 그 쓰레기, 신 중의 신, 왕 중의 왕에게 어떻게든 우리가 훌륭한 딸들이며, 자신이 그 대단한 딸들의 엄마라는 걸 증명해 보이는 일이었다. 우리 세 모녀의 생존에서 중요한 건, 언니와 내가 세상에서 제일 아름답고, 똑똑하고, 헌신적이고, 익살스럽고, 신중하고, 사려 깊으며, 독립적이고, 이성적이고, 사람들의 말을 잘 들어주고, 어떤 상황에서든 가장 완벽한 소녀들이 되는 것이었고, 아빠와 엄마가 뭘 바라고 있는지 항상 정확하게 예상하고, 민감하게 간파하는 것이었다. 그 일에 비하면 수업에서 좋은 성적을 받는 건 그리 큰 노력을 기울이지도 않아도 되었다. 책 읽고 숙제할 시간이 모자랄 때만 아니라면. 우리 집은 늘 엉망이었다. 저녁마다 와서 정신을 쏙 빼놓고 가는 아빠와 수시로 매연을 뿜어대는 부엌, 시도 때도 없이 출동하는 구급대원들, 그것도 모자라서 끝없이 이어졌던 엄마의 연인들의 행렬(남자, 여자, 젊은이, 늙은이, 마약 중독자, 알코올 중독자, 정육점 주인, 오래된 남자 친구, 새롭게 사귄 남자 친구…… 동시에 세 명이 찾아온 적도 있었다). 이런 가운데서 역사 과목의 쪽지 시험을 공부하거나 라틴어 시를 외울 짬을 찾아낸다는 건 보통 힘든 일이 아니었다. 우리는 파리 7구역에 있는 아름다운 아파트에서 살았다. 우리는 부유층에다 상류 사회에 속해 있었다. 종종 거실에서 동네의 부랑자나 거지들이 술을 마시고 있는 경우가 있긴 했지만, 그래도 언니와 나는 부유했고 예절이 발랐다. 우리 자매는 파리의 명문 학교인 루이 르그랑 고등학교와 앙리 캬트르 고등학교에 다녔다. 우리는 공부할 시간을 얻기 위해서 수업이 끝난 후에도 학교에 남아 공부하게 해달라고 선생님께 부탁드려야 했다. 그리고 시험공부에 대비하기 위해 친구들 집에서 소모임 학습을 한다는 구실을 세워서 엄마에게 양해를 구했다. 어느 해인가, 아빠가 레지옹 도뇌르 훈장을 받은 적이 있었다. 프랑수아 미테랑 대통령이 직접 훈장을 수여했는데, 그때도 언니와 나는 수여식에 참석하지 않게 해달라고 엄마에게 아주 공손하게 부탁했다. 학기말 고사 기간인 데다, 그런 의식에 참석하기보다는 공부하기를 더 원했다. 그날 엄마는 예외적으로, 꼭두각시 노릇을 하러 엘리제 궁전까지 가지 않아도 된다고 허락했다. 그깟 하찮은 걸 주고받느라 모여 있는 군중 틈에 끼지 않아도 된다고. 하지만 그 사건은 훗날 엄마가 절대로 자신을 용서할 수 없는 실책 중의 실책으로 남았다. 물론 엄마는 우리도 완전히 용서하지 못했고, 반만 용서해주었을 뿐이다. 우리는 반드시 거기에 갔어야 했다. 적어도 사진에 찍히고, 방문록에 이름을 남기기 위해서라도! 엄마가 결코 속하지 못했던 가문,

그 가문의 역사를 보여주는 증거 자료 안에 우리의 흔적을 표시하기 위해서! 엄마는 한 번도 그 가문에 받아들여지지 못했으며, 존중받는 일은 더더욱 없었다. 정식으로 결혼했고 아이도 둘이나 낳았는데도 그랬다. 엄마는 비록 자신은 희미하게 닳아 사라졌을지언정, 딸들마저 잊힌 존재가 되도록 놔둘 생각이 전혀 없었다. 딸들만큼은 그 가문에서 훌륭한 위치를 차지해야 했다. 엄마만 믿어! 무슨 일이 있어도 내 딸들은 이렇게 지내지 않게 할 테니까!

　엄마가 밤 인사를 하기 위해 내 침대에 다가올 때면, 엄마의 입술에서 죽음의 향기가 났다. 윗입술과 아랫입술이 닿는 부분에 거무스름한 녹색의 태선이 생겼는데, 거기서 나는 곰팡이 냄새였다. 깊은 슬픔 때문에 생기를 잃고 주름이 생긴 피부, 의심과 분노, 불안으로 흐려진 눈빛, 늙은 떡갈나무 가지에 늘어져 있는 겨우살이처럼 퇴색해버린 금발, 깎아지른 듯이 튀어나온 광대뼈가 아직 통통한 내 두 뺨에 부딪쳤다. 엄마가 방을 떠나도, 약 냄새와 술 냄새로 범벅이 된 엄마의 악취는 오랫동안 내 이불에 배어 있었다. 입원하기 전까지만 해도 도도하고 우아하게 멋을 부리던 엄마가 늘 뿌렸던 기라로쉬와 반 클리프 앤 아펠의 향수들은 이제 약장 안에서 제일 뒷줄로 밀려나 시들어가는 중이었다. 우리 집에서 약학 사전인 비달 사전은 성서였다. 그래도 엄마가 먹는 약들의 특성을 읽어볼 생각은 감히 하지 못했다. 책장에 꽂혀 있는 그랑 라루스 사전을 펴고 새로운 단어들을 찾아보는 걸 그렇게도 좋아했던 내가! 로힙놀, 렉소밀, 테라렌, 볼타렌, 디안탈빅, 프론탈진, 스틸녹스, 할로페리돌, 후루앙솔, 스파스퐁, 데브리다, 오구멘틴, 세브레돌, 트랑센, 테라리트…… 그 외에도 엄마의 약장 안에 들어 있는 약은 수없이 많았다. 대부분 진통제와 수면제, 항생제들이었다. 언니와 나도 약간 불안할 때는 렉소 정을 4분의 1이나 반 정도, 잠이 안 올 때는 스틸녹스 반 알을 먹을 수 있었고, 감기에 걸렸을 땐 오구멘틴 충격 요법을 썼다. 엄마는 언니와 내게 콧물이 조금만 비쳐도, 급히 약을 내밀었고, 덕분에 우리는 항생제를 달고 살았다. 내가 조금 철이 들고 나서 엄마더러 이렇게 처방전도 없이 약을 마음대로 먹어도 되느냐고 질문하기 시작하자, 엄마는 늘 이렇게 설명했다. 네가 몇 주일씩 감기에 걸려 있게 내버려둘 순 없어. 굳이 시간을 끌어서 좋을 게 뭐가 있니, 이렇게라도 약을 쓰면 그만큼 빨리 치료할 수 있는데! 엄마와 아빠는 파리에 있는 약국 여러 군데를 드나들었다. 하지만 단골의 열정만으로 약사를 충분히 설득하지 못하는 날도 있었기에, 그럴 때를 대비해서 두 사람은 병원에 갈 때 아예 의사의 처방전을 훔쳤다(의사가 등을 돌리고 있을 때, 아무렇지도 않은 태연한 표정으로 처방전 수첩을 몰래 가로채는 것이다). 그러고는 자신들이나 딸들의 질병에 따라 직접 처방전을 작성했다. 집에는 토타펜 약병도 있었다. 파스텔 빛깔의 고운 가루를 물에 타서 만든 산호색 액체를 플라스틱 스푼에 따라 마셨는데, 사각형의 스푼은 커다란 아기 인형의 삽만 한 크기였다. 우리 자매는 아주 어린 나이 때부터 잠을 잘 자기 위해 산딸기 화학제품 맛이 나는 테랄렌 시럽 한 모금을 먹기도 했다. 엄마는 육체적 고통에 관한 한은 놀라울 정도로 잘 참아내는 능력이 있었다(어쩌면 정신적 고통에 대해서도 그랬는지 모르지만, 그건 판단하기가 쉽지 않다). 우리는 엄마가 뼈가 다 보일 정도로 손가락을 베었는데도 놀라지 않고 침착하게 처치하던 모습을 보았고, 발목이 시퍼렇게 멍이 들고 벌집처럼 부풀어 올랐는데도 아무렇지도 않은 듯이 걷는 것도 보았으며, 말벌이 손등을 쏘았는데도 태연하게 벌을 쫓는 모습도 보았다. 그렇게 아픔을 잘 참기 때문인지, 엄마는 우리를 돌볼 때도 가혹했다. 그런 면이 엄마를 무서운 질병에서 살아남게 했고, 할머니의 잔인함 밑에서도 살아남게 했으며, 끔찍한 과거사 속에서도 살아남게 했을 것이다. 엄마가 스스로 처방하는 약의 용량은 엄청났다. 병원에서 진료를 받기 위해 평소의 약 처방 목록을 작성했을 때, 간호사가 깜짝 놀라면서 이 정도 양이면 말 한 마리도 죽일 수 있겠다고 말할 정도였다. 엄마는 대단히 활력이 넘쳤지만, 여린 두 딸의 투정에 대해서는 참을성이 많지 않았다. 아프거나 상처가 나도 어금니를 꽉 깨물거나 엉덩이를 바짝 조이고 참아야지, 징징거리거나 훌쩍거린다는 건 절대 있을 수 없는 일이었다. 우리에게 상처가 생기면 엄마는 90퍼센트 농도로 희석한 알코올로 상처를 소독했다. 머큐로크롬 같은 소독약은 응석받이 애들을 위한 것이었다. 늦저녁 하늘처럼 시퍼런 병 안에 들어 있는 에테르도 있었다. 그 짙은 파란색은 인두염에 걸렸을 때 엄마가 목구멍 안에 발라주는 메틸렌의 파란색과 같은 색이었다. 우리에게 그것은 엄마의 색이었다. 신을 향해 던진 돌도끼가 사라져 자취를 감춘 뒤에 남은 그 짙고 깊은 푸른색. 지프레르 제약 회사의 유리병을 통해 비치는, 검은색으로 바뀌기 직전 어두운 밤하늘의 색. 그 병에 담긴 에테르는 그물에 걸린 나비를 잠들게 할 때 사용하던 클로로포름의 숨 막히는 냄새를 풍겼고, 피부 위에 하얀 자국을 남겼다. 마치 엄마의 튼 입술 위에 묻은 마약 가루의 흔적처럼. 나는 휘발성이 강한 그 액체에 적신 가제 수건을 얼굴에 덮고 있는 엄마를 상상했다. 액체는 엄마를 쪽빛 심연 속에 빠뜨리고, 엄마의 의식은 그 심연 속에서 빙빙 돌면서 차츰 꺼져가다가, 마침내 사라지곤 했을 것이다.

엄마는 여러 가지 약과 술을 함께 먹고 정신을 잃는 일
이 종종 있었다. 엄마는 침대 밑이나, 비밀스러운 곳이라고
생각하는 부엌의 후미진 곳에 위스키 병들을 감췄다. 그리
고 그것을 마실 때는 꼭 콜라 잔에 따라 마셨는데, 우리는
맛도 보지 못하게 했다. 으레 콜라라면 당연히 병째 마시
던 우리는 엄마에게 왜 콜라 잔에 손도 못 대게 하느냐고
묻지 않았다. 목욕 수건도 네 것 내 것 없이 셋이 함께 쓰
는 사이였는데도! (내가 아는 한 피부병이 있는 사람은 없
었다.) 아무튼 엄마에게 정면으로 맞서는 건 위험천만한 일
이었다. 술 마셨을 때의 엄마는 손이 아주 재빨랐기 때문에
나보다 더 무모한 언니는 항상 엄마의 매를 벌곤 했다. 사
실 언니와 나는 엄마가 하는 행동을 훔쳐보고, 엄마의 권위
에 의문을 품고, 엄마의 과민함과 병약함을 상기시켰다는
이유로 똑같이 벌을 받아야 마땅했다. 그런데도 나는 매를
맞지 않았기에, 그 불공평 때문에, 나의 비겁함이 싫어서 울
었다. 언니는 늘 머리를 꼿꼿이 들고 있었고 나는 눈을 내
리깔았다. 언니는 엄마가 하루 종일 뭘 하는지, 엄마가 그
미심쩍은 것들을 갖고 어떤 일을 벌이는지, 그 하얀 알약들
을 몇 개나 삼켰는지, 뭘 마셨는지, 굶지 않고 뭐라도 좀 먹

었는지, 누구와 통화를 했기에 마치 죄지은 사람처럼 그렇게 급히 전화를 끊는지, 핸드백 안에 들어 있는 명함은 누구의 것인지, 심지어 마지막으로 걸었던 전화번호를 눌러서 엄마와 통화했던 사람이 점쟁이었다는 걸 알고는 언제부터 점쟁이에게 상담을 받기 시작했는지, 혹시 그가 돈을 뜯어내려는 사기꾼은 아닌지, 우리 양육비는 어디로 사라졌는지 알아내지 않고는 못 배겼다. 모든 것을 알아야만 엄마를 보호할 수 있다는 불안감이 워낙 컸기에, 매 맞는 두려움 따위는 안중에도 없는 것 같았다. 그런 언니에 비하면 나는 언제나 엄마 앞에서 벌벌 떠는 편이었다. 내가 언니 입장이었다면 엄마를 그토록 몰아세우지 않았을 것이다. 그래서 나는 입을 다물고, 엄마에게서 떨어져 있는 쪽을 선택했다. 하지만 언니는 궁금한 건 그냥 넘길 수 없었고, 알아내고 말겠다는 생각에 항상 엄마에게 대들었다. 엄마의 말에는 모순이 있다, 행동이 논리와 상식에 어긋난다, 상태가 불안정하다는 말로 엄마를 몰아세웠고, 엄마는 그럴 때마다 자기는 절대로 미치지 않았으며 자신이 무슨 일을 하고 있는지 충분히 알고 있다는 걸 언니에게 증명해야 했다. 그러나 엄마는 누가 봐도 비참했고 무기력했다. 주위의 모든 게 흔들리고 있었기에, 쓰러지지 않으려고 벽을 꽉 짚고 있어야 했다. 엄마는 불안해하는 딸을 안심시킬 수 없었다. 그렇다고 딸 앞에서 자신이 졌다는 걸 고백할 준비도 되어 있지 않았다. 자신의 안정감을 자신 있게 증명할 능력도 없고, 엄마로서의 합법적인 권리를 되찾을 능력도 없었던 엄마는 자신이 이 집의 주인이라는 걸 언니에게 악착같이 인정시키려고 했다. 그래서 언니에게 계속 그런 식으로 엄마를 대한다면 밖으로 내쫓겠다는 말도 하고 더한 협박도 하다가, 마침내는 폭력까지 썼다. 언젠가는 언니의 머리채를 붙잡고 바퀴 달린 책상 의자가 있는 데로 끌고 간 적도 있었다. 언니가 엄마의 행동을 감시하느라고 엄마의 물건들을 뒤졌기 때문에, 엄마가 나도 모르는 어떤 의심스러운 정보에 대해 언니에게 설명을 요구하다가 일어난 일이었다. 한번은 엄마가 땋아 내린 언니의 머리를 낚아채서 층계참으로 끌고 가서는, 승강기에 태워서 아파트 로비까지 내려간 적도 있다. 난 세 칸씩 계단을 건너 뛰어 내려가면서 두 사람을 말려야 한다고 생각했다(제발 두 사람을 말릴 수 있는 용기가 생겨나기를 간절히 바랐다). 엄마는 언니를 발로 차서 고꾸라뜨리려고 했지만, 언니는 로비에 있는 의자의 팔걸이를 붙잡고 버티더니, 나중에는 그 의자를 방패로 사용했다. 내 집에서 당장 나가! 난 밀고자와 한 지붕 밑에서 살고 싶지 않아! 경찰 끄나풀을 하고 싶으면, 밖에 나가서 교통정리나 해. 당장 나가, 내 말 듣고 있니? 나가!

나가라고! 엄마가 울부짖었다. 나는 현관 앞이나 비상계단 앞에 웅크리고 앉아서 이 시간이 지나가기만을 기다렸다. 너무 무서워서 엄마를 말리지 못했다. 맞을까 봐 두려웠다. 평소에 언니와 나는 항상 동맹 관계였고, 무슨 일이 일어나든지 같은 팀이었다. 그러니 언니 편을 들어야만 했지만 최악의 갈등이 일어나고 있는 동안만큼은 엄마를 위해 중립으로 남을 필요가 있었다. 엄마가 거의 각성 상태가 되었을 때, 엄마의 목을 조르게 될 자격지심과 죄책감으로부터 엄마를 구해줄 수 있는 증인이 되기 위해서였다. 내가 용서하고, 언니도 엄마를 용서할 거라고 말해주기 위해서. 그런 일이 있었던 날이면 엄마는 밤늦게 방 문틈으로 머리를 쏙 내밀고 우리가 자고 있는지 확인했다. 내가 눈을 뜨고 있는 걸 보면 엄마가 들어왔다. 아직도 나를 미워하니? 아까 일을 얼마나 후회하고 있는지 몰라, 아니? 넌 아직도 엄마를 사랑해? 난 널 너무 사랑해, 내 사랑. 엄마는 널 사랑한단다. 너희 둘 모두를 정말 사랑해. 아, 정말 괴롭구나, 내 사랑하는 딸……. 엄마와 언니는 야수들처럼 서로를 사랑했다. 두 사람은 서로 자기가 더 사랑한다는 걸 증명하기 위해 얼마든지 치고받고 싸울 수 있었다. 그 싸움에서 엄마와 언니는 서로 한 치도 물러나지 않을 것이고, 두 사람 모두 절대로 머뭇거리지도 않을 것이다. 엄마가 언니에게 다가갈 때, 언니는 종종 반사적으로 한 팔을 들어 올리곤 했는데, 엄마가 뺨을 때릴까 봐 자기도 모르게 방어를 하려는 것이었다(언니가 그렇게 하는 데는 직접적인 이유야 어떻든지, 합당한 이유가 없다고 할 수는 없었다). 그럴 때면 엄마는 가장 세게 때린 따귀보다 훨씬 더 충격적이고 거만한 태도로 빈정거리며 소리쳤다. 너 정말! 누가 봤으면 매일 맞고 사는 애인 줄 알겠구나! 엄마는 언니를 비웃었다. 우리의 두려움을 비웃었다. 엄마는 취하면 늘 언니의 무례함을 조롱했다. 그 순간의 엄마는 언니에게 잔인하게 군 행동이 자신에게 어떤 값을 치르게 할지, 술에서 깨고 나면 얼마나 큰 분노로 자신을 괴롭히게 될지 미처 생각하지 못했다. 하지만 술에 취해 있는 동안에는 딸들의 놀란 얼굴도 재미있게 보이는 것 같았다. 엄마는 늘 우리가 불쌍하고 철없는 응석받이들이라고 말했다. 너희들이 엄마가 어떤 고통을 받고 있는지 절반의 절반의 절반만이라도 안다면, 고통이 뭔지 진실이 뭔지에 대해 조금이라도 생각을 해본다면, 우리가 처한 이런 한심하고 가련한 문제는 없었을 텐데. 너희들이 상관해선 안 될 일, 너희들이 판단할 문제가 아닌 것들도 있다는 걸 알아야 하는데! 난 그 누구로부터도 명령받을 필요가 없어. 특히 열두 살, 열네 살짜리 계집애들로부터 명령받을 일은 더더욱 없단 말이야! 우리가 지금 어디서 살고 있다고 생각하니? 정확하게 말해봐. 여기가 동물원이야? 나를 집 안에 가둬두려고 하지 마, 알았어? 나는 우리 안에 가둬둘 수 있는 짐승이 아니야! 알아? 난 인간이야, 인간이라고! 뭐든 내가 할 수 있는 걸 하고, 내가 할 수 있는 만큼만 할 거야. 그게 맘에 안 든다고 해도 할 수 없어. 내가 너희들을 위해서 뭐든 다 했다는 거, 평생 내가 한 일은 전부 너희들을 위해서였다는 거, 그 사실을 머릿속에 제발 좀 넣어둘 수 없니? 난 내 모든 걸 희생했어, 내가 사는 내내 모든 게 다 너희들 위주로 돌아갔단 말이야. 난 내 인생을 제대로 살지 못했어, 그런데도 항상 내가 더 필요하다고 하지. 엄마가 더 필요해, 더 필요해, 더 필요해! 하지만 지금 이것보다 더 잘할 순 없어! 엄마가 최선을 다하고 있다는 걸 알긴 하니? 날 훔쳐보려고 하면 안 돼. 난 너희들 엄마야. 그건 분명한 거야, 안 그래? 난 할 수 있는 희생은 다했어. 난 엄마지만 여자이기도 해! 그런데 너희들은 여자로서의 내 삶 따위는 안중에도 없지.

우리는 엄마가 우리의 불안한 시선을 피해 은밀하게 침묵 속에서 행하는 여자로서의 삶을 바라보기만 했을 뿐, 아무것도 요구하지 않았다. 엄마는 엄마가 말하는 '여자로서의 삶'을 우리에게 숨기지 않았다. 우리는 엄마가 집 안에서 벌거벗고 이리저리 돌아다니는 거며, 화장실 문을 다 열어젖히고 오줌을 누는 것을 일상처럼 봐왔다. 그랬기에 엄마의 성기에 대해서 아주 일찍부터 궁금증을 느꼈는데, 수년이 지나고 나서 언니도 여자의 성기가 그렇게 꼿꼿이 서 있는 게 정상인지 아니면 엄마만의 특징인지 궁금해했다는 걸 알게 되었다. 엄마의 성기에는 수풀이 거의 없어서 외음부 밖으로 삐죽이 솟은 클리토리스가 아주 또렷하게 보였다. 마치 거꾸로 달린 닭의 볏 같았다고 할까. 언니도 나도 답을 알 수 없었다. 훗날 나의 그것을 황홀한 미국식 악센트로 '나의 병아리'라고 불렀던 연인에게 물어본 적이 있었다. 이 어린 병아리가 언젠가 거꾸로 매달린 수탉 대가리로 바뀔지도 모른다는 염려 같은 건 안 해봤느냐고. 그는 내 질문에 몹시 재미있어하더니 곧 꼬꼬댁, 삐약삐약 거리면서 침대를 금방 깃털들이 이리저리 날리는 닭장으로 만들어버렸다. 내가 계속해서 얼른 대답하라고 조르자 그는 내가 너무나 귀엽고, 사랑스러워서 설령 엉덩이 사이에 죽은 닭이 매달렸다 해도 영원히 나를 사랑할 거라고 했다 (아마도). 그는 내게서 복숭아 냄새가 난다는 말도 했었는데, 그 역시 엄마와 아빠를 떠올리게 했다. 그들이 늘 어린 딸들의 성기를 살구에 비교했기 때문이었다. 살구. 복숭아 와는 또 다른 여름 과일. 껍질이 부드러운 솜털로 싸여 있고, 몰랑몰랑하고, 즙이 많으며, 과육은 와삭와삭 씹힐 것도 없이 이빨에 닿는 순간 저절로 녹고, 빛깔은 석양에 기울어지는 달처럼 붉은색을 띠는 과일. 엄마는 우리에게 자신의 벗은 몸도, 애인들도 전혀 감추지 않았다. 게다가 우리 집에 오는 사람들은 다양하기만 한 게 아니라, 정말 이상해 보이는 사람들도 많았다. 우리 집은 마치 기형의 사람이나 동물들을 보여주는 프릭쇼 공연장 같았다. 별난 것들만 파는 시장에 정상적인 사람, 비정상적인 사람이 모두 모여 있는 것 같아서 그만큼 더 엉뚱하고 기괴했는데, 우리는 바로 그런 환경 가운데서 자랐다. 우리 집에 오는 사람들 중에는 틱이 심한 여자애도 있었고, 짙은 다크서클에다 뺨까지 쑥 꺼져 있어서 안구돌출이 더욱 강조되어 보이는 청년도 있었다. 그 청년은 엄마의 침대에서 자살 시도를 하기까지 했다. 엄마를 찾아오는 손님 중에는 우리 집 건너편에 있는 시각 장애인 국립학원에서 온 시각 장애인들도 있었다. 엄마는 소아 질병 때문에 한쪽 다리가 다른 쪽 다리보다 약간 짧았다. 어떻게든 자신의 장애를 숨기려고 했지만 잘 넘어지는 경향이 있었다. 특히 그 동네 시각 장애인들의 지팡이에 걸려 넘어졌다. 엄마는 이런 소동을 일으킨 데 대한 사과로, 차를 대접하겠다면서 젊은 시각 장애인을 집으로 데리고 오곤 했다. 그런 식으로 알게 된 사람들 가운데

다소 오래 관계를 지속한 사람들도 있었는데, 그들을 주축으로 해서 사귄 지 얼마 되지 않는 사람들이 가세했다. 언니와 나는 엄마의 관계에 대해서 아무것도 묻지 않았다. 물어보고 싶은 게 있어도 참았겠지만, 무엇보다도 우리 의사와 상관없이 저절로 알게 된 것들에 대해 더 자세히 알고 싶은 마음이 전혀 없었다. 학교에서 돌아왔을 때 엄마가 집에 없는 날들도 있었다. 날이 이미 저문 데다, 왠지 아빠가 평소보다 일찍 올 것 같은 느낌이 들 때면 난 곧장 엄마를 찾아 나섰다. 엄마는 동네의 작은 가게들 안에서 시간 보내기를 좋아했다. 약국이나 정육점, 식료품점의 계산대 뒤에 앉아서 수다를 떨고 있으면 마음이 편하다고 했다. 엄마는 노동자 계층에 속한 서민적인 분위기에서 자랐다. 그래서 외양은 머리부터 발끝까지 이브 생로랑이나 샤넬로 덮고 있어도, 동네의 한구석에 자리한 아랍 가게 안에 있는 게, 마치 제자리에 있는 것처럼 편안했던 것 같다. 나는 종종 가게의 진열대 뒤에 있는 엄마를 발견했고, 엄마는 그곳에 숨어서 콜라 잔을 홀짝거리고 있었다. 물론 나는 맛볼 수 없는 콜라였다. 어느 날 저녁, 엄마가 평소에 잘 다니는 은신처들을 한 바퀴 돌며 엄마를 찾고 있었는데 차츰 불안해지기 시작했다. 그즈음 엄마가 파출소에서 하룻밤을 보낸 일이 있었다. 평소에 경찰관들의 태도가 부당하다고 생각해왔던 엄마는 한 경찰관이 권리를 남용한다고 생각해서 그를 공격했다(엄마의 태도는 시민 정신을 따른 거였다). 나는 초조해하면서 아직 문을 완전히 닫은 것 같지 않은 정육점 안으로 시선을 던져 진열대 뒤를 살폈다. 그리고 조심스럽게 가게 안으로 들어갔는데, 발을 들여놓을 때 내가 들어가고 있다는 걸 소리로 알렸어야 했다. 나는 불이 꺼져 있는 가게 안으로 들어온 것을 이내 후회했다. 깨끗이 청소되어 있는 진열대들이 갑자기 뭔가 은유적인 분위기를 암시하는 듯했다. 그리고 가게 안쪽 구석방의 거슬리는 불빛 아래, 큼직한 도마 위에 쓰러져 있는 엄마와 구역질나도록 불쾌하게 생긴 커다란 몸집의 남자를 보았다. 엄마 뒤에 있는 그 사내의 흥분한 모습을 금방 알아볼 수 있었다. 나는 곧바로 뛰쳐나왔고, 뒤따라온 언니에게 얼른 말했다. 엄마가 가게 문을 닫고 있는 정육점 아저씨를 도와주는 중이라고. 언니는 날 흘깃 쳐다보았다. 눈치가 워낙 빨랐기에 내 말을 믿지 못하는 눈길이었다. 난 "자세하게 그림 그리듯이 말해줄까? 아니면 이 정도 설명으로 충분해?" 하는 표정으로 눈을 깜빡였다. 언니가 어이없다는 표정을 짓고 나서 잠시 주춤하는 그 짧은 시간 동안, 들어가야 할지 말지 고민하고 있는 것 같았다. 그리고 언니의 눈동자가 빠르게 움직이고 입술이 일그러지는 걸 보면서, 언니의 생각이 어떻게 흘러가고 있는지 관찰했다. 우리의 시선은 이성적 사고와 혐오감의 중간에서 멈췄다. 언니와 나의 눈이 마치 플러그가 콘센트에 꽂힌 것처럼 충돌했고, 동시에 폭탄 터지듯이 웃음이 터져 나왔다. 말로 내뱉진 않았지만 묵직하면서도 서글픔이 묻어나는 소란스러운 웃음이었다.

야, 이 못된 것들아, 엄마 놀리며 비웃는 짓거리 좀 그만할 수 없어? 엄마는 사랑하는 두 딸이 함께 웃고 있는 걸 보면서 더할 나위 없이 기쁜 표정과 즐거운 말투로 말했다. 엄마는 우리가 자신을 조롱하든지 말든지, 자신이 관객으로든 주인공으로든 상관없이 우리의 장난에 끼어드는 걸 좋아했다. 외동딸이었던 것이 몹시 쓸쓸하고 슬펐던 엄마는 두 딸이 유별나게 사이좋은 모습을 볼 때마다 행복해했다. 언니는 사람을 웃게 만드는 재능을 갖고 있었다. 그래서 언니는 엄마의 기분이 좋을 때면, 그러니까 엄마로부터 함박 미소와 걸쭉한 우스갯소리를 끌어낼 수 있겠다 싶거나, 엄마를 허리가 끊어져라 포복절도하게 만들거나, 너무 웃어서 턱이 빠질 것 같다고 소리치게 만들거나, 이러다간 너무 웃어서 오줌을 지리겠다는 말까지 하게 만들 수 있겠다 싶은 날이면, 아예 광대 의상까지 입고 나섰다. 언니는 과일이나 치즈나 우유 팩으로 저글링을 하기도 했다. 계란으로 하기도 했는데, 그러다가 계란을 떨어뜨려 부엌 바닥을 온통 계란물로 덮는 일이 한두 번이 아니었지만 그래도 상관없었다. 우리 집에서는 오히려 지나친 행동이 더 환영받았다. 그렇게 바닥에다 계란을 깨뜨리면 엄마가 눈물을 흘릴 정도로 웃게 만들 수 있었다. 어렸을 때, 우리가 욕조 안에 있으면 엄마는 무릎까지 오는 욕조 테두리를 성큼 뛰어넘어서 우리에게로 오곤 했다. 언니는 엄마가 물속에 들어오면, 엄마를 그랜다이저나 아기 바디로션 제품인 베베 카덤의 아기 모델로 변신시킨다면서, 가느다란 엄마의 머리카락에 샴푸를 잔뜩 묻혀서 위로 세우느라고 몇 시간씩 보내곤 했다. 엄마는 머릿결이 너무 가늘어서 물속에 들어가면 완전히 대머리처럼 보였다. 언니는 엄마가 숱이 없어서 대머리 형사를 닮았다고 코작이라는 별명을 붙이는가 하면, 귀가 뾰족하다고 스타트랙에 등장하는 스팍이라는 별명을 지어주기도 했다. 귀가 툭 튀어나왔어! 너무 웃겨! 우리가 엄마의 양쪽 귀를 하나씩 쥐고 잡아당기면 엄마는 우리의 통통한 손가락이 가하는 혹독한 고문에 못 이겨 비명을 내질렀다. 꺅! 아프단 말이야, 젠장! 늙은 애미를 꼭 이렇게 괴롭혀야겠어? 그만해! 그러면 그때부터 물장난이 시작되었다. 우리의 장난에 대한 복수로 먼저 물을 튀기는 건 엄마였다. 처음엔 검지 손톱으로 엄지를 튕기는 식이어서 물방울이 튀는 정도지만, 금방 격한 물싸움으로 변해서 욕실이 순식간에 워터파크로 변하곤 했다. 난 물을 먹기 직전에 때맞춰 욕조에서 나와 복도로 뛰어나갔고, 그러면 복도에도 물이 흥건해졌다. 물 밖으로 나온 나는 응원자가 되어 언니 편을 들었다. 언니, 파이팅! 언니 이겨라! 그래, 니들이 이겼어. 한바탕 소동을 피우고 나면 마침내 엄마가 졌다고 시인했다. 집을 완전히 난장판으로 만들었구나! 이것 봐, 집이 완전히 터키탕이 됐잖아! 언니는 엄마만큼이나 별난 아이디어를 잘 내놓았다. 가끔 음악을 아주 크게 틀어대곤 했는데, 차이콥스키나 〈백조의 호수〉 3막에 나오는 흑조의 그랑과 대목을 특히 좋아했다. 언니는 거실의 가구들을 다 밀어내고, 내 도움을 받아서 소파와 낮은 탁자를 벽에 밀어붙인 뒤에 식탁과 의자들을 갖고 나와서 거실을 연극 무대로 만들었다. 엄마는 다리에 장애가 있음에도 불구하고, 할머니의 명령에 따라 고전발레를 배웠다. 할머니는 스타 발레리나가 되고 싶었지만 그 꿈을 이루지 못한 아픔을 갖고 있었다. 한쪽 다리가 다른 쪽보다 3.5센티미터나 짧았기에 결코 발레리나가 될 수 없었지만, 연습 벌레였던 엄마는 장애가 있다고 느끼지 못할 정도로 숙련되게 연속 푸에테*를 할 수 있었다. 성한 다리를 이용

---

* 한 발로 빠르게 도는 회전 동작.

해 독무 기교인 바리아시옹을 조화롭게 구사한 덕에, 고전 발레의 기술적 능력을 인정받아 시험에 통과하기까지 했다. (엄마는 절룩거리며 걷지 않고, 일부러 몸을 흔들며 걸으려고 애썼다. 덕분에 엄마의 오른쪽 다리는 비틀리고, 망가지고, 쇠약한 아킬레스건을 갖고 있었다.) 언니는 가늘고 긴 바게트 빵을 반으로 뚝 잘라 손에 들고 오케스트라 지휘자처럼 지휘하면서, 엄마의 재능을 자랑스러워하는 표정으로 두 팔을 내밀어 왈츠 자세를 취했다. 자, 엄마, 이제 엄마 차례야! 언니가 아주 진지하게 말했다. 그러면 엄마는 그럴 기분이 아니라면서 그러다 다리 하나가 부러질지도 모른다고, 근육을 다칠 거라고 항의했지만 우리는 한목소리로 애걸하다시피 졸랐다. 엄마, 제발! 결국 엄마는 페르시아 카펫 한가운데 서서 준비 동작으로 플리에*를 몇 번 해본 뒤에, 네 번째 포지션을 취하고는 왼쪽 오른쪽으로 두 팔을 몇 번 길게 내뻗어봤다. 그리고 바닥에 두 발이 단단히 고정되어 있는지 확인하려고 점프도 해보고, 미리 계획하고 있던 고양이처럼 엉덩이도 움직였다. 오케이, 해보자, 준비됐니? 잠깐, 엄마! 음악을 처음으로 돌려놓을게. 자, 시작하세요! 첫 번째 소절부터 엄마는 출발선에 서 있

* 한쪽 또는 양쪽 무릎을 구부리는 동작.

는 달리기 선수처럼 휘몰아치며 시작했다. 가구들을 스치고, 벽에 바짝 붙기도 하고, 대각선으로 턴을 하면서 뛰어나가 공중 도약을 한 뒤에 무대를 한 바퀴 크게 돌고, 누레예프의 그 유명한 안무를 재구성하고, 여자와 남자의 스텝을 번갈아 밟기도 하고, 드디어 그 유명한 32회전 푸에테를 했다. 한 마리의 위엄 있는 맹금처럼 두 팔을 양쪽으로 쭉 뻗고, 오른쪽 다리를 접어서 발끝을 왼쪽 무릎 뒤에 갖다 댔다가, 다시 앞으로 쭉 뻗어서 왼쪽 다리와 직각을 이뤘다가 휘젓듯이 다시 무릎 뒤로 가져가면서 턴을 하는 동시에, 팔을 앞으로 둥글게 모았다가 양옆으로 펴는 동작을 재빠르게 반복하며 팽이처럼 돌아갔다. 한 번, 두 번, 세 번, 네 번…… 엄마는 정말 눈부셨다. 아름다웠고, 경이로웠다. 나는 카펫 위에 책상다리를 하고 앉은 채로 연신 감탄을 발하면서 언니와 엄마를 바라봤고, 두 사람은 열정적으로 공기를 휘저으며 돌았다. 나는 리듬에 맞춰 손뼉을 치면서 외쳤다. 브라아보, 브라아보, 브라아보! 엄마는 아주 쉽게 32회전을 했다. 마지막 턴을 마치고 바닥에 쓰러지는 것은 퍼포먼스를 코믹하게 종결하기 위한 연출이었다. 노련한 여배우의 능력으로 절제된 즉흥적 익살인 것이다. 엄마는 우아한 여신이었다. 불쌍한 엄마! 엄마는 절대 균형을 잃지 않고 발가락 끝으로 서서 팽이처럼 돌 수 있었지만, 일상의 왈츠를 출 때는 수없이 나동그라지고 고꾸라져야만 겨우 한 걸음씩 앞으로 나갈 수 있었다.

엄마의 두 발은 언제나 나를 매혹했다. 짓이겨지고, 굳은 살이 생기고, 발바닥의 오목한 곳 여기저기에 상처가 난 데 다, 호박색으로 변한 발꿈치와 발바닥…… 엄마의 오른쪽 발은 우리가 태어났던 오스만 대로 끝에 우뚝 솟은 개선문 모양으로 휘어 있었다. 당시에 우리는 발자크로 모퉁이의 작은 광장 쪽에 위치한 전형적인 오스만풍의 아파트에서 살았다. 발자크로를 내려다보고 있는 오노레 드 발자크의 거대한 동상은(발자크는 잠옷 차림으로 깊은 생각에 잠겨 있었는데, 디드로의 잠옷과 자기 것을 비교하던 아빠의 잠옷과 비슷하게 생겼다) 어린아이였던 내 머릿속에서 그다음에 이사 했던 아파트와의 연결고리가 되어주었다. 엄마가 재혼한 뒤에 이사했던 아파트는 로댕 박물관 근처에 있는 바렌로 가에 있었다. 로댕은 자기 박물관에《인간희극》의 저자 발 자크의 동상을 입주시켰는데, 발자크로에 있는 것보다 훨 씬 더 거대한 동상이었다. 부모님은 우리에게 문학적인 이 름을 골라주었다. 나는 시집, 희곡, 소설 속에서 수집해놓 은 그 이름들을 상상해보기를 좋아했다. 그렇게 해서 선택 된 이름이 비올렌이건만, 정작 엄마는 절대로 나를 비올렌이라 부르지 않겠다고 맹세했다고 한다. 비올렌을 주인공으로 한 소설의 작가 폴 클로델이 자기 누나를 정신 병원에 감금한 비열한 자식이었기 때문이다. 그놈도 따지고 보면 로댕처럼 자기 누나를 질투했던 거야, 그 바보 같은 자식이! 한번은 이자벨 아자니와 제라르 드빠르디유가 주연으로 나왔던 영화 〈까미유 끌로델〉을 보러 간 적이 있다. 엄마가 입원하기 몇 달 전에 개봉한 영화였다. 훌륭하게 잘 만들어진 영화는 영화 속 인물에게 새로운 의미를 부여하는 법이다. 그래서인지 그 영화는 훗날 나의 망상과 뒤섞여 버렸다. 영화 속 까미유와 엄마의 운명이 비슷하게 여겨진 것은 엄마가 생탄느 병원에서 돌아온 후로 조각에 집착했기에 더욱 그랬다. 조각은 병원에서 운영하는 환자들의 효과적인 치료를 위한 창작 활동 중에서 엄마가 유일하게 흥미를 가졌던 분야다. 엄마는 먼저 점토로 수차례 시도해본 후 대리석으로 조각하기 시작했다. 놀랄 만큼 정교하게 돌로 조각했던 영화 속의 그 섬세한 발을 떠올릴 때마다 내가 간직하고 있는 이미지, 그러니까 조각하는 엄마의 이미지가 함께 떠올랐다. 하지만 위대한 예술가의 이미지는 크리스마스에 받은 선물을 보고 나서 금방 혼란스러워졌다. 그 고약한 크리스마스, 1989년도 달력에서 영원히 없애 버리고 싶었던 그 크리스마스에 언니와 나는 황동으로 만든 아주 작은 조각품 하나를 선물로 받았다. 너무 작아서 박물관 컬렉션에 전시될 일은 전혀 없을 조각상이었다. 무지갯빛이 도는 청회색 페인트로 칠한 그 작은 고양이상이 누군지도 모르는 사람으로부터 내게 건네졌다. 보잘것없고 터무니없을 정도로 작고 우스꽝스러운 그 조각상은 열 살짜리 어린 소녀의 손에서 떠나지 않았다. 그 작은 크기는 불안감에서 나오는 엄마의 퇴행을 증명했다. 자코메티도 2차 대전 중에는 작은 성냥갑 안에 들어가는 코딱지만 한 조각상만 만들지 않았나. 금방이라도 가루로 축소될 듯한 인간의 모습, 말 그대로 소멸해 없어질 것 같은 크기의 조각상이었다. 설치 예술가 볼탄스키 역시 자신의 인터뷰를 실은 책에서 최초의 창작품에 관해 이야기한 적이 있는데 빵으로 만든 작고 동그란 공들로, 토끼나 햄스터의 똥처럼 보였다고 한다. 아무것도 아닌 것처럼 보이지만 그 단순함과 단조로움 속에 유태인으로서 겪었던 끔찍한 고통, 실존적인 불안, 전쟁의 재앙을 나타냈고, 그 끔찍한 불운 앞에서 인간은 아주 작은 똥의 형태에 지나지 않는다는 걸 표현했다고 했다. 어쩌면 까미유 끌로델에게서 엄마와 닮은 점을 느꼈기 때문이거나, 어쩌면 이자벨 아자니가 촬영이 끝난 후에도 그 배역에서 헤어나오지 못했다느니, 그녀가 아직도 약간 미쳤다느니 하는 말들이 나돌 정도로 그녀가 미친 여자의 역할을 잘했기 때문일 텐데, 아무튼 그 영화 이후로 이자벨 아자니는 나의 우상이 되었다. 특히 내가 굉장히 좋아하는 〈살의의 여름〉*은 수백 번도 더 돌려 봤을 정도이고, 매번 처음부터 끝까지 조용히 숨죽이고 훌쩍이면서 보았다. 같은 시기에 드디어 언니와 내가 함께 열광한 영화를 발견했는데, 그것은 비극적인 모티브의 영화였다. 그 영화는 분명히 엄마의 삶을 말해주고 있었지만, 입 밖에 내지 않고 마음에 담아두었다. 특히 언니에게 아무런 내색도 하지 않았다. 내 말을 들었더라면 언니는 나를 무척 놀렸을 테고, 최악의 경우엔 몹시 불안해했을 것이다. 그 영화는 톰 행크스와 대릴 해나가 주연한 〈스플래쉬〉였다. 어찌어찌하다 맨해튼에 나타나게 된 인어가 주인공인 로맨틱 코미디였다. 하지만 내가 더 놀랐던 건, 자신이 누군지, 어디서 왔는지도 모르고 이 낯선 세상에서 살아가는 법도 전혀 모르는 인어, 반은 물고기고 반은 인간인 부조리하고도 놀라운 그녀에게서 엄마의 모습을 본 사람이 나 하나밖에 없다는 사실이었다. 조개껍데기처럼 껄끄럽고, 가죽처럼 질기고 딱딱한 발을 가진 우리 엄마, 자꾸자꾸 껍질이 얇게 벗겨져 나가는 나의 엄마……

* 이자벨 아자니가 주연한 영화로 우리나라에서는 〈킬링 오브 썸머〉라는 제목으로 개봉했다.

언니와 나는 엄마가 일부러 토한다는 걸 알고 있었다. 복도에 있는 화장실에서 엄마가 구역질하는 소리가 들려왔다. 엄마는 소리를 감추려고 수도꼭지를 틀어놨지만 세면대의 뿌연 물을 보고 토했다는 걸 확인할 수 있었다. 엄마에게 왜 그런 습관이 생기게 되었는지는 모른다. 발레리나와 댄서들이 종종 식욕 부진이나 병적인 허기에 시달린다는 것은 잘 알려진 사실이지만, 그것만으로는 엄마의 구토 습관을 충분히 설명할 수 없었다. 엄마는 일반적인 사례에는 적응하지 못하는 사람이니까. 엄마의 설명에 따르면 저녁마다 아빠와 함께 레스토랑에 가거나 디너파티에 가야 했기 때문에, 식사를 연달아 두 번 하지 않았을 수 없어서 그랬다는 것이다. 외출하기 전에는 딸들과 함께 식탁에 앉아야 했기에 저녁 파티에서 식욕을 유지하려면, 그전에 위장을 비워놓지 않을 수 없었다(아빠는 엄마가 잘 먹는 모습을 좋아했다). 게다가 이브 생로랑의 투피스나 디오르의 모피 원피스를 입지 못하는 불상사를 피하기 위해서도 그래야만 했다. 엄마는 생활 습관에서 온갖 문젯거리를 다 갖고 있었다. 엄마가 지닌 병적 증세들을 목록화한 것만으로도 질병 인체도를 그릴 수 있을 정도였다. 정신분열증, 허언증, 도벽, 알코올 중독에다 신경쇠약과 히스테리가 번갈아 가면서 찾아왔다. 극도로 흥분했다가도 넋이 나가

무기력해지고, 게걸스럽게 먹다가도 갑자기 음식을 입에도 대지 않는 등, 엄마는 모든 것에 있어서 극과 극을 오갔다. 그렇다 해도 이런 병명들은 우리가 엄마를 이해하는 데 큰 도움을 주지 못했다. 그 어떤 병명도 적합해 보이지 않았고, 의문점을 해소하기에는 역부족이었다. 엄마는 종종 밤에 비스킷을 밀크 커피에 적셔서 먹었는데, 커피는 아주 조금 넣고 우유를 많이 탔다. 그 고약한 네스카페가 엄마에게 어린 시절의 치커리 차*를 떠올리게 했기 때문일 것이다. 엄마가 먹고 토하지 않는 유일한 식사이기도 했다. 언젠가 내가 배가 아프다고 하자, 엄마는 나를 토하게 하려고 손가락을 목구멍 속으로 집어넣었다. 조금만 참아, 널 위해서 이러는 거야. 이러고 나면 훨씬 나아질 거야. 그때의 감각이 다시 충격적으로 다가왔던 때는 훗날 내가 사귀던 남자애의 성기를 입안 가득 집어넣어서, 그것이 목구멍에 닿았을 때였다. 그를 남자애라고 부른 이유는 내 연인들을 과연 남자라고 부를 수 있을지 주저되기 때문이다. 이 말은 내 연인들이 여자일 수도 있다는 뜻이 아니라(나의 성 정체성은 분명하게 이성애자다. 남자들의 거친 피부와 투박한 느낌의 향수, 꼬나보는 듯한 시선, 짐승처럼 행해지는 성교, 침대를 꽉 채

---

* 커피와 비슷해서, 인스턴트커피의 색과 향을 개선하는 데 쓰이기도 한다.

우는 신체를 좋아한다) 남자들이란 모두 엄마에게 속한 존재라는 기분이 들어서다. 엄마가 상대하는 남자들 중에는 내 나이와 비슷한 사람들도 있었다. 그럼에도 엄마의 연인들은 남자고, 내 연인들은 언제까지나 소년일 것이다. 이렇게 언어를 사용해서 내 연인들을 어린애로 만들었듯이, 나는 말로 바리케이드를 세우고, 한계선을 정하고, 규칙들을 만들었다. 언니와 나는 그 한계선을 벗어나지 않기 위해 많은 것을 포기했고, 그 규칙들을 따르느라고 한 번도 가져보지 못했던 것들도 있다.

주말의 정기 의례가 될 정도로 규칙적이지는 않았지만, 나는 아빠가 준 용돈으로 자주 엄마에게 줄 꽃을 샀다. 엄마는 흰 장미를 좋아했다. 꽃병이나 꽃다발로 만들어진 꽃 중에서 엄마가 견딜 수 있는 유일한 꽃은 처녀의 순결을 상징하는 하얀 꽃뿐이었다. 빨간 꽃은 엄마에게 전남편인 아빠를 떠올리게 해서 분노를 일으켰다. 두 사람이 함께 사는 동안 아빠는 외박하거나 바람피우거나 무례하게 대했거나 이기적인 행동을 했을 때면 으레 사과의 뜻으로 화려한 꽃다발을 들고 나타났다. 엄마는 망할 놈의 빨간 장미들을 보자마자 창문으로 내던져버렸다. 아빠가 방패막이로 삼으려 했던 그 상투적인 꽃다발을. 이따위 걸로 당신 말을 믿으라고? 젠장, 어디 당신도 입이 있으면 말 좀 해봐! 그때부터 나는 엄마가 분노로 온몸이 마비돼버릴까 봐 마음을 졸였다. 엄마가 모든 사람이 자신을 바보 취급한다고, 그런 행태에 진저리가 쳐진다고, 모두가 한통속이고 멍청한 바보들이라고 고래고래 소리를 지르고 욕설을 퍼붓기 시작하면, 아빠와 언니와 난 몹시 낙담했다. 내가 요구한 게 뭐 그리 특별한 거야? 아니잖아! 누구라도 당연히 받아야 할 권리일 뿐이잖아! 내가 거지처럼 구걸했던 건 나에 대한 최소한의 배려라고! 나병 환자들도 나보단 나을 거야. 나보다 더 많은 배려를 받고 산다고! 하지만 난 뭐야? 나? 천만의 말씀, 난 내가 원하는 건 코딱지만큼도 못 얻고 살잖아! 당신이 준 꽃, 보석, 옷가지 그딴 것들로 내가 뭘 하는지 알아? 난 그걸로 똥을 닦아, 똥 닦는다고! 도대체 당신은 날 뭘로 아는 거야? 내 이마에 바보라고 쓰여 있는진 모르겠지만, 적어도 내 엉덩이에 창녀라고 쓰여 있진 않아! 알아? 알았어, 여보, 그럼 어서 가서 닦아. 이 깨진 꽃병들을 주워서 늘 하던 대로 똥을 닦아. 계속해, 계속하라고, 아주 완벽해. 모든 게 완벽하네. 어이쿠! 신사분께서는 뭐든 할 수 있는 권리를 몽땅 다 가지셨지. 화려하고 사치스러운 건 원하는 대로 다 사실 수 있지. 이거든 저거든, 원하는 건 몽땅 다 가질 수 있잖아.

엄마에게 꽃을 줄 때는(항상 흰색, 오로지 하얀 꽃만 주었다. 하얀 장미, 백합, 프리지아, 튤립, 리시안셔스, 라일락, 자스민, 히아신스, 수국 등 흰 꽃만 선물했고, 작은 잼이나 겨자 병 대신 꽃병을 사용할 때는 내가 좋아하는 은방울꽃을 주었다), 뭔가 사과할 게 있어서 준 게 아니었다. 그저 우리 모녀의 일상에 활력을 불어넣기 위해, 엄마의 역한 담배 냄새를 덮기 위해, 또 나의 순수한 사랑을 보여주기 위해서였다. 그럴 때마다 엄마는 늘 눈물이 고일 정도로 감동했고, 이런 작은 친절에 결코 지친 적이 없었다. 마찬가지로 우리 자매가 보여주는 열정적인 사랑의 선언이나 절제되지 않은 과도한 포옹에도 싫증을 내거나 무감각하지 않았다. 엄마는 한 번도 우리의 포옹을 밀어낸 적이 없었던 것 같다. 언니와 나는 엄마의 침대 속으로 들어가고 싶어 못 견딜 때나, 혼자 잠들고 싶지 않을 때 언제라도 밤새도록 엄마에게 응석을 부릴 수 있었고, 엄마의 두 팔은 항상 넓게 열려 있어서 우리를 힘껏 안아줄 준비가 되어 있었다. 심지어 어렸을 때 우리는 엄마랑 누구 입이 더 큰지 시합도 벌였다. 내 입에 아직 유치가 가득했을 때였다. 입술과 입술을 포갤 때, 난 최대한 입을 벌리고 턱을 내렸다. 이긴 사람은 곧 엄마를 가장 깊이 사랑한 사람이었다. 그건 그저 장난이 아니었고, 반드시 이겨야 했다. 내가 엄마를 가장 사랑한다고 생각했으니까. 사춘기 무렵에는 엄마가 너무 자주 입맞춤을 요구한다 싶으면 싫은 기색도 보였다. 벌써 무지하게 많이 뽀뽀했잖아! 그래, 하지만 그건 제대로 된 뽀뽀가 아니었어. 마음이 들어 있지 않았다고! 그럼 나는 화가 났다는 뜻으로 한숨을 푹 쉰 다음, 엄마의 입술이 아닌 뺨에다 마지막 키스를 했다. 젠장, 이게 뭐야! 두 팔로 꺼안고 해야지! 가슴을 맞대고 두 팔로 안고서 도취한 표정으로 입을 맞춰야지. 우린 서로를 미친 듯이 사랑하니까 말이야, 안 그래? 젠장!

엄마의 비극, 엄마가 끝내 극복하지 못한 그 비극, 지칠 줄 모르고 되풀이해서 듣는 디스크의 긁힌 자국 같은 비극은 바로 애정결핍이었다. 엄마는 아주 어렸을 때부터 애정결핍으로 고통받았다. 결국 엄마의 마음 깊숙이 진홍색의 길게 패인 자국을 남겼고, 영혼에는 더욱 깊은 상처를 냈다. 물론 그 점에서 엄마의 엄마가 가장 크게 비난받아 마땅하다. 할머니는 딸의 마음속에 큰 상처를 남겼을 뿐 아니라, 벌어진 상처를 봉하지 않고 그대로 놔두었다. 엄마는 자기 엄마를 보는 순간부터 강요당한 고통에 찬 눈으로 그녀를 바라보았다(엄마는 할머니 집으로 가는 길은 언제나 울컥하는 마음이 들고 목이 멘다고 말했다). 마치 유년기에 제대로 삼키지 못한 흐느낌이 시간이 흐르면서 점점 목을 졸라 아무것도 넘기지 못하게 만든 것처럼. 할머니 앞에서 엄마는 사춘기 소녀처럼 항상 잔뜩 화가 나 있었고, 아주 유치하게 생떼를 쓰는 아이가 되었다. 할머니는 엄마가 불같이 화를 낼 때도, 지나치게 다정하게 굴 때도 항상 사람을 마비시킬 정도로 쌀쌀하게 반응했다. 무력감으로 할머니의 감정이 경직되었기 때문이었다. 할머니가 지닌 차가운 아름다움은 모녀의 관계를 조금도 개선하지 못했다. 할머니의 얼굴은 섬세한 윤곽과 고운 선들이 놀랍도록 균형과 조화를 이루었다. 할머니의 가장 특징적인 표정은 피로와 짜증 사이에서 불만스럽게 입을 삐죽이 내미는 것이었다. 뾰로통 내민 입술, 오만하게 쭉 곧은 코…… 할머니의 얼굴은 북극 하늘의 강청색과 차가운 흰색으로 만들어진 무표정한 베네치아 가면을 닮았다. 항상 뒤로 팽팽하게 당겨서 쪽진 칠흑 같은 머리는 〈백조의 호수〉의 흑조, 오딜을 떠올리게 했다. 한마디로 꼴 보기 싫은 오딜의 헤어스타일이지, 정말 너무 심했어. 몽트뢰유에서 발레 학원을 열고 나서, 엄마가 괴상한 차림을 한 할머니의 머리 모양을 비웃으면서 한 말이었다. 사실 엄마는 할머니가 원해서 낳은 아이가 아니었다. 끔찍한 사고로 태어난 아이인 데다, 소아 질병에 이어서 정신 질병까지 가진 딸이었다. 할머니

73

는 자신이 할 수 있는 만큼 했다고 생각했다. 스무 살의 나이에 악몽 같은 남자를 만나 임신하게 된 아이는 병약했고, 식욕 부진에다 얼마 있지 않아서 신체장애까지 갖게 되었다. 엄마는 다섯 살에 네케르 병원에서 18개월이나 지내야 했다. 그곳은 전쟁 직후에 어린이 환자들을 돌본 병원이었다. 할머니는 날짜가 희미하게 잘 생각나지 않는다고 했지만, 엄마는 그 18개월 동안 자기 엄마가 한 번도 병원에 오지 않았다고 자주 말했다. 그곳은 엄연히 환자 방문이 허락된 곳이었고, 엄마의 할머니가 정기적으로 엄마를 보러 왔기 때문에 그 사실을 분명히 알고 있었다고 했다. 할머니도 찾아왔는데 엄마라는 사람이! 엄마는 병원을 맡아 운영했던 선생님의 이름까지 기억하고 있었다. 그리고 주변의 침대가 하나 둘 비어갔던 것도 기억했는데, 그게 무엇을 의미하는지 알고 있었다. 치료되지 못해서 다시 돌아올 수 없는 길로 떠난 사람들이었다. 엄마가 그 병원에서 살아 나올 수 있었던 건 엄마에게 지극한 정을 쏟아주었던 담당 간호사 덕분이었다. 심리학자들은 어린아이들, 고아들 혹은 심각하게 아픈 아이들에게 분리가 미치는 결과를 연구했다. 그 결과, 어린애가 애착을 느낄 수 있도록 관심을 보여주지 않을 경우 어떤 아이들은 그냥 죽었고, 또 다른 아이들은 걷거나 말하는 것을 제대로 배우지 못했다. 말하자면 태도에서 심각한 문제들이 나타났다는 것이다. 건강한 인간으로 성장하기 위해서는 육체의 접촉, 타인의 체온과 체취, 숨소리, 목소리의 파동, 손가락 끝, 입술의 맛이 있어야만 한다. 엄마는 본능적으로 그걸 알고 있었기에 한 간호사가 엄마의 생명을 구했다는 말에 수긍이 갔다. 마찬가지로 언니는 자신의 내면에서 느끼는 평안함이 자기보다 22개월 후에 태어난 동생의 존재 덕분이라고 확신했다. 늘 내가 옆에 있었다는 사실, 단지 내가 존재한다는 그 사실이 언니를 구원했다는 것이다. 엄마는 외동딸이었다. 할머니는 아마 아이가 생겼더라도 언니에게 동생을 만들어주지 않았을 것이다.

엄마 말에 의하면 할머니는 늙는 게 너무나 두려웠던 나머지, 딸을 자기 동생처럼 보이게 하려고 청소년처럼 옷을 입혔다. 아, 동생인가요? 길에서 만난 지인들이 물으면 할머니는 망설임 없이 그렇다고 대답했다. 너희 할머니는 엄마의 자질이라곤 코딱지만큼도 없는 사람이야, 아니 전혀 없는 사람이지. 정말 퉁명스럽고 못된 여자였어! 너희들 할머니가 나한테 어떻게 했는지 아니? 엉덩이의 셀룰라이트를 없애야 한다면서 내 엉덩이를 꼬집곤 했단다. 그러면서 이러는 거야, 애, 이 오렌지 껍질 같은 피부 좀 보렴, 이게 다

지방 덩어리야! 당시에 난 젓가락처럼 빼빼 마른 아이였는데 말이야. 하지만 너희 할머니는 나를 질투했고, 내가 자기를 응달로 만드는 걸 견디지 못했지. 어찌나 날 때리고 머리카락을 세게 잡아당겼던지, 빠진 머리카락이 내 베개 위에서 한 줌씩 발견되곤 했다니까! 머릿속으로 손만 집어넣으면 머리카락이 우수수 떨어졌어. 물론 너희들에겐 나쁜 할머니가 아니지. 하지만 실은 그것도 내 걸 갈취해가는 방법이라는 거야. 너희들 마음을 빼앗아가잖아. 난 절대 뭐든 가져선 안 된다는 걸 온몸으로 보여주는 방법이란 말이야! 내가 하고 싶은 말은 그거야.

엄마는 할머니에 대해 끊임없이 비난과 독설을 퍼부었고, 할머니의 악행을 지치지도 않고 열거해댔으며, 같은 이야기를 수천 번도 넘게 하고 또 했다. 이 세상에 자기 엄마보다 더 독한 뱀도, 더 가증한 괴물도 없었다. 아무리 거친 표현을 써도 도대체 그처럼 고집 세고, 까다롭고, 독기 서린 여인을 묘사하기엔 역부족이었다. 그래, 네 할머니는 심술궂은 괴물이야. 비열한 인간, 맹독 같은 여자지. 독을 지닌 데다 위선으로 똘똘 뭉쳤다니까. 그러나 엄마는 종종 주말이면 할머니와 할아버지 집에 우리 둘을 맡기고 여행을 떠났다. 할아버지란 엄마의 새아빠를 말하는데, 그분이 엄마를 키워준 우리 할아버지다. 언니와 나는 여름방학의 절반을 할아버지, 할머니와 함께 해수욕장에서 보냈다. 두 분은 그곳에 소박한 가족용 펜션의 큰 방 하나를 빌리던지, 아니면 작은 아파트 하나를 빌렸다. 아파트에는 주방 시설이 갖추어져 있어서 식사 준비도 할 수 있고, 주차장으로 향한 작은 발코니가 딸린 거실과 큰 방이 있었다. 할아버지와 할머니는 거실에 있는 접이식 소파에서 주무시면서 우리를 침실에서 자게 했다. 아빠와 엄마는 시골뜨기들의 바캉스라며 우리를 놀렸고, 얼마 되지 않아서 언니와 나도 타고난 속물근성과 부유한 집 아이들에게서 흔히 보이는 시건방진 태도로 비웃기 시작했다. 할아버지와 할머니는 살림집인 아파트와 바로 밑인 1층에 발레 학원을 갖고 있었다. 할머니가 세운 학원은 할머니의 제국이었다. 회사에서 영업직 대표로 일했던 할아버지는 훗날 부부의 자산에 저축해두었던 돈을 합해서 부이그에 시골집을 한 채 샀고, 더 시간이 지나서는 교외에 '3개의 강'이라는 이름의 고급 주택지에 있는 방 3개짜리 집으로 이사했다. 반대로 아빠는 단 한 번도 집을 소유한 적이 없었다. 자본 축적, 부동산 투자 같은 건 촌놈들, 가난한 무지렁이들이나 하는 짓이었다. 자기는 그들과는 급이 다른 사람이며, 돈은 나무에서 열리는 것처럼 생각했다. 엄마는 주말이나 휴가철 동안에 우리를 할아버지 할머니 집에 데려다 놓고, 주말이나 바 캉스가 끝나면 데리러 왔다. 하기야 그편이 차라리 더 나았 다. 엄마가 우리와 함께 식사하려고 할머니 집에 오면 어김 없이 난장판이 벌어졌으니까. 불행하게도 엄마가 와서 며 칠 지내야 할 일이 생기면 우리 자매는 전쟁 지역을 관광하 고 있는 기분이 들었다. 할아버지와 할머니는 우리에게 언 제나 친절했지만 엄마 이름이 발음되는 즉시 입에서 욕설 이 터져 나왔다. 거짓말쟁이, 도둑년, 미친년, 돈을 물 쓰듯 하고, 책임감이란 눈곱만치도 없고, 생각만 해도 끔찍하고, 흥분만 하면 길길이 날뛰고, 도무지 통제란 게 안 되고, 어 디든 항상 늦고, 정신이 완전히 나갔고, 믿을 만한 구석이 라곤 눈을 씻고 찾아봐도 없고, 교양 없고, 쥐뿔도 없으면 서 온갖 잘난 체는 다 하고, 난폭하고, 시건방지고, 격에 맞 지 않는 말과 행동만 하고, 무례하고, 독선적이고, 항상 문 젯거리를 달고 다니는 년……. 네 엄만 항상 문제를 달고 사는구나, 천하에 없는 사고뭉치. 오, 할머니. 우리도 다 아는 건데 굳이 다시 생각나게 해줘서 고마워요! 우리는 할머니 집에 가면 어떻게 행동해야 할지 환하게 알고 있었 다. 그곳에는 놀랄 일이라곤 전혀 없고, 모든 게 질서 정연 했다. 노부부의 일상을 방해하는 거라고는 엄마가 와서 벌 이는 엉뚱한 일, 그것밖엔 없었다. 모든 게 관례적이고, 소시민적이며, 판에 박은 듯한 일상이 똑같이 이어졌다. 디저트로 먹는 퐁레베크 치즈며, 전채 요리로 먹는 아보카도 4분의 1쪽이며, 항상 길이 방향으로 자른 아티초크 반 개까지. 여보, 당신 뭐 먹을래요, 아보카도? 아티초크? 나야 당신이 주는 대로 먹지! 모든 게 언제나 할머니 마음대로였다. 여름에는 삶은 달걀을 곁들인 토마토 샐러드를 먹었는데, 토마토를 자를 때는 토마토 써는 기계를 사용했다. 그 기계는 열 번 중 겨우 한 번 정도만 제대로 작동되었다. 그게 할머니를 몹시 짜증 나게 했다. 할머니는 이따위 사기 제품이 어디 있느냐고, 할아버지가 또 조잡한 도구를 사서 바보 같은 짓을 하고 있다고 불평하며 욕을 했다. 샐러드에 뿌리는 프렌치드레싱은 오래된 오이 피클 병에 미리 준비해두었던 것으로, 일주일 동안 쓸 요량으로 한꺼번에 씻어놨던 상추 위에 부어서 먹었다. 미리 씻은 상추는 터퍼웨어 플라스틱 상자 안에 차곡차곡 정리되어 있었다. 할머니는 토요일 점심이면 늘 로스트비프를 요리했고, 토요일 저녁에는 중닭 두 마리를 요리했으며, 일요일 점심에는 할아버지가 전기 칼로 하나하나 뼈를 발라놓은 양 뒷다리 요리를 먹었다. 그 전기 칼은 TV 주문 판매에서 할인할 때, 할머니가 할아버지에게 졸라서 산 거였다. 일요일 이후 주중이면 할머니는 주말에 먹고 남은 재료들로 요리했다. 우리가 할아버지에게 먹을 게 뭐가 남았느냐고 물어보면, 할아버지는 우릴 웃기려고 "망구루누!" 하고 대답했다. 망구루누? 그게 뭔데요? 배추 나부랭이라는 뜻이야! 그러면 할머니는 시답잖은 소리는 집어치우라며 외쳤다. 그러잖아도 지들 엄마에게서 나쁜 소리란 소리는 이미 충분히 듣고 사는 애들이잖아요. 한 번은 할머니가 엄마 앞에서 어조를 높인 적이 있었다(할머니의 중상 비방이 엄마 귀에까지 들리는 일은 거의 없었다. 딸 앞에선 입을 딱 다물었으니까. 할머니는 엄마를 겁냈다). 세상에, 그날 그 노친네가 자기는 안 그랬다는 거야! 엄마는 듣고 싶어 하는 사람마다 그 이야기를 했다. 더욱이 딸들이 바로 그 현장에 증인으로 있었는데도 깜빡 잊었는지, 우리에게까지 처음인 양 흥분해서 말했다. 그래서 내가 뺨따귀를 한 대 날렸지! 그 노친네, 나한테 한 대 맞았다고 해서 억울해할 건 없어. 못돼먹은 여자가 그동안 수도 없이 날 때렸던 것의 극히 일부를 갚은 것뿐이니까. 그 후로 더는 아무도 엄마에게 항의하지 못했다. 그 사건은 모두가 일치된 의견을 갖게 했다. 무반응하기로.

내 유년 시절을 함께했던 반려동물들은 하나같이 우리를 이별의 슬픔에 익숙해지게 만들었다. 할머니와 할아버지가 키운 개들은 그렇지 않았다. 두 분이 키운 개들은 두

세 세대를 이어가며 12년은 족히 살았다. 하지만 우리 집 개와 고양이 들은 한 번도 성견이나 성묘에 이르지 못했다. 순서대로 떠올려보자면, 첫 번째 개는 이웃 사람들이 죽였고, 고양이 한 마리는 운이 없게도 4층에서 떨어졌고, 또 다른 고양이는 복잡한 도시의 정글 안에서 잃어버렸으며, 또 다른 개는 고속도로에 버려졌다. 누군가에게 잠시 맡겼던 개도 한 마리 있었는데, 되찾아오지 않았다. 그다음 개는 불행히도 길을 건너다 오토바이에 치였는데, 엄마가 고통을 줄여주자며 안락사를 시켰다. 끝으로 제일 마지막에 키웠던 작은 개는…… 엄마가 입원하기 직전에 알려주기를, 할머니가 개의 목줄에 벽돌을 매달아서 센 강에 버렸다고 했다. 나는 그 말을 도무지 믿을 수가 없어서, 몸을 떨며 울고 있는 엄마를 한참이나 바라보았다. 잔인하고 끔찍한 일이었다. 어떻게 할머니가 그렇게 무서운 괴물일 수가 있지? 피만 봐도 고개를 돌려버리는 할머니가! 우리와 함께 디즈니 만화영화를 보다가 밤비의 엄마가 죽는 걸 보고 나만큼 울었던 할머니가! 피겨 스케이팅을 보다가 너무나 아름다운 장면이 나오면 언제나 두 눈에 눈물이 차오르던 그 할머니가! 내 말을 못 믿겠으면 네가 할머니한테 직접 물어봐! 그래서 난 할머니에게 전화해서 머뭇머뭇 말을 더듬고 훌쩍거리면서 말했다. 하알머니이이! 왜 내 개를 센 강에 버렸어요? 나보다 더 당황한 할머니는 우리 개가 사라진 것도 몰랐다고 대답했다. 그러면서 엄마가 거짓말한 걸 용서하라고 했다. 네 엄마가 아파서 그래, 불쌍한 아가야. 나도 마음이 아프구나. 하지만 엄마를 미워하면 안 돼, 네 엄마는 원래 그래. 고의로 그런 건 아니란다. 너도 알겠지만 지금 많이 아파서 그런 거야. 나는 아무것도 알 수 없었다. 너무나 참담해서 그 기억을 갖고 도무지 살 수 없을 것 같았다. 그래서 나는 기억을 백지화해버렸다. 훗날 더 많은 시간이 흐른 후였다. 하루는 내가 책을 읽고 있는데 엄마가 무슨 책을 읽고 있는지 말해달라고 하도 졸라서, 책에 집중할 수가 없었다. 엄마가 계속 방해했기 때문에 결국 책 읽기를 멈추고, 그때까지의 스토리를 대충 들려주었다. 《모라바진》*의 앞부분 내용인데 주인공이 그때까지 자기의 유일한 친구이자 충실한 동반자였던 반려견의 배를 가른 이야기였다. 실은 네게 고백할 게 하나 있어…… . 아냐, 엄마, 그럴 필요 없어. 나는 이미 설명이 필요한 나이를 지난 때였다. 정말이지 알고 싶지 않았지만 엄마는 고집을 부렸다. 아냐, 엄마, 맹세하는데 정말 알고 싶지 않아! 하지만 너무 늦었다. 엄마의 고백은 이미 입 밖으로 나와버렸다. 그 작

---

* 블레즈 상드라르의 소설로 유럽의 망명한 마지막 왕손의 광기와 파괴적인 에너지를 보여주는 이야기.

은 강아지, 나의 개를 죽인 건 엄마였다. 그것도 부엌칼로. 있잖아, 그때 난 누구라도 죽여야 했어. 그 나쁜 놈이든 그 자식과 놀아난 창녀 계집년이든, 하다못해 강아지라도 죽여야 했지. 가슴이 너무 아파서 견딜 수가 없었어. 너도 알지? 하지만 내가 완전히 미쳤던 건 아냐. 만일 내가 그 쓰레기를 죽이면, 내 인생이 영영 감방에서 끝난다는 걸 알고 있었으니까. 어떻게 내가 너희들에게 그런 일을 겪게 할 수 있겠니! 내 딸들에게 말이야. 그래서 그 개를 죽였던 거야. 그래, 불쌍한 그 개가 당했어. 말도 안 되게 부당한 희생이었지. 누구보다도 네가 정말 힘들었을 거야, 넌 그 개를 유난히 사랑했으니까. 하지만 누군가는 죽어야 했어. 다른 방법이 없었단다.

아, 그 남자! 나는 일곱 살에 엄마에게 경고했었다. 그건 정말 좋지 않은 계획이라고. 내가 일곱 살에, 엄마가 그 아저씨를 어떻게 생각하느냐고 의견을 물어봤을 때, 어떤 아저씨를 말하는지 모르겠다고 대답했지만, 실은 알고 있었다. 엄마는 이제부터 그 아저씨랑 함께 살게 될 거라고 말했다. 나는 그러고 싶지 않다고 분명하게 대답했지만 결정은 이미 내려졌다. 우리 세 모녀는 아빠를 떠나 그의 집으로 들어갔다. 엄마는 강아지 사건과 그 남자와의 이혼과 정신 병원에 다녀온 이후로 그를 늘 천치라고 불렀다.

천치에게는 우리와 각각 똑같은 나이의 남매가 있었다. 엄마는 그 집 남매와 우리 자매가 함께 다니던 학교에서 그를 만났다. 그 남자는 좋은 아버지가 갖춰야 할 장점을 모두 갖고 있었고, 히스테리가 심한 아내와 이혼한 직후였다. 그런데 우리 양육권을 아빠에게 빼앗긴 상태에서 엄마에게 있을 수 없는 일이 일어났다. 엄마가 그쪽 남매와 우리 자매, 넷 모두를 양육할 권리를 얻어낸 것이다. 엄마는 자신이 대가족을 원한다고 확신했다. 엄마는 공동양육권은 모두에게 혼돈만 일으킬 뿐, 쓸잘머리 없다면서 몹시 반대했다. 그래서 파리에서 가정 문제에 관한 한 가장 유명한 전문 변호사의 도움으로 콘크리트만큼 견고하고 빈틈없는 소송 자료를 준비했다. 그 변호사는 다름 아닌 아빠의 친구였는데, 그는 아빠가 이 새로운 부부를 보증해줄 수 있다는 점을 십분 활용했다(실은 자기의 새 여자 친구의 보증인이었다. 물론 그 새 여자 친구는 우리 엄마다). 엄마는 흠잡을 데 없는, 아니, 거의 흠잡을 데 없는 가정주부이자 어머니였다. 아침에는 우리를 학교로 데려다주고, 방과 후에는 우리 넷을 테니스장, 승마장, 발레 학원, 피아노 학원으로 데리고 가기 위해 전속력으로 도로를 내달리곤 했다. 엄마는 날마다 우리를 질식시키는 담배 연기를 달고 살았지만, 그리 별난 게 아니었다. 우리 세대의 모든 아이들이 똑같은 불평을 하고 있었으니까. 우리는 뺨을 맞을 때도 있었지만 그것도 이상한 일은 아니었다. 모든 세대의 모든 아이들이 겪는 일이었다. 천치도 우리가 말을 듣지 않으면 손찌검을 했다. 우리 아빠와는 다르게. 아빠는 우리에게 한 번도 손을 댄 적이 없었다. 이유 없이 버럭버럭 화를 내며 소리를 지를 때는 있었지만 때리지는 않았다. 아무튼 그때 엄마는 거의 완벽한 어머니상에 가까웠고, 많은 꼬마들을 책임지고 있었다. 우리 넷에다, 엄마가 보너스로 봐주고 있는 내 친구들과 언니 친구들까지. 엄마는 우리가 학교에서 소풍을 가거나, 현장 학습을 갈 때면 언제나 제일 먼저 자원해서 돌보는 일을 맡았다. 엄마는 그 조무래기들을 집에 데려다주느라 무려 열네 집이나 돌아다니는 것도 마다하지 않았다. 아마도 매끈하게 차려입고 다니는 엄마의 여왕 같은 태도와 외모에 가려 모두들 엄마의 사회적 괴리나 기이한 행태, 심각한 문제점 같은 건 전혀 눈치채지 못하고 지나갔던 것 같다. 엄마의 옷차림은 엄마가 어느 계층에 속한 사람인지를 너무나 잘 말해주고 있었다. 엄마는 상류층 사립 학교의 정문을 무대로 7구역의 상류 사회 부인이나 입을 수 있는 멋있고 세련되고 우아한 의상을 입고 나타나곤 했다.

1층에 있던 우리 아파트는 정부 청사 근처인 바렌가에 있었기 때문에 늘 경찰의 보호를 받았다. 침대에 누우면 골목 끝에서 보초를 서는 경찰들이 보였다. 우리가 쓰던 커다란 방은 넷으로 나뉘어져서, 네 명 모두 각자의 책상 위에 설치된 침대를 갖고 있었고, 책상 옆에는 옷장이 있었다. 각자에게 할당된 4분의 1의 공간이 우리에게 허락된 사적 공간이었다. 우리는 저마다 잠잘 때 안고 자는 인형들이 있었다. 그리고 나머지 장난감들은 모두 커다란 가방 안에 넣어 정리해두었기에, 모든 인형이 가방 안에 뒤죽박죽 같이 살고 있었다. 언니는 내가 태어난 후로 6년 동안 줄곧 잠들기 전에 내 손을 잡는 습관을 갖고 있었다. 아주 어렸을 때부터 언니는 엄마에게 내 요람을 자기 방에 놔달라고 부탁했고, 좀 더 커서는 우리 둘의 침대를 쌍둥이처럼 붙여달라고 졸랐다. 이사했을 때 언니가 맞닥뜨린 최악의 시련은 잠들기 위해 반드시 필요한 동생의 손가락을 더이상 만질 수 없다는 것이었다. 밤에 불빛이 꺼지고(엄마가 분명히 불 끄라고 말했지! 엄마는 우리 방 문틈으로 스탠드 불빛이 새어 나오는 걸 보면 그렇게 외쳤다), 다른 두 아이의 숨소리가 느려지고 낮게 코 고는 소리가 방안에 울리면, 언니는 내가 겨우 들을 수 있을 정도의 소리로 속삭였다. 동생아, 자니? 난 자고 있지 않았다. 하기야 자고 있었다고 해도 언니는 기어코 내 침대로 기어 올라와서 취조관 같은 검지로 내 눈꺼풀을 들어 올리면서 귀에 대고 속삭였을 것이다. 동생아, 자니? 언니는 엄마가 와서 보기 전에 얼른 자기 침대로 돌아가야 했다. 무슨 생각해? 언니가 물었지만 딱히 생각하고 있는 게 없었다. 때로 경찰들을 바라보면서 가로등 불빛 아래로 보이는 그들의 복장을 자세히 관찰하곤 했다. 경찰복, 경찰모, 유니폼의 단추, 어깨와 가슴에 붙어 있는 기장 등등…… 내 베개는 방 모서리에 놓여 있었기에 커튼 뒤로 비스듬하게 가로등 불빛이 새어 들어왔다. 우리 아파트는 길모퉁이에 있었는데 신호등이 바로 내려다보여서 신호등 불빛이 바뀌는 걸 바라볼 때도 있었다. 빨간색은 녹색보다 더 오래 켜져 있고, 녹색은 노란색 불빛보다 더 오래 켜져 있었다. 노란색 불은 겨우 몇 초만 켜져 있을 뿐이어서, 엄마는 항상 노란색 불을 무시했다. 엄마에게 노란불은 가속 페달을 더 밟아야 한다는 의미였다. 그 노란색 불빛은 가로등 색깔과 비슷했다. 내가 눈을 깜빡거리거나, 가늘게 떠서 초점을 흐리게 하면 가로등 불빛이 하나로 모아지곤 했다. 나는 여전히 초조해하는 언니에게 대답하기 위해 잠시 생각해야 했다. 그러고는 내일 수업이나 운동장에 나가서 노는 생각, 내일 날씨에 대한 생각, 아니면 내일 입을 옷에 대해 생각하고 있었다는 대답을 만들어냈다. 언젠가는 신호등 녹색 불빛이 켜져 있는 시간을 모두 합쳐서 얼마나 될지 계산해보고 싶은데, 24시간 안에 몇 초가 있는지 계산이 잘 안 된다고 말했더니, 언니가 곱셈하는 법을 가르쳐주었다. 그 시기에 언니와 나는 우리의 새 형제자매를 사랑하는 법을 배웠다. 그 애들은 우리와 친구 사이가 아니었다. 반에서 함께 어울려 노는 친구들도 아니었고, 단지 같은 학교에 다니는 다른 아이들에 불과했었다. 하지만 이제는 함께 저녁을 먹었고, 점심시간에는 똑같은 점심을 싸 갔으며, 집에 오면 함께 놀고, 방학 때는 함께 스키를 타는 사이가 되었다.

엄마는 다리 때문에 스키를 탄다는 건 생각도 하지 않았고, 게다가 추위를 무척 싫어했다. 그런데도 엄마는 자원해서 우리 넷 모두를 알프스로 데리고 가서 스키를 탈 수 있게 해주었다. 엄마는 우리에게 꼭 붙는 레깅스와 티셔츠와 상하가 달린 스키복과 모자 달린 재킷과 두 켤레의 양말을 겹쳐 신게 한 다음, 벙어리장갑, 눈썹까지 오는 모자와 고글을 씌운 후에 마지막으로 입술에 보호제까지 발라주었다. 그러고는 용감하게도 우리를 기차처럼 한 줄로 세운 다음 앞에서 끌기 시작했다. 남편이 파리에서 일하고 있는 동안, 우리 넷을 스키 학교에 밀어넣은 용기와 이타심은 엄마를 성스러운 여인에 가깝게 했다. 엄마의 남편은 최대한 빨리 오겠다고 했지만 갑자기 해결해야 하는 일들이 예상치 않게 계속 생기는 바람에 결국 오지 못했다. 스키 타는 것을 너무 좋아했던 그로서는 안타까운 일이었다. 나는 스키장에서 보내는 겨울방학을 좋아하지 않았다. 이유는 리프트를 타고 올라가느니 차라리 죽는 게 낫다는 생각을 할 정도로 현기증이 심하거나, 눈밭에서 계속 넘어졌기 때문만은 아니었고 나도 엄마처럼 추위를 심하게 싫어했기 때문이었다. 오죽하면 꼭 끼는 신발을 신고, 고문 도구 같은 스키 위로 올라가는 것만 안 할 수 있다면 불구가 되어도 좋다는 생각까지 했을까. 꽉 조이는 신발은 발목 관절에 경직을 일으켜서, 발이 얼기도 전에 이미 마비되게 만들었다. 아침부터 저녁까지 눈밭 위를 올라갔다 내려갔다 하는 짓만 하지 않을 수 있다면, 하루가 끝난 시간에 기다란 스키를 들고 숙소에 돌아와서 그것들을 놓을 작은 공간을 찾기 위해 애쓰는 수고를 하지 않게만 해준다면 내가 가진 장난감을 아낌없이 몽땅 내주었을 것이다. 스키 놓을 자리를 찾아서 정리하는 일은 마치 테트리스 게임의 꼭대기 줄에 이르렀을 때, 떨어지는 조각을 어디에 놓을지 몰라서 당황할 때와 같은 기분이었다. 우리는 닌텐도 게임기도 갖고 갔는데, 다른 애들은 모두 신기할 정도로 그 게임을 잘했다. 하지만 나는 그 게임 앞에서 또 한 번 스스로 무능함을 느껴야 했다. 설령 부러진 데는 없었어도(제발 팔 하나 부러뜨리는 일까진 하지 마! 알았지?) 결국 빙판 위에서 녹초가 되는 걸로 끝나기 마련인 이 부조리한 스포츠에서 느꼈던 것처럼! 어디 한 군데 부러져서 응급실로 실려 가기라도 하면, 우리의 바캉스는 정말 복잡해질 터였다. 무엇보다도 스키장 꼭대기에 있는 산장의 테라스에서, 아빠가 사준 마르모트 모피로 온몸을 감싼 엄마가 거대한 선글라스 뒤에서 너무나 불행한 표정을 하고 있었으니까. 스키 학교 수업 때 다른 애들은 모두 별 배지나 작은 화살 배지, 회전 합격 배지, 동메달, 은메달, 금메달 등을 훈장처럼 받았는데, 나는 겨우 눈송이 배지 하나를 받았을 뿐이었다. 마지막에 겨우 별 배지를 받았는데, 그건 최우수 학생이었던 언니가 나의 잇따른 실패로 너무 속상해하는 것을 보고, 선생님이 순전히 언니를 불쌍하게 여겨서 내게 준 것이었다. 다행히도 나를 위로할 수 있는 게 있었으니, 그건 바로 여름에 코레즈 별장에 가는 거였다.

코레즈의 별장은 재구성된 우리 가족이 가장 좋아하는 곳이 되었다. 우리 네 아이의 유년기 추억은 이 동화 같은 궁전 안에 집중되었다. 엄마는 완전히 스페인 궁전 형태에다, 모든 게 돈키호테식인 이 집에 자신의 현재와 미래를 모두 쏟아부었다. 가끔 강으로 송어 낚시를 하러 가는 것 외에는 아무것도 할 일이 없었지만, 방해받지 않고 긴 시간을 한적한 곳에서 공상에 잠길 수 있게 해주었다. 그런 시간을 가끔 방해하는 게 있다면 활력이 넘치는 활동적인 사람들에게서 간간이 들려오는 한숨 소리뿐이었다. 나는 엄마에게 줄 꽃을 꺾기 위해 종종 들판으로 나가곤 했다. 엄마는 시골에 오니 키 큰 잡초들이나 데이지꽃만 마음에 든다고 했었는데, 사실 하얀 거짓말이었다는 걸 한참 후에야 깨달았다. 혹시라도 내가 이웃집 화단에서 꽃을 꺾어 오는 일이 있을까 봐 그랬던 것이다. 코레즈 별장으로 갈 때면 우리 여섯 명은 파리에서 자동차를 타고 출발했다. 밤에는 엄마가 남편을 대신해서 운전했다. 워낙 먼 거리인 데다가, 네 아이의 시끄러운 소리와 끊임없는 질문 때문에 차라리 운전하는 편이 낫다고 생각했을 것이다. 오줌 마려워요, 토할 것 같아요, 멀미 나요, 배고파요, 목 말라요, 잠이 안 와요, 옛날이야기 해줘요, 언제 도착해요? 도착하려면 아직 멀었어요? 곧 도착한다고요? 곧이 언제쯤인데요? 두 사람은 커다란 볼보를 사서 뒷좌석을 뒤로 넘겨 캠핑카처럼 쓸 수 있게 했다. 그래서 네 명의 아이들은 뒷좌석을 제치고 생긴 공간에 베개나 방석을 팔 밑에 낀 채 나란히 눕거나, 머리와 다리를 엇갈리게 누워서 잠이 들었다. 새벽녘이면 코레즈에 도착했다. 앞 유리창을 통해 차 안으로 들어온 시골의 시원하고 맑은 공기는 파리에서부터 몸에 절어버린 담배 냄새를 몰아내며, 부드럽게 우리를 깨웠다. 울창한 계곡의 신선함이 땀에 젖은 머리카락을 쓰다듬고, 불그스름한 새벽빛이 눈꺼풀을 간질였다. 나는 짧은 소매의 잠옷을 입어 맨살이 드러난 언니의 팔 뒤로, 아침의 첫 햇살이 비치는 것을 바라보았다. 언니의 팔은 차가 울퉁불퉁한 길을 지나며 흔들리는 통에 내 이마와 어깨 사이에 놓여 있었다. 네 아이는 차례차례 눈을 비비며 일어났다. 우리는 잠에서 깨자마자, 수호성인 축제를 준비하고 있는 광경을 하나라도 놓칠세라 눈을 크게 뜨고 밖을 내다보았다. 그러고는 뒤에 무릎을 꿇고 앉아서, 앞의 두 좌석 사이로 얼굴을 집어놓은 채 차례로 삐약거렸다. 이제 거의 다 왔어요? 그래, 거의 다 왔다! 엄마와 새아빠도 우리만큼이나 안심이 되는지 떨리는 목소리로 말했다. 우리는 감동으로 가슴이 벅차올랐다. 드디어 한 달 내내 지낼 행복의 집에 도착한 것이다. 마침내 마을로 가기 위해 넘어야 하는 나지막한 산 밑의 폐쇄된 낡은 역 앞에 이르렀다. 됐어! 거의 다 왔어, 우린 거의 다 왔어! 우리는 한목소리로 외쳤다. 자동차가 나선형의 좁은 산길로 들어서면 그때부터 엄마는 음악을 크게 틀었다. 늘 똑같은 음악이었다. 비발디의 사계 중에서 〈봄〉이었다. 경쾌한 음악이 흐르면 우리는 방울새처럼 웃고 노래를 불렀다. 처음에는 합창으로 시작했다가 나중에는 돌림노래로 이어졌다. 거의 다 왔다, 거의 다 왔다, 거의 다 왔다…… 이제 다 왔다! 우리는 기뻐서 어쩔 줄 몰랐다. 바캉스 내내 기대해왔던 기쁨은 실로 엄청났다. 엄마의 친구들이 수도 없이 우리를 보러 왔다. 아이들 방은 금세 기숙사 침실로 변했는데, 마주 보는 두 벽을 따라 매트들을 나란히 놓아서 잘 수 있게 해놓았다. 침대? 그건 걱정 안 해도 돼. 더 와도 돼, 자리는 얼마든지 있어. 위로 쌓으면 되지. 네 명이 잘 수 있다면, 열두 명, 열여섯 명, 그 이상도 잘 수 있다는 소리야.

우리 집은 작은 마을 꼭대기에 자리하고 있었다. 오른쪽에 사는 이웃은 닭들과 양 두 마리를 기르고 있었고, 왼쪽 이웃은 암소들을 기르고 있어서 우리에게 젖을 짜볼 수 있게 해주었다. 그 농가의 헛간에는 트랙터가 있었는데, 바퀴에 두엄 덩어리가 딱딱하게 굳어 있었다. 짚더미 안에는 얼마 전에 새끼를 낳은 길고양이 가족이 살았다. 그 집에서는 늘 진한 수프 냄새와 기름 먹인 방수포 냄새가 났다. 집 뒤에는 갖가지 색의 토끼들을 기르고 있었는데 토끼장 앞에 가서 철망 사이로 토끼들에게 당근을 줘도 된다는 허락을 받았다. 우리 집 맞은편에 있는 들판 끝에는 돼지우리가 있어서 구역질나는 냄새를 풍겼고, 시끄러울 정도로 꿀꿀거리는 소리가 도시 아이들의 둔화한 감각을 일깨워주었다. 저녁이면 엄마는 굉장히 커다란 나무 식탁 위에 진수성찬을 차려주었다. 엄마가 작은 골동품상에서 기적처럼 찾아냈다고 자랑하는 나무 식탁은 커다란 떡갈나무로 된 수도원용 식탁으로, 양옆에 교회 의자처럼 긴 벤치 두 개가 놓여 있었다. 그 식탁에서 어른들과 아이들이 모두 같이 먹었다. 주로 분홍빛 송어를 굽거나, 소금에 절이거나, 튀긴 다음 채소와 버무려서 먹었는데, 송어를 좋아하든 좋아하지 않든, 불평하거나 소란을 부리는 애들은 아무도 없었다(가끔 우리의 낚시질이 기적을 일으킨 덕에, 매번 새로운 메뉴를 생각해내지 않으면 안 되었다). 메뉴에는 장작불에 구운 감자도 있었다. 벽난로의 잿더미 안에 파묻어서 구워낸 감자였다. 감자를 좋아하느니 않느니 하는 말은 조금도 안 통할 테니까 그런 줄 알아! 접시 앞에서 얼굴을 찌푸리는 아이들에게 엄마는 그렇게 말했다. 엄마는 포크를 쓰지 않고 직접 손으로 요리하길 좋아했다. 맨손으로 샐러드를 버무리고, 보울 속의 프렌치드레싱이든 냄비 속의 소스든 항상 손끝으로 찍어서 맛을 보곤 했다. 7대 죄악 중 하나인 식탐의

죄를 살짝 건드릴 정도의 왕성한 식욕과 미각을 만족시키면서. 엄마가 안무한 춤과 노래 덕분에 우리의 축제는 떠들썩한 바쿠스 축제가 따로 없었다. 우리는 서로의 옷을 빌려 입거나, 예술적인 창작 의상을 만들어 입기도 했다. 구멍 난 양말은 기다란 장갑으로 변했고, 머플러는 인도 여인의 사리처럼 둘려졌고, 수건은 터번으로 변하거나 주름치마로 바뀌었다. 비닐봉지는 파티 드레스가 되었고 구겨진 은박지도 온갖 종류의 가면이나 액세서리로 탈바꿈했다. 엄마는 그렇게 연극적 효과를 내는 일에 탁월했다. 무대 경험이 있는 엄마가 무대 뒤인 복도에서(처음엔 다락방 밑에 드레스 룸을 만들었다) 공연을 준비하는 우리를 도와주었다. 엄마에게 그곳은 낙원이었다. 하지만 황홀한 행복감은 오래가지 못했다. 본래 황홀감의 속성은 순간적이라는 데 있으니까. 그러므로 그 감정을 쏟아내는 정점의 순간에, 흥분의 마지막 지점에, 하늘에 영원히 떠 있을 수 없는 도약의 절정에서 제대로 착지하는 법도 알아야 했다. 인생에는 오르막과 내리막이 있는 법이어서 누구나 항상 오르가슴에 머물러 있을 수는 없지 않은가. 그러나 엄마는 천천히 내려오는 법을 몰랐다. 엄마가 스키를 타는 곳에 평이한 코스는 없었다. 최선일 때는 붉게 타오르는 불이었고, 최악일 때는 다 타버려 새까매진 어둠이었다. 이제 엄마에게는 더 높은 곳이 있긴 한 건지, 푸른 하늘이 있는 한 더 올라갈 수는 있는지 확인해보는 것만 남아 있었다.

수백 그루의 사과나무를 재배하는 과수원과 우리 집 사이에는 작은 시내가 흘렀다. 과수원은 수헥타르 넓이의 땅이었는데, 과수원을 따라 작은 오솔길이 나 있었고, 그 길은 사유지가 아닌 듯했다. 길 끝에 호두나무 한 그루가 있었다. 그 열매는 방학 내내 아주 천천히 익어가서 8월 한 달은 우리에게 인내를 넘어서 체념을 요구했다. 아직은 호두나 헤이즐넛이 날 때가 아니었고, 사과나 배의 계절도 아니었다. 삼복더위에도 숲 속의 땅을 습하고 시원하게 유지해주는 고사리들 밑에서 자라는 표고를 따려면 방학이 거의 다 끝나가는 마지막 순간까지 기다려야 했다. 우리는 식용 버섯을 조심스럽게 공부하면서 그 시간을 기다렸다(이웃집 농부들이 독버섯과 착각하지 않도록 아주 조심해야 한다고 말해주었다. 독버섯을 먹고 죽은 사람도 있다고 했다). 엄마는 소스에 익힌 버섯들을 넣고 오믈렛을 만들었다. 스펀지같이 생긴 이 이상한 채소는 얇게 썰어서 버터 속에 넣으면 민달팽이처럼 보였다. 과수원 주인은 과수원 주위에 울타리를 치고, 한쪽에 구멍을 뚫어서 그곳으로 작은 실개천이 흘러 들어가게 했고, 우리는 텀벙거리며 실개천을 왔다

갔다 하며 놀았다. 자연의 영역은 모두에게 속한 것처럼 보였다. 사과가 탐스럽게 익기 전까지는(사과를 따서 바구니에 가득 채우거나, 나무에 올라가서 사과를 한입 가득 깨물어 먹고 싶은 유혹은 참기 힘든 것이었다!), 우리가 그 작은 숲을 공원처럼 드나드는 걸 주인이 보더라도 크게 나무랄 것 같지 않았다. 엄마는 과수원 땅을 사서 우리 집의 작은 정원으로 만들겠다는 결심을 해버렸다. 엄마가 가진 거라고는 너무나 작고 초라한 잔디밭뿐이었다. 그 잔디밭은 좁고 긴 나무 테이블 하나만 겨우 놓을 수 있을 정도였고, 매번 식탁을 접어서 지하실에 넣어두어야 했다. 식탁을 그대로 두면 오가는 길에 방해가 되었다. 점심때면 우리는 잔디밭 위에 커다란 식탁보를 깔고 앉아서 피크닉을 했고, 저녁이면 집 안에 들어가서 식사했다. 밤이 되면 날씨가 금방 서늘해졌다. 엄마는 무슨 수를 쓰든 옆집 과수원을 꼭 사고 말겠다는 각오로 나섰기에, 과수원 주인이 부른 과도한 액수도 엄마의 기를 꺾지 못했다. 천치가 대출을 받으면 되고, 대출 상환하는 데도 별 무리가 없을 터였다. 게다가 두 사람은 그 땅에 풀장을 만들고, 나무들 사이에 테니스장을 만들 계획까지 세웠다. 테니스장으로 점찍어둔 곳에 모양이 일그러진 오래된 사과나무 한 그루가 있었는데, 나는 그 나무 밑에다 내가 사랑하는 인형에게 환상적인 집과 정원을 꾸며줄 꿈에 부풀어 있었다. 10월 말 만성절 휴가 기간에 코레즈에 내려왔을 때 남몰래 그 나무의 사과를 맛보기도 했다. 어떤 과일도 달콤한 과즙이 뚝뚝 흐르는 그 사과와 비교하지 못할 것이다. 엄마는 내 사과나무가 테니스장 한가운데 있게 된다면서, 그곳이 유일하게 안성맞춤인 장소여서 다른 대안이 없다는 말을 전했다. 사랑하는 내 딸, 미안해서 어쩌지? 네가 그 나무를 얼마나 좋아하는지 잘 알지만, 아무래도 그 나무를 베는 수밖에 없겠어. 엄마에겐 다른 아이디어가 떠오르지 않는구나. 나는 그 말에 몇 주 동안이나 울었다. 엄마는 내가 너무 오랫동안 슬퍼하는 걸 보고는, 어쩌면 나무를 조금 떨어진 곳에다 옮겨 심는 게 가능할지도 모르겠다고 말했다. 나는 그 말을 철석같이 믿고 희망에 매달렸지만 끝내 내 사과나무를 다시 보지 못했다. 이듬해 봄에 공사가 시작되었다. 엄마는 작업 현장을 직접 감독하기 위해 혼자 그곳에 갔다. 엄마가 돌아올 때마다 사과나무를 옮겨 심었는지 물어봤지만 엄마는 얼버무리듯이 대답하더니 이내 그럴 수 없다고 단호하게 말했다.

그 땅을 사겠다는 생각은 처음부터 좋지 않았다. 그렇게 생각한 건 나 혼자만이 아니었다. 그전까지만 해도 이

옷 농부들은 마을 꼭대기에 있는 낡은 집을 수리해서 사는 아름다운 괴짜 여인의 귀여운 꼬마들에게 애정을 보이고, 다정하게 대해주었다. 그런데 우리가 땅을 사들이고부터는 갑자기 닭이나 토끼에게 먹이도 주지 못하게 했고, 헛간 근처에 가는 것도 막았다. 우리를 여전히 따뜻한 마음으로 환대해주는 사람은 마을 초입에 사는 노부부뿐이었다. 그들은 우리가 찾아가서 귀찮게 할 때마다 제비꽃 향이 나는 사탕을 주곤 했다. 그들의 집이 마을 입구에 있었기 때문에, 동네의 정문인 셈이었다. 그들은 우리가 파리에 가 있는 동안 우리 집을 돌봐주었고, 엄마는 그들에게 공사 작업의 명예 반장이 되줄 것을 부탁했다. 집주인이 파리에 있는 동안 대충 일하며 시간만 때우려는 일꾼들에게 잔소리하는 일을 책임진 것이다. 풀장과 테니스장이 뚝딱 지어졌다. 그러는 사이 엄마는 천치와 정식으로 결혼식을 올렸다. 모든 재산을 공동재산으로 하기로 해서, 그 집도 두 사람의 공동 소유가 되었다. 풀장과 테니스장은 마을 한가운데를 흐르는 작은 실개천을 사이에 두고 집과 떨어져 있었다. 그래서 우리 집은 바캉스를 즐기러 온 수영복 차림의 사람들과 암탉들과 트랙터가 교대로 왔다 갔다 하는 곳이 되었다. 우리 집을 찾아온 손님들은 테니스 토너먼트와 수영 시합과 잠수 시합, 2인 축구, 수중 배구 등등 스포츠를 즐길 수 있었고, 1년 전만 해도 할 일이 없어서 툴툴대던 사람들이 이제는 신이 나서 즐거운 비명을 질러댔다. 그러는 동안에도 나는 왜 내가 여럿이 함께 즐기는 놀이에서 굳이 빠져나오고 싶어 하는지 객관적인 이유를 찾느라 고민해야 했다. 나는 말 없이 오랜 시간을 지치도록 기다렸다. 어서 빨리 모두가 따분함을 느끼고, 목가적인 평화로움을 누리고 있는 나를 발견해주기를. 나의 갈보리는 두 해 여름 동안 계속되었다. 만일 그 시련 끝에 어떤 일이 우리를 기다리고 있을지 미리 알았더라면, 분명 내 작은 습관들과 뒤죽박죽에 소란스러웠던 바캉스에 대해 좀 더 관대한 마음을 가질 수 있었을 것이다. 엄마가 자기 남편이 비서와 섹스 중인 걸 발견한 것은 바로 풀장 옆에 있는 헛간 안에서였다. 널따란 헛간을 파티장 겸 목욕탕, 탁구장, 당구장으로 개조한 참이었다. 너무나 순진하고, 너무나 어리석었던 엄마는 아빠의 비서를 그녀의 약혼자와 함께 별장으로 초대했다. 그녀가 만삭이었던지라 설마 아빠의 정부였으리라곤 꿈에도 생각하지 못했다. 하지만 그 여자는 정말 사악한 여자가 분명했다. 엄마는 패덕한 남녀를 만난 거였다. 엄마에게 이다지도 남자 운이 없었을 줄이야! 이 정도로 인생이 추락하다니 어떻게 이런 일이 있을 수 있을까. 즉시 결별의 대재앙이 시작되었다. 새롭게 시작하는 부부가 하나씩 구축해왔던 것, 말하자면 처음에는 선의로 주고받았으나 이후로는 하나도, 깡그리, 조금도, 전혀, 아무런 가치가 없게 된 것들을 하나씩 파괴해가는 고된 여정이 시작된 것이다. 두 사람의 불화는 증오와 복수심으로 급물살을 탔다. 결국엔 치고받고 싸우는 데까지 이르렀고, 파리에 돌아와서도 침대에 누워 이불을 이마까지 덮어써도 두 사람이 쏟아내는 악다구니를 피할 길은 없었다. 그 소음은 마치 시끄러운 코레즈의 돼지들을 상기시켰다. 돼지들은 시끄럽기만 했지만 두 사람은 아이들의 모든 감각을 오싹한 두려움으로 얼어붙게 했다. 어느 날 엄마는 분노로 유리창을 깨뜨렸고, 깨진 유리 조각이 천치의 얼굴에 칼자국을 내고 말았다. 천치는 비록 더러운 짓을 하긴 했지만 우리 친구들의 아버지였고, 그 애들은 4년 반 동안 우리와 함께 살고, 자란 아이들이었다. 아파트 창문 밑에서 보초를 서던, 내가 밤마다 감탄하며 관찰하던 경찰들이 거의 매일 찾아와서 문을 두드렸다. 야밤에 소동을 일으킨다고 이웃 주민들이 불평을 터뜨렸기 때문이었다. 그럴 만도 했다. 이곳은 평소라면 말다툼 소리 한번 들리지 않는 동네였으니까.

엄마가 잘 쓰는 표현 중에 '끝내주는 방법'이라는 말이 있다. 엄마는 목적을 이루기 위해 여러가지 방법들을 썼다. 도로에서 데굴데굴 구르기, 와장창 문을 부수기, 사람을 써서 남편 뒤를 몰래 밟게 하기, 국세청에 그를 고발하기 등 온갖 방법을 총동원했다. 가장 엄청나고 가장 효과적인 방법들을 찾아냈다. 심지어 거짓말까지 했다. 거짓말은 어찌된 일인지 과할수록 더 잘 통했다. 말도 안 되는 일 같지만 기상천외한 이야기일수록, 누구나 만들어낼 수 있는 빤한 이야기들보다 훨씬 더 신뢰를 주었다. 엄마는 항상 현실이 소설보다 더 소설 같다고 말했다. 이런 말도 자주 했다. "그게 뭔 상관인데?" 또 있다. "지가 뭘 안다고!" 엄마에게 사람들이 아무개에 대해서 안 좋은 말을 했다고 말하면, 엄마는 꼭 그 표현을 썼다. 지가 뭘 안다고! 사람들이 누군가에 대해서 말하는 그 자체가 멍청한 짓이야. 이런 표현도 자주 썼다. 돈 쓰는 데는 부자들이 더 벌벌 떠는 법이야. 또 있다. 미세스 난리가 결국 법석을 떨었군! 이건 아빠가 자주 쓰는 표현을 엄마가 빌려 쓴 것이다. 이런 표현도 있다. 그래, 네 똥 굵다, 말쟁이들이 그러는데……, 수중에 돈이 없으면 재미도 없어, 네 똥꼬에다 대고 머리 아프다고 말해봐라, 알아듣냐, 개가 고양이 낳는 법은 없지. 요점은 이것이다. 엄마가 말한 '끝내주는 방법'은 뒬룩이라는 사립 탐정을 고용해서 남편의 뒤를 미행하게 하는 것이었다. 엄마는 뒬룩에게 자기 남편이 하루 종일 무슨 일을 하는지 알아봐달라고 한 다음, 그 내용을 남편의 사장에게 낱낱이 보고했다. 엄마가 그 남자를 천치라고 부른 것은 우연이 아니었다. 뙤록은 천치의 간통은 그가 저지른 공금 횡령에 비하면 새 발의 피에 불과하다는 결론을 내렸다. 공금 횡령뿐 아니라, 위조문서 작성, 탈세, 권력 남용, 사기 등등 꼽을게 더 많았지만 이 정도에서 그치기로 한다. 그는 세금 신고를 아예 하지 않았고, 어쩌다 신고한 것도 모두 거짓이었다. 그러나 엄마는 천치를 침몰시키는 것이 결국 자신도 함께 침몰하는 길이라는 것을 몰랐다. 엄마는 천치의 직원들의 증언과 법에 따라 그를 고소했고, 천치는 빠져나갈 수없는 궁지에 갇히게 되었다. 그런데 알고 보니 그도 사기를 당했단다. 이런 망할! 이렇게 부당하고 역겨운 일이 있다니! 하지만 어쩌겠어. 그 더러운 놈과 결혼한 게 잘못이지. 결혼했다는 이유로 그 자식의 빚을 떠안게 된 거야. 그 자식이 채무변제 불능상태라잖아. 그래서 내가 혼자 그 짐을 다 떠안고 알거지가 된 거야. 차라리 잘됐어! 어떻게 할 거냐고? 아빠를 부르는 거지. 그 와중에 엄마는 이번에도 살길이 생겼다. 그랬다, 아빠가 엄마를 곤궁에서 건져줄 것이다. 아빠는 엄마의 구세주였다.

　아빠는 예외 없이 저녁마다 우리를 보러 왔다. 심지어 우리가 천치의 집에 살고 있을 때도. 천치는 그 점을 내세워서 자신의 행동을 합리화했다. 아니, 전남편이 당신과 아이들을 보러 올 수 있도록 그 시간에 내 집에 오는 것도 금지한 게 누군데, 그 시간에 내가 어디서 뭘 하든 그걸 문제 삼는다는 게 말이 돼? 엄마는 아빠나 천치나 두 놈 다 똑같다고 했다. 엄마가 천치의 집을 떠나겠다고 결정하고 나서 가장 급하게 해결했던 문제는, 옷장에 있는 천치의 옷들과 그의 물건들을 몽땅 가져다가 센 강에 던진 것이었다. (그러니 물에 빠뜨린 건 내 강아지가 아니라 남성복이었던 셈이다. 왜 엄마는 쓰레기통에 버리지 않고 굳이 강물에 던졌을까?) 엄마는 상징적인 걸 중요하게 여기는 취향을 갖고 있었고, 그 어떤 일도 여느 사람들처럼 행하지 않는 데 뛰어난 재주를 지녔다. 조금 있으면 곧 전남편이 되고 말 남자의 넥타이들을 굳이 강물에 던진 건 어떤 이유에서였을까? 그를 두 손 두 발 다 들게 하겠다는 생각이었을까, 아니면 그 집에서 나가라는 소리였을까? 우리 세 모녀에게 가장 시급한 문제는 주거지였다. 엄마가 생각해낸 해결책은 우리가 태어나고 자랐던 아파트로 되돌아가는 거였다. 그 오스만풍의 아파트는 계속 비어 있었다. 아빠의 새 아내가 그 집이 싫다고 해서 다른 곳으로 이사했기 때문이었다. 아빠는 말도 안 되는 월세를 내면서 계속 그 집을 유지했고, 일부를 사무실로 바꿔서 사용하고 있었다. 엄마는 범죄 현장으로 되돌아갔다. 우리를 데리고 아빠를 떠나게 했던 불륜 현장으로. 새 남편의 불륜이 전남편의 불륜이 시작된 곳으로 돌아가도록 몰아붙인 셈이다. 엄마는 침몰하고 있었다. 엄마에게는 애착을 느낄 대상이 더는 없었다. 옷가지와 구두를 가득 담은 커다란 비닐 보따리들과 함께 침몰하는 엄마를 지켜보고 있는 것 말고는 아무것도 할 수 없는 무력한 어린 두 딸 외에는. 그 비닐 보따리에는 납까지 들어 있어 완전히 침몰하여 강바닥까지 내려가는 수밖에 없었다. 우리가 옛집에 돌아와 지냈던 기간은 아주 짧았지만 그때의 에피소드는 강렬했다. 엄마가 정신 질환자들에게 입히는 구속복과 기타 등등으로 속박이 되기 전까지의 일이었다.

이듬해 9월, 개학과 동시에 병원에서 돌아온 엄마는 우리가 살 아파트 하나를 골랐다. 그 집은 언니와 내가 2년 간격으로 차례로 떠날 때까지 살았던 집이다. 엄마는 시각 장애인 학교 맞은편에 있는 집을 정했다. 네케르가에 있었는데, 엄마가 유년기에 가장 길고 고통스러운 시간을 보냈던 소아 병원이 있던 곳이다. 물론 엄마는 그 병원에 발을 들여놓기를 거부했다. 심지어 우리가 편도선 수술이나 맹장 수술을 할 때도, 그 병원 복도가 정신적 외상을 일으킬 위험을 감수하기보다는 차라리 파리의 동쪽에서 서쪽 끝까지 가로질러 가는 수고를 택했다. 엄마는 그러면서도 굳이 과거의 기억을 떠올려주는 건물 근처에 살고자 했다. 그 건물의 현관은 엄마의 개인적 신화의 안뜰을 이루고 있었다고 봐야 한다. 아파트 맞은편에 우뚝 서 있는 그 건물은 마치 유령이 서 있는 것처럼 보였고, 더욱이 건물의 그림자는 계속 엄마의 발이 뭔가 걸려 넘어지게 했다. 엄마는 두려운 과거 이야기, 극복되지 않는 이야기, 가짜 같은 진짜 이야기, 혹은 자기 것으로 삼아버린 이야기에 발목이 잡혀 있었다. 엄마가 가혹한 과거의 건물 근처, 그것도 바로 옆에 살려고 했다는 것은 말로 보거나, 사인으로 보거나, 표정으로 보거나, 자기 삶의 근원, 재앙 같은 자기 인생의 기원을 찾는 것이 얼마나 얼마나 얼마나 필요했는지를 말해준다.

엄마는 자신의 삶을 끊임없이 독백으로 풀어냈다. 그걸 듣고 있노라면 곰돌이 푸도 참을 수 없어서 토하고 싶었을 것이다. 엄마는 계속 같은 이야기를 하고 또 했다. 온 세상에서 가장 사랑하는, 영원토록 사랑하는, 더 할 수 없이 사랑스러운 두 딸인 우리에게 욕설을 퍼부어가면서 이야기했고, 우리를 증인 삼아서 이야기했다. 생탄느에서 돌아온 이후로 엄마는 몇 년 동안 밤낮으로 글 쓰는 일에 매달렸다. 바위에서 피어난 꽃을 뜻하는《바위초》라는 제목의 자서전이었다. 그 책은 세기에 출판사에서 출판되었다. 아니, 정확히 말하면 저자 비용으로 출판되었다. 엄마는 탁월한 능력으로 편집자를 설득해서 그 책이 빛을 보게 만드는 데 성공했다. 자서전은 엄마에게 3년이라는 세월의 노동을 요구했다. 책의 구성, 편집, 디자인뿐 아니라, 종잇조각을 오려 붙여 만든 페이지 하나를 삽입하는 것까지 전부 다 관여했다. 그 페이지에다 엄마는 재잘거리기, 와장창 쿵쾅거리기, 버둥버둥 끌려가기, 억지 귀양 살기, 내쳐지고 버림받기, 죽기 살기로 악쓰기, 죽음에서 빠져나오기, 충격으로 정신줄 놓기 등등 '-기'로 끝나게 만든 단어들을 사용해서 칼리그램*으로 자서전에 대한 설명을 짤막하게 달아놓았다.

　이야기는 정신 병원에 입원했다가, 두 딸을 위해 거기서 빠져나올 필요성을 인식하는 지점에서 끝났다. 엄마는 자신의 이야기가 진실이라는 걸 증명하기 위해서 내가 쓴 시도 함께 실었다. 병원에서 그 시를 받았으며, 읽는 순간 약으로 몽롱했던 상태에서 깨어났고, 그동안 받았던 전기 충격보다 더 강력한 힘이 생겼을 뿐 아니라, 또렷해진 정신으

---

* 시구의 배열이 도형을 이루게 하여 시를 시각적으로 보여주는 형태.

로 명료한 생각을 하게 되었노라고. 그렇게 엄마는 내 시에 부적과 같은 힘을 부여했다. 내가 시를 쓴 것은 사실이지만 도입부의 필요성을 느껴서 그 이야기를 만들어냈을 것이다. 엄마가 만들어낸 이야기에서 '진실'과 '있음직한 이야기'를 분리해내기는 불가능하다. 엄마는 나에게 바둑판 모양으로 선이 그어진 종이에다 그 시를 깨끗하게 적으라고 시켰고, 책에 그대로 인쇄되어 나왔다. 책 속에서 나는 내 어릴 적 필체를 알아보았고, 클레르퐁텐 문구사 노트의 특징인 분홍색, 파란색의 선들도 금방 기억해낼 수 있었다. 엄마는 마치 내가 선생님께 제출해야 했던 숙제처럼 종이 상단 왼쪽에, 날짜와 이름과 반을 적도록 시켰다. 그 효과가 내 기억을 훼손시켰다. 아마도 날짜는 거짓일 텐데, 그것조차 불확실하다. 나는 자신도 모르게 엄마의 문학적 창조력을 믿고 있었다는 걸 문득 깨달았다. 엄마는 내가 쓴 시를 정말 병원에서 받았던 걸까? 그 시가 엄마에게 앞날에 대한 소망을 품고 분발하게 만드는 계기가 되긴 했을 것이다. 때로 시는 단 며칠이라도 더 살 수 있도록 설득하는 힘을 갖고 있으니까.

우리 세 모녀가 마지막으로 코레즈에 갔을 때는 엄마의 추락 이후였고, 집이 경매로 헐값에 팔리기 직전이었다. 엄마는 아빠에게 제발 그 집을 사달라고 간청했지만 소용없었다. 엄마는 애원하면서 펑펑 눈물을 쏟기까지 했다. 그 집은 엄마의 살과 피였다. 엄마는 다른 어떤 것보다 그 집에 애착을 느꼈고 자신의 눈동자처럼 소중하게 여겼다. 두 딸의 목숨을 걸고 맹세하면서 뻔뻔스럽게 거짓말을 할 정도였으니! 엄마의 맹세 덕분에 언니와 나는 맹목적으로 미신에 매달리게 되었다. 횡단보도를 건널 때는 무슨 일이 있어도 하얀 선을 밟지 않으려고 하는가 하면, 맞은편 인도로 올라설 때는 어떻게든 오른쪽 발을 먼저 올리려 애를 쓰곤 했다. 그날 우리는 조용히 마을에 도착했다. 나선형의 산길을 올라가는 자동차 안에서 우리는 이전에 같이 지내던 가족이 없는 허전함에 목이 타는 듯한 기분이 들었다. 한때 남매였던 그 애들은 이제 곁에 없었고 다시는 서로 보지 못할 터였다. 그들은 코레즈의 집과 작별하는 마지막 방문에 초대받지 못했다. 관 뚜껑을 닫으러 가는 사람은 우리 세 모녀뿐이었다. 집은 텅 비어 있었다. 복도에 울려 퍼지는 발걸음 소리는 우리의 유년 시절에 종말을 고하는 소리였다. 엄마는 송악이 돌담을 덮고 있는 광경을 그때 처음 보았다(만성절 휴가 기간이었다). 엄마가 벽돌공들을 도와서 직접 쌓아 올린 돌담이었다. 우리는 주방 의자에 앉아서 저녁으로 감자 퓌레를 먹었다. 그 주방에서 집에 놀러 온 손님들이 감자 샐러드에다 정원에서 따 온 실파를 썰어 넣고 있는 엄마를 바라보면서 로제 포도주를 홀짝거리곤 했었다. 늘 시끌벅적했던 아이들 침실도 썰렁했다. 이제 덩그러니 둘만 남은 우리에게 너무 크게 느껴졌다. 그날 밤, 엄마는 잠을 이루지 못했다. 밤새 복도를 왔다 갔다 하는 소리가 들렸다. 우리는 엄마 침대에서 자도 되느냐고 묻지 않았다. 언니와 나는 다 같이 자던 그 커다란 침대에 누웠고, 덕분에 잠을 청할 때마다 늘 하던 대로 내 손을 언니에게 내어줄 수 있었다. 결국 우리는 도착했을 때보다 더 무거운 마음으로 그 집을 떠났다. 걱정과 슬픔으로 목이 메었다. 엄마가 현관문의 자물쇠를 마지막으로 '확실하게' 잠그는 걸 보면서, 우리의 무사태평하던 시절이 영원히 '확실하게' 사라지는 걸 지켜보았다. 우리는 빨리 자라야 했다. 우리는 빨리 자랄 것이다. 엄마는 언니와 내가 어떤 시련에도 경계를 늦추지 않는 아주 성숙한 소녀들이며, 어른들의 문제도 그게 무엇이든 다 이해할 수 있는 아이들이라고 했다. 우리는 그런 칭찬을 듣고 싶지 않았지만, 그럼에도 불구하고 마음에 받아들였다. 남편의 아이들과 이별하고, 전부였던 코레즈 별장을 잃고, 작은 개가 죽고, 정신 병원에 입원하고…… 베를린 장벽이 무너진 바로 그해에 이 모든 일이 한번에 일어났다. 언니와 나의 유년기는 갑작스럽게 일어난 산사태처럼 난폭하게 무너져 내렸다. 우리는 매장되었다.

　엄마는 로스망 루즈 담배를 피웠다. 어디에 살든 우리 집에는 그 담뱃갑이 굴러다녔다. 엄마는 담배를 한 갑씩 사지 않고 늘 열 갑이 들어 있는 포 단위로 샀고, 반나절이면 한 갑을 다 피웠다. 그 당시는 아이들이 부모님 심부름으로 왔다고 하면 가게 주인들이 쉽게 담배를 내주던 때였다. 엄마는 가게 앞에 이중 주차를 하고 우리에게 담배를 사 오라고 시켰다. 그러면 우리 둘 중 하나가 쪼르르 나가서 담배를 사 왔다. 엄마는 줄담배를 피웠다. 줄담배를 피운다는 말을 소방수처럼 피운다고 표현하곤 했는데, 엄마는 그 표현이 딱 어울리는 사람이었다. 집에 소방대원들이 워낙 많이 들락거렸기 때문에 그런 것도 있지만, 〈살의의 여름〉이라는 영화에 나오는 인물 때문이기도 했다. 불자동차가 삐뽀삐뽀 소리를 낸다고 해서 소방수로 나오는 남자가 '삐뽀'라는 별명으로 불렸는데, 사실 그 남자는 전혀 담배를 피우지 않았다. 엄마는 아주 멋진 라이터 두 개를 갖고 있었다. 둘 다 아빠가 선물한 것으로 하나는 금도금을 한 뒤퐁이고, 다른 하나는 은도금한 카르티에었다. 엄마는 주로 은빛의 카르티에 라이터를 사용했고 어쩐 일인지 그

라이터는 소진될 줄을 몰랐다. 장소를 가리지 않고 쉴 새 없이 담배를 재로 만드는 엄마의 손가락 사이에서 늘 담배 연기가 향처럼 피어올랐다. 담배가 금방 눈에 띄지 않으면 엄마는 피우던 담뱃갑을 어디에 두었는지 찾을 생각도 않고, 곧 새 담뱃갑을 집어 들었다. 엄마가 피우던 담뱃갑들은 거실 탁자 위에, 침대 옆 탁자 위에, 주방 식탁 위에, 엄마의 호주머니 안에, 핸드백 안에 엄마가 있는 곳이라면 어디에나 있었다. 언니와 나는 담배 연기에 숨이 막히고 눈이 따갑다고 불평을 했지만, 엄마는 자유를 방해받는다고 생각되면 아주 매몰차게 대했다. 그런 말은 운전면허증을 따고 차를 갖게 되면 그때나 해. 누가 너희들 차 안에서 담배 피우는 게 싫으면, 그때 가서 항의를 하든지 말든지 하란 말이야. 지금은 내 차 안에 있다는 걸 알아야지. 너희들이 좋아하든 말든 난 피울 거야! 우리는 부당하다는 생각에 불쾌함을 느끼면서 뒷문의 차창 손잡이를 힘주어 돌려서 유리창을 내렸다. 겨우 한줄기 신선한 바람을 맛보는 시간이었다. 그러나 엄마는 참지 못하고, 문을 열었다고 소리를 질렀다. 당장 창문 올리지 못해? 추워죽겠다고, 제기랄! 차 안의 재떨이를 정기적으로 비우는 일은 우리 몫이었다. 엄마가 담배꽁초로 꽉 찬 재떨이를 너무나 싫어했기 때문이었다. 이 더러운 것 좀 비워줄래? 부탁해, 사랑하는 내 딸! 엄마를 위해 이것 좀 쓰레기통에 버리고 올래? 우리는 산처럼 쌓인 담배꽁초를 음식물 쓰레기 위에 쏟았다. 쓰레기통은 집안의 가구 냄새와 커튼 냄새, 양탄자 냄새와 똑같은 냄새를 풍겼다. 니코틴 냄새였다. 나는 비교적 어려서부터 담배를 피우기 시작했다. 친구들과는 달리 담배 피우는 걸 숨기지 않았고, 엄마는 뚜껑을 연 담뱃갑을 내밀며 관대하게 권했다. 한 대 피워, 내 담배는 모두 같이 피우는 거야. 내 친구들도 똑같은 대우를 받았고, 가끔은 한 갑을 통째로 받기도 했다. 엄마는 침대에서 카페 라테를 마시면서 담배를 피웠다. 이불에는 담배 불똥이 떨어져서 송송 뚫린 구멍이 한두 개가 아니었다. 엄마의 베갯잇은 채망처럼 보였다. 잠 못 이루는 캄캄한 밤이 만드는 채망.

학교에 제출하는 가정 통신문이나 행정 서류에 어머니의 직업을 쓸 때마다 나는 늘 '가정주부'라고 적었다. 사실 엄마는 예술 학교에서 고전발레 상급반을 가르쳤다. 엄마는 마르세유에서 발레 학교를 운영했는데, 마르세유는 엄마가 첫 번째 남편과 살았던 곳이다. 물론 우리는 그 남자를 모른다. 그러다 파리로 올라오고 나서 한참 뒤에, 아빠의 지원으로 불로뉴에다 발레 학교를 열었는데 분명치 않은 원인으로 건물이 불에 타버렸다. (엄마가 방화했을 가능성이 컸지만 어쨌거나 보험회사는 학원 시설의 손해만 보상해주고, 건물에 대한 보상은 해주지 않았다.) 아빠는 재건축을 위해 엄마의 보증인이 되기를 단호하게 거부했다. 엄마와는 달리, 서민들이 사는 교외에서 평생 발레 학원을 운영해왔던 할머니는 땀 흘려 번 돈을 한 푼 두 푼 알뜰하게 저축했다. 할머니가 걱정했던 단 한 가지는 엄마의 참견이었는데, 엄마와 할머니가 함께 학원을 운영하는 일은 둘 다 생각도 할 수 없었다. 행여나 그랬다가는 말다툼은 물론이고, 머리카락을 쥐어뜯고 싸우다가 나중엔 토슈즈를 벗어 들고 서로를 두들겨 팰 가능성도 있었다. 리본으로 서로의 목을 조를지도 모를 일이었다. 아마도 학생들의 부모들까지 혼비백산하여 도망쳤을 것이다. 엄마는 그런 걸 좋아했다. 어디서든 개판을 만드는 것! 엄마는 지나가는 곳마다 난장판으로 만들기를 자제할 수 없는 사람이었다. 그러나 할머니는 정반대였다. 할머니는 결벽증이 있어서 언제 어디서나 강박적으로 먼지를 털어내고, 씻고, 닦았다. 그릇을 식기 세척기 안에 넣을 때도 흐르는 물로 한참씩 헹군 후에 넣었기 때문에 여간 시간이 걸리는 게 아니었다. 식탁 밑으로 부스러기 하나 흘리는 걸 두고 보지 못했다. 나중에 바닥에 눌러붙으면 떼어내기 힘들다는 게 이유였다. 할머니 집은 모든 게 완벽하게 정리되어 있었고, 모든 물건이 각기 제 위치에 놓여 있었다. 할머니는 모든 물건을 반짝반짝 광이 나도록 손수 닦았다. 그 방면에서는 자신 외에 어떤 사람도 성에 차지 않았고, 할머니만큼 성의껏 할 수 있는 사람도 없었다. 그래서 전권을 행사하는 할머니 옆에서 조수 역할을 하는 할아버지는 끊이지 않는 꾸지람과 잔소리를 들어야 했다. 오, 이런. 얘들아, 과자 부스러기를 바닥에 다 흘렸구나! 자, 빨리, 빨리! 할머니가 오셔서 야단치기 전에 어서 치우자. 자, 빗자루로 쓸어 담게 발 좀 들어 올리렴, 안 그러면 네 할머니가 또 나한테 불평을 쏟아낼 게야. 자, 여기 지저분해진 것 좀 보렴! 반면 집안일이란 엄마에게서 도무지 찾아볼 수 없는 속성이었다. 다림질은 엄마의 전문 분야가 아니었다. 화장실을 쓸고 닦는 것도 엄마의 재능과는 거리가 멀었다. 빈곤 계층, 주로 이민 온 가정의 여자들이 엄마 대신 문제를 해결해주었다. 신기하게도 엄마는 아주 빠르게 그들과 친구가 되었고, 아빠가 그랬던 것처럼 그들을 하녀라고 부르지도 않았다. 아빠는 줄곧 하인들을 거느린 가정에서 자라온 사람이었다. 아빠와 달리 엄마는 그들을 식사에 초대하기도 했고, 함께 수다를 떨고, 거실에서 함께 담배를 피우고, 다른 세상을 꿈꾸었다. 엄마는 그들을 모두 사랑하는 친구라고 불렀다. 할머니는 엄마가 그렇게 아무하고나 죽고 못 살 것처럼 친하게 구는 게 정말 한심해서 못 보겠다고 말했다. 아빠는 아빠대로, 자기의 전부인이 허드렛일을 하는 사람들과 시시덕거리고 그지없이 다정하게 지내는 건 도무지 적절하지 못한 태도라고 생각했다. 그러나 그럴 때마다 엄마는 이렇게 말했다. 형편없는 부르주아식 태도로 사는 당신들이 정말 진저리나게 지겨워! 엄마가 피우는 난로는 아궁이 같았다. 그 난로 안에 뜨거운 감정과 인간 영혼에 대한 신뢰로 불타는 열정이 있는 한, 엄마는 불을 지피기 위해 온갖 방법을 다 쓰는 사람이었다.

나태는 모든 악의 어머니야. 아빠가 자주 하는 말이었다. 엄마가 쉬이 느끼는 피로감과, 좌절감과 격분하는 태도를 비난하거나 혹은 이해시키기 위해서 하는 말이었다. 네엄만 일을 해야 해, 전념할 뭔가가 있어야 한다고. 전념할 일? 내가 일을 해야 한다고? 기가 막혀서! 난 열여덟 살 때부터 일을 했던 사람이야! 누구의 도움도 받지 않고 혼자힘으로 마르세유에서 발레 학원을 세웠던 나야. 혼자서! 정말 혼자 개처럼 일해서 성공했지. 한 번도 누군가에게 도와달라고 한 적 없이 말이야. 콩알만 한 지원도 받아본 적 없이, 그저 미친 사람처럼 노력해서 올린 공연으로 마르세유모든 일간지가 두 페이지 기사를 쓰게 만든 게 바로 나라고! 특히 우리 엄마, 그 멍청한 여자의 도움 같은 건 눈곱만치도 안 받았지. 그런데도 그 할망구는 모든 걸 다 자기 공으로 돌리더라니까. 기가 막혀서. 내 성공이 항상 자기 덕이라는 식으로 생각하더라고, 그 망할 여자가! 난 내 힘으로 회사를 차릴 수도 있었어. 지금처럼 이 쓰레기통 속으로 떨어지지만 않았더라면 위대한 안무가가 될 수도 있었을 거야. 그런데 이 거지 같은 놈이 감히 나더러 나태가 어쩌고 하면서 일을 해야 한다고 말하는 거야? 난 그놈을 만나기 전까지 정말 잘나가고 있었어. 그 나쁜 자식이 마르세유의 어리고 불쌍한 발레리나를 꼬셔내려고 작정하기 전까지만 해도 모든 게 다 잘되고 있었단 말이야! 그래, 날 봐! 지금 난 일하고 있어, 생각 좀 해봐, 이 멍청한 놈아. 지금 당신 딸들 돌보고 있는 게 안 보여? 애들 키우는 일이 어떤 건지 당신이 알기나 해? 애들 양육권도 없는 내가 키우고 있다고! 그것도 내 집에서 그 애들을 양육하라고 주는 푼돈을 받으면서! 당신은 내가 하루를 어떻게 보내는지 알기나 해? 내가 1분, 1초를 어떻게 보내고 있는지 관심이나 있어? 감옥의 죄수조차 간수가 조용히 내버려두기만 하면 생각할 자유를 누릴 시간이라도 있지! 하지만 아무에게도, 당신이나 너희들, 그 누구에게도 보고서를 써서 바칠 의무는 없어. 알아들어? 난 그 마구잡이로 쏟아내는 질문에 일

일이 대답하지 않을 거야. 쉬지도 않고 집요하게 공격하는 그런 쓰레기 같은 질문에 대답하지 않겠다고! 모두 잘 들어, 난 내가 원하는 걸 할 거야, 알겠어? 난 어른이야, 스스로 모든 일을 할 수 있다고! 당신도 너희들도 다 엿이나 먹어, 빌어먹을! 계속 이렇게 날 들들 볶는다면, 집에서 나가버릴 거야. 내가 병이라도 나서 눕는 날이면 모두들 어떻게 이럴 수 있느냐고 하겠지? 나도 인간이야. 똥통 같은 머릿속에 그 사실 좀 집어넣을 수 없어? 나도 다른 사람들과 똑같이 불쌍하고 비참한 인간이란 말이야. 난 흠이 있고 약한 인간이야. 그래, 때로 욕망도 있고. 정말이야, 제발 부탁인데 날 좀 가만히 놔둬. 그게 내가 가장 바라는 거야, 그게 내 욕망이라고!

엄마는 첫 남편을 떠난 것이 자신이 저지른 가장 심각한 실수라고 수없이 말했다. 그 훌륭한 남자를 놔두고 아빠를 따라나선 후로 자기 인생은 완전히 곤두박질쳤고, 발레도 그저 첩살이하는 여자의 오락거리나 취미로 전락해버렸으며, 따라서 발레리나로서의 미래도 사라지고 의미를 잃었다고 했다. 완전히 망했다고. 엄마에게는 자존심이 있었다. 일하는 걸 받아들이느니 차라리 건강이 망가지는 한이 있더라도 지겹게 같은 날을 되풀이하면서 하루를 보내고, 탄식하고, 절망하고, 방황하는 편이 낫다고 생각했다.
일하느라 진을 다 빼고 녹초가 되는 것보다 훨씬 낫다고.

　엄마는 공부에 전혀 재능이 없었다. 열심히 공부하라는
격려도 받지 못했기에 엄마의 학업은 오래 계속되지 못했
다. 아마 중학교 수료증도 못 받았을 것이다. 언젠가 아주
오랜 시간이 흐른 뒤에 엄마에게 그 사실을 내가 알고 있
다는 걸 넌지시 암시한 적이 있다. 그러자 엄마의 눈에 이
슬이 비치는 걸 보았다. 치유받지 못한 상처에서 스며 나오
는 그 눈물을 보면서 공부에 대한 상처가 엄마에게 얼마나
고백하기 어려운 비참한 것인지 깨달았다. 학교에서의 엄
마는 너무나 쓸모없고 하찮은 존재였다! 그렇다고 엄마가
구석에만 조용히 있으면서, 눈에 띄지 않는 존재였던 건 아
니다. 엄마에게는 그때의 상처 때문인지 모든 실패가 어마
어마한 크기로 다가왔다. 엄마는 아주 작은 실패도 자신의
인생 전부가 실패라는 의미로 받아들였다. 그런 만큼 엄마
는 언니와 나의 학교 성적을 자랑으로 여겼다. 자신은 꿈
도 꿔보지 못했던 성적이었으니까. 우리가 점점 더 난해하
고 어려운 시를 암송하고, 전혀 이해 안 되는 방정식을 풀
고, 책상 위에 펼쳐진 베르길리우스라든가 그 위대한 뷔데
의 글을 프랑스어로 번역하고, 특히 문체나 주석 때문에 많

은 지식을 요구하는 책을 읽을 때면, 그것도 몇 권 분량의 두꺼운 책을 읽을 때면 엄마의 미소는 점점 환해졌다.

반대로 아빠는 지식인이었다. 우리는 아버지 직업을 철학자, 작가 혹은 CEO를 번갈아가며 적었다. CEO는 어떤 단어의 약자인지도 모르고 적었는데, 사실 아빠가 샹젤리제 거리에 있는 사무실에서 뭘 하는지도 잘 몰랐다(아빠는 몇 년 동안이나 푸케가에 있는 식당에서 점심을 먹었다). 내가 아는 거라고는 아빠가 할아버지로부터 물려받은 나폴레옹 시대의 고급 가구들에 둘러싸인 채 종일 전화통에 매달려서 시간을 보낸다는 것뿐이었다. 아빠 뒤에는 아빠와 똑같은 자세로 앉아 있는 할아버지 사진이 걸려 있었다. 할아버지는 나치가 프랑스를 침략하기 전 6년 동안, 바로 이 사무실에서 1차 대전과 2차 대전 사이에 가장 이름을 떨쳤던 위대한 화가들, 작가들, 극작가들, 영화인들과 건축가들 앞으로 보내는 수많은 편지에 서명했다. 문화부 예술 청장으로서, 베네치아 국제 영화제와 경쟁하기 위해 남부의 해안 도시에서 영화제를 만들 프로젝트를 세웠을 때였다. 1939년 9월 1일, 독일의 선전포고가 있기 전날, 제1회 칸 영화제가 카를통 해변에서 성대하게 열렸다. 스스로 핀업걸 창시자라고 자랑하던 장 가브리엘 도메르그가 영화제의 포스터를 그렸는데, 파리식 글래머를 예고하는 포스터였다. 미국인들은 이미 그 포스터에 매료되어 있었기에 굳이 1946년에도 칸을 찾아달라고 요청할 필요가 없었다. 드디어 영화제가 시작되었고, 프랑스 문화계의 천재였던 할아버지는 프랑스가 다시 세계적인 문화 강국이자 민주주의의 모범으로 우뚝 서게 해주었다. 할아버지는 내가 태어나기 전에 82세의 나이로 돌아가셨다. 아빠는 엄마보다 열여덟 살이나 연상이니, 아빠와 나의 나이 차이는 무려 50년이다. 할아버지가 태어나신 해는 프랑스의 국력을 과시할 의도로 에펠 탑을 선보인 만국 박람회가 열린 해였다. 그러니 나와는 무려 한 세기나 차이 나는 셈이다. 내가 할아버지를 본 건 초상화들을 통해서다. 특히 두 점의 초상화가 인상적이었는데, 하나는 아빠 사무실에 있는 것이고, 다른 하나는 실물 크기로 그린 초상화이다. 실물 크기 초상화의 배경은 갤러리이다. 흰 줄무늬의 진회색 조끼까지 갖춘 양복을 입고, 가슴엔 레지옹 도뇌르 3등 훈장을 자랑하면서 생각에 잠긴 표정으로 먼 곳을 응시하고 있는 할아버지는 잘 손질된 회색 콧수염 밑으로 종이에 말아서 피는 지탄 담배를 물고 서 있었다. 머리를 뒤로 넘겨 빗은 모양에서 꽤 멋을 부리는 분이었다는 걸 알 수 있었다. 할아버지를 본받아서 아빠는 할아버지 서재에 꽂힌 책이란 책은 거의 다 읽었다.

그래서 즉흥적으로 인용한 코르네유의 대사를 우리가 즉각 알아내지 못하면 교양이 없다며 화를 냈다. 그럼, 시드는? 아니, 너희들 지금 내 말을 듣고 있는 거냐? 너희들, 대체 학교는 다니고 있는 거야?

엄마는 관공서에 서류나 편지를 쓸 일이 있을 때마다 우리에게 오자나 탈자가 있는지 봐달라고 했다. 엄마의 문장은 아빠가 쓰는 유창하고 멋진 표현들을 이상하게 모방하여 불확실한 문법에 연결한 탓에, 엉성하고 조리에 맞지 않았다. 엄마는 두 번째 남편의 수준에 맞추기 위해, 어깨를 한껏 높여서 그에게 걸맞은 고상하고 품위 있는 언어를 사용해서 말했다. 혹은 자신에게 배어 있어 어쩔 수 없이 드러나는 대중적인 표현, 조잡한 속어, 상스러운 말과 어법에다 아빠의 고급스럽고 세련된 표현과 어법을 가미해서 멋을 냈다. 엄마는 이미 만들어진 문구를 배워서 완벽하게 사용할 때까지 그것을 반복했다. 한 번도 모범생이 되어보지 못했던 엄마지만, 편지 끝에는 꼭 모범생처럼 조심스럽고 정확하게 "믿어주시기 바랍니다"라는 말을 빼놓지 않고 썼다. 엄마는 아빠에게서(혹은 아빠를 위해서) 많은 것을 배우고 싶어 했다. 그래서 아빠가 들려주는 인문학 여행, 말하자면 고대 그리스에서 낭만주의 시대의 독일 문학까지, 라

블레의 프랑스 문학에서 셰익스피어의 영미 문학에 이르기까지 끝날 줄 모르는 인문학 이야기에 완전히 매혹되었다. 그리고 아빠의 책장 선반에 반해버렸고, 아빠가 그 책을 모두 읽었다는 사실에 몹시 놀라워했다(엄마는 자기가 한 질문들이 자신의 무식함을 얼마나 드러내는지 전혀 모르는 채, 끊임없이 부조리한 질문을 하는 사람들에 속했다). 그렇게 많은 것을 알고 있다는 것, 그처럼 다양하고 깊은 지식에 접근한다는 것은 상상조차 할 수 없는 굉장한 일이었다. 아빠는 책장의 책들을 알파벳 순서로 정리하지 않고, 그렇다고 주제별로 분류하지도 않았으며, 저자나 장르 별로 정리하지도 않았다. 다만 책의 크기와 표지 색깔로 분류했다. 그래서 책들은 선반 높이에 따라 예쁘게 정리되었다. 아빠는 책들을 게걸스러울 정도로 많이 모았는데, 주로 비싼 양장본 시리즈나 전집을 사들였다. 한자리에 모아두었을 때 아주 잘 어울린다는 게 이유였다. 특히 선반 하나를 다 채운 솔레유 전집은 책장과 정말 우아하게 조화를 이뤘다. 양장본으로 된 멋진 책들은 책 전체를 한 가지 색 천으로 쌌는데, 저자에 따라 다른 색깔의 커버를 썼다. 갈리마르 출판사는 그 전집의 광고 자료에, 책의 사이즈가 모두 8호 판형이어서 소장자들 책장의 자존심을 높여줄 거라고 홍보했다. 아빠는 고등사범학교 입시 준비반에서 미셸 푸코와 친구 사이였고, 미셸 투르니에와 함께 교수 자격시험을 보기도 했다(아빠는 그 시험에서 떨어졌다). 그리고 프랑스에서 최초로 미학 강좌를 개설했던 에티엔 수리오 교수와 가스통 바슐라르 교수 밑에서 공부했다. 하지만 이런 유명인들의 이름은 엄마에게 아무런 감흥도, 의미도 주지 못했다. 엄마가 파리의 이름난 지식인들과 식탁에 앉을 때면, 엄마는 아빠가 입에 올렸던 사람들이 얼마나 위대하고 유명한지 전혀 모르는 채, 그저 이름들만 되풀이하면서 아는 척을 했다. 엄마는 코제브와 헤겔 중에서 누가 더 위대한 철학가인지에 대해 조금도 할 말이 없었고, 프랑스 문학 작품들의 지적 세계는 엄마에게 미지의 영역이었다. 엄마에게 그 세계는 처음 먹어봤던 페트로시안 캐비어만큼이나 꽁꽁 밀폐된 세계였다. 엄마는 카로 뒤 탕플에서 태어났다. 그 지역이 지금처럼 보보랜드*가 되기 전이었다. 아빠는 오퇴유에서 태어났다. 그 동네는 100년 동안 변한 게 거의 없는 곳이었는데, 시간에 구애되지 않는 영원한 멋스러움이 존재했다. 뼛속까지 부유한 좌파였던 아빠는 운전사를 두고 재규어를 굴렸다. 대시보드에 전화기가 장착된 차여서, 앞 유리창으로부터 4센티미터 정도 떨어진 곳에 거대한 수화기가 있

---

* IT업계에 종사하는 자유분방한 새 부르주아들이 사는 지역.

었다. 그래서 아빠는 수화기를 들 때마다 손을 앞 유리창에 대고 폭발할 듯이 큰 소리로 대답하곤 했다. 아빠는 사회당에 가입하지 않았다. 그런 정치적 모임의 분위기에는 두드러기가 나는 체질이었다. 하지만 절대로 다른 정당에다 투표하는 법은 없었다. 민주주의를 신뢰했고, 디드로와 사고의 힘을 신뢰했다. 그리고 엄마에게 있는 힘, 자신의 조건을 뛰어넘어 일어서는 불굴의 의지에 감탄했다. 그것은 자기보다 못한 사람에게 보여주는 호의와 관대함에서 나온 감탄이기는 했지만, 어쨌든 엄마라는 사람을 놀라워했다. "니들 아빠는 내가 성장하는 걸 아주 자랑스럽게 여겼단다"라고 엄마는 자주 말하곤 했다. 예를 들면 아빠는 엄마가 '미용사 집', '자전차'라고 하던 것을 '헤어 살롱', '자전거'라는 단어로 바꾸기까지 어쩌다 몇 번이 아니라, 수도 없이 교정해주었다. 그러나 아빠가 그렇게 열심히 가르쳐주다가도 짜증을 내며 폭발 하는 일이 종종 있었다. 그래서 엄마는 실수하지 않으려고 애썼고, 아빠에게 욕을 할 때조차도 자신의 어법을 살펴보곤 했다.

　사랑하는 딸들아, 너희는 하고 싶은 걸 하렴, 반드시 너희가 정말 원하는 걸 해야 해. 앞만 보고 졸졸 따라가는 양처럼, 남들이 하는 대로 따라가는 건 정말 반대야. 만일 너희 남자 친구들이 다리에서 떨어지면 너희도 같이 뛰어내릴 거니? 아니길 바란다. 그러니 스스로 결정하는 훈련을 해야 해. 너희들 인생의 선택은 너희에게 달린 거야. 사람들이 무슨 소리를 하든 난 상관 안 해. 바보 같다는 소리를 듣든지, 미쳤다는 소리를 듣든지! 알겠니? 엄마는 책에서 얻은 지식을 가장 천박한 지적 능력의 형태라고 여겼다. 책을 읽고, 거기서 나온 말을 앵무새처럼 그대로 되풀이하는 건 누구나 할 수 있다고 생각했다. 엄마에게 중요한 것은 지식을 쌓는 것이 아니라, 그 지식으로 뭔가를 하는 거였다. 그 지식을 이용해서 세상을 더 이해하고, 전체를 보는 시각으로 인간에 대해 공감하고, 생각의 지평을 넓혀야한다고 했다. 그래서 엄마는 우리가 고등학생이 되었을 때, 수업도 빼먹게 했다. 정확히 말하자면 내가 수업을 빼먹어도 내버려뒀다. 오직 내 경우에 한했다. 언니는 한 번도 수업을 빼먹은 적이 없었다. 언니는 열여섯 살짜리 계집애가 공산주의 친구들이나, 온종일 대마초를 피우며 보내는 히피 같은 애들과 함께 파리의 거리를 어슬렁거리는 꼴을 비정상이라고 여겼다. 엄마, 엄마에겐 딸을 감시해야 할 의무가 있는 거 아니야? 언니는 엄마에게 그 점을 지적하며 항의했다. 학교 수업이 끝난 뒤에 행선지도 알리지 않은 채어디 틀어박혀 있다가, 늦은 시간에야 집에 돌아오는 게 고등학생으로서 정상이라고 생각하느냐고 엄마에게 따진 것이다. 엄마는 그런 언니에게 네 엉덩이 관리나 잘하고, 네 똥구멍이나 잘 닦고, 네 할 일과 네가 만나는 사람들이나 신경 쓰라고 말했다. 넌 도대체 언제쯤이면 경찰관 노릇을 그만둘 셈이냐? 내게도 지긋지긋하게 감시관 노릇을 하더니만, 이젠 동생까지 감시하는 거니? 우릴 숨도 못 쉬게 해서 말라비틀어 죽일 셈이야? 제발 네 일이나 신경 써, 이 망할 년아! 자, 가서 잘사는 네 남자 친구들하고나 어울리라고, 자기들이 뭐라도 된 것처럼 여기는 그놈들 말이야. 그리고 네 동생은 제발 조용히 냅둬, 알겠어? 훗날 언니 친구들은 대부분 은행가나 변호사가 되었다. 그에 비해 내 친구들은 딱히 뭐라 정의할 수 없는 삶을 살았다. 그 애들이 미래에 대해 갖고 있던 막연하고 모호한 관점은 성인이 되어서도 그대로였다. 문화 사업이나 예술 활동을 한다는 사람들이 구체적으로 하는 일이 뭔지 정확하게 아는 사람들이 있을까? 그들의 기능은 추상적 관념으로 정의할 수밖에 없지만, 아무튼 내 친구들은 창작을 옹호하고 창작 활동을 추진하거나 판매하는 작업을 했다. 엄마는 이런 내 친구들의 이상주의를 아주 높이 평가했다. 나와 친구들은 우리 집 주방에서 담배를 피우면서 실업 위기, 이민자 문제, 소비에트 체제의 붕괴, 혹은 이라크 전쟁, 이스라엘과 팔레스타인 간의 갈등 등에 관해 끝없이 계속되는 엄마의 분석을 들으며 몇 시간씩 보내곤 했다(자신이 유태인이라고 주장하는 엄마는 팔레스타인 과부라기보다는 반시오니즘 지지자에 가까웠고, 남의 지위를 빼앗는 출세주의 정치가 공공연한 적의를 가져왔다고 확신하고 있었다). 어느 날 엄마가 내 친구의 머리를 잘라준 적이 있었다. 그 애가 헤어스타일을 바꾸고 싶다고 했기 때문이었다. 그런데 세상에! 엄마는 친구의 머리카락을 1센티미터 길이로 잘라버리고 말았다. 더 희한한 건 친구가 너무 멋있다면서 마음에 들어 했다는 것이다! 엄마는 내가 학교 수업에 빠져도 뭐라고 하지 않았는데, 그 대가로 내가 엄마와 비슷한 괴짜들, 도무지 무서울 게 없는 말괄량이들을 집으로 데리고 왔기 때문이었다. 그 애들은 엄마를 정말 멋있는 사람이라고 생각했고, 밤새도록 엄마의 이야기에 귀를 기울였다. 그들에게 엄마는 우상이었고, 양어머니였다. 엄마는 다른 엄마들이 교묘하게 피해가는 질문들에 거침없이 대답해주었다. 마치 해부학 입문서처럼 상세하게 성교육을 해준 것이다. 엄마가 친구들에게 그런 이야기를 해줄 때마다 난 귀를 막고 있거나 아예 다른 방으로 가버렸다. 물론 친구들의 호기심을 이해했다. 하지만 솔직히 말해서 그 애들이 이야기 듣기를 포기해주길 바랐다. 엄마의 오럴 섹스, 동성애, 성감대, 오르가슴, 정액의 맛 같은 이야기를 듣고 싶지 않았다. 이미 나는 엄마의 성적 기호는 물론, 아빠의 성적 기호까지도 지나치게 많이 알고 있었다.

우리가 성숙해지기 시작할 즈음, 엄마는 아무에게나 처녀성을 빼앗겨서는 안 된다고 강조하기 시작했다. 그리고 처녀성을 지키라고 격려했는데 어떤 원칙이 있어서 지키라고 한 건 아니었다. 오히려 나중에 성행위에서 얻을 수 있는 기쁨을 위해서 지키라는 것이었다. 이는 첫 경험이 우리를 오랫동안 정신적 충격에 빠지게 할 고문의 시간으로 끝나지 않도록 하기 위해서였다. 그러면서 첫 경험의 대상으로는 우리보다 좀 나이가 든 청년을 택해야 한다고 강력하게 조언했다(경험이 많을수록 더 낫다는 이유였다). 그리고 첫 관계는 절대로 숫총각과 하지 말라고 주장했다. 경험이 없으면 너희들을 아프게 할 위험이 있단 말이야! 어차피 첫 관계는 약간의 고통이 따를 수밖에 없어. 그거야 어쩔 수 없지. 하지만 감정을 다치면 안 돼. 그런데 자기 남근을 어떻게 사용해야 하는지를 알고 있으면, 너희들이 놀라거나 두려워하는 감정을 해소하는 데 도움을 줄 수 있단 말이야. 난 내 살을 찢지 않을 정도로 확실한 경험을 가진 친절한 남자를 찾기 위해 서두르지 않았다. 내가 첫 경험을 늦게 가졌던 데는, 아마도 넘쳐나는 엄마의 성욕이 내 욕망을 약간 소진시켰든지, 아니면 냉랭하게 만들었든지 둘 중 하나에 이유가 있었을 것이다. 아무튼, 언니와 나는 어디서든 쉽게 보란 듯이 드러나는 본능의 얼룩 앞에서 항상 조심스럽고 신중한 태도를 취하게 되었다. 그렇게 된 또 한 가지 이유로는 엄마의 아버지인 할아버지 때문이었다.

고등학생 때까지 언니와 나는 엄마나 우리 집에 대해 절대로 말하지 않았다. 우리의 유년기에서 가장 두드러진 사건들을 떠올리며 이야기한 것은 훗날, 아주 많은 시간이 흐르고 나서였다. 우리 둘의 기억을 짓누르고 있는 불쾌한 기억들 중에서도 가장 끔찍한 것으로 꼽히는 건 엄마의 아빠, 그러니까 엄마의 생물학적 아버지와 관련된 기억들이라는 것에 생각이 일치했다. 일곱 가족 카드게임*을 하면 난 늘 아빠 카드를 요구했다! 내가 원한 건 조커가 아니었다. 하지만 엄마는 천치와 이혼했을 때, 다시 말해 우리 일상이 너무나 참담하게 변했을 때까지 그 사람, 할아버지의

* 일곱 가정으로 구성된 42장의 카드를 갖고 하는 게임. 각 가정은 할아버지, 할머니, 아버지, 어머니, 딸, 아들 6명의 가족으로 구성되어 있다. 플레이어가 참가자들에게 7장의 카드를 나눠준다. 첫 번째 플레이어가 자신이 원하는 카드가 있는지 묻는다. "아버지를 원합니다"라고 말했을 때, 질문을 받은 사람이 아버지 카드를 갖고 있을 경우 그 카드를 내줘야 한다. 가장 많은 가족을 모은 자가 우승한다.

존재를 조커처럼 숨겨두고 있었다. 언니와 나는 엄마에게 또 다른 성이 있었다는 사실을 전혀 몰랐다. 엄마가 결혼하기 전에 어떤 성을 사용했는지도 엄마가 스스로 털어놓을 때까지 까맣게 모르고 있었다. 엄마는 우리가 태어났을 때, 엄마의 의붓아버지가 아이들의 유일한 할아버지가 될 거라고 두 분께 약속했다고 한다. 그래서 할아버지가 할머니의 두 번째 남편이라는 사실을 굳이 우리에게 설명할 필요가 없었다. 그러니까 우리가 알고 있던 할아버지는 공식적으로 엄마를 입양하지는 않았어도, 실질적으로 엄마에게 양아버지였던 셈이다. 엄마는 우리에게 그 이야기를 털어놓은 후, 할아버지가 자기를 딸로 정식 입양하지 않았다며 화를 내면서 끝없이 비난의 소리를 늘어놓곤 했다. 그러던 어느 날 엄마는 우리에게 강제수용소에서 죽었다는 '진짜' 아빠의 존재를 밝혔다. 엄마의 진짜 아빠는 우리가 알고 있는 할아버지가 아니라는 것이다. 진짜 아빠는 유대인이며, 홀로코스트의 희생자였다고 했다. 그러나 흔히 보는 속죄양 같은 존재가 아니라, 증오심의 전형인 그런 사람이었다.

엄마는 전쟁이 끝나고 얼마 되지 않은 1947년, 숨 막히는 전쟁의 흔적 속에서 태어났다. 엄마는 그 혐오스러운 시대의 후유증을 겪어야 했고, 엄마의 아버지는 유대인인 것이 확실했다. 그러나 그가 해방 2년 후에 할머니에게 엄마를 잉태시켰다면, 수용소에서 죽었다는 말은 이치에 맞지 않는다. 심지어 수용소로 끌려간 적도 없었다. 엄마는 자신의 과거사를 들려주면서, 본인의 탄생 시기 같은 건 미처 염두에 두지 못한 듯했다. 우리는 엄마가 하는 이야기에서 믿기지 않는 부분은 한쪽 귀로 듣고 다른 쪽 귀로 흘려보냈다. 아무튼, 엄마의 아버지는 전쟁 중에 우리 아빠와 그의 형제들처럼 숨어서 지냈고, 많은 사람이 그랬듯이 온갖 종류의 암거래를 하면서 그럭저럭 살아갔다. 아마 여느 사람들보다 더 비열한 일을 했을 것이다. 엄마는 자신이 한 씨족 안에 속해 있음을 보여주기 위해서, 용사가 깃발을 흔들어대듯이 자신에게 유대인의 피가 흐른다는 것을 주장했다. 전쟁터에서 혼자가 되고 싶지 않아서였다. 그리고 과거에 의미를 주기 위해서, 청중의 이해를 돕기 위해서 역사의 골조 속에 자신의 과거를 다시 짜내려갔다.

우리는 엄마에게 친아버지가 있다는 사실과 그가 가스실에서 죽었다는 사실을 동시에 알게 되었는데, 엄마가 병원에 입원하기 직전이었다. 엄마가 생탄느에서 돌아온 후의 어느 날, 죽었다던 그 사람이 한마디 없이 우리 집 현관에 모습을 드러냈다. 애들아, 인사해라. 엄마의 아빠야. 엄마의 아빠라고? 죽었다던 그 할아버지? 그럼 유령인 거야? 말도 안 돼, 앞뒤가 안 맞잖아. 엄마는 그를 아빠라고 불렀다. 그가 그렇게 불리려면 증거가 있어야 했다. 대체 이 남자는 누구란 말인가? 여자들만 사는 우리 집에는 어떤 남자도 함부로 들어올 수 없었다. 특히 수컷의 화신 같은 그런 남자라면 더더욱.

그 남자가 우리 집에 침입한 때는, 우리가 막 사춘기에 접어든 나이여서 성 본능이라는 무도회에서 첫 스텝을 시작한 즈음이었다. 그는 마치 불도저를 끌고 와서, 시작도 하기 전에 우리의 무도회장을 헐어 쑥대밭으로 만들려는 것 같았다. 그의 존재 자체를 비롯해 그의 시선, 손짓, 말을 거는 방식, 딸의 허리를 껴안는 태도, 모든 것이 수상쩍은 의도를 의심하지 않을 수 없게 했다. 호색한이라는 말로는 그의 음란함을 묘사하기에 충분치 않았다. 모든 것이 우리에게 위협적으로 보였다. 엄마가 월요일 저녁마다 그를 저녁 식사에 초대한 게 아마도 수개월, 아니, 거의 1년은 되었던 것 같다. 당시 나는 주말이 끝나는 것을 눈에 띄게 의식하게 되었고, 그러면 한 주의 불안이 다시 시작되곤 했다(한 주 내내 언니와 나는 학교에 있는 긴 시간 동안 혹시 집

133

에 돌아갔을 때 엄마를 못 보게 되는 건 아닌지 걱정했다). 그런데 그 끊임없는 불안에 엄마의 아빠가 온다는 불안까지 더해진 것이다. 우리는 그가 무슨 일을 하고 있는지, 혹은 연금으로 살고 있는지도 몰랐다. 부유하지 않다는 것은 한눈에 알 수 있었다. 그렇다고 궁핍한 것 같지도 않았는데, 극빈자는 절대 아니었다. 엄마의 아빠는 강제수용소에 끌려간 건 아니지만, 감방 생활을 한 건 사실이었다. 왜 감방에 갔는지 물어볼 생각은 털끝만큼도 하지 못했고, 사실 알고 싶지도 않았다. 그에 대해서 아무것도 알고 싶지 않았다. 그는 이야기하는 걸 엄마보다 더 좋아했다(절대로 과장이 아니다). 그의 음란한 목소리, 비속어, 과거에 파리 사람들이 썼던 시대에 뒤떨어진 말투는 아버지라는 존재는 어때야 한다든지, 좋은 사람은 어떤 사람이라든지 하는 우리의 개념을 한참 벗어나는 것들이었다. 그에게 품위라고는 조금도 없었다. 관습에 전혀 구애받지 않는 엄마의 태도가 그로부터 물려받은 거라면, 저속함이랄까 상스러움은 더 말할 것도 없었다. 그런데 얼마의 시간이 지나자, 아무런 예고도 없이 나타났던 것처럼, 그는 갈 때도 말없이 사라졌다. 무슨 일 때문에 그가 갑자기 쫓겨나듯 사라진 건지 도무지 기억이 나지 않는다. 하지만 뭔가 심각한 일, 한계를 넘어선 어떤 일이 있었다는 느낌이 기억의 심연 속에서 가물거리긴 한다. 그전에도 경계를 넘는 일이 없었던 건 아니지만, 절대로 용납할 수 없는 어떤 일이 있었던 게 확실하다. 엄마가 추락하기 전에 느꼈던 것과 똑같은 어떤 희미한 감정이 느껴지긴 하는데, 아마도 일종의 자기방어가 실시되어 그 일과 관련된 상세한 기억을 피해간 것 같았다. 우리가 기억의 목록 안에서 무의식적으로 분리수거를 실행해서 이런 유예기가 가능했을 것이다. 그래도 한 가지 일화는 기억 속에 남아 있는데, 그것만으로도 가장 끔찍한 일을 생각해보게 할 정도로 충분히 암울했다. 언니가 잊었기를 바라는 마음에서 굳이 확인해보지 않았던 이야기인데, 비록 난 실패했지만, 적어도 언니만은 기억을 지워버리는 데 성공했기를 바랐다. 엄마의 아빠가 어느 날 저녁 식탁에서 우리에게 해준 이야기였다. 감방에서 막 출옥했던 그는 고환에 꽉 차 있던 정액을 비우기 위해 아무 여자라도 붙잡고 섹스를 해야만 했다. 그래서 친구에게 부탁해서, 계집 하나를 찾아달라고 했다. 감방에 일단 들어가면 오줌을 싸고 싶은 욕망보다 섹스하고 싶은 욕망이 더 커지거든. 여하튼 그 생각이 한번 들기 시작하면, 너희들도 절대로 그 생각에서 벗어날 수 없을 거야(그는 이 말을 하면서 손으로 우리를 가리켰다). 그랬더니 그 친구가 예고도 없이 창녀 한 명을 내게 보낸 거야. 그런데 말이야, 남자의 거시기는 여자들 그것과는 달라, 자기가 세우고 싶다고 해서 세울 수 있는 게 아니란 말이야. 아, 그런데 그년이 온몸에 사면발니가 들끓는 쌍년이었던 거야, 참, 기가 막혀서. 게다가 또 깜둥이었던 말이지, 생선 비린내 같은 악취를 풍기는 뚱뚱한 깜둥이 계집이었어. 난 어떻게든 그년에게서 나는 썩은 냄새를 맡지 않으려고 별짓을 다 했지. 가능한 머리를 바짝 위로 쳐들고 말이야. 그런데 도중에 갑자기 거시기가 죽어버리는 거야. 아, 그랬더니 그년이 내 얼굴을 두툼한 두 손으로 잡곤 자기 사타구니 속으로 쑤셔 넣는 거야. 와, 그때 정말 죽는 줄 알았어, 냄새가 어찌나 고약하던지 눈이 돌아갈 뻔했다니까. 그래서 어떻게 됐는지 알아? 그년 배때기 위에다 먹은 걸 다 토해버렸어. 아, 씨팔!

내가 기억하는 이야기가 또 하나 있다. 그가 나타났던 해 여름, 고속도로 휴게소에서였다. 그는 언니와 내게 아이스크림을 하나씩 사준 후에 언니에게 아이스크림 핥아먹는 방법을 음란한 어투로 말해주었다. 우리가 중부 지역에 있는 할머니 집에 있을 때, 오트 사부아의 한 호텔에 있던 엄마가 우리를 자기가 있는 호텔까지 데려다 달라고 부탁한 탓에 그와 동행하게 되었던 것이다. 할머니는 40년 전에 그 남자와 헤어진 이후로 한 번도 다시 본 적이 없었다. 할머니는 엄마와 통화하면서, 우리를 그 남자에게 딸려 보내는 건 말도 안 되는 일이라고 화를 냈다. 그때만 해도 우리는 할머니가 왜 우는지, 그리고 그 남자가 우리를 데리고 가는 것에 대해 왜 그토록 화를 내는지 이해할 수 없었다. 아직 한두 번밖에 만나지 않았을 때였으니, 그로선 나름대로 몸가짐을 단정히 하려고 애썼던 때일 것이다. 그가 산길에서 급커브를 할 때, 우린 여장부에다 양식 있는 할머니가 왜 자기 딸에게 어린 손녀들을 그 미친 무뢰한에게 맡기는 것을 그렇게 반대했는지 이해할 수 있었다. 엄마는 청소년 때 아빠를 만나는 것을 할머니가 금지했기 때문에 하는 수 없이 몰래 만나야 했다고 말해주었다. 자기 아빠가 희생자고, 자기 엄마는 괴물 같은 여자라면서 그를 궁지에 몰아넣어서 결혼하지 않을 수 없게 만들려고 일부러 아이를 뱄다는 것이다. 할머니가 그만큼 그에게 홀딱 반했기 때문인데, 그 정도로 자기 아빠는 엄청난 미남이었고, 자기 엄마는 갈보 같은 잡년이었다고 했다. 우리가 엄마의 아빠를 처음 만났을 때, 그는 꽤 나이가 들었는데도 확실히 잘생긴 사람었다. 할머니는 고상한 아름다움을 가진 사람이었다. 호수처럼 푸른 눈에 입술 가장자리가 연필로 그린 것처럼 뚜렷했으며, 발레리나의 자태를 갖고 있었다. 엄마는 부모의 육체적 특징을 물려받았다. 동시에 타락의 역사도 물려받았는데, 각자 자신의 파렴치함을 덮기 위해 거짓말을 뒤섞어놓았기에, 그 역사의 어디까지가 진실이고 어디까지가 거짓인지를 밝혀내기란 쉽지 않은 일이었다.

엄마와 할머니가 툭툭 던진 이야기들을 주워 모아 맞춰본 결과, 엄마가 태어난 상황을 간신히 그럭저럭 재구성해볼 수 있게 되었다. 결혼 날짜와 임신한 날짜를 검토해보면, 그것은 원치 않은 사고일 수밖에 없었다. 그 남자 이야기를 듣고 싶지 않았지만, 아무튼 엄마의 말을 듣고 있노라면, 그가 포주였다는 걸 짐작할 수 있었다. 자기 딸이 남편도 없이 배가 불러오는 것을 보느니, 유대인에게라도 시집을 보내야겠다고 생각한 할머니의 아버지가 그 남자를 협박하는 장면을 상상해봤다(할머니의 가족은 유대인보다는 차라리 기둥서방이 낫다고 생각할 정도로 반유대주의자였다). 할머니는 여간 까다로운 사람이 아니었기에, 아무하고나 잠자리를 갖는 그런 여자는 확실히 아니었다. 할머니가 자발적으로 아무 곳에서나, 아무에게나 처녀성을 줬을 리 없었다. 처녀들이 대로에서 눈 깜짝할 새 처녀성을 주고 즐기는 것은 영화에서만 나오는 이야기다.

엄마는 자기 이야기를 말로 풀어내면서 삶을 다 보냈다. 또한, 문장의 단편들이나 사고의 끄트머리들, 유산된 시들을 메모철이나 낱장 인쇄물이나 심지어 찢어진 종이 냅킨 위에까지 강박적으로 쓰곤 했다. 그러더니 마침내《바위초》를 통해, 본인의 탄생에서부터 추락하기까지의 과정과 생탄느의 병원 생활에서부터 나의 시에 이르기까지, 그 모든 여정을 글로 쓰고 싶어 했다. 엄마는 책머리에 슈테판 츠바이크의 글을 인용해놓았다. "한 인간이 일단 자신을 발견하고 나면, 그는 세상에서 더는 아무것도 잃을 수 없게 된다. 한 존재가 일단 자신을 이해하고 나면, 그는 모든 인간을 이해할 수 있게 된다."

실제로 언어를 구사하고, 글 쓰는 일을 매우 피곤하다고 생각했던 엄마는 책을 쓰는 동안 되도록 간결하게 글을 쓰려고 무척 애썼다. 이런 간결함은 전혀 엄마답지 않았다. 엄마는 자기 인생의 복잡성과 다양성을 고려하지 않았다. 지금도 엄마의 책을 다시 읽어보면, 책 속에서 엄마를 느낄 수 없다. 우선 문장들(혹은 시구들)이 너무나 학구적이다. 엄마는 평소에 말하는 것처럼, 과장해가면서 마음껏 자신을 표현하는 글쓰기를 스스로 허용하지 않았다. 그건 엄마가 잘못 생각한 것이다. 엄마의 목소리는 과장하고 있을 때 훨씬 아름다웠다. 무언가에 구속받는 것은 엄마에게 어울리지 않는 태도였고, 병적일 정도로 말이 많은 그 열정은 문체에서나 어법에서나 모든 구속에서 완전히 벗어났어야 했다. 내가 갖고 있는 사본을 보면, 네 번째 속표지에서나 겨우 엄마를 알아볼 수 있다. 거기서 키워드를 강조하고 있는 엄마의 목소리를 들으면 미소가 피어오르는 것을 참을 수 없다. "바위초는 생명력이 어찌나 강한지 세상의 빛을 보기 위해 바위를 뚫고서라도 밖으로 나올 수밖에 없는 꽃이다…… 저자가 의도적으로 선택한 바위초라는 제목은 그 어떤 장애물도 멈추게 할 수 없었던 한 여자의 험난했던 여정을 매우 상징적으로 묘사한다. 1947년 4월 1일, 유대인 아버지와 카톨릭 신자인 어머니 사이에서 태어난 카트린 크렘니츠는 아버지가 강제수용소로 끌려감으로써 생긴 모든 결과를 견뎌내야 했고, 이중의 정체성이 일으키는 문제들을 직면해야 했다. 그것은 울음이다(내가 생략한 게 아니다. 이 문장은 저자 약력을 소개한 글 다음에 갑자기 튀어나오는데, 이것이 바로 엄마의 방식이다). 이 자전적인 책의 힘은 모순적인 체험을 표현하는 글쓰기를 추구했다는 점에 있다(나는 자기 존재의 모순에 최대한 가까이 이르기 위해 모순어법을 다루는 엄마의 의지와 야망에 감탄했다. 이것도 엄마답다). 그 숨결에, 그리고 종종 난폭하고 야성적인 반항심에서 나오는 그 폭발적인 힘에 무감각하기란 불가능하다(그러나 이 힘은 내가 엄마로부터 직접 경험했던 격정적인 감정의 폭발과는 무관한 것이다). 그 반항심은 일단 드러나고 나면, 극도로 수치스러우면서도 무한히 시적인 세계 속으로 독자들을 데리고 들어간다."

나는 종종 엄마에게 약한 불로 천천히 익히는 방식을 쓰지 말라고 부탁하곤 했다. 여러모로 되씹어보고, 궁리하고, 걱정하는 걸 제발 그만두라는 뜻이었다. 엄마는 인생의 실패를 끊임없이 회상했다. 멈출 줄 모르고 돌고 도는 바퀴 때문에 결국 옆길로 빠져버린 자전거. 상품대 위에 진열된 브레이크가 없는 자전거. 엄마가 할아버지와 처음으로 자전거를 타고 산책에 나섰을 때, 짐 싣는 뒷자리에 걸터앉았다가 짧은 쪽 다리의 발이 뒷바퀴 속으로 빨려 들어가는 사고가 일어났다. 피부가 다 벗겨져서 발이 휜 부분에 뼈가 보일 정도였다. 오른쪽 발목의 피부는 비단처럼 부드럽고 섬세했는데, 피부가 다 벗겨지고 말았다. 엄마의 삶은 그렇게 생살이 벗겨진 삶이었다. 엄마는 일평생 살갗이 다 벗겨져 나간 온몸을 사랑의 포옹과 말로 덮고자 애썼다. 내가 확신을 갖고 단언할 수 있는 것은, 이 세상에 불완전한 게 확실하고, 자신을 희생할 때만 그 갈망에 부응하는 것 두 가지를 든다면, 바로 사랑과 언어라는 사실이다. 수세기 동안 적절치 못하게 사용되는 바람에 오염되고, 상투적이고 독단적인 표현에 밀려났던 단어들은 항상 악역을 자처할 수밖에 없었다. 변함없이 영원한 사랑, 악착같이 엄마를 배신해왔던 사랑에 대해서 뭐라고 말할 것인가? 엄마는 실패를 고백하면서 자기 이야기를 계속 되풀이했다. 엄마로서도 어떤 결정적인 진술에 이를 수가 없었던 것이다. 돌아보면 엄마는 우리에게 더 많이, 더 여러 번 말해야 했다. 그때는 우리가 엄마의 말을 이해하지 못했기에, 엄마는 충분히 이해받지 못했다. 우리가 그 말을 미처 이해하지 못했던 건, 어린아이들이었기 때문이기도 했지만, 엄마의 말 자체가 도무지 이해되지 않았기 때문이기도 했다. 세상의 모든 사전, 모든 단어를 다 사용한다고 해도 엄마의 가슴 속에 있는 것을 설명하기에 충분치 못한 탓이다. 그래서 엄마는 초고를 몇 번이나 다시 썼고, 격렬하게 휘갈겨 쓴 글씨의 후광에 싸여서, 단조로운 노래로 새로운 피부를 만들어 입었다. 극도로 뻔뻔하면서 동시에 말할 수 없이 시적이고, 환상적이고, 동화적인 갑옷을.

엄마, 엄마,
날 너무나 사랑하는 엄마
왜 내게 한마디 말도 없이 떠나버렸어요?

내가 엄마에게 쓴 시였는데, 언제 썼는지는 정확하게 기억이 나지 않는다. 엄마의 역사가 되어주는 자전적인 요소들, 더욱이 신화적이기까지도 한 요소들이 굳이 진짜일 필요는 없었다. 그것들은 실제로 엄마의 과거 속에 일어났던 일들이며, 다만 엄마가 떠올리는 대로의 일들이다. 한 인생의 진실은 우리가 구성하기에 따라 결국 허구에 불과하다.

우리가 자기를 인간으로 대우하지 않는다고 끊임없이 비난했던 엄마는 결론적으로 틀리지 않았다. 욕설까지 섞인 과장된 엄마의 비난은 우리에게 신용을 잃었지만, 엄마의 인간성을 부인하는 데 우리의 시간을 다 쓴다면서 울부짖던 그 말은 틀리지 않았다. 그녀는 우리 엄마였다. 말하자면 생물학적 기능과 사회적 책임을 지녔던 동시에 포유동물이었다. 그녀는 자각 능력과 언어를 부여받았기에 불평하고 반항할 수 있었지만, 그렇다고 자기에게 주어진 상황에서 해방되지는 않았다. 우리 세 모녀는 유대가 꽤 깊었던 편이다. 그랬다고 해도 카트린이라는 존재는 내게 하나의 사고, 추상적 개념에 불과할 수밖에 없었고, 최선이라고 해봤자 낯선 여인이었다. 나를 낳기 전에 존재했던 여자, 그녀에게 접근할 수는 없었으니까. 내게 카트린은 한 인물일 뿐이다. 그래서 나는 카트린에게 엄마의 이야기, 엄마의 생각, 엄마의 선택이었을 수도 있는 것들에 대해 내가 갖고 있는 환상을 부여했다. 엄마가 우리에게 자신의 삶을 상세하게 이야기해주었던 건 분명하다. 하지만 그 삶을 구현하기 위해서는 상상과 해석이 필요했다. 그래서 이번에는 내가 그녀에게 인간성을 돌려주기 위해서 내레이터가 되기로 했다.

2부

카트린은 1947년 4월 1일에 태어났다(생일이 만우절인 만큼, 그녀가 정직하고 착하다면 그건 농담일 것이다. 그녀는 마치 계획된 것처럼 시작부터 잘못되었다!) 그녀는 자기 생일이면 늘 만우절을 의식해서 물고기 모양*으로 된 사과 케이크를 주문했다. 카트린 자클린 피에레트. 카트린은 그 당시 유행하던 이름이었고, 자클린은 엄마의 이름에서, 그리고 피에

---

* 프랑스에서는 만우절(poisson d'avirl)을 '4월의 물고기'라고 부른다. 오래전에 프랑스에서는 4월 초가 카톨릭 신자들의 사순절(câreme)이 끝나는 시점이어서, 그동안 고기를 먹지 못했던 사람들에게 생선을 선물했는데, 이것이 훗날 가짜 생선을 선물하는 풍습으로 변했다고 한다. 그것을 기념하면서 만우절에 파이를 물고기 모양으로 반죽한 케이크를 판다.

레트는 피에르 외삼촌의 이름에서 따온 것이었다. 그녀는 자기가 물려받은 이 세 개의 이름 중에서 그나마 카트린이 가장 덜 촌스럽다고 생각했다. 그 이름 때문에 간신히 창피를 모면할 수 있었다.

카트린은 아버지가 폴란드 유대인계라고 말했다. 그가 아우슈비츠에서 죽지 않은 것은, 그 가족이 바르샤바에서 프랑스로 이민 왔기 때문이었다. 그의 성인 크렘니츠는 합스부르크 왕가가 다스리던 때에 헝가리에 있던 한 도시의 이름인데, 훗날엔 그 도시의 염색 공장에서 제조한 하얀색을 일컫는 말이 되었다. 납을 사용해서 만든 그 유화물감의 백색은 특히 초상화가들로부터 인기가 높았다. 피부색이 유난히 선명하게 표현되기 때문이었다. 대중의 건강을 해친다는 이유로 수십 년 전부터 기피되고 있는 납 성분의 염료들이 모두 그렇듯이, 이 백색 염료도 현저하게 독성을 지녔다는 단점을 갖고 있었다.

카트린에게 이름과 관련된 문제는 간격을 두고 잊힐 만하면 그녀의 인생에 나타나 정체성을 혼란스럽게 만들었을 뿐 아니라, 위험에 빠지게까지 했다(그녀의 심리적 불안은 죽음에 이르는 우발적 사태까지 몰고 온 적도 있었다). 삶에 대한 그녀의 강렬한 의지는 어느 순간 갑자기 시들해지곤 했다. 빛을 찾아서 바위까지 뚫고 나오는 바위초인 그녀는 기를 쓰고 바위 위로 올라와서는 그냥 거기서 죽어버리는 것이었다.

　제일 먼저 말해둬야 할 것은, 카트린이 바라던 아이가 아니었다는 사실이다.

　카트린의 엄마 자클린은 여름이 시작될 즈음의 어느 토요일 오후, 몰리토르 풀장에서 한 미남 청년을 만났다. 그녀는 아주 어렸을 때부터 겨울만 되면 아르 데코라는 유명한 건물에 가곤 했다. 그곳의 노천 풀장은 겨울이면 스케이트장으로 바뀌었다. 그해에 풀장은 국제적 명성을 누리는 놀이터가 되었다. 그곳에서 처음으로 비키니 수영복이 소개되었던 덕분이다. 최초로 투피스 수영복을 만든 디자이너는 그 신상품에다 마셜 제도에 있는 한 섬의 이름을 붙였다. 마침 수영복을 발표하기 며칠 전에 비키니 섬에서 핵 실험을 했다는 국제적 뉴스가 있었던 터라, 사람들의 시선을 끌 요량으로 그 이름을 택했다고 했다. 핵 실험 이야기가 나와서 하는 말인데, 당시의 자클린이야말로 원자폭탄 같은 아가씨였다. 세르주는 수영을 즐기는 수많은 여자들 중에서 곧 그녀를 주목했다. 큰 키에 짙은 밤색 머리, 묘한 눈빛의 그 역시 어디서나 눈에 띄는 미남이었다. 그가 그녀에게 다가가서 말했다. 언제 한번 아버지의 허락을 받으면 저녁에 춤추러 가지 않겠느냐고. 자존심이 높고 약간 허세기가 있었던 자클린이 대담하게 대답했다. 자기는 부모의 허락이 없어도, 뭐든 원하는 대로 하는 사람이라고. 그래서 그녀는 보디가드로 남동생을 데리고 춤추러 갔다. 남매는 아이스크림을 먹으면서 운하 주변을 산책하고 오겠다고 부모에게 말했다. 그러나 세르주는 그렇게 하지 않고, 춤도 출 수 있는 바아로 남매를 데리고 갔다. 그는 자클린의 허리를 단단히 잡았고, 그녀는 누구보다도 멋지게 허리를 흔들며 걸었다. 그녀는 스윙의 애호가였으니까! 자클린은 모든 댄스에 능숙했다(댄스가 취미였다). 1946년의 히트곡들은 〈그녀 눈 속에 있는 언제나 푸른 아침〉에 대해, 〈그의 품에 안겨 있을 때의 장밋빛 인생〉에 대해 노래했고, 그 푸른빛과 장밋빛을 섞은 보랏빛 멍을 하소연하곤 했다. 춤에 빠져 있는 사이, 어느 순간 자클린의 눈에 동생이 보이지 않았다. 그때 갑자기 세르주가 바람 좀 쐬러 나가자고 했다. 그녀는 싫은 기색을 보이면서 먼저 동생부터 찾겠다고 했지만, 그는 걱정하지 말라면서 반쯤 빈 맥주병을 든 채 그녀를 밖으로 끌고 나갔다. 그녀는 자기 팔을 낚아채듯 거칠게 잡아끄는 그의 동작에 놀라서 잠깐 실랑이를 벌였다. 그러자 사내는 우악스럽게 그녀의 머리채를 잡아끌고 건물과 건물 사이의 좁은 틈새로 끌고 들어가서, 그녀를 벽에다 밀어붙였다. 그녀가 소리를 지르자, 그는 욕설을 퍼부으면서 비명이 들리지 않도록 맥주병을 벽에 던져서 깨뜨렸다. 그러고는 자유롭게 된 손으로 그녀의 입을 막았다. 그녀는 깨진 유리 조각으로 사타구니를 찢는 듯한 아픔과 함께 온몸이 둘로 쪼개지는 느낌을 받았다. 공포에 질려 울지도 못했지만, 두 눈엔 자기도 모르게 눈물이 흐르고 있었다. 드디어 그가 그녀를 놓아주었다. 그리고 손수건 한 장을 땅바닥에 떨어뜨리며 닦으라고 말했다. 절망에 빠진 그녀는 그 자리에 무너지듯 쓰러졌다. 그리고 덜덜 떨리는 손으로 흐르는 피를 조심스럽게 닦았다. 찢어진 스타킹이 피로 덮였다. 마침내 동생을 발견했을 때, 동생은 누나의 모습을 보고는 감히 아무것도 묻지 못했다. 누나를 집으로 데리고 가는 중에도 한마디도 할 수 없었다.

당시는 낙태라는 걸 하지 않던 시대였다. 자클린의 가족은 딸을 임신시킨 남자를 찾아냈다. 그리고 그 쓰레기 같은 사내가 자신의 씨를 해결하도록 위협적이고도 확실한 압력을 넣어서, 결국 아기 엄마와 결혼시켰다. 결혼은 사내에게 더없는 골칫거리였다. 그래서 그 쌍년에게 톡톡히 값을 치르게 하겠다고 작정했다. 자클린은 체조 교사가 되는 게 꿈이었다. 발레를 하고 싶었지만 아버지가 워낙 눈에 쌍심지를 켜고 반대하는 바람에, 체조 교사로 진로를 바꿀 수밖에 없었다(춤추는 여자들은 다 헤퍼서, 나중에 첩살이밖에 못 한다는 게 이유였다). 그녀는 배가 불룩 나온 모습이 너무 싫어서, 할 수 있는 한 임신 사실을 숨겼다. 그러나 시간은 흘렀고, 어머니가 직접 만들어준 넉넉한 원피스로도 더는 감출 수 없게 되었다. 자클린은 끔찍한 고통 가운데 분만을 했고, 그 무서운 고통이 작은 핏덩이에게 조금도 애정을 느낄 수 없게 만들었다. 갓난아기는 상처라는 이름의 별 아래서 태어났다. 하여간, 그 사내보다 더 비열한 놈은 세상에 없을 것이다. 그는 무법자인 데다 무식한 봉건영주 같은 타입이어서, 아내를 함부로 강간하고 때렸다. 아마 아내가 조금만 덜 예민했더라면, 몇 푼 벌 생각에 아내의 엉덩이도 팔았을 것이다. 하지만 뜻대로 안 되자 불법으로 손에 넣은 매춘부들의 엉덩이를 팔기로 마음먹었다. 부부의 신혼집은 전염병을 퍼뜨리는 집으로 바뀌었다. 페니실린이 막 발명된 시대였지만, 궁핍한 시기에 사람들은 제대로 치료를 받지 못했다.

허약하고 병치레가 심했던 갓난아이 카트린은 18개월에 심각한 병에 걸렸다. 정확한 병명은 모르지만, 아마도 뇌막염이었을 것으로 생각된다. 아기가 며칠 동안 고열에 시달리는 것을 본 아기 엄마는 불덩어리 같은 이마에 손을 대고, 울다 지쳐서 쑥 들어간 아기의 두 눈을 들여다봤다. 아기가 더는 울지도 않는다는 걸 알아채고 두려움에 싸이기 시작했다. 눈물범벅이 된 아기는 흐느낌마저 그친 상태였다. 멍한 시선이 마치 나락으로 떨어지기 직전인 것처럼 보였다. 자클린은 그 작은 요람이 땅속으로 미끄러져 들어가는 상상을 하면서, 요람 위로 몸을 굽히고 잠시 주저했다. 아기는 왔던 것처럼 사라져버릴 수도 있었다. 엄청난 고통이 있겠지만 세상을 떠나면 그걸로 끝이었다. 그러면 그녀도 자신을 괴롭히는 고문관 같은 사내로부터 영원히 벗어날 수 있을 것이다. 새로운 인생을 시작하고 그 상처는 침묵 속에, 땅속에 영원히 묻어버릴 수 있을 것이다. 불덩어리 같은 카트린의 작고 여린 몸뚱이가 떨고 있었다. 이 작은 카트린은 곧 죽을 수밖에 없겠지…… 자클린은 그런 생각을 하면서도 작은 아기가 보여줬던 첫 번째 미소, 갓 태어났을 때 깎아놓은 잔디밭처럼 숱 없는 머리에서 나던 신선한 잔디 냄새, 조금 자라서는 땀에 젖은 목덜미에 납작하게 눌려 있던 아름다운 금빛의 곱슬머리, 보랏빛으로 변한 입술 뒤에 숨어 있던 벌어진 작은 앞니들을 떠올렸다. 그러고는 직접 털실로 짠 아기 침낭 속에서 저도 모르게 카트린을 안아 올렸다. 그녀는 그 작고 뜨거운 뺨에 입을 맞추면서 새파랗게 질린 아기에게 약속했다. 반드시 살리겠다고. 내 아가, 엄마는 너를 사랑한단다. 나의 천사야, 걱정하지 마. 널 치료받게 할 거야, 네가 이대로 떠나게 내버려두지 않을게. 그녀는 아기를 네케르 병원 응급실로 데리고 갔다. 이제 거기서 그녀의 딸을 책임지게 될 터였다. 의사들은 아무것도 약속하지 못했다. 아기의 운명이 어떻게 될지는 그들도 모르는 일이었기에 함부로 경솔하게 말하지 않았다.

1948년과 1949년 사이의 겨울에서 1952년 봄까지, 카트린은 빈사 상태와 일시적 차도, 추락과 회복 사이를 오가면서 네케르 병원에서 살았다. 결핵, 뇌막염, 소아마비가 연이어 발병한 탓에 병원을 떠날 수 없었다. 작은 소녀는 최선을 다해 성장했지만, 자라는 속도에서 한쪽 다리가 다른 한쪽을 따라가지 못했다. 아이는 통증으로 괴로워했다. 허리 부위에서 척수액을 빼내기 위해 가죽 띠로 졸라매는 것도, 같이 놀던 친구들과 이별하는 것에도 이골이 났다. 친구들이 완쾌되어 집으로 돌아가거나, 치료에 실패하여 죽었기 때문이었다. 소녀는 어느 날 갑자기 엄마가 사라진 것처럼 친구들도 그렇게 사라지는 걸 보는 데 익숙해졌다. 금속 침대만큼이나 차갑고 제도적인 이 세계 안에서 그 어린아이는 엄마의 부재를 어떻게 받아들였을까? 면회와 방문이 금지되었다는 말을 어떤 식으로 이해했을까? 남자에게 학대당한 한 여자의 고통을 그 어린애가 어떻게 짐작할 수 있었을까? 어쩌면 아이는 병 때문에 엄마가 자기를 미워한다고 믿었을 수도 있다. 그래서 빨리 병이 나아서 엄마에게 용서받고 싶다고 생각했을지도 모른다. 아이들은 확실히 성인들이 미처 닿지 못하는 생각을 하는 법이니까. 미처 개념화되지 못해서 뭐라 이름 붙일 수 없는 감정이 스며든 미숙한 논리들. 소녀는 기적적으로 치료되어 다섯 살에 병원에서 퇴원했다. 모든 면에서 발육이 늦은 데다, 아주 작은 몸집을 갖고 살아남은 아이. 그 아이는 자기가 어디서 왔는지, 어떤 존재인지, 병원의 소독 냄새와 더러운 회색 벽 밖의 세상은 무엇으로 이뤄져 있는지 배워야 할 게 너무 많았다.

  소녀의 엄마는 딸이 네케르 병원에 있는 동안 부모의 집으로 돌아갔다. 그리고 마침내 공식적으로 이혼하는 데 성공했다. 게다가 아주 착한 청년도 만났다. 청년은 그녀가 첫 결혼에 실패한 것과 딸이 있다는 걸 알고도 그녀와 결혼하고 싶어 했다. 자클린은 스물네 살이었고, 아름다웠다. 어린 딸이 병원에서 돌아왔을 때, 그녀는 막 신혼 생활을 시작한 참인지라 새 가정을 세우는 동안 아이를 친정에 맡기기로 했다.

모두들 꼬마를 엄마의 처녀적 성을 따서 카트린 아무개라고 불렀다. 할아버지는 이발사였고, 아이와 노부부는 탕플 시장의 의류품 상점 뒷방에서 살았다. 카트린은 빈혈이 있어서 많이 먹어야만 했다. 안 그러면 워낙 작은 몸집의 아이인지라, 영양실조로 죽을 수도 있었다. 할아버지와 할머니는 점심때마다 어린아이에게 작은 유리잔 분량의 신선한 송아지 피를 마시게 했고, 이어서 대구 간에서 뽑은 기름 한 숟갈을 먹였다. 아이를 의자에 붙들고는, 그 냄새 나는 액체를 단숨에 넘길 수 있도록 아이의 머리를 뒤로 젖힌 후에 코를 막고 입에 쏟아부어야 했다. 아이는 미지근하고 메스꺼운 액체가 식도 안으로 흘러 들어가는 걸 느끼지 않으려고, 어떻게든 목구멍에서 꾸르륵 소리가 나도록 꿀떡 삼키려고 애썼다. 하지만 먹자마자 바로 토해낼 때도 있었다. 그럴 때면 토해낸 붉은 액체가 두 무릎으로 흘러내렸고, 날마다 이런 수고를 해야 하는 노부부에게는 여간 참기 힘든 일이 아니었다. 아이가 토할 때마다 할아버지는 참지 못하고 아이를 때렸다. 그러면 할머니는 다정하게 아이를 위로하면서 사탕을 손에 쥐어주곤 했다. 그런 일이 계속되다가, 마침내 진저리가 난 할아버지의 명령으로 아이의 엄마가 아이를 데리고 가게 되었다. 엄마를 따라가기로 한 날, 할머니는 많이 울었고, 꼬마도 많이 울었다. 퉁퉁 부은 두 눈에서 흘러내리는 눈물이 연신 두 뺨을 적셨고, 콧물이 턱까지 내려왔다. 슬픔에 빠진 꼬마 청개구리는 계속 흐느끼면서도 중간중간 딸꾹질을 하면서, 아직 어떤 사람인지도 잘 모르는 엄마에게 약속했다. 착한 아이가 될게요, 딸꾹. 꼬마는 말은 그렇게 해놓고도 젊은 부인을 따라가지 않으려고 자꾸 할머니의 치마 뒤로 숨었다.

뒤크몰 씨 댁에서는(아이의 새아빠의 성이었다), 제대로 못 배운, 아니 전혀 교육을 받지 못한 어린 손녀의 시무룩한 모습을 달가워할 리가 없었다. 새 남편의 부모는 이제 막 알제리에서 군 복무를 마치고 온 늠름한 아들이 이처럼 문제 있는 어린 딸을 둔 괴상한 옷차림의 이혼녀와 결혼한다는 게 여간 못마땅하지 않았다. 신혼부부가 살고 있던 몽트뢰유에서는 소녀를 꼬마 뒤크몰이라고 불렀다(당시의 몽트뢰유는 영세민 임대주택 단지가 들어서기 전이어서 지금보다 사뭇 작은 소읍이었다. 임대주택이 들어서자, 새아빠 앙리는 그곳에 사는 북아프리카 이민자들의 아이들을 볼 때마다 알제와 사막 사이를 떠돌며 살던 거리의 아이들이 떠오른다고 말했다). 꼬마 뒤크몰은 새 식구들을 만날 때마다 그들의 불만스러운 기분을 온몸으로 느낄 수 있었다. 그러나 앙리는 상냥했고, 무엇보다도 자클린을 몹시 사랑했다. 그래서 사랑하는 아내를 위해 우울하고 생기 없는 눈을 가진 이 불쌍한 소녀를 즐겁게 해주는 데 많은 시간을 들였다. 앙리, 아직도 애랑 그 우스꽝스러운 짓을 하고 있는 거예요? 그렇게 외치는 자클린을 보면서 앙리는 자신의 엄마를 떠올렸다. 쌀쌀맞기가 막상막하인 두 여자였다.

꼬마를 학교에 보낼 시기가 되었다. 아이는 곧 여덟 살이 되는데도 아직 읽는 걸 배우지 못했을 뿐 아니라, 칠판과 분필조차 본 적이 없었다. 네케르 병원 식당의 긴 의자에 친구들과 함께 앉아서 밥 먹던 것을 제외하고 그룹으로 훈련을 받는 경험은 단 한 번도 가져본 적이 없는 아이였다. 학교라는 낯선 환경 속에서 심각한 실패를 겪게 될 것은 불 보듯 뻔했다. 실패는 첫날 출석을 부를 때 이미 시작되었다. 카트린 크렘니츠, 한 번. 카트린 크렘니츠, 두 번. 선생님이 지금 카트린 크렘니츠를 불렀어요. 대답을 안 하는 건

두 가지 중 하나겠지요? 첫째, 결석 사유도 제출하지 않고, 죄송하다는 말도 없이 결석한 거라면 출발부터 적신호에 걸린 것이다. 그다음, 관심을 끌기 위해 대답을 안 한 것이라면 친구들과 잘 지내는 데 전혀 도움이 안 될 터였다. 교사는 대답 듣기를 포기하고 다른 학생을 호명했다. 반 아이들 모두가 손을 들고 나서야 카트린이 수줍게 손을 들었다. 선생님, 제 이름을 안 불렀어요. 전 여기 왔는데……. 교사는 아이의 태도가 불량하다는 이유로 교장실로 보냈다. 학교에서도 소동, 집에서도 소동. 엄마는 딸이 첫날부터 눈에 띄게 행동했다는 것에 화가 나서 미칠 지경이었다. 그래서 흥분한 어조로 교사에게 설명했다. 사실 아이 아빠와 이혼하고 재혼한 상태다, 아이가 어린 나이에 벌써 이렇게 삐딱하게 나가고 있으니 엄마로서 몹시 수치스럽다, 아이의 몸에 밴 파렴치한 태도와 습관이 고쳐지도록 따끔하게 지도해달라…….

카트린에게 학교는 너무 어려운 곳이었다. 아이는 친구들보다 성장이 많이 늦었다. 여덟 살인데 다섯 살짜리 아이처럼 글자를 겨우 그리는 식이었다. 교사들은 수준이 너무 떨어지는 아이를 좋게 보지 않았다. 주의가 산만하고 소란을 피우는 못된 학생이라고 생각했다. 아닌 게 아니라 아이는 잠시도 가만히 앉아 있질 못하고 부산하게 움직였다. 그래서 끊임없이 아이를 교실 구석으로 보내서 벌서게 하거나, 교장실로 보내야 했다. 하지만 그런 벌도 이 작은 아이에게는 별 효과가 없었다. 아이는 팔짱을 낀 자세로 보란 듯이 입술을 뾰로통하게 내밀었고, 그것은 아이에게 권위를 행사해야 할 사람이 더 세찬 회초리를 들게 했다. 이 못된 버릇을 길들이는 유일한 해결책은 벌의 강도를 높이는 것뿐이라고 생각했기 때문이었다.

카트린은 확실히 공부에 소질이 없었다. 하지만 발레에 있어서만큼은 다른 아이들을 확실하게 따라잡을 수 있었다. 아이의 엄마는 이루지 못한 자신의 꿈을 이 다리를 저는 작은 계집아이에게 이전시켰다. 한쪽 다리가 다른 다리보다 짧은 건 대단히 유감스러운 일이었지만, 다행히도 아이는 삐쩍 마른 몸매를 갖고 있었다. 발레리나는 몸이 가늘어야 하는데, 카트린의 몸매는 발레를 하기에 매우 이상적인 실루엣이었다. 아이는 전혀 살이 찌지 않았다. 게다가 대담했고 넘치는 에너지를 갖고 있었다. 엄마를 기쁘게 하고 싶다는 마음이 너무 커서, 엄마를 실망시키지 않기 위해서라면 무엇이든 하려고 했다. 아홉 살이 되었을 때, 자클린은 가느다란 카트린의 다리에 토슈즈를 신겼다. 한쪽 다리가 다른 쪽 다리보다 3.5센티미터나 짧았지만, 그 대신 길고 호리호리하고 유연하고 우아한 몸매에 흔들리지 않게 균형을 잡는 골반을 갖고 있었다. 카트린은 아라베스크*와 파세** 동작을 힘들이지 않고 해냈을 뿐 아니라, 고급 기술도 완벽하게 숙달했다. 얼마 지나지 않아서 턴 동작도 공략할 참이었다(피케, 피루에트, 언벨로페, 이어서 푸에테까지). 엄마의 엄격한 눈으로 보기에도 딸은 발레에 탁월한 소질을 갖고 있었다. 하지만 엄마는 딸을 칭찬하지 않았고 흠잡을 것만 찾아냈다. 그렇게 해야 아이를 더 분발하게 만들고, 성장시킬 수 있다고 믿었다. 과연 아이는 성장했고, 매우 강했으며, 아름다웠다. 간신히 건강을 회복한 병약했던 아이의 몸은 고통을 체화했고, 상처를 단단한 굳은살로 만들었다.

카트린은 마침내 발레 수업에서 친구를 사귈 수 있었다. 니니, 카트린의 니니. 니니 역시 몽트뢰유에서 살았지만 카트린과 같은 학교에 다니지는 않았다. 카트린은 학교에서 너무나 악명을 떨치고 있어서 모든 놀이에서 따돌림을 당했고, 항상 교실 구석에 혼자 있어야 했다. 그야말로 천민

* 한쪽 다리로 서서 다른 쪽 다리를 뒤로 곧게 뻗친 기본 자세.
** 한쪽 발끝을 다른 쪽 다리의 무릎에 대는 동작.

처럼 배척당했다고 해도 과언이 아니었다. 카트린과 니니, 두 소녀는 함께 자랐고, 사춘기에 접어들어서도 둘 다 다리 미판처럼 밋밋한 몸매를 갖고 있었다. 그러나 발레리나의 몸매로는 완벽했다. 둘은 바리아시옹*을 출 때면 서로 남자와 여자 역할을 번갈아 가면서 했고, 둘이서 하는 파드되**를 좋아했다. 마주 보고 아라베스크 팡세 자세를 할 때는 실제로 입맞춤을 하기도 했다. 또 화장실에서 서로의 성기를 만지작거리기도 했다. 초등학교 때만 해도 내내 카트린을 놀리고 시비를 걸어왔던 남자애들이 중학교에 들어간 후부터는 카트린을 쫓아다니기 시작했다. 어느 날 다른 남자애들보다 더 약삭빠른 한 녀석이 계단을 올라가는 카트린의 엉덩이를 슬쩍 손으로 만졌다. 카트린은 몸을 홱 돌리는 동시에, 마치 핀볼 게임의 용수철 달린 핸들처럼 팔을 쭉 뻗어 남자애의 뺨따귀를 날려버렸다. 남자애는 계단에서 굴러떨어졌고, 눈두덩에 시퍼렇게 멍이 들었다. 복도에서 그 장면을 목격한 아이들 사이에서 수군거림이 일어났다. 카트린의 엄마는 평생 처음으로 딸의 편을 들었다. 당연했다! 자클린에게는 매우 개인적 사건으로 다가올 수

* 솔리스트 두 명이 아다지오 다음에 한 사람씩 추는 춤.
** 주역 발레리나와 상대역이 추는 춤. 아다지오, 바리아시옹, 코다의 세 부분으로 되어 있다.

밖에 없었으니까. 더러운 놈들이 우리 딸을 집적거리고 주물럭거리게 놔둘 수 없어요. 열여섯 살짜리 소녀가 완력을 써서라도 자신의 명예를 보호하고자 한 건데, 그게 잘못됐다니 개탄할 노릇이군요!

자클린은 스포츠 교실을 빌려서 발레 수업을 열었다. 고객들이 오지 않는 빈 시간대에 써도 좋다고 주인에게 허락을 받은 것이다. 언젠가는 자신의 발레 학원을 열겠다고 줄곧 꿈꿔왔던 자클린에게 드디어 기회가 왔다. 뒤크몰 집안사람들은 밑 빠진 독에 물 붓기 식으로 낭비를 일삼는 자들이 아니었다. 부부는 적은 것으로 만족하고, 과소비하지 않으려고 늘 조심했으며, 분수를 넘는 욕심을 부리지 않았다. 그러나 자클린의 딸은 그렇지 못했다. 카트린은 자신에게 금지된 모든 것, 반짝이는 모든 것, 자신이 갖지 못한 모든 것에 욕심을 냈다. 그리고 바캉스 때면 늘 가는 이탈리아 해변 외에 제발 다른 곳으로 떠나보는 게 꿈이었다. 지나치게 흥분하는 이탈리아 남자들이 들끓는 곳만 아니라면 어디든 좋았다. 매해 여름이면 카트린과 자클린과 앙리, 세 사람은 리미니로 갔다. 토리노까지는 기타를 탔고, 토리노에서부터는 장거리 시외버스를 타고 갔다. 카트린은 로마에 가고 싶었다. 로마로 갈 순 없어요? 단 하루라도 좋으니까 제발 로마로 가면 안 돼요? 거기까지 어떻게 가려고? 헤엄쳐서? 그들은 앙리의 직위 덕분에 할인을 받아서, 바다가 보이는 곳에 지어진 새 호텔에 방을 얻을 수 있었다. 아침이면 아주 일찍 해변으로 나가 제일 첫 줄에 자리를 잡았다. 그렇지 않으면 파라솔과 접는 의자들과 해변에 펼쳐 놓은 비치 수건들이 경치를 가리기 때문에 푸른 바다를 제대로 볼 수 없었다. 카트린은 우산만큼이나 파라솔이 싫었다. 자연을 차단하는 그 물건이 사람들을 인간 혐오 시스템 속에 가둬두는 것처럼 느껴졌다. 카트린은 희한하고 흥미로운 생각을 떠올리는 소녀였다. 아주 어린 나이 때부터 남들과 똑같이, 남들처럼 평범하게 하는 게 하나도 없었다.

리미니에 다녀온 후로, 자클린은 카트린을 루아양에 있는 발레 학원에 데려가서 여름 한 달 동안 연수를 받게 했다. 파리 오페라 극장의 스타 댄서로 있었던 무용수가 운영하는 곳이었다. 수업료는 매우 비쌌지만, 유명한 무용가를 접할 기회이자 높은 수준의 전문가들 속에서 훈련받을 특별한 기회였다. 그곳에서 카트린은 고전발레뿐 아니라, 민속 무용, 폭스트롯, 차차차, 탭댄스, 마임까지 배울 수 있었다. 그녀는 타고난 배우였다. 교사들은 카트린의 재능과 철저한 훈련, 활력, 투지를 금방 알아보았다. 불행하게도 그녀는 악착같이 딸을 따라다니는 엄마 때문에 학생들 사이에서도 금방 눈에 띄었다. 한번은 학원이 쉬는 날에 생조르주 드 디돈에 초대받은 일이 있었다. 버스로 1시간 거리의 멀지 않은 곳이었지만, 카트린은 엄마의 허락을 받지 못했다. 그럼 시내에서만이라도 친구들하고 돌아다니는 건 괜찮을까? 어림 반 푼어치도 없는 일이었다. 그녀의 엄마는 딸을 지적 장애인이나 젖먹이쯤으로 여기는 걸까? 카트린은 혼자서는 어디도 가지 못할 것이다. 자신이 쓸모없는 존재처럼 느끼게 해주고, 그래서 무슨 일이 있더라도 엄마에게서 벗어나고 싶다는 생각이 들게 해주었으니 오히려 고맙다고 해야 할까? 카트린은 반발하거나 불만을 표시하지 않다가, 어느 날 갑자기 폭발하는 소녀였다. 소녀는 남자애들을 따라서 어느 늦은 밤에 가출해버렸다. 아이들은 해변에 모닥불을 피워놓고, 담배를 피우며 시시덕거렸다. 여자애들은 남자애들이 애무하게 내버려뒀으나, 카트린만은 단호하게 거부했다. 그리고 난생처음으로 마리화나를 피웠다. 그녀가 친구들과 함께 새벽에 돌아왔을 때, 자클린은 복도에서 그들이 킥킥대며 웃는 소리에 잠에서 깼다. 그녀는 그 일로 딸에게 한마디도 하지 않았고, 결국 딸은 기가 꺾이고 말았다. 엄마는 엄마대로 딸을 어떻게 버릇을 들여야 할지 몰라 앞이 캄캄했다. 그래서 그때부터 몽트뢰유로 돌아갈 때까지 딸과 한마디 말도 섞지 않았다. 카트린이 아무리 울고 간청해도 소용 없었다. 카트린은 필사적으로 용서를 구했지만 헛일이었다. 카트린은 자기 행동이 엄마에게 그처럼 큰 고통을 주었으리라곤 전혀 생각하지 못했다. 단지 장난에 불과한 행동이었는데…….

언제부턴가 카트린의 가슴이 갑자기 커지기 시작했다. 그녀는 월경도 아주 늦게 시작했다. 무려 열일곱 살하고도 6개월이나 지났을 때였다. 남자애들이 부쩍 카트린에게 관심을 두기 시작했지만, 카트린은 남자애들보다는 친아버지의 존재에 관심을 보였다. 그래서 엄마에게 아빠를 만나게 해달라고 끈덕지게 졸랐고, 결국 엄마가 아주 멀리 살면서 가끔 편지를 주고받던 사촌과 연락하게 만드는 데 성공했다. 카트린은 드디어 세르주를 만났다. 마침 그가 파리에 살고 있던 때였다. 어쩌면 파리의 교외였을 수도 있다. 아무튼 멀지 않은 곳이었다. 그녀는 한 카페에서 아빠를 만나 함께 맥주를 마셨다. 아빠는 딸에게 친구 집에서 휴가를 보낼 예정인데, 그곳에 데리고 가겠다고 제안했다. 자키라는 친구가 순회 서커스에서 말들을 돌보는 일을 한다면서, 카트린이 원하면 말도 타볼 수 있을 거라고 했다. 카트린은 그러고 싶었다. 그래서 주저하지 않고 따라가겠다고 대답했다. 엄마는 반대했지만, 그러거나 말거나 카트린은 집을 나섰다. 열일곱 살이니 그쯤은 자기 마음대로 해도 된다고 생각했을 것이다. 엄마는 카트린에게 거기 가면 다시는 집에 들어오지 못할 거라고 으름장을 놓았다. 딸에게 온갖 욕설을 퍼부었고, 어린 계집애가 발랑 까진 매춘부라는 말까지 했으며, 자기 집에 발을 들여놓았다가는 죽을 줄 알라고 협박했다. 카트린은 자기 일은 자기가 알아서 한다고 말했다. 그리고 바로 그날 저녁, 어깨에 짐 보따리 하나만 달랑 메고 니니의 집으로 갔다. 그러나 그다음 주에 아빠는 약속 장소에 나타나지 않았다. 카트린은 아빠와 만나기로 했던 호프집에서 기다렸다. 웨이터가 뭘 주문하겠느냐고 세 번이나 와서 묻자, 하는 수 없어서 커피한 잔을 시켰다. 공허한 눈빛을 하고 마냥 아빠를 기다렸다. 아빠가 오지 않나 보다고 생각했다가 아니야, 꼭 올 거야 했다가, 아무래도 안 올 건가 봐, 아냐, 아마 올 거야 하고 되풀이했다. 카트린은 행운의 여신을 믿었다. 이토록 불운만 겹칠 수는 없었다. 마침내 아빠가 카페 안으로 들어섰다. 높은 힐을 신은 여자를 팔에 매달고. 카트린은 망설였다. 이런 상황에서 아빠를 어떻게 불러야 할지 알 수 없었다. 그러다 결심을 하고 용기를 냈다. 아빠! 아빠라는 남자는 바로 자기 딸을 알아보지 못했고, 옆의 여자는 쿡 하고 웃음을 터뜨렸다. 이 아가씨가 자기 딸이야? 아, 정말 웃겨! 카트린은 그에게 둘이 만나기로 약속했었다는 사실을 상기시켜주었다. 그제야 그는 일찍 오지 못할 일이 갑자기 생겼었노라고 설명하고는, 아무래도 내일이나 되어야 떠날 수 있겠다고 말했다. 카트린은 엄마 집에서 도망쳐 나왔기 때문에 잘 곳이 없다고 했다. 그러자 그가 말했다. 그럼 우리 집에 가서 자자꾸나. 그녀는 아빠 집의 거실 한구석에 놓인 소파 위에서 밤을 보냈다. 최근에 지은 것 같은데도 때가 시커멓게 낀 건물 4층에 있는 아파트였다. 방 하나에 거실 하나. 세르주와 계속해서 그를 놀려대는 여자, 그 두 사람은 밤새 몹시 시끄러웠다. 다음 날 저녁 무렵에 아빠와 딸은 드디어 도시를 떠나 남프랑스로 향했다. 세르주가 자기는 밤에 운전하길 좋아한다고 하면서, 캠핑 트레일러 비슷한 그 차 안에서 오래 살았다고 말해주었다. 카트린은 여자가 동행하지 않는 걸 알고는 안심이 되었다. 부녀는 새벽 3시쯤 차를 멈추고, 세르주가 잘 안다는 고속도로 휴게소에서 간단하게 요기를 했다. 프랑스에서 밤새 문을 여는 유일한 곳이라고 했다. 그는 딸에게 돈 가진 게 없느냐고 물었고, 딸은 저축한 돈을 몽땅 갖고 왔다고 대답했으며, 그는 저녁값을 내라고 말했다. 식당에서 나오면서 그는 밤새 운전하느라 녹초가 되었다면서 카트린에게 운전할 줄 아느냐고 물었다. 아뇨, 할 줄 몰라요. 그래? 상관없어, 내가 가르쳐주마. 그는 고속도로를 달리다가 작고 한적한 도로로 들어서서 딸에게 핸들을 돌리는 법을 가르쳐주었다. 그리고 커브를 돌 때는 속도가 내려가지 않게 가끔 핸들을 돌려줘야 한다고 하면서, 한 발을 가속기 페달 위에 얹게 하고는 이제 금방 자동차 경주에라도 나갈 것처럼 속도를 높일 수 있게 될 거라고 말했다. 목적지에 이르러서 카트린은 난생처음 말을 탔고, 타자마자 승마에 몹시 재미를 느꼈다. 그녀는 발레리나답게 우아한 자세로, 가벼운 속보에 뛰어난 재능을 보였다. 자키라는 친구가 놀라서 입을 쩍 벌렸다. 카트린은 전혀 겁을 내지 않았고, 장애물들도 단번에 뛰어넘었다. 그날 밤 카트린은 아빠와 같은 침대에서 잤다. 캠핑카 안에 있는 접이식 침대였다. 그는 딸이 먼저 잠든 후에 술을 많이 마시고 와서 잠자리에 들었다. 그곳에 있는 동안 두 사람은 자키와 서커스 단원들과 함께 밤늦게까지 놀곤 했다. 마침 서커스단 천막에서 멀지 않은 캠핑장에 댄스홀이 있었다. 거기서 카트린은 자기에게 계속 추파를 던지는 한 청년을 만났다. 파리 출신의 매우 잘생긴 청년이었는데, 카트린은 그저 흥미만 살짝 느끼는 정도였다. 어느 날 밤, 그녀의 아빠가 이불 속으로 들어와서 그녀에게 몸을 밀착시켰다. 그러고는 딸이 꼼짝 못 하도록 두 팔로 딸의 몸을 바짝 끌어안았다. 동시에 뭔가 딱딱한 게 엉덩이에 느껴지는가 싶더니, 곧 그것을 비벼대기 시작했다. 처음 경험해보는 것이었지만 그녀는 적어도 그것이 팔꿈치가 아니라는 것만은 알 수 있었다. 카트린은 남자의 성기를 한 번도 본 적이 없었다. 더구나 발기된 성기는 더욱 그랬다. 아빠의 두 손이 그녀의 단단한 젖가슴을 눌렀고, 곧 옷 속으로 파고들었다. 그녀는 배 밑까지 내려오는 것이 그의 손가락이라고 생각했지만 확신할 순 없었다. 손가락 같은 게 팬티 속으로 미끄러져 들어와서 그녀를 아프게 했다. 하지만 카트린은 아무 말 하지 않고 잠자코 있었다. 잠시 후에 뜨거운 액체가 엉덩이에서부터 밑으로 흘러내렸고, 이어서 헐떡이는 소리가 들렸다. 카트린은 입을 다문 채, 꼼짝 않고서 날이 밝기만을 기다렸다. 그리고 아침이 되자 캠핑장에서 만난 청년을 찾아서, 다짜고짜 그에게 섹스하자고 청했다. 당장에 처녀성을 떼어버리고 싶었다. 상대가 자기 아빠만 아니라면 누구하고라도 상관없었다. 첫 섹스가 그렇게 끝났다. 몽트뢰유로 돌아갈 시간이 되었을 때, 카트린은 돌아가고 싶지 않다고 말했고, 곧바로 의식을 잃었다. 세르주는 딸의 정신을 차리게 할 방법이 없어서, 하는 수 없이 병원으로 데리고 가야 했다. 그는 앙티브에 있는 병원에서 자클린에게 전화를 걸어 딸을 데리고 가라고 했다. 앙리와 함께 찾아온 자클린은 놀라지도, 두려워하지도 않았다. 의사들은 완곡한 용어를 사용해서 정신적 질병이라고 말한 뒤에, 최소한 얼마 동안은 요양원에서 지내는 게 좋겠다고 조언해주었다. 엄마는 딸을 파리로 데리고 와서, 에피네 쉬르 센 요양원에 입원시켰다. 그곳에서 카트린은 잠을 자게 해주는 신경안정제와 조울증 약을 먹으며 한 달을 보냈다. 퇴원하는 날, 할머니가 몹시 아프다는 소식을 들었지만 찾아가지 않았다. 그러고 나서 며칠이 지나지 않아서 할머니가 세상을 뜨고 말았다. 카트린은 장례식에도 가지 않았다. 자클린은 딸에게 모욕을 주면서 이렇게 이기적인 년은 처음 본다고, 어떻게 이토록 자기 생각만 할 수 있냐고 소리소리 질렀다. 카트린은 할머니를 만나러 갈 생각이었다. 장례식이 진행되는 바로 그 시간에 할머니 뒤를 따라갈 생각이었다. 아무도 없는 빈집에서 카트린은 구름 뒤에 가려진 별처럼 사라지기로 결심하고 자살을 시도했다. 그녀는 점차 생기를 잃어갔고, 생명이 꺼져가고 있었다. 하지만 목숨이 완전히 끊어지지는 않았다. 아직은 생을 끝낼 시간이 아니었다. 아직은 더 싸워야 했다. 이번엔 노장 쉬르 마른에 있는 요양원이었다. 그녀는 그곳에서 더 긴 요양 생활을 했다. 카트린은 아무런 갈망도 없이 그저 목숨을 간신히 부지했다. 겨우 열여덟 살의 나이에 피로와 무력감을 느꼈다. 의사는 굳이 진단해보지 않고도 기분 장애, 정신질환 문제, 불안 증후군이라고 이야기했고, 장기간의 치료가 필요하다고 했다. 말은 그랬지만 병원에서도 약을 많이 먹이는 것 외엔 특별히 하는 게 없었다. 그녀는 멍한 상태로 아무 의욕도 없이 퇴원했다.

카트린은 학교를 포기했다. 낙제한 탓에 고등학교도 갈수 없었다. 그러나 고전발레 교육원에서 실시한 콩쿠르에서 성한 다리를 이용해 바리아시옹으로 보란 듯이 검정시험을 통과했다. 그것도 아주 뛰어난 성적으로! 딸에게 칭찬 한마디 하지 않는 엄마였지만, 딸의 성과는 자클린의 눈을 반짝거리게 했다. 콩쿠르를 준비하는 몇 주간 카트린은 육체의 한계를 악착같이 거스르면서, 절망의 늪에서 빠져나오고자 애썼다. 그 노력은 과연 좋은 결과를 가져왔다. 그래서 루아양의 교사 중 한 명이 초대한 예술 학교 수업을 듣기 시작했다. 그녀는 장애를 의식하지 않고, 다른 이들과 똑같은 훈련에 임하다가 급기야 심한 통증에 느끼게 되었다. 어느 날 저녁 전철을 타고 몽트뢰유로 돌아가다가 발에서 피가 흐르기 시작한 것이다. 그날 카트린은 옆을 지나가던 소년 둘이 소곤거리는 소리를 들었다. 저 여자애 무지 예쁘긴 한데, 다리를 저는 게 유감인걸. 그날부터 그녀는 굽 높은 구두만 신었다. 그러면 장애가 덜 눈에 띄었다. 물론 발이 아픈 건 정말 괴로웠지만 아름답게 보이기 위해서 그런 고통쯤은 참아야 했다. 무용수들은 그 사실을 누구보다 잘 알고 있었고, 육체적 고문에 대해서라면 카트린이 아기 때부터 받아들여온 숙명이었다. 이제 카트린은 자클린과 앙리의 집으로 돌아왔다. 그리고 엄마가 운영하는 발레 학원의 수업을 도왔다. 자클린은 기본기도, 전문가 자격증도 없었기에 카트린이 엄마를 도와주면서 학원 운영을 해나갔다. 그 여름, 니니가 높은 성적으로 대학 입학시험에 통과했다. 두 소녀는 축하하기 위해 이모에게 소형차 한 대를 빌려서 생테티엔에 사는 니니의 사촌 언니 집으로 모험을 떠났다. 두 아가씨는 돈이 없어서 P4를 피워야 했다(P4는 주머니가 얇은 사람들을 위해 네 개비씩 포장해서 파는 담배인데, 어찌나 조잡한지 망가진 고물차보다 더 심한 기침이 나게 했다). 지나가는 마을에서 피크닉을 위해 커다란 잼 한 병과 바게트도 샀다. 생테티엔에 도착하자마자 카트린은 그곳에서 자기보다 몇 년 연상의 청년을 만났다. 마르세유에서 왔다는 데도 남부 지방 억양이 전혀 없는 그 청년은 영화배우처럼 생긴 미남이었다. 제임스 딘을 닮았다고 할까, 랭보를 닮았다고 할까. 소녀들의 방에 걸리는 포스터의 모델을 하기도 했던 그는 직장과 자동차를 가지고 있을 뿐 아니라, 음흉한 생각을 품지 않은 상냥함과 친절함도 있었다. 카트린은 한눈에 사랑에 빠져버렸다. 청년은 수줍음이 많아서 목에 키스하는 것에서 더 나아가질 못했다. 열아홉 살과 스물네 살의 청춘 남녀는 손을 맞잡은 채 약속했다. 그가 그녀를 만나러 파리로 올라가겠다고, 그리고 매일 편지를 쓰겠노라고. 카트린은 사랑하는 사람과 헤어지는 슬픔을 안고 집으로 돌아갔다. 그리고 다 죽어가는 사람이 기적을 기다리듯이 줄곧 들뜬 기분으로 우편함을 살폈고, 그는 약속대로 매일같이 황홀한 사랑의 편지들을 썼다. 그는 모래사막 빛깔 같은 그녀의 눈동자를 그려볼 때마다, 모래시계 안의 모래처럼 자신의 남은 날들이 흘러가는 것을 본다고 썼다. 그녀는 편지들을 밤새도록 가슴에 품고 잤고, 그 많은 편지를 매일 날짜순으로 읽고 또 읽었다. 손가락으로 줄을 따라가며 천천히……. 그러다 어느 날 편지 하나를 엄마가 가로채는 바람에 그녀는 또 좌절해야 했다. 아니, 이건 또 무슨 짓이냐? 대체 이 놈팡이는 누구야? 이제 겨우 널 믿게 되었나 싶었는데, 이게 또 무슨 날벼락이냐고! 도대체 내가 전생에 무슨 몹쓸 짓을 했기에 너 같은 애를 낳은 걸까? 카트린은 그 남자만큼은 자신을 있는 그대로, 쇠약하고 수치스러운 모습 그대로 사랑해줄 거라고 믿었다. 그래, 그는 날 있는 그대로 사랑해줄 거야, 미친 듯이 사랑해줄 거야. 그를 애타게 기다리다가 점점 수척해져가던 카트린은 마침내 니니에게 맞춤법을 고쳐달라고 부탁한 뒤, 그에게 편지를 보냈다. 더는 기다리고만 있을 수 없다고, 빨리 만나고 싶다고. 니니는 정말 그에게 갈 생각이냐고 물었다. 카트린이 마르세유로 가버리면 두 사람은 아주 멀리 떨어져 살게 될 것이었다. 카트린은 종종 니니를 보러 오겠다고 말했다. 청년은 정식으로 청혼하는 답장을 보내왔다. 결혼하자는 말이 없었으면 자살할 생각이었는데, 당신은 그런 내 맘을 알고 있었군요. 1967년 6월, 마침내 두 사람은 결혼했다. 카트린의 나이, 갓 스무 살이었다.

청년의 이름은 폴이었다. 카트린은 이제 그의 성을 갖게 되었다. 어떤 성을 갖든 상관 없었다. 이미 세 번이나 성을 바꿨으니까. 카트린은 새로운 신분증을 만들었다. 마르세유에서 그녀는 아무개도 아니고, 듀크몰도 아니고, 크렘니츠도 아니었다. 그 사실이 카트린은 가슴이 벅차도록 기뻤다. 드디어 그녀를 원하고, 그녀에게 자신의 성을 물려주고 싶어 하는 남자에게 속하게 되었다. 앞으로 그녀의 인생에서 아무도 그녀를 카트린이라는 이름 외에 다른 호칭으로 부르지 않을 것이다. 그녀는 이제 카투도 아니고, 카티는 더더욱 아닌, 카트린이다. 그녀의 변함없고 안정된 유일한 신분은 그녀의 이름, 카트린이 될 것이다. 카트린 누구누구. 그 정체성은 사회의 남자들이 개인적으로 지닌 정체성 같은 것이고, 여자들이 가정을 이루면서 자신을 위해 간직하고 있는 그런 정체성이다. 카트린과 폴은 누가 봐도 아름다운 선남선녀였다. 뱅센 숲에서 찍은 웨딩 사진은 마치 패션 잡지의 화보 같았다. 카트린과 폴은 몽트뢰유 성당의 제단 앞에서 결혼 서약을 했다. 그리고 마르세유 6구 시청에서도 선서를 했다(시청은 그들을 내려다보고 있는 노트르담 드 라 가르드 대성당 뒤에 있다). 그녀는 폴을 남편으로 맞이하겠냐고 묻는 마르세유의 사투리를 알아들었다. 네, 그렇습니다! 그녀는 최대한 빨리 파리를 떠났다. 마침내 파리의 우울함, 마카담식 포장도로, 교외에 사는 주민들의 지겨운 얼굴, 점점 번져가는 인종차별, 술집 주인들의 창백한 낯빛을 떠났다는 사실이 마냥 행복하기만 했다. 마르세유 카페 주인들의 표정에서는 구리를 씌운 남프랑스 특유의 계산대를 꿋꿋이 지켜온 시련의 흔적이 역력했다. 눈부신 남부의 햇빛이 눈가에 건강한 잔주름을 만들어놓았기 때문에 웃을 때마다 생기는 눈가의 주름은 노인들까지도 매혹적으로 보이게 했다. 이 도시의 빛은 길모퉁이까지 신비롭게 만들었고, 베고니아 화분 혹은 접시꽃, 부겐빌레아가 흐

드러지게 핀 꽃밭, 협죽도 울타리를 찬란하게 물들였다. 백미러 안에 각도에 따라 변하는 영롱한 색채를 수놓고, 유리창에는 벵갈의 폭죽 같은 빛의 축제를 만들어냈다. 이 모든 것이 눈물을 쏟아낼 만큼 아름답게 보였다. 처음에 그녀는 참 많이 울었다. 그럴 때마다 폴은 아내에게 무슨 슬픈 일이 있느냐고 물었고, 아내를 걱정하고 불안해하면서 속 깊은 배려를 보여주었다. 카트린은 슬퍼서 그러는 게 절대 아니라고, 너무 기쁘고 감동적이어서 우는 거라고 맹세했다. 그녀가 처음으로 울었던 때는 남편과 사랑을 나눌 때였다(그는 결혼식을 올릴 때까지 기다리자고 했고, 그녀는 그 말이 깜짝 놀랄 만큼 로맨틱하다고 생각했다). 처음으로 사랑을 나누고 나서 그녀는 기뻐서 그랬는지, 욕망이 충족되어서 그랬는지 오래도록 흐느꼈다. 그런 것을 오르가슴이라고 하는지 모르겠지만, 가슴 밑에서부터 뜨거운 납덩어리 같은 것이 사타구니 사이를 지나 다리까지 타고 내려가는 걸 느꼈다. 그 불길은 그녀의 몸 전체를 마치 양초 녹이듯이 녹여버렸고, 그녀는 완전히 타버렸다. 그 후부터 그녀는 자신도 놀랄 정도로 잘 먹기 시작했다. 카트린은 자기가 먹는 걸 좋아한다는 사실을 처음 알게 되었다. 남쪽 지방의 음식은 정말 맛있었다. 그녀는 특히 시아버지가 일요일마다 새벽에 나가서 잡아 온 쏨뱅이로 만든 지중해식 생선 요리를 좋아했다. 부야베스는 물론이고, 아이올리 소스와 파니스, 타프나드, 그리고 오렌지 향기가 나는 전통 과자 나베트와 축제 날 저녁에 먹는 파티스도 좋아했다. 시어머니의 마르세유 사투리는 태어나서 한 번도 따뜻함을 느껴본 적이 없었던 그녀의 마음을 따뜻하게 해주었다. 마음을 활짝 열고 사랑으로 그녀를 맞이해준 시어머니는 그녀가 그토록 그리워하던 할머니를 떠올리게 했다. 카트린은 새로운 삶이 너무 좋았다. 그녀는 행복했다.

이 신혼부부는 완전 무일푼이었지만 갓 피어난 사랑에서 나온 자신감으로 가득 차 있었기에 장래에 대해서 조금도 걱정하지 않았다. 그들은 폴의 부모님 집에 얹혀살았고, 부모님은 그들이 원하는 한, 언제까지라도 아들 며느리와 함께 살기를 즐거워했다. 카트린은 매우 눈치 빠르고 싹싹한 훌륭한 조수였다. 그녀는 시어머니가 장 보고, 요리하고, 설거지하고, 세탁하고, 다림질하고, 바느질하는 것을 열심히 도왔다(카트린은 겉모습은 베짱이처럼 보였지만 실은 개미처럼 부지런한 새색시였다). 그러다 그녀는 동네 학교에서 방과 후 무용 교사 자리를 얻게 되었다. 학생들은 파리에서 온 미인 선생님을 우상처럼 여겼고, 엄마들도 카트린의 우아한 외모와 몸매, 뛰어난 재능과 멋진 발음을 높이 칭찬했다. 덕분에 그녀는 얼마 되지 않아서 남편에게 발레 학원을 직접 운영하고 싶다는 계획을 이야기했다. 아이들이 학교에 가 있는 시간에 가정주부들을 위한 강좌를 열면 호응을 받을 수 있을 것 같았다. 폴은 그런 아내를 격려했다. 비록 필요한 돈을 어떻게 구해야 할지는 알 수 없었지만 아내의 야망이 대단하게 여겨졌다. 물론 카트린의 부모는 임대 권리금을 빌려주는 모험 같은 건 절대 하지 않을 사람들이었다. 그러나 카트린은 용기를 잃지 않았다. 폴은 부동산 회사에서 일하고 있었는데, 이제 막 회사에 비서로 들어간 신입사원이었다. 그는 고등학교를 졸업한 후 대학에 진학하지 않았다. 뛰어난 문학적 재능을 갖고 있었지만, 그 재능을 살리려면 어떻게 해야 하는지 조언을 해주는 사람이 아무도 없었다. 하기야 사랑의 편지를 써서 아름다운 인생의 동반자를 얻는 데 그 재능이 크게 한몫을 한 건 사실이지만. 그즈음 카트린이 산언덕에서 길을 잃은 적이 있었는데(아직 익숙하지 않아서 종종 길을 잃곤 하던 때였다), 번화가 쪽으로 나 있는 막다른 골목에서 황폐하고 허름한 건물 하나를 눈여겨보게 되었다. 건물을 본 순간, 바로 이곳이라는 생각이 번득 스쳤다. 드디어 발레 학원으로 적당한 장소를 발견한 것이다. 폴은 아내가 건물 소유주를 찾을 수 있게 도와주었고, 카트린은 월세 3프랑 6수에 그곳을 임대하기로 했다. 건물주는 아리따운 젊은 여인이 이처럼 흉한 헛간을 빌려서 뭘 하려는 건지 이해할 수 없었지만, 어쨌거나 그 창고 같은 건물은 카트린의 것이 되었다. 건물은 손볼 데가 많았다. 그녀는 우선 저축 은행의 대표를 만나 상담했고, 믿을 수 없게도 막대한 금액의 대출을 얻어내는 데 성공했다! 아는 사람이라곤 한 명도 없는 곳에서, 그것도 아주 수월하게! 오로지 야망과, 뛰어난 재능과, 눈이 번쩍 뜨일 정도의 미모와, 매력적으로 깜빡이는 속눈썹과, 몸에 꼭 끼는 새 원피스를 이용해서! 담회색의 매혹적인 원피스는 시내 중심가에 있는 한 옷 가게에서 훔친 거였다. 카트린은 도벽이 있었다. 엄마와 니니에게 줄 선물을 마련하기 위해 종종 상점에서 물건을 슬쩍하곤 했는데 처음에는 솔직하게 엄마에게 말했다. 자발적으로 절도를 고백한 것이다. 일종의 유쾌한 영웅적 행위일 뿐, 범죄라는 생각은 별로 들지 않았다. 다른 사람들은 살 돈이 있으니까 돈을 내는 것이고, 나는 그럴 돈이 없으니까 훔치는 건데 뭐가 잘못이야? 이런 식의 사고가 그녀에게는 물건에 부여하는 적당한 가격만큼이나 합리적으로 여겨졌고, 화폐 단위가 구 프랑에서 신 프랑으로 바뀌는 화폐 개혁만큼이나 자연스러웠으며, 국내 총생산이 늘어난 영광의 30년만큼이나 당연해 보였다. 하지만 엄마가 어찌나 화를 내고 욕설을 퍼붓던지, 그 후로는 일절 아무에게도 말하지 않았다. 어쨌거나 호황을 누리던 1967년부터 1973년까지 은행들은 쉽게 돈을 빌려주었다. 더군다나 몸에 꼭 맞는 예쁜 원피스를 입은 아름다운 여인에게는 더 말할 필요도 없었다. 은행은 그녀에게 거금을 대출해주었고, 그녀도 폴도 돈을 어떻게 갚을 것인지에 대해서는 아무 생각이 없었다. 카트린은 조금도 걱정하지 않았고, 성공을 확신했다.

마침내 발레 학원이 문을 열었다. 우연의 일치인지, 몇 년 전에 설계도를 보고 건물 하나를 사두었던 자클린도 바로 그즈음에 발레 학원을 차렸다. 1층에 사업체인 학원이 있고, 위층에 살림집이 있는 이 건물은 여러 세대의 공동 소유였는데, 공사 진행이 몇 년씩 끌며 지체되고 있어서, 거의 포기 상태에 있던 참이었다. 그런데 카트린이 마르세유에서 자리를 잡게 된 그때부터, 자클린도 그동안 막혔던 일들이 마치 요술처럼 술술 풀리기 시작했다. 모든 게 제대로 움직이고 활기를 찾으려면 재앙 같은 카트린이 사라져야 했다! 자클린이 몽트뢰유로 이사 온 후로 그 동네의 풍경은 계속 변화를 거듭해갔지만, 그녀가 '미와 건강'이라는 이름의 발레 학원을 열고부터는 완전히 변해버렸다(사실 자클린이 이사 온 것과 풍경의 변화는 상관성이 없다. 다만 그녀가 그렇게 받아들였을 뿐이다). 자클린은 본래 발레에 푹 빠져 있는 확보된 고객들보다 더 광범위한 고객층을 유인하기 위해 교습비 인하를 진지하게 검토하지 않을 수 없었다. 새로 이사한 동네에는 발레를 사랑하는 사람들의 수가 그리 많지 않았다. 전쟁 이후부터 건축되기 시작했던 공영 주택들과 대규모 아파트 단지들이 점점 더 증가하는 추세였다. 크루아 드 샤보 지역의 대규모 도시화 계획은 1960년대 말부터 가동되기 시작했다. 그 계획은 서민들이 사는 교외 지역을 차츰 인종 혼합의 물결로 뒤덮이게 했고, 그런 상황에 대해 아무도 준비를 하지 못한 상태였다. 그러나 자클린은 생각했다. 고객들이 그처럼 얼룩덜룩한 혼합색이 되는 건 기대하지 않았지만, 어쨌든 사업을 하려면 무엇보다도 내 입맛만 내세우며 까다롭게 구는 건 절대 안 될 일이라고.

카트린과 폴은 폴이 태어나고 자란 동네인 말무스크로에서 이사를 했다. 처음에 카트린은 그나마 들어오는 수입을 놓치지 않으려고 방과 후 교사 일을 계속했다. 하지만 학원 문을 연 지 얼마 되지 않아서 금방 등록생 수가 많아지고, 발레를 배우겠다는 사람들이 급격히 늘자 종일 학원 일에 매달릴 수 있게 되었다. 그녀는 주말까지 포함해서 아침부터 밤늦게까지 가르쳤고 전력을 다해 일했다. 그녀도 바라는 바였다. 그녀는 엄마가 자신의 성공을 칭찬해주길 바랐다. 그래서 몽트뢰유에 엄마를 보러 갔을 때 자기 학원이 얼마나 성황을 이루고 있는지 이야기했다. 자클린은 건물의 소유주가 된 후로, 혹시 앞으로 자신에게 시비를 걸어올 사람들이 있을지 모른다는 생각에 복슬개 한 마리를 키우고 있었다. 그녀는 자랑스럽게 성공담을 이야기하는 딸에게 이렇게 대답했다. 이상하지 뭐니, 이 개는 유독 흑인들만 보면 아주 사납게 짖는 거야. 왜 그런지 모르겠어, 정말 이상하지 않니? 그러면서 딸의 성공에 대해선 아무 말도 하지 않았다. 칭찬의 말은 한마디 하지 않았던 그녀지만, 딸이 이야기해준 성공 비결은 모두 머릿속에 쏙쏙 집어넣었다. 그리고 딸이 상세하게 설명해준 구조와 시간표를 그대로 따라서 했다. 두 번째 학기가 되자, 카트린은 아주 어린 꼬마 발레리나들을 가르치면서 대가족을 이룬 듯한 기분을 느꼈다. 아이들 대부분이 고전발레에 재능을 보여주었다. 그러나 재능이 있고 없고는 중요치 않았다. 정확한 가르침, 엄격함이 가미된 인내심이 중요했다. 카트린의 격려를 잃지 않는 단호함은 아이 엄마들의 마음을 쏙 빼앗아 버렸다. 엄마들은 어린 딸들의 눈부신 성장과 선생님의 열정적인 수업을 지켜 보면서 벌어진 입을 다물지 못했다.

카트린이 임신한 건 학원을 운영한 지 얼마 되지 않았을 때였다. 그녀는 전성기에 있었고, 스물한 살이었으며, 그녀의 엄마가 임신했을 때보다 겨우 몇 달 지난 나이였다. 한창 성공의 길을 달리고 있는 판인데 임신이라니! 카트린은 엄마의 불행을 뒤풀이할 수 없었다. 이 시점에서 엄마 역할로 어깨가 무거워지는 걸 원치 않았던 그녀는 친구를 통해 낙태 전문 산파를 찾아갔다. 의대 졸업반인 그 친구는 상당한 돈을 받고 불법 진료를 하는 간호사들을 꽤 많이 알고 있었다. 낙태 수술은 잘 끝났다. 자궁 속까지 뜨개바늘처럼 긴 바늘을 집어넣은 후에 피가 좀 났지만, 웬일인지 시간이 흘러서 밤이 되자 아주 많은 피가 흐르기 시작했다. 배가 아팠고, 최악의 사태까지 각오해야 했다. 외음부에서 며칠 동안 계속해서 나오는 혈전이 그녀를 점점 불안하게 했다. 시간이 흘렀다. 다음 달에 월경이 없었지만 신경 쓰지 않았다. 그러다 그다음 달에도 월경이 없었다. 카트린은 그리 걱정하지 않았으나, 다만 배가 약간 나온 듯한 게 염려되었다. 마침내 폴의 압력으로 의사를 보러 가기로 했다. 폴은 아기를 지키고 싶었지만 아내를 이해했고, 참을성이 있었으며, 조금 더 시간이 지나서 준비되었을 때 다시 아이를 가지면 된다고 생각하고 아내를 지지했다. 병원에 가자 산부인과 의사는 임신이라고 전해주었다. 이미 4개월 반이 지났으며, 어쩌면 5개월일 수도 있다고 했다. 선생님, 그건 있을 수 없는 일이에요. 카트린은 낙태 이야기를 꺼내지 않을 수 없었다. 의사는 먼저 그녀에게 낙태는 불법 행위라는 걸 상기시킨 다음, 그녀의 몸에 일어날 수 있는 부작용에 관해서 설명했다. 그녀는 큰 모험을 해야 했다. 기형아에 정신 지체아를 낳을 위험이 있었다. 심장이 급하게 쿵쿵 뛰기 시작했고, 온몸이 얼어붙는 듯했다. 그래도 그녀는 방법을 찾아보기로 했다. 그녀는 사흘 내내 이 병적인 태아를 제거할 방법을 찾고 찾았다. 아무도 그녀를 도와주려고 하지 않았다. 낙태는 명백한 범죄였기에, 그런 일을 하겠다고 나설 만큼 무분별한 사람은 없었다. 카트린은 친아빠에게 연락하기로 마음먹었다. 그녀가 가끔 파리에 가거나, 아니면 세르주가 남쪽으로 내려올 때 만나는 식으로 계속 연락을 주고받고 있었다. 그는 자클린이 극구 반대하는 통에, 딸의 결혼식엔 오지 못했다. 하지만 카트린은 이따금 아빠를 만났다. 무엇보다도 그녀의 친아빠가 아닌가! 게다가 그녀는 아빠를 사랑했다. 카트린은 이번에도 아빠가 해결책을 찾아줄 거라고 확신했다. 그 생각은 옳았다. 세르주는 자기가 해결해줄 수 있으며, 산파들이란 하나같이 자기 뱃속만 챙기는 사기꾼들이라고 말했다. 그 쌍년이 일 처리가 제대로 됐는지 어쩐지는 신경도 안 쓰고 돈만 챙겼구나,

염병할. 그렇게 어려운 일이 아니야, 내가 해결해줄 테니 걱정하지 말고 얼른 올라와라. 카트린은 토요일에 폴과 함께 기차를 타고 파리로 갔다. 부부는 팡탱 근처에 있는 아파트, 그러니까 카트린이 몇 년 전에 하룻밤을 보냈던 바로 그 아파트에 도착했다. 세르주는 거기서 한 간호사와 살고 있었다. 폴과 세르주는 한 번밖에 보지 못한 사이였다. 앙티브의 식당에서 처음 만났는데, 폴은 자기 아내가 계산하는 걸 보고 놀랐지만, 아무 말 하지 않았다. 세르주는 주방을 순식간에 수술실로 바꿨다. 한두 번 해본 솜씨가 아니었다. 그들은 아파트에서 불법으로 낙태 수술을 해주고 있었다. 그는 카트린을 테이블 위에 눕히고, 다리받침 대신에 등이 없는 의자 두 개를 양옆에 하나씩 놓아주었다. 폴은 아내의 손을 잡고 있었지만, 차마 아내의 모습을 볼 수 없었다. 세르주는 딸의 질 속에 검경을 집어넣고 자궁 통로 안으로 내시경을 집어넣었다. 내시경에는 뿌연 액체가 가득 들어 있는 주사기가 연결되어 있었다. 두 번에 걸쳐 주입하는 큰 스푼 분량의 물약이 모든 것을 해결해줄 터였다. 카트린은 이를 앙다물었지만, 고통이 너무 컸다. 그녀는 울부짖었고 반사적으로 턱을 다무는 동시에 엉덩이도 꽉 오므렸다. 세르주는 좀 가만히 있으라고 소리를 지르면서 그녀의 다리를 벌렸다. 어쨌거나 일은 벌써 끝났다. 이런 영화를 다시 찍는다는 건 정말 고통일 것이다. 세르주가 내시경을 확 뽑자 내시경과 함께 진홍빛 액체가 분출하면서, 기적적인 치료 효과를 기대할 수 있게 해주었다. 그런데 예상과 달리 진홍빛 액체는 멈추지 않았고, 카트린은 피오줌까지 싸기 시작했다. 불과 몇 초 사이에 주방 바닥에 홍건한 피 웅덩이가 생겨버렸다. 카트린은 의식을 잃었다. 몸에서 피가 빠져나올수록 그녀의 얼굴은 점점 더 창백해져 갔다. 폴이 울부짖었다. 모든 게 흔들리기 시작했다. 그는 하나님께 간청하고, 맹세하고, 회개하면서 세르주에게 당장 구급차를 부르라고 소리쳤다. 빨리요, 빨리! 죽어가잖아요! 망할, 대체 이게 무슨 일이야? 세르주는 계속 그 말만 되풀이하면서, 폴을 도와 흘러내리는 체액을 흡수하도록 시트로 카트린을 감쌌다. 그러고는 폴에게 그녀를 안고 아래층까지 내려가라고 지시했다. 구급대원들이 집에 들어와 마구 휘젓고 다니는 걸 원치 않았다. 폴은 카트린이 자기 품에서 죽어가고 있음을 느끼고는 흐느끼기 시작했다. 오, 안 돼, 제발 부탁이야. 카트린, 내 사랑…… 그는 아내에게 자신들이 했던 약속을 상기시켰고, 함께 살면서 만들었던 모든 추억을 상기시켰으며, 그녀가 그의 인생에서 유일한 여자이자, 사랑하는 여자라는 것을 계속 상기시켰다. 카트린의 머리카락이 땀에 젖어 목덜미에 찰싹 달라붙었

다. 불덩이같이 뜨겁던 몸이 이제는 얼음장같이 차가워졌
다. 폴은 카트린에게 약속했다. 절대로 죽게 내버려두지 않
겠다고, 반드시 살려내고 말겠다고. 구급차가 카트린을 응
급실로 데리고 갔고, 처치한 소파술과 혈관에 주입한 항생
제가 그녀를 빈사 상태로부터 살려냈다. 의사는 그들이 무
슨 짓을 했는지 깨달을 수 있도록 엉망이 된 태아를 보여
주었다. 얼마나 괴물 같던지! 녹초 상태의 그녀가 잠시 머
리를 들었다가 다시 내렸다. 그녀는 똑똑히 보았다. 말 그
대로 괴물로 변한 태아를.

　　카트린은 비교적 빨리 회복되었고, 그 문제는 일단락되
었다. 그녀는 폴에게 아무에게도 알려서는 안 된다고 단단
히 일렀다. 심지어 가족들에게도 알리지 말라고 했다. 의
사는 자궁의 일부를 절제할 수밖에 없었다면서, 그래서 더
는 아기를 가질 수 없을 거라고 말했다. 그녀는 슬프지 않
았다. 자기의 한심한 유전자를 전해주지 않고, 자기처럼 고
달픈 인생을 재생산하지 않는 편이 훨씬 낫다고 확신했다.
그러면서 언젠가는 아프리카의 고아를 입양하겠노라고 생
각했다. 그래, 그편이 훨씬 나을 거야. 이후로 더는 월경이
없었다. 의사의 말대로라면 이상한 게 아니라 정상이었다.
그녀는 이제 아이를 가졌었다는 사실도 잊고 지낼 수 있

게 되었다. 시트 접는 소리를 들을 때와 열 번도 넘게 세탁을 했건만 아직도 완전히 지워지지 않은 빛바랜 핏자국을 볼 때만 제외하면 그랬다. 부부는 개 한 마리를 키우기 시작했다. 자클린의 개처럼 작은 개였는데, 카트린은 결혼식이 있었던 대로를 떠올리면서 보방이라고 이름 지었다. 루이 14세 때 견고한 요새를 건축하여 유명해진 장군, 군사 건축가 보방. 보방은 마르세유 발레 학원의 마스코트가 되었다. 손가락 하나, 눈빛 하나에도 주인의 뜻을 알아차리는 영리하고, 깨끗하고, 훈련을 잘 받은 완벽한 개였다. 주인뿐만 아니라 학생들도 개를 사랑했다. 그해 연말 공연이 준비되었다. 카트린은 네 살짜리 꼬마들로 시작해서 체조 교실에 오는 노부인들에게 이르기까지, 모두 열일곱 개의 안무를 만들어 무대에 올렸다. 노부인들에게는 에릭 사티의 〈아무렇게나 추는 춤〉이라는 곡에 맞추어 주로 팔을 사용하는 동작을 하게 했다. 공연은 대성공이었고, 그녀는 내년에 더 큰 무대에서 공연하겠노라고 약속했다! 2년 후에 카트린은 짐나즈 극장을 빌려서, 조명 기사와 음향 기사, 무대 감독, 매표소까지 차려두고 공연을 했다. 그녀는 엄마에게도 커다란 극장을 빌려서 공연해보라고 격려했지만, 자클린은 체육관을 빌리는 것으로 만족했다. 두 공연은 2개월 간격을 두고 행해졌고, 카트린은 두 개의 무대에서 활약할 기회를 가질 수 있었다. 다만 자클린의 공연에서는 프로그램 팸플릿에 곡 해석가로만 이름이 소개되었다. 엄마의 처녀적 성과 결혼해서 얻은 남편의 성을 표기했고 크렘니츠라는 성은 빠져 있었다. 예술 감독의 이름에는 자클린 하나만 올려졌지만 카트린은 최선을 다해 공연을 마쳤다. 그러나 정작 마르세유에서 올린 자기 학원의 공연은 결과를 밝히지 않는 게 나을 정도로 엉망이었다.

아내가 승승장구하는 동안 폴의 직장 생활은 몹시 부진했다. 그렇다고 폴이 불안을 느낀 건 아니었다. 반대로 그는 아내의 성공을 몹시 기뻐했다. 유명 일간지에서 짐나즈 극장에서의 공연을 다뤘을 정도였으니까! 카트린은 무대에 매우 강한 예술가로 묘사되었다. 그렇게 좋은 평을 받은 데는 홍보를 도와준 폴의 역할도 무시할 수 없었는데, 카트린이 폴을 언론 학교에 등록시켜준 덕분이었다. 그 학교를 졸업한 언론인들이 워낙 많다 보니, 인맥도 쌓고, 유망한 일자리를 보장받을 수 있을 것 같았다. 남편은 마르세유에서 시간제로 일하면서 학교에 다녔고, 카트린의 수입은 남편의 수업료를 대줄 정도는 되었다.

하지만 카트린이 원하는 건 돈을 아끼지 않고, 마음대로 하고 싶은 걸 하면서 살 수 있을 정도의 재정이었다. 낭비하지 않게끔 필요한 목록을 세우고 그 안에서 지출하는 절제력이 없어서가 아니라, 그렇게 하고 싶지 않아서였다. 낭비하지 않으려고 노력하기보다는 마음껏 안무에 집중하고, 자기 발레단을 무대에 올리는 일에 열중하고 싶었던 것이다. 카트린은 남편이 성공해서 재정적으로 자기를 지원해주길 원했지, 그 반대가 되는 걸 원치 않았다. 남편이 자기를 향해 감탄의 눈길을 보여주기보다는, 오히려 자신이 남편을 그런 눈으로 바라볼 수 있었으면 하고 생각할 때가 가끔 있었다. 이제 그녀는 결혼 7년 차로 접어들었고 그사이에 여자가 되었다. 자신감도 얻고, 능력도 생겨난 데다, 자신의 장점과 재능을 발견하는 법도 배웠다. 그녀는 버림받을지도 모른다는 위협을 느끼지 않고도 자신이 어디에 재능이 있고, 어디에 재능이 없는지 제대로 판단할 수 있게 되었다. 이따금 남편에게 평생 자기를 사랑할 거냐고 묻고 죽을 때까지 함께 하겠다는 맹세를 해달라고 조르는 건, 그녀가 거의 확신하고 있는 그 사실을 다시 한 번 귀로 듣고 싶어서가 아니었다. 자기가 원하는 게 바로 그것이라는 걸 스스로에게 확인시키기 위해서였다. 또 자기가 떠나도록 남편이 그냥 놔두지 않을 거라는 걸 확인하고 싶어서였다. 불쑥불쑥 가출하고 싶은 욕망과, 미친 짓과 잘못된 일에 빠지지 않도록 남편이 자기를 내버려두지 않을 거라는 확신을 갖고 싶었던 것이다. 그녀는 자신도 몰랐던 감정, 말하자면 잘난 여자의 교만함과 자기를 바라보는 남자들의 은밀한 시선 속에서 발견되는 욕망을 즐겼다. 그러나 여전히 수줍어하고, 아내에게 존경의 마음마저 품고 있는 폴은 결코 그런 욕망의 눈으로 그녀를 바라보지 않았다. 카트린도 자신이 원하는 게 뭔지 잘 몰랐다. 하지만 그녀의 내면에서 뭔가가 그녀의 감춰진 욕망을 부추기려 하고 있었다. 그녀는 폴 외에 어떤 남자와도 관계를 갖지 않았다(첫 관계를 제외하고). 하지만 다른 남자와 섹스를 하면 어떨지 궁금해졌다. 그렇다고 자신에게 간통하는 여자의 뻔뻔스러움이나 가벼움 같은 게 있다고 생각하지는 않았다. 위험천만한 모험을 즐기기 위해 아무 남자와 잠자리를 갖고 싶은 생각은 추호도 없었다. 그녀는 남편을 사랑했다. 그와 영원히 함께할 것이며, 신이 그들 부부에게 생명을 허락하는 한 사랑은 계속 자라갈 거라고 믿었다.

드디어 폴이 언론사 부속학교를 졸업하게 되었다. 폴과 카트린은 졸업식을 위해 함께 파리로 올라갔다. 졸업식 행사는 8구역의 샹젤리제 거리 부근에 있는 어느 극장에서 진행되었다. 카트린은 가장 좋은 옷으로 차려입고, 남편에게도 특별한 날을 위해 새 양복을 사주었다(훔쳤을지도 모르지만 넘어가기로 하자). 홀 안은 사람들로 꽉 차 있어서 파리의 유명 인사란 인사는 다 모인 듯했다. 폴이 학교에 다니는 동안 친구를 많이 만들지 못한 터라, 그들은 아는 사람이 아무도 없었다. 홀을 가로질러 가는 동안 카트린은 처음에는 겁을 먹었지만, 곧 고개를 꼿꼿이 들고 무대 위에 있는 것처럼 걸었다. 모두의 입이 벌어지게 만드는 그녀의 미모는 주변 사람들이 알아서 길을 터주도록 만들었고, 두 사람은 마치 주인공들이라도 되는 것처럼 우아하게 사람들을 헤치고 나아갔다. 누구도 그 아름다운 커플에 주목하지 않을 수 없었다. 특히 그녀! 카트린은 정말 눈이 부시게 아름다웠다. 그들이 등을 돌리고 지나치려 했던 교수 중 한 명은 일부러 그의 팔을 잡고 돌려세워서 악수하고 축하해주었다. 그러고는 자신이 폴을 얼마나 자랑스럽게 여기는지 증명하고자 했고, 더욱이 학장이 그에게 축하 인사를 하고 싶어 한다고 전했다(폴은 복도에서 학장과 슬쩍 마주쳤던 기억을 떠올렸다). 학장님, 정말 영광입니다. 이렇게 축하해주시다니, 뭐라 감사드려야 할지 모르겠습니다. 학장이 말했다. 무슨 말을 그렇게 하나, 그 말은 오히려 내가 할 말이지. 자네와 부인께서 이 자리를 빛내주신 게 오히려 영광이네. 부인, 부인의 아름다움 앞에선 절로 고개가 숙여지는군요. 허락해주시겠습니까? 학장은 그렇게 말하면서 카트린의 손등에 입을 맞췄다. 카트린은 수줍음과 거북함을 동시에 느끼면서 손을 살짝 뒤로 뺐다. 학장이 다시 말했다. 오늘 졸업식 행사가 끝난 뒤에 두 사람을 초대하고 싶네. 푸케의 한 살롱에서 칵테일파티를 열기로 했네. 가까운 친구들끼리 모여서 간단히 저녁 식사를 즐기는 거지. 부인, 참석해주신다면 참 기쁘겠습니다! 젊은 부부는 예상치 못한 갑작스러운 배려와 초대에 어안이 벙벙하면서도 약간 들뜬 마음이 되어서 멍청하게 고개를 끄덕였다. 네, 네, 가도록 하지요. 감사합니다. 참 친절하시네요. 카트린은 졸업식 행사 내내 자신이 사교계에 첫발을 들여놓은 시골 처녀처럼 관찰 대상이 되고 있다는 느낌을 받았다. 여기 있는 파리 사람들은 졸업식을 참관하기 위해서가 아니라, 상류 사회 사람들이 모이는 곳에 자기도 끼어 있다는 걸 과시하기 위해 참석한 것이었다. 학장에게 부부를 소개했던 교수가 두 사람을 푸케의 살롱까지 안내했다. 그들은 다른 손님들과 함께 걸어서 그곳까지 갔다. 샹젤리제 거리를 따라 산책하듯 걸어가는 신사 숙녀들은 아주 지적이고 똑똑한 사람들이었다. 카트린은 그들 가운데서 자기만 그 자리에 어울리지 않는, 꿔다 놓은 비루한 보릿자루 같은 기분이 들어서 눈물이 났다. 그래서 푸케의 식당에 도착하자마자 속이 좋지 않다는 핑계를 대며 빨리 돌아가고 싶어 했고, 폴은 그녀의 말을 곧이곧대로 믿었다. 그래서 비굴한 태도로 사과한 뒤에 초대해줘서 고맙다는 인사를 다시 한 번 하고는, 학장에게 인사를 대신 전해달라고 하고 그곳을 나왔다. 마르세유로 돌아온 카트린은 학장의 입맞춤이 일으킨 묘한 감정으로부터 추스르고 일어날 새도 없이, 이틀 후에 발레 학원으로 배달된 꽃다발을 받았다. 학장이 보낸 붉은 장미 47송이와 짧은 메모가 곁들여 있었다. 내 삶에 사랑의 장미꽃을 심으러 와주십시오. 기다리겠습니다, 앙투안. 그녀는 밤새 한숨도 자지 못했다. 마치 커피 찌꺼기를 보고 커피 점을 치는 사람처럼 천장을 뚫어지도록 바라보면서 생각하고 주저하고 망설였다. 앙투안이라는 남자는 자신의 전화번호를 남겨놓았다. 전화를 해볼까? 아냐, 그건 현명하지 못한 짓이야. 그러면? 전화하지 말자. 그냥 무시해버리는 거야. 잊어버리는 게 상책이야. 아무 일도 없었던 듯이 그냥 잊어버리는 거야. 그러나 불가능했다. 머리 위의 어두운 천장을 바라보고 있는 동안, 창밖의 불빛이 만들어낸 그림자들이 무심한 듯 춤을 추었다. 만일 내 삶이 아직 아무것도 쓰이지 않은 백지에 불과하다면? 다음 날 그녀는 파리로 돌아갈 변명거리를 찾고 있었다. 물론 혼자서.

앙투안은 그 유명하다는 레스토랑 맥심으로 카트린을 초대했다. 카트린은 맥심이라는 이름의 식당이 있다는 건 알고 있었지만, 정말 그곳에서 점심을 먹으면서 교제하는 사람들이 있다는 생각은 한 번도 해본 적이 없었다. 그곳을 찾는 고객들은 모두 자주 드나드는 사람들 같았다. 겉으로는 머릿짓으로 인사를 주고받으면서도, 속으로는 서로를 경멸하듯이 훑어보고, 저명인사들 사전에서 서로 약력의 길이를 몰래 비교해본다는 걸 느낄 수 있었다. 그날 사람들은 앙투안과, 그가 자기 여자로 만들었을 것으로 추측되는 여인을 아첨하는 듯한, 혹은 눈감아주는 듯한 태도로 맞이했다. 그 남자의 태도가 분명코 평소보다 훨씬 더 다정다감했으니까. 앙투안은 중요한 카드를 꺼내 들었다. 손을 가슴에 얹고는, 그녀가 잘 모르는 시인들의 시를 인용하면서 돔 페리뇽, 샤샤뉴 몽트라셰, 로마네 콩티에 대해서 말하고, 로마에 대해, 베네치아에 관한 이야기를 꺼낸 것이다(그가 샴페인을 한 잔 마신 후에 어떤 포도주를 좋아하느냐고 물었을 때, 그녀는 뭐라고 대답해야 할지 몰라서 부르고뉴 포도주를 좋아한다고 말했다). 이탈리아에 가보신 적 있으세요? 네, 리미니에 가봤어요. 카트린이 약간 거북스러워하면서 대답했다. 아, 그러시군요, 전 그곳에 안 가봐서 잘 모릅니다만, 틀림없이 멋지고 근사한 곳일 테지요! 정말, 당신의 미모는 이 세상 것이 아니라 천상의 것입니다. 그래서 간청하는데, 제발 제 초대를 거절해서 로마가 우울한 도시로 기억되는 일이 없게 해주세요. 다음 달에 로마에서 열리는 학술회에 참석하기로 되어 있는데, 전 혼자서 여행하는 걸 죽기보다 싫어하는 사람이지요. 비행기 타는 걸 무서워하거든요. 솔직히 말해서 여행을 싫어합니다. 만일 부인께서 동행해주시지 않으면 학술회 참석도 취소하고 가지 않을 생각이에요. 어떻게 생각하세요? 오, 알고 있습니다, 결혼하신 분이라는 걸요. 하지만 제게도 기회를 한번 주시지 않겠습니까? 우리에게 주어진 인생은 단 한 번뿐이잖습니까! 로마와 베네치아에서 사흘만 함께 보내보면 어떨까요? 우리 앞날에 어떤 위험이 있을지, 무슨 일이 일어날지 아무도 모르는 겁니다. 여행을 다녀와서 그때도 제가 싫으시다면 맹세하건대 절대로 당신을 귀찮게 하지 않겠어요. 자, 어떠십니까? 저, 그게…… 선생님, 하루만 생각해볼 시간을 주시겠어요? 아니, 이런. 선생님이라고 하셨나요? 제가 골골하는 노인이 되어버린 기분이군요! 그냥 앙투안이라고 불러줘요. 아, 그리고 물론 생각해보셔야죠. 생각해보신 다음 편지로 알려주세요. 카트린은 니니의 집으로 갔다. 니니는 결혼해서 세 살짜리 아들을 두고 있었다. 카트린도 아이를 낳았다면 지금쯤 그 나이가 됐을 것이다. 카트린은 자기는 절대로 아이를 갖지 못할 것이라고 생각했다. 카트린의 이야기를 듣고 난 니니는 그 남자에게서 음흉한 냄새가 난다는 걸 느꼈다. 카트린은 자신이 로마에 발을 딛자마자 강요에 못 이겨 몸을 맡길 거라는 걸 이미 의식하고 있는 걸까? 그 생각에 카트린은 웃음을 터뜨렸다. 자신이 어리석긴 해도 그 정도로 어리석지는 않다고 여겼다. 니니는 생각했다. 그 남자는 카트린 때문에 잃을 게 하나도 없지만, 카트린은 그 남자를 위해 모든 걸 다 팽개칠 위험이 다분하다고. 그 남자가 먹이 사슬에서 하위 동물을 잡아먹는 포식자같이 느껴졌다. 그 남자는 결혼했니? 헤어졌대. 낙천적인 카트린이 대답했다. 그 남자가 도대체 네게 뭐라고 한 거니? 분명히 말하는데, 그 남자는 정말 위험한 사람이야. 꿍꿍이속이 있는 게 확실해. 너만 다친단 말이야.

마르세유로 돌아오자 73송이의 붉은 장미가 그녀를 기다리고 있었다. 72송이는 그녀가 초청을 받아들였을 경우 그들이 로마에서 함께 보낼 사흘의 시간을 의미했고, 나머지 한 송이는 그녀에게 행운을 실어 보낸다는 뜻이라고 했다. 그녀는 맥심에서 했던 점심 식사를 되새겼다. 호텔 지배인의 열성을 다한 서비스, 샴페인의 맛, 영화나 연극 속에서만 들을 수 있다고 생각했던 상상도 못 할 만큼 달콤

하고 세련된 문장들, 앙투안의 목소리……. 그가 타고 가라고 했던 짙은 녹색의 재규어도 떠올려봤고(그의 운전기사가 니니의 집까지 태워다 주었다), 자신의 손목을 어루만지던 그의 손가락의 감촉도 계속 떠올렸다. 어디를 가든지 그가 뒤따라오는 듯한 기분을 느꼈고, 하루에 스무 번도 넘게 그가 불쑥 나타날 것만 같은 생각이 들었다. 세련된 도시 차림에 갈색 머리의 실루엣이 나타날 때마다 그가 찾아온 게 아닐까 잠시 착각하기도 했다. 카트린은 망설이는 것처럼 보였지만, 결국에는 그곳에 가게 될 거라는 걸 알고 있었다. 난생처음 비행기를 타고 이탈리아에 간다는 생각을 어떻게 뿌리칠 수 있을까! 두 사람이 맥심의 문을 나설 때, 그가 그녀의 팔꿈치를 잡는 바람에 그녀에게 희미한 나무 향이 남아 있었고, 그녀는 혹시라도 그 향을 다시 맡을 수 있을까 싶어서 자꾸 팔꿈치에 코를 갖다 댔다. 그 쇠풀뿌리 향을 다시 맡아볼 수 있다는 생각을 어떻게 밀어낼 수 있단 말인가! 카트린은 그에게 매료당했다. 사랑에 빠진 건 아니었다. 그것과는 달랐다. 그녀는 불시에 허를 찔리고 말았고, 그 남자만 생각하면 숨이 멎는 것 같았다. 그녀는 그에게 마음을 빼앗겼다. 아니, 어쩌면 이미 완전히 사로잡혀버렸다. 그녀의 손 위에 얹혔던 그의 손은 살을 베는 듯한 느낌을 주었고, 그녀는 그 느낌에 자꾸만 움찔거렸다.

그로부터 열두 통의 편지를 더 받고 나서 마침내 3주일 후, 그녀는 베네치아로 가기 위해 남 오를리 공항에 있는 오리종 레스토랑에서 그를 만났다.

약속 장소에 먼저 도착한 사람은 카트린이었다. 그녀는 두려움에 떨었고 기다리는 동안 슬픔, 분노, 포기, 소망 등의 모든 감정의 단계를 다 거쳐야 했다. 당시로선 놀랄 만큼 혁신적인 금속 건축물이었던 공항의 화려함도 눈에 들어오지 않았다. 그녀의 관심을 끌 만한 건 아무것도 없는 듯했다. 그 순간의 카트린은 오직 기다리는 일에만 집중했다. 마침내 앙투안이 운전기사와 함께 도착했다. 카트 위에 루이비통의 로고가 박힌 가방들이 산처럼 아슬아슬하게 쌓여 있었다. 덥수룩한 머리에 땀을 뻘뻘 흘리는 그는 포르투갈 억양으로 자기 잘못이 아니라는 말만 반복하는 불쌍한 운전기사 산초를 향해 욕설을 퍼부었다. 그리고 카트린에겐 신뢰를 주려는 듯 다정한 어조로 설명했다. 고속도로에서 어떤 녀석이 자기 차를 들이받는 바람에 사실 확인을 하러 가야 했다는 것이다. 그러면서 어떻게 그런 바보 같은 녀석에게 운전면허증을 발급해줬는지 알 수 없다며 분개했다. 프랑스의 그 잘난 사람들의 자동차라는 촌스러운 시트로앵을 타고서 말입니다! 시간을 이렇게 많이 허비했으니 점심 먹을 시간이 사라졌군요. 아무래도 곧장 비행기를 타러 가야 할 것 같습니다, 부인. 카트린은 그 많은 짐 가방을 보고 얼이 빠졌지만, 여전히 과장된 몸짓 손짓을 써가며 열정적인 걸음걸이로 출국 절차를 밟으러 가는 그의 뒤를 마치 홀린 듯이 따라갔다.

비행기 안에서 그는 숨이라고 적힌 약병을 꺼내더니 한 모금 크게 입안에 넣고는 약 가방에서 꺼낸 몇 가지 알약과 함께 꿀떡 삼켰다. 그때 약 가방이 발밑으로 떨어졌고, 작은 가방 안에 들어 있는 내용물이 바닥에 흩어지고 말았다. 별별 엉뚱하고 잡다한 것들이 다 있었다. 아주 작게 제본된 낡은 성경책 한 권, 악어가죽 표지의 얇은 주소록, 두꺼운 가죽 지갑, 머리빗, 박하 향이 나는 크리넥스, 입 냄새 제거용 껌 네 갑, 그리고 열쇠 세트. 어디 아프세요? 그녀가 수줍게 물었다. 아뇨, 예방용이지요! 그녀가 웃음을 터뜨렸다. 활기차면서도 솔직한 웃음이었다. 내가 좀 웃기는 사람 같은가요? 그가 눈썹을 찌푸리고 꽤 진지한 어조로 물었다. 상처를 받은 듯했다. 잘 모르겠어요. 하지만 참 대단하신 분이신 것 같아요! 굉장한 괴짜이시기도 하고요. 아, 그렇습니까? 그가 미소를 지었다. 참, 하고 싶은 말이 있습니다. 여행은 항상 나를 불안하게 해요, 아주 많이. 난 천성적으로 불안이 많은 사람이거든요. 특히 어딘가로 이동할 땐 두려움이 더 커진단 말입니다. 대탈출에 대한 기억 때문일 거예요. 전쟁 때문이죠. 나처럼 열한 살의 어린 나이에 고향을 떠나야 했던 사람들은 모두 그래요. 그 기억이 평생 상처로 남아 있어요. 그때의 불안감에서 쉽게 벗어나지지가 않는 겁니다. 그게 프로이트가 신경증적 불안과 현실적 불안으로 구분한 거예요. 불안 공포는 어린아이 때의 불안이 빼앗긴 리비도를 대신하여 나타나는 것이거든요. 애정을 집중적으로 쏟을 대상이 없어서라고 할 수 있죠. 그런데 그 불안은 이동할 때 더 커져요. 거기에 현실적 불안이 가세하면 완전히 끝난 거죠. 한마디로 죽음이에요. 아, 당신이 와주셔서 정말 행복합니다. 고마워요. 이런 공간 이동이 내게는 아주 힘들거든요. 분리 불안이라고 할까…… 그건 아주 복잡한 거예요. 모든 게 너무 혼란스럽지요. 당신은 내가 생각을 정리할 수 있게 도와주는 존재예요. 난 해결책을 찾아야 해요. 지금 내 상황은 살아갈 수 있는 상황이 아니에요. 카트린은 그가 무슨 말을 하고 있는지 알 수 없었다. 건성으로 듣고 있을 뿐 머릿속에서 다른 계산을 하고 있었다. 2차 대전 때 열한 살이었다는 말에(그가 말하는 전쟁이란 2차 대전일 수밖에 없다고 생각했다. 대탈출은 언제를 이야기하는지 확실치 않지만 1939년에서 1945년 사이, 대략 어림잡아

1941년이라고 하자) 카트린은 자신의 출생 연도와 비교해서 계산해보려고 했다. 1947년에 태어난 그녀는 지금 스물일곱 살이다. 그렇다면 그는, 아니, 그녀는 계산이 서툴렀다. 아, 이 계산은 너무 복잡하잖아. 41 빼기 11은 30. 그래, 이렇게 계산하는 게 더 쉽겠어. 그러니까 1974년인 지금 마흔네 살이라는 소리군. 그래, 그럴듯해. 마흔네 살 정도는 되었을 거야. 그렇다면 그녀의 엄마 나이와 비슷한 셈이었다. 카트린은 출입국 관리소를 지나면서 그의 여권을 슬쩍 보고 확실하게 알게 되었다. 그는 1929년생이었다. 그녀의 짐작이 얼추 들어맞았다는 이야기다. 비행기 안에서 그는 그녀의 손을 열렬하게 잡았다. 그러고는 이륙하는 동안 순식간에 잠들어버렸다. 그녀는 비행기가 지상에서 떠오르는 순간 속이 메슥거렸지만 왠지 그 느낌이 싫지 않아서 놀랐다. 앙투안은 하늘을 날고 있는 내내 코를 골았다. 그것도 제트 엔진만큼 요란하게. 카트린은 승무원이 가져다주는 식사 쟁반에 감히 손을 대지 못했다. 먹어도 되는 건지 확신이 서질 않아서였다. 그녀는 촌스러운 자신의 모습이 드러날까 두려웠다. 그렇다고 감히 그를 깨우지도 못했다. 드디어 활주로에 내려앉은 비행기의 제동 장치가 흔들리는 소리에 그가 깜짝 놀라서 잠이 깼다. 앙투안은 자느라고 식사를 놓친 걸 몹시 아쉬워했다.

베네치아의 다니엘리 호텔로 들어서는 순간, 카트린은 깜짝 놀라 얼어붙을 지경이었다. 계단 손잡이의 금박 장식이며, 고급 양탄자, 고상하고 세련된 벽지, 높고 높은 천장, 호텔 방 창문에서 내려다보이는 풍경, 침대의 머리맡 장식, 눈부시게 깨끗한 시트, 욕실의 대리석 바닥, 대리석 욕조, 호화로운 세면대, 거울, 전화로 원하는 걸 요청하면 누군가가 갖다주는 서비스…… 프론토! 노, 논 빠를로 이딸리아노, 프란체제(여보세요, 아뇨, 이탈리아 말은 못 합니다. 프랑스어요), 네, 프랑스어요, 좋습니다. 되도록 빨리 갖다주세요. 우선 밀라노식 수프하고, 하얀 송로버섯을 넣은 그 유명한 파스타, 탈리아텔레를 주문하지요. 생선 요리도 하나. 그래요, 당신들이 준비할 수 있는 걸로. 그리고 고기는…… 필레미뇽이라고 했나요? 아, 좋아요, 좋아. 완벽해요. 그리고 디저트로는 자바이오네가 좋겠군요. 샴페인 한 병하고 와인은 프랑스 와인으로. 아, 보르도가 있나요? 그럼 합리적인 가격 안에서 최상품의 보르도로 한 병 주세요. 좋아요, 당신네 소믈리에를 한번 신뢰해봅시다. 그래요, 아, 그라찌에 밀레! 자, 이제 됐군. 좋아. 그가 주문하는 동안 카트린은 멀거니 입만 벌리고 있었다. 당신도 지금쯤 배가 꽤 고플 거예요, 그렇죠? 그녀는 배가 고픈 줄도 몰랐다. 눈에 보이는 모든 게 아름답고 화려해서 그런가 보다고 생각했다. 하지만 눈앞에서 본 환상의 세계에 대해 한마디도 입을 열 수 없었고, 앙투안이 전화를 끊었다가 다시 수화기를 드는 모습만 가만히 지켜보았다. 그는 자신의 말이 상대편에게 들리지 않도록 송화기를 손으로 감싼 채, 어머니에게 전화해야 한다고 카트린에게 설명했다. 카트린은 이해한다는 표정으로 고개를 끄덕였지만, 정말 웃긴다고 생각했다. 앙투안은 아주 큰 소리로 말했다. 그래서 창가로 가서 담배를 피우고 있는 그녀에게까지 말소리가 다 들렸다. 아, 엄마, 지금은 말할 수 없어요. 그녀가 지금 여기 있다고요. 네, 이름은 카트린이에요. 아뇨, 엄마, 내가 가서 설명할게요, 지금 여기 있다니까요. 바로 내 옆에요! 그녀는 사라지고 싶었다. 그는 그녀를 쳐다보지도 않았다. 전화기 위로 몸을 구부린 채 아주 오랫동안, 아주아주 오랫동안 자기 엄마와 이야기만 하고 있을 뿐이었다. 그래서 어느 정도 시간이 흐르자, 카트린은 내가 지금 여기서 뭘 하고 있지? 하는 생각이 들었다. 그녀는 그의 입에서 나오는 모르는 이름들을 들으면서, 그가 걱정거리가 아주 많은 사람이라는 걸 알았다. 돈 문제, 일 문제, 마음 문제, 건강 문제, 심리학적 문제…… 온갖 문제가 대체 언제나 끝날지 알 수 없었다. 마침내 방문을 두드리는 조용한 노크 소리가 그녀를 최면 상태에서 꺼내주었다. 드디어 그가 카트린에게로 몸을 돌렸다. 카트린의 존재를 아예 잊고 있었던 건 아닌 모양이다. 그는 큰 동작으로 그녀에게 문을 열어주라는 표시를 했다. 문을 연 그녀는 직원이 나가면 곧 문을 닫을 준비를 하고 옆에 섰다. 직원은 마법사처럼 민첩한 솜씨로 반짝거리는 식탁보를 테이블 위에 펼친 후에, 그 위에다 재빠르게 은제 식기를 차려놓기 시작했다. 그때 앙투안이 갑자기 전화 통화를 중지하고 말했다. 잠깐 기다리게! 그러고는 카트린에게 자기 가방을 찾아달라고 외쳤다. 그 소리에 카트린은 자신도 모르게, 어디 있는지도 모르는 그 가방을 찾으려고 급히 두리번거렸다. 이리저리 몸을 돌리며 찾고 있는데, 그가 다시 큰 소리로 외치듯 말했다. 거기 있잖아요! 여기? 아니, 거기, 거기! 드디어 가방을 찾았다. 그녀는 그가 지갑에서 리라 한 묶음을 꺼내는 걸 보았다. 그는 그 묶음에서 지폐 한 장을 꺼냈다. 지폐 한 장도 그녀에게는 현실같이 느껴지지 않았다. 그는 꺼내 든 지폐를 직원에게 내밀고는, 자기 어머니에게 식사가 왔으니 나중에 다시 전화하겠다고 말한 뒤에 거칠게 전화를 끊었다. 그는 몹시 배가 고팠다! 자, 식사합시다! 그녀는 아무것도 묻지 않고 그가 말한 대로 테이블 앞에 앉았다. 인간은 살기 위해 먹는 게 아니라, 그 반대죠! 먹기 위해서 사는 거라고요, 안 그래요? 그의 말이 맞을 것이다. 그녀는 그 말에 반대하지 않았다. 식사하는 동안 그는 몽테스키외에 대해서 말했다(그 철학자는 취향에 관한 에세이를 집필하던 중에 정부의 품에 안겨서 죽었다고 했다). 그리고 미학에 대해, 자기가 쓴 책에 대해, 자신의 경력에 관해 이야기했고, 미술사 학자였으나 자살한 형에 관한 이야기도 했다. 끔찍하고 무서운 이야기였다. 가스 호스로 목을 졸라 자살했는데, 그 딸이 시신을 발견했다고 했다(오, 끔찍하기도 해라!). 카트린은 당황해서 제대로 먹을 수가 없었다. 접시의 덮개가 열릴 때마다 어떤 포크와 나이프를 써야 할지 몰라서 망설였다. 그녀는 그의 이야기, 음식을 씹는 리듬, 방의 분위기까지 모든 것이 당황스러웠고, 그가 자기에게 키스하지 않는 것도, 섹스하자고 서두르지 않는 것에도 당황했다. 그리고 무엇보다도 그가 식사하는 모습에 질겁했다. 그 남자는 몹시 게걸스럽게 먹었을 뿐 아니라, 입안에 먹을 걸 가득 담고 말했다. 그러면서 그녀에게 포도를 따라주고 또 따라주었으며, 고기며, 파스타며, 생선이며 순서에 아랑곳하지 않고 계속 그녀의 접시에 요리를 덜어주었다. 그리고 디저트를 꼭 먹어야 한다고 고집했다. 그런 다음 커피 한 잔을 마셔야겠다면서 전화로 사람을 불렀다. 그가 물었다. 바깥 구경 좀 하고 오지 그래요? 아, 그게 좋겠네요. 그럼 산마르코 광장에 가보도록 해요. 그녀는 호텔 아래층으로 내려갔다. 그는 그녀에게 지폐를 내밀면서 말했다. 곤돌라를 타도록 해요. 그러면 한숨의 다리까지 데려다줄 거예요. 그녀는 거절하려 했지만 그가 고집을 부렸다. 바보같이 굴지 말아요! 인생에서 돈이 없으면 아무것도 할 수 없어요.

그녀는 너무나 당황해서 그가 자기를 바보처럼 취급하는 데도 화를 내지 못했다. 지나가는 사람에게 산마르코 광장으로 가는 길을 물었다. 억양이 부정확할 게 뻔했기에 감히 이탈리아어로 발음하지 않았다. 주변 경관을 보면서 감탄사를 연발하고 싶진 않았지만, 거대한 광장에 압도된 건 사실이었다. 성당과 궁전의 기둥들과 거대한 아케이드에 짓눌리는 기분이었다. 아케이드 위에 있는 조각상들이 아주 높은 곳에서 그녀를 주시하고 있는 것 같았다. 비둘기들이 나는 것을 보고 있자니, 가슴이 답답한 느낌이 들었다. 백여 마리나 되는 비둘기들이 공격해 오지지 않을까 하는 두려운 생각도 잠깐 들었다. 그녀는 운하 쪽으로 몸을 돌려서 곤돌라에 올라탔다. 손으로 원을 그리는 것만으로도 주위를 한 바퀴 돌고 싶다는 의사를 전달하기에 충분했다. 손짓과 지폐가 다 해결해주었다. 궁전을 보면서 감탄하고 싶었건만, 마주치는 곤돌라들 위에서 서로 부둥켜안고 있는 커플들밖에 보이지 않았다. 그 남자는 대체 카트린에게 뭘 원했던 것일까? 우편엽서 같은 이 도시에서 대체 뭘 하자는 걸까? 왜 하필 그녀였을까? 카트린은 어찌할 바 모르는 심정이 되었다. 일렁이는 물결에 멀미가 났다. 육지로 돌아가고 싶었다. 스쿠지, 마 논 카피스코, 시뇨라, 미 디스피아체(용서하십시오, 하지만 못 알아들었습니다, 부인. 유감이군요). 베네치아 운하의 화려함과 운치 있는 풍경에서 그녀가 기억하는 건 하수구 냄새와 출구 없는 미로 속에 삼켜진 느낌뿐이었다. 그녀는 기진맥진하여 호텔로 돌아왔다. 메슥거리는 가슴을 안고 구토하러 식당 화장실로 들어갔다. 조개 모양으로 된 황금빛 세면대 위에 얼굴을 숙이고 물을 적셨다. 거울 속에 비친 모습을 보면서 그녀는 생각했다. 카트린, 조심해. 뭔가 위험한 냄새가 나. 그녀는 그에게 설명을 요구해야겠다고 결심하고서 방으로 올라갔다.

앙투안은 책상에 앉아 글을 쓰고 있었다. 그녀가 문틈으로 얼굴을 내밀자 웬일인지 그가 그녀를 쏘아보았다. 무슨 일이지? 화가 난 걸까. 오, 맙소사! 내 인생에 저렇게 아름다운 여자는 본 적이 없어! 그는 의자에서 벌떡 일어나 그녀에게 다가가서는 마치 몇 달 동안이나 못 봤던 것처럼 반갑게 맞이했다. 그녀의 손에 입을 맞추고, 발밑에 엎드려서 입을 맞췄다. 그녀의 발목에, 장딴지에, 무릎에 계속해서

입을 맞췄다. 그만해요, 그만, 어서 일어나요! 그녀는 피어
오르는 미소를 참을 수 없었다. 그가 그녀의 배에 이마를
갖다 댔다. 그리고 가볍게 머리를 움직이며 그녀의 넓적다
리에 비비기 시작했다. 그녀는 천천히 그리고 복잡한 심경
으로 숱이 많고 짙은 그의 머리카락 속에 손가락을 집어넣
었다. 그가 그녀의 원피스를 들어 올렸고, 그녀는 그가 하
는 대로 내버려두었다. 그가 부드럽게 그녀를 깨물었다. 그
녀는 그러고 싶지 않았지만 자신도 모르게 약간 크게 소리
를 질렀다. 그리고 그의 팔을 잡고 그를 일으켜 세웠다. 그
가 비틀거려 넘어질 뻔한 걸 보고 그녀가 웃었다. 그녀는
그를 침대로 이끌었다. 발레리나의 걸음걸이로 우아하게.
그리고 그들은 빠르게 섹스를 했다. 제대로 되지 않았다.
그녀는 행복하지도, 그렇다고 실망하지도 않았다. 다만 가
슴이 빠르게 뛰었다. 그가 그녀의 가슴을 건성으로 스치듯
이 만졌다. 그의 손가락이 그녀의 넓적다리 사이로 미끄러
져 들어갈 때, 그녀가 손을 막았다. 더 즐기고 싶지 않아요?
그의 질문은 기가 막힐 정도로 그녀의 마음을 뒤흔들었다.
모르겠어요. 그녀는 그와 함께 있으면서 남녀가 섹스에 대
해서 아무렇지도 않게 말을 나눌 수 있고, 질문도 할 수 있
다는 걸 처음 알았다. 당신들, 여자들에게 있는 유리한 점
이 뭔지 알아요? 여자들의 오르가슴에는 끝이 없다는 겁니

다. 당신은 끝없이 즐길 수 있어요. 그녀는 자신이 그럴 수 있다는 걸 몰랐다.

　다음 날 그들에게 이탈리아에 머무는 시간을 단축하지 않으면 안 될 일이 생겼다. 앙투안은 학술회에 참석하기 위해 곧바로 로마로 출발할 준비를 했다. 갑자기 모든 게 뒤죽박죽 엉망이 되었고, 상황이 바뀌었다. 앙투안의 전부인, 정확하게 말하면 별거 중인 그의 아내가 그를 만나러 오겠다고 한 것이다. 카트린은 이해해야만 했다. 그 남자가 아직도 전부인을 사랑하고 있는 데다, 그들 사이에는 세 살짜리 어린 딸이 있었다. 어느 날 갑자기 아이 엄마가 남편과 딸을 버리고 떠났는데, 그 부부와 서로 배우자를 바꿔 잠자리를 즐겼던 커플의 남자와 살림을 차렸다는 것이다. 게다가 앙투안은 그 남자의 아내인 클로드와 함께 살고 있었다. 어린 딸은 자기 엄마와 클로드 사이를 오가며 지냈다. 그런 환경이 어린 소녀에게 좋을 리 없었고, 소녀는 혼란스러워하고 있었다. 앙투안은 아내가 돌아와 함께 살기를 바랐는데 지금, 그녀가 돌아올 의향이 있는 듯한 사인을 보내는 것 같았다. 오, 카트린, 당신도 이해하겠지만 이건 아이의 행복을 위해서예요. 카트린은 충격을 받았다. 로마든 베네치아든 함께 가자고 애원한 건 그녀가 아니었지 않은가! 그녀가 그에게 뭔가를 요구한 적이 있었던가! 그는 호텔 지배인을 통해 비행기 편을 바꾸었고, 카트린에게 파리행 비행기 표를 전해주었다. 몇 시간 후면 그녀는 파리로 다시 떠나야 했다. 그녀는 자신의 낡은 가방을 주섬주섬 챙겼다. 그의 짐에서 나온 세면도구들이 딸려오지 않도록 주의하면서. 그가 준 선물도 밀쳐놓았다. 서류를 눌러놓는 데 쓰는 무라노 유리 공예품이라나, 뭐라나. 챠오 (안녕). 이제 그가 날 다시 보는 건 엄두도 못 내게 하겠어. 바스타 코지(이것으로 됐어). 카트린은 분노를 나타내기 위해 격렬하게 방문을 쾅 닫았다(그녀에게는 아직 시간이 많이 남아 있었다. 젠장! 비행기는 몇 시간 후에나 떠날 것이다). 그녀는 남은 시간 내내 울었다. 다니엘리 호텔의 계단에서부터 오를리 공항까지 가는 동안 내내. 카트린은 뒤죽박죽인 마음을 안고 마르세유로 돌아갔다.

몇 달이 지났다. 그동안 앙투안은 꽃과 사과 편지와 사랑의 말을 끊임없이 보냈다. 꽃바구니는 날이 갈수록 점점 더 화려해지고 엄청나게 커졌다. 그는 사정하고, 협박했으며, 사랑을 고백하고, 애원했다. 그녀는 두려웠다. 길을 잃은 기분이었다. 어찌해야 그 늪에 빠지지 않을지 알 길이 없었다. 사실 이미 그녀의 마음은 온통 앙투안에게 가 있었다. 앙투안은 아내와 영원히 헤어지고 깨끗하게 정리하겠노라고 맹세에 맹세를 거듭했다. 자기가 알고 있는 모든 신 앞에서, 그리고 여섯 명의 자녀들의 목을 걸고서(첫 번째 아내에게서 얻은 네 아이와 불륜으로 태어난 아이, 그리고 두 번째 결혼에서 얻은 막내까지 모두 여섯이었다). 그는 자기 마음을 송두리째 빼앗아간 여자는 그녀밖에 없고, 그녀 없이는 도저히 살 수 없다고 했다. 그러니 마지막 기회를 달라고 끈질기게 매달렸다. 한편 폴은 아내에게 무슨 일이 일어나고 있는지 전혀 몰랐다. 왠지 아내가 멀리 느껴지고, 늘 흥분한 상태에, 자주 화를 낸다는 걸 느끼고 있었지만 그 모든 게 열정적으로 일하고 있기 때문이라고 생각했다. 그녀는 할 일이 너무 많고, 매우 똑똑하니 창조적 에너지를 마음껏 발산하도록 자유를 줘야 했다. 일곱 달 후, 마침내 그녀는 파리에서 앙투안을 다시 만나기로 했다. 아이 때문에 집에서 만나기가 거북했기 때문에 그는 크리용 호텔에서 만나자고 했다. 그녀는 일부러 늦게 도착했지만 그는 그녀보다 더 늦게 나타났다! 카트린은 분노했고 너무 화가 나서 눈물을 흘렸다. 그가 몇 분 차이로 더 늦게 나타났을 때, 회전문 앞에 서 있던 그녀는 숨이 멎는 것 같았다. 아마 질식사한 사람의 표정이 꼭 그랬을 것이다.

모든 여자는 자기가 한 남자에게 미치는 영향력이 클수록, 도망치는 것만이 그를 떠날 수 있는 유일한 방법이라고 느낀다. 카트린은 이 상황에서 어떻게 빠져나가야 할지 몰랐다. 하지만 이 연애가 가볍게 지나가는 불장난이 아니라는 건 처음부터 알고 있었다. 그녀는 첫 입맞춤 때 앙투안의 속눈썹 사이에서 그것을 보았고, 그의 눈동자 속에서 자신의 무수한 다양성을 보았으며, 이런 다양성 안에서 그려지는 자신의 미래를 보았다. 다시 말해 그녀는 자신에 대해 이미 알고 있는 것 외에 또 다른 수많은 자기의 모습을 본 것이다. 발레 학원을 접어야 한다는 건 유감이었다. 보방과 헤어진다는 것도 유감이며, 폴과 그의 부모가 보여준 지극한 사랑을 배신해야 하는 것도 유감이고, 남프랑스의 햇빛을 더는 볼 수 없다는 것도 유감이고, 또 유감이었다. 하지만 그녀는 파리로 돌아가기로 마음먹었다. 물론 그 망할 놈의 교외가 아니라, 그 지긋지긋한 집구석이 아니라, 프리들랑가 18번지에 있는 오스만풍의 멋진 건물의 75평짜리 널찍한 아파트로 가는 것이다. 몇 달 후의 어느 날, 새로 얻은 개를 산책시키러 나가다가 위대한 작가 발자크 동상이 내려다보고 있다는 사실을 발견하게 될 그 아파트로! 이제 앙투안과 함께 그녀는 그동안 줄곧 꿈꿔왔던 위대한 인생을 살게 될 터였다. 그들은 죽을 때까지 하고 싶은 대로 마음껏 하면서 살 수 있고, 가정부에게 청소도, 요리도 시킬 수 있는 호사를 누릴 것이다. 그들은 온 집안을 마음대로 뒤집어놓을 수도 있고, 그릇이 깨지더라도 깨진 조각들을 피곤하게 다시 주워 모을 필요가 없을 것이다. 새로 사면 되니까! 어느 날 아침, 카트린은 폴이 일하러 떠난 후에 짐을 쌌다(간단한 것 몇 가지만 챙겼다. 앙투안이 파리에서 이미 마음에 쏙 드는 고급스러운 새 옷들을 사주었다). 그녀는 침대 옆 탁자 위에 쪽지 하나를 남겼다.

작은 메모지 크기의 접착식 노트 한 장을 뜯어서 쓴 편지였다. 그런 편지에 과연 무슨 말을 쓸 수 있을까? 그동안 고마웠다고? 미안하다고? 사랑했다고? 이제 다른 사람을 사랑하게 되었다고? 날 찾을 생각을 하지 말라고? 좋았던 지난날은 이제 모두 끝이라고? 폴은 카트린이 이미 발레 학원을 양도했다는 사실을 알았다. 그는 자클린에게 전화를 해봤지만 아무것도 모르는 것 같았다. 그는 니니에게도 전화했고 세르주와도 통화했다. 오, 세르주! 세르주는 카트린이 떠난 소식을 전혀 모르고 있었다. 그는 계단에 피얼룩을 만들어놓은 것 때문에 이웃 사람들로부터 시달렸던 건 차치하고라도, 망할 놈의 구급차 비용만이라도 내놓으라고 말했다. 절망적인 심정으로 니니에게 전화한 그는 카트린을 한 번만 만날 수 있게 해달라고 애원했다. 다음 날 그의 아내는 레퓌블릭 광장에 있는 바로메트르 카페에서 만나자는 말을 전해왔다.

그녀는 구름 위를 걷고 있었다. 어떤 누구도 그녀를 이토록 취하게 만든 사람은 없었다. 앙투안은 그녀에게 하루에 백 번도 넘게 사랑을 속삭여주었다. 그는 사람들이 있을 때나 제삼자에게 그녀에 대해 말할 때만 카트린이라고 불렀고, 그 외에는 언제나 내 사랑, 사랑스러운 내 연인, 황홀한 나의 천사, 나의 보배라고 불렀다. 폴은 그녀가 요구할 때를 빼고 한 번도 그녀에게 사랑한다고 먼저 말한 적이 없었다. 폴은 수줍음을 탔고, 앙투안은 과장하길 좋아했다. 카트린은 욕실에서 나올 때마다 매번 물에서 태어나는 비너스, 바다의 아프로디테, 금발의 요정 갈라테이아가 되었다. 그런 미녀가 대체 이 잔혹한 폴리페모스*, 이 매머드와 뭘 하자는 걸까? 그는 우아하지 못한 자신의 외모를 스스로 조롱하고 빈정대기를 그치지 않았다(하지만 그녀는 앙투안의 말을 인정하지 않았다. 그녀는 정말로 그를 멋있다고 생각했고, 모든 면에서 훌륭하고 뛰어난 남자로 보았다). 그

---

* 물의 님프 갈라테이아를 사랑했던 외눈박이 거인.

는 자신의 모습을 용서받기 위해 그녀를 머리끝부터 발끝까지 선물로 뒤덮었다. 그는 그녀를 애지중지했다. 지나치게! 그리고 그녀가 자신에게 향하는 감정은 모두 돈으로 산 것이라고 믿었다. 그는 그녀를 재규어에 태우고 몽테뉴가나 방돔 광장, 생제르맹 대로에 데리고 가서 마음껏 쇼핑하게 해주었다. 반 클리프 앤 아펠의 액세서리, 이브 생로랑의 투피스, 레베카 모피, 랑방 구두, 에마뉘엘 칸 선글라스, 에르메스 핸드백, 몽블랑 만년필…… 그리고 아파트를 취향껏 마음대로 꾸며보라고 지원해주었다. 그 아파트는 공식적인 이혼은 아니지만 헤어진 게 확실한 전부인과 살던 아파트였다. 그는 카트린에게 백지수표를 주었고, 무제한으로 생활비를 주었다. 그녀에게 지폐 뭉치를 내밀면서, 부족한 게 있으면 더 주겠다고 약속했다. 카트린은 벼룩시장에서 중고 가구를 수집하길 좋아했다. 그녀는 먼저 페르시아 양탄자와 주방에 들여놓을 커다란 대리석 식탁을 샀다. 그들은 외출을 매우 자주 했는데, 앙투안을 찾는 사람들이 많았기 때문이었다. 하루가 멀다고 사교계의 칵테일파티며, 디너파티, 첫 공연의 초청 자리, 콘퍼런스, 특별 초청 강의가 그를 기다리고 있었다. 카트린은 귀부인 차림으로 치장하는 걸 즐거워했고, 그날의 여왕처럼 돋보이게 차려입을 줄 알았다. 본래 무대 경험도 있는 데다가, 특히 오스트리아 황후였던 엘리자베스 시시처럼 머리에 세심하게 공을 들이고 기교를 부려서 아름답게 꾸밀 줄 알았다. 머리카락을 땋아서 왕관처럼 둥글게 감는 법, 뒷머리를 올리는 법, 나선형으로 컬을 만드는 법, 영국식으로 컬을 넣어 풍성하게 내려뜨리는 법…… 거기다 우아한 발레리나의 자태마저 지녔으니, 누가 보더라도 그녀는 눈에 띄게 아름다웠다. 단, 입을 열기 전까지! 그녀는 굳이 사람들이 하는 말을 듣지 않아도 새침데기 여자들, 까다로운 여자들, 고약한 여자들, 돼지 같은 할망구들이 자기에 대해 무슨 말을 하는지 짐작할 수 있었다. 줄곧 창피를 당한 것 때문에, 그런 모임에서 아직 이렇다 할 위치를 찾지 못했다는 것 때문에, 아는 사람이 하나도 없다는 것 때문에, 상류 사회의 법도와 기준이 뭔지 전혀 모른다는 것 때문에, 제대로 독서를 해본 적도 없고, 제대로 사교 모임도 가져본 적이 없다는 것 때문에 카트린이 앙투안의 품에 안겨서 울면 그는 그녀를 위로하며 안심시켜주곤 했다. 앙투안은 그녀가 쓰는 어휘들도 고쳐주었다. 그녀는 차츰 '어쭈구리' 대신 '제법' 혹은 '꽤'라는 표현으로 바꾸게 되었다. 그녀는 점점 나아져갔다. 책을 좀 읽을 수 있을까? 교양을 쌓아볼까? 그녀는 앙투안의 책장에 있는 책들을 아주 성실하게 공부했다. 남편의 호주머니를 뒤져 돈을 꺼내는 아내처럼. 그녀는 학교 다닐 때

한 번도 가져보지 못했던 열정을 갖고 책을 읽었으며, 앙투안이 소르본에서 강의할 때면 빠짐없이 참석했고, 집에 와서는 수많은 질문을 했다. 지금까지 살아오면서 임마누엘 칸트라는 이름을 한 번도 들어본 적이 없다는 것도 앙투안에게라면 부끄러워하지 않고 말할 수 있었다. 그러면 앙투안은 칸트의 선험적 관념론에 관해 설명해주었고, 데카르트의 밀랍 이론도 들려주었으며, 존재론이 무슨 뜻인지, 형이상학, 경험주의, 회의론이 무슨 말인지도 가르쳐주었다. 게다가 앙투안은 카트린을 자기 엄마에게도 소개해주었다. 그는 손자들이 자기 엄마를 부를 때 쓰는 '할마'라는 애칭을 일러주면서, 카트린에게도 그렇게 부르라고 조언해주었다. 하지만 그녀는 베네치아에서 앙투안이 자기 엄마와 몇 시간이나 통화하며 카트린을 없는 사람처럼 취급했던 기억 때문에, 그러고 싶은 생각이 전혀 없었다. 그때의 기억은 얼마 후에 두 여자가 처음 만났을 때 받았던 느낌만큼이나 쓰라린 것이었다. 첫 만남에서 할마는 배운 티를 몹시 내면서 경멸의 눈초리로 카트린의 자존심을 한순간에 뭉개버렸다.

추의 왕복 운동처럼, 카트린의 삶은 아주 좋을 때와 아주 비참할 때의 사이를 계속 오갔다. 그녀의 세계는 악 혹은 무지로 인해 감정의 복잡성, 심리적 미묘함을 모르는 마니교의 이원론적 우주였다. 앙투안의 가족은 폴의 가족이 사랑과 존중으로 카트린을 맞아주었던 것만큼이나 확실하게 그녀를 냉대와 경멸로 맞이했다. 첫 아내의 아이들 중 첫째는 카트린보다 겨우 일곱 살 어렸는데, 그들은 카트린을 꽃뱀 취급했다. 이미 아빠의 두 번째 아내도 악의적으로 대했던 경험이 있던 터라, 더 어리고 예쁜 여자를 보고 심사가 틀어졌을 터였다. 할마는 더 말할 것도 없었다. 노부인은 아들이 마르세유에서 춤추는 여자를 데려오다니, 완전히 미쳤다고 말했다! 아니, 네가 조롱거리가 되려고 작정을 했구나. 너 지금 제정신이냐? 이 여자가 말하는 것 좀 들어봐라! 겨우 두 문장 안에도 틀리는 문법이 수두룩한 데다, 차림새만큼이나 비상식적인 말을 안 쓰면 단 몇 마디도 할 수 없는 여자란 말이다! 제발 정신 좀 차려라, 이건 말도 안 되는 짓이야! 그녀는 아들이 편향되지 않은 폭넓은 정신을 소유하길 바랐다. 이 정도로 치우친 이단적 정신을 지녔을 줄은 정말 몰랐다며 한탄하면서 정작 자신은 카트린을 향해 무례하고 모욕적인 언사를 쓰는 것에 조금도 신경 쓰지 않았다. 앙투안이 입을 막으려 하면 할수록, 할마는 더 힘을 얻어서 어조를 높였다. 그녀는 이 방탕한 여자가 무슨 생각을 하고 있는지 안다면서 조롱했다! 앙투안이 엄마의 말을 따르는 건 아니었지만, 어쨌거나 그는 참을성 있게 엄마의 말을 다 듣고 있었다. 카트린은 잔뜩 겁을 먹었으면서도 매일같이 괴팍한 시어머니를 찾아가서 적어도 한 시간씩은 앉았다가 오곤 했다. 그리고 앙투안의 노모를 배려하는 마음에서 그녀가 막내아들을 비난하는 소리를 다 들어주었고, 계속해서 평온한 마음으로 마음껏 욕할 수 있도록 잘 들어줘야겠다고 생각했다.

카트린은 폴과 함께 그럭저럭 정리된 삶을 살았었다. 성생활도 별문제 없이, 특별할 것도 없이, 거북한 요구도, 별말도 없이 잘 굴러지만 앙투안과의 삶은 달랐다. 카트린은 앙투안이 침대에서 들려주는 이야기만으로도 소설 한 권은 족히 쓸 수 있을 것 같았다. 음탕하면서도 다분히 서정적이기도 한 소설. 말하자면 고급 레이스에다 저속함을 수놓은 사드나 조르주 바타유가 쓴 소설처럼. 앙투안은 그녀에게 속옷을 사주는 것부터 시작했다. 이전까지 그녀는 한번도 브래지어를 착용한 적이 없었다! 매혹적인 속옷은 확실히 그녀의 마음을 빼앗았다. 하지만 그녀는 연극적 요소가 있는 섹스를 더 좋아해서 역할 놀이에 탐닉했다. 그는 그 놀이를 한 단계씩 해나갔다. 고무 밴드로 시작해서, 그 다음엔 가죽, 그다음엔 눈을 가리는 붕대, 채찍, 끈…… 카트린은 모든 걸 망설임 없이 받아들였다. 그녀는 그에게 유순하게 순종하는 동시에 공모자였다. 둘은 번갈아 가면서 지배자와 피지배자 역할을 했고, 그녀는 그를 위해서라면 뭐든 할 준비가 되어 있었다. 그녀의 모든 게 그의 것이었다. 또한, 그녀는 아주 작은 느낌으로나마 오르가슴을 발견했다. 자신에게 일어날 것 같지 않았던 그 일이 일어난 건 겨우 몇 달 전이었다. 그녀는 거창한 식사와 요리의 향연을 통해서도 육체의 기쁨과 쾌락을 발견했다. 한번 그런 기쁨을 알고 난 후에 무절제한 방탕이 가속화되었다.

앙투안은 파리의 음란 클럽 중에서 가장 고급스럽기로 유명한 투 플러스 투 클럽의 단골이었다. 그는 후한 팁과 고객으로서의 신뢰를 인정받아 탁월한 명성을 누리고 있었다. 그런 클럽이 존재한다는 것조차 몰랐던 카트린은 처녀처럼 순진함을 갖고 그곳에 처음으로 발을 들여놓았다. 앙투안은 긴장을 풀 수 있도록 카트린에게 술을 마시게 했다. 칵테일 네다섯 잔을 연달아 마시고 나자 그녀는 몸과 마음이 편해짐을 느꼈고, 술에 취했으며, 억제되었던 욕망이 고삐 풀리듯 풀어졌다. 그녀는 대담하게도 홀 중앙으로 나가 춤을 추기 시작했다. 유연하고 날씬한 몸매와, 박자에 맞춰 흔들리는 허리와, 백조의 날개처럼 가늘고 긴 두 팔의 우아한 움직임은 눈에 띄지 않을 수 없었다. 카트린은 홀 안에 있는 사람들의 시선을 단번에 잡아끌었다(그곳에 모인 방탕아들이 순식간에 관객으로 변해버렸다). 어깨끈 없는 원피스로 완전히 드러난 촉촉한 어깨를 한 줄기 조명이 비추었다. 앙투안은 그녀에게 다가가 마음에 드는 아가씨를 고르라고 속삭였고, 바로 그때 한 아가씨가 다가왔다. 조명 아래 녹색인지 회녹색인지 확실하지 않은 눈동자가 더없이 아름다운, 눈이 큰 여자였다. 그 여자는 컬이 굵은 붉은 갈색에, 긴 머리를 하고 있었다(댄스 플로어 위로 내리비치는 주홍빛의 영향인지도 모르지만). 그녀는 카트린에게 열렬하게 키스했다. 두 사람의 앞니가 부딪치는 소리가 났고, 여자의 손이 카트린의 목덜미에서 등을 타고 엉덩이까지 내려왔다. 그녀는 다리를 드러내려고 자신의 스커트를 들어 올린 다음, 카트린의 성기에 무릎을 갖다 댔다. 흥분한 여자는 카트린의 끈 없는 브래지어를 내리고 가슴을 핥았다. 양쪽을 차례차례. 두 여자 주위로 사람들이 모여들었다. 카트린은 누군가가 뒤에서 자신을 만지는 걸 느꼈다. 누구의 손인지는 알 수 없었다. 카트린은 흥분으로 눈을 감았다. 오르가슴이 오는 건 느끼지 못했지만, 순식간에 일어난 일이었다. 그녀는 바닥에서 허리를 일으켰다. 심장이 몹시 빨리 뛰었다. 피인지 알코올인지, 아니면 알코올에 취한 피인지, 취기가 머리끝까지 올라왔다. 언제, 누구를 통해 어떻게 떠나야 하는지 알 수 없었고, 오직 그 시간이 끝나기만을 바랐다. 그러면서 한편으로는 끝나지 않고 계속되기를 원했다. 다만 이렇게 말고 다르게, 여기가 아닌 다른 곳에서, 이런 식으로가 아니라 다른 식으로 계속되길 바랐다. 갑자기 앙투안의 향수가 느껴졌다. 그다, 그였다! 그래, 그 사람이야. 그녀는 앙투안의 셔츠 깃을 잡아끌었고 한숨을 섞어서 외쳤다. 그 소리가 쾌락으로 헐떡이는 것처럼 들렸다. 그녀는 빨리 나가고 싶다고 외쳤다. 제발 부탁해, 날 데리고 나가요. 빨리 여기서 나가요. 그날 밤 두 사람은 카트린의 경험에 관해 이야기했다. 이런 상황이 일어났을 때, 서로의 생각을 알아챌 수 있도록 둘만의 신호 같은 걸 정하는데 서로 동의했다. 규칙을 정해야 했다.

카페에서 만난 폴은 카트린에게 보방을 서로 번갈아 가며 키우자고 제안했다. 카트린이 원하면 언제든지 그가 파리로 보방을 데려올 수도 있고, 아니면 카트린이 보방을 마르세유로 데려갈 수 있게 하자고. 한 주나 두 주, 혹은 매달 한 번씩 그녀가 원하는 대로 정하자고 했다. 하지만 카트린은 그와의 연결 고리를 끊고 싶었다. 게다가 앙투안의 막내딸을 아기 엄마와 번갈아 가면서 돌보는 중이었다. 앙투안의 딸은 일이 주씩 카트린의 집에서 지내고 있었다. 앙투안은 클로드에게 한동안 함께 지내면서 아기를 봐달라고 부탁했다. 아이가 카트린에게 익숙해질 때까지만 머물러달라고 한 것이다. 그러면서 카트린에게 약속했다. 클로드와 다시는 어떤 관계도 갖지 않겠노라고. 더는 클로드를 사랑하지 않는다고. 그렇게 세 사람의 동거가 시작되었다. 사실 카트린도 집안 관리를 하고, 아이를 돌볼 때 옆에서 도와줄 사람이 필요했다. 앙투안은 그때까지 한 번도 혼자서 살아본 적이 없었다. 그는 열아홉 살에 결혼했다(그도 카트린과 같은 열아홉 살에 결혼했다). 그리고 연달아서 네 아이를 낳았다. 첫 번째 아내는 앙투안보다 한 살 많았으니, 둘 다 아직 성인이 되기도 전에 가족을 이룬 거였다. 얼마 가지 않아서 어린 부부는 서로 바람을 피웠다. 변명을 하자면 그들은 성에 대해서 제대로 모르는 상태였기에 더 배울 필요가 있었고, 다른 사람들과도 관계해볼 필요가 있었다. 나중에 아이들이 다 자랐을 즈음 앙투안은 자기가 가르치는 학생과 사랑에 빠졌다. 그래서 이혼하고, 재혼하고, 아이를 낳은 거야! 자, 이렇게 된 거야. 당신도 이것으로 내 과거를 다 알게 된 셈이야. 물론 앙투안의 삶이 단 세 문장으로, 또 하룻밤의 대화로 전부 요약되는 건 아닐 터였다. 게다가 앙투안이 말하는 기술을 보자면, 주로 본론을 떠난 여담이 많았다. 여하튼 요약하면 대충 그런 이야기였다. 그러는 동안 앙투안은 언론사 부속학교를 세웠다. 다소 취미 삼아 철학을 공부한 후에 있었던 일인데, 그가 교수 자격시험에서 실패한 데는 그 이유도 있었다(그의 어머니에게는 교수 자격시험에 실패했다는 사실은 절대로 일어나서는 안 될 일이었다. 항상 최고 결정권을 행사했던 그의 어머니는 아들이 사업에 뛰어든 것만으로도 못마땅했는데, 그것도 지식인, 다시 말해 프랑스 문화 대사관 직원 같은 사람들을 상대로 하는 것도 아니고, 유태인들을 상대로 한다는 걸 알고는 숨이 끊어질 정도로 노발대발했다). 그 일은 그의 아버지가 돌아가시고 난 후의 일이다. 유명한 역사학자이자 고위 공직자였던 아버지는 레지옹 도뇌르 훈장을 받았을 뿐 아니라, 폴 두메 대통령 시절에 대통령 비서실장을 지냈고, 전쟁이 일어나기 바로 전까지 예술부 장관을 지냈으며, 전쟁 후에는 상원 의원을 지냈다. 할마의 말에 따르면 아버지는 앙투안이 발꿈치도 따라가지 못할 훌륭하신 분이었고, 앙투안은 아버지와 비교하면 어리석기 짝이 없는 한심한 아들이었다. 안됐지만 어쩌겠나……. 하지만 그에게는 사방 어디를 가든 여자들이 줄줄 따랐고, 그 여자들이 쓸 돈을 다 해결해줄 만한 재력이 있었다. 그의 사무실에도 그의 명령에 따르는 여자, 헌신적인 여자, 섹스를 위해 만나는 여자들이 있었고,

부잣집 딸들이 많이 다니는 그의 학교에도 있었다. 그러나 카트린은 질투하지 않았다. 그럴 이유가 없었다. 말하자면 그녀는 배신당할까 봐 조바심하는 여자, 남편이 바람 피울까 봐 온종일 의심에 붙잡혀 사는 여자가 아니었다. 그렇긴 해도 카트린은 두세 가지 정도는 확실한 규칙을 정해놓고 싶었다. 예를 들면, 다른 여자와 함께 셋이 잠자리를 가질 때 그의 남근은 반드시 카트린을 향하고 있어야 한다는 게 그녀의 규칙이었다. 사소한 것이지만 분명하게 정해놔야 한다고 생각했다. 물론 자신도 그의 유일한 여자여야 한다고 생각하지 않을 것. 그래서 그가 가끔 다른 여자와 성관계를 갖는 건 좋을 대로 알아서 할 것, 하지만 자기 침대에서만은 자신이 여주인이라고 느낄 수 있게 할 것, 그러니 그녀가 보는 앞에서 다른 여자와 관계를 갖는 건 절대로 안 된다는 거였다. 그는 조리에 맞지 않아 보이는 이 허술한 몇 가지 규칙을 별생각 없이 받아들였다. 그런데 클로드가 손님방에서 나와 그들의 침대로 들어온 첫날 밤에 대폭발 사고가 일어나고 말았다. 클로드가 두세 번 카트린을 황홀하게 해주고 난 뒤에, 자연스럽게 앙투안의 몸 위에 앉았고, 그 역시 클로드를 기꺼이 받아들였는데, 그 순간 앙투안은 카트린으로부터 매서운 따귀 두 대를 맞고 말았다. 클로드도 마찬가지였다. 당신들 두 사람, 잘 들어! 다시는 내가 이런 일로 뺨을 때리는 일이 없도록 조심해, 알았어?
두 사람은 그 교훈을 단단히 받아들였다.

　이런 일이 있었는데도 불구하고, 클로드와 카트린은 매
우 가까워졌다. 두 여자는 앙투안의 막내딸을 중심으로 서
로를 알아가고 존중하는 것을 배워갔다. 클로드는 아이를
갖고 싶어 하지 않았다. 단 한 번도(그녀는 아내와 엄마 역할
에 매달리는 건 여자로서의 품위를 떨어뜨린다고 생각했다. 그녀
는 연인, 여자 친구, 특히 자기 자신으로 살기를 원했다). 그랬기
에 그녀는 앙투안의 아기를 돌보고 싶은 마음이 조금도 없
었다. 그녀가 얼마 동안 이곳에 남기를 받아들였던 건 우
선 아내가 떠나고 나서 절망에 빠진 앙투안에 대한 연민
때문이었고, 그다음에는 다른 의미에서 사랑하게 된 카트
린 때문이었다. 클로드와 달리 카트린은 아이에게 애정을
듬뿍 줄 수 있었고, 그 애정은 노력할 필요도 없이 저절로
솟아났다. 그녀에게 이런 감정은 그때까지 깊이 묻혀 있어
서 드러나지 못했을 뿐, 본래 그녀 안에 존재했다. 그래서
그녀는 넘쳐나는 애정을 마음껏 아이에게 줄 수 있었다. 게
다가 발레 학원 덕분에 아이들을 다뤄본 경험도 있었다. 발
레 동작을 가르치는 것 외에도 아이들을 돌봐주는 일도 해
야 했다. 그녀는 아직 현실의 무게에 짓눌리지 않은 꼬마

들의 쾌활함과 엉뚱함과 기발한 장난과 늘 예상을 벗어나는 천진함을 아주 좋아했다. 더욱이 카트린은 이야기를 지어내고, 표정을 우스꽝스럽게 만들거나, 어릿광대로 분장하거나, 줄타기 등으로 아이들을 웃게 만들었다. 꼭두각시, 어릿광대 흉내에다 무용가다운 장난들은 앙투안도 웃게 해주었다. 앙투안의 어린 시절도 카트린의 유년기만큼이나 익살을 부리며 웃고 즐길 만하지 못했다. 물론 이유는 서로 전혀 달랐지만. 따뜻하게 환영해주는 가족을 찾을 수 없었던 카트린은 이제 앙투안과 함께 단단하게 결속된 소집단을 재건축했다. 클로드는 카트린에게 니니를 떠올리게 했다. 카트린의 니니. 아마도 니니가 그토록 이성적이지만 않았다면, 혹은 니니가 여자를 좋아하고 카트린이 유혹을 받아들였더라면, 둘은 연인이 되었을 것이다. 그러나 카트린에게는 그녀의 여성성을 열렬히 사랑해줄 남자가 필요했고, 또 그녀가 레즈비언이 아니라는 걸 확신시켜줄 사람이 필요했다. 정말이지 그녀가 여자를 좋아할 때는 오직 한 남자를 유혹하고, 그를 즐겁게 해주기 위해 필요할 때만, 말하자면 남자라는 매개체가 있을 때뿐이었다. 앙투안은 어쩌면 카트린의 정체성을 바꿔놓을지도 모를, 그녀에게 감춰진 성 경향성을 발견하도록 허락했다. 그래서 그녀는 여자들을 사랑했고(다시 말해서 투 플러스 투 클럽이나 세

카스텔 클럽에 가서 만나는 여자 파트너들), 클로드를 사랑했다. 그러나 클로드는 앙투안과 카트린이 함께 밤을 보내는 그런 류의 여자가 아니었다. 클로드는 카트린의 애인이자, 가장 친한 친구, 속내를 털어놓을 수 있는 충성된 지지자였다.

네가 그 남자에게 순결을 준 건 차라리 잘한 거야. 첫 번째 경험은 사실 언제나 별로인 법이지. 난 네가 나를 통해서 쾌락만 경험하고, 고통 같은 건 겪지 않으면 좋겠어. 클로드는 카트린에게 지금 당장 선택하라고 요구하지 않았다. 그녀는 참을성이 있었고, 적당한 시간이 무르익기를 기다렸다. 또 카트린에게서 예술가의 영혼을 알아봤기에 그녀가 야망과 열정, 넘치는 창조성을 충분히 발휘하도록 격려했다. 그녀는 카트린에게 앞으로 누구의 조언도 절대로 따르지 않겠다고 약속하라고 했다. 심지어 자신의 조언조차도 따르지 말라고. 넌 네가 원하는 삶을 살고, 누구도 아닌 너 자신을 믿어야 해. 클로드는 그녀가 책을 읽을 수 있도록 도와주었다. 여자들이 쓴 책들을 위주로 했고 물론 위대한 유태인 작가들이 쓴 책들도 권했다. 연인인 카트린의 뒤죽박죽인 이야기들을 들으면서, 카트린에게 아버지의 종교가 얼마나 중요한지를 알았기에 그것을 카트린 자신이 느낄 수 있게 해준 것이다. 카트린의 아버지는 그녀에게 아빠로 존재한다기보다는 유대인이라는 특성 하나로만 존재했다. 물론 카트린은 부녀 사이에 어떤 일이 있었는지 절대 이야기하지 않았다. 아무에게도, 절대로. 클로드는 카트린과 함께 연극의 명장면들을 연기하는 것을 즐겼고, 그녀에게 시들을 읽어주었으며, 나탈리 사로트가 쓴 책의 감동적인 구절들을 이야기해주었다. 한나 아렌트, 시몬 베유 같은 여성 철학자들의 사상도 설명해주었다. 또한, 센 강변에 늘어서 있는 노점 책방에서 발견한 《한 여자의 삶의 스물네 시간》*이라는 예쁜 양장본도 선물했다. 카트린이 내면에 잠재된 열정을 다 불태울 수 있도록, 한 걸음 더 뛰어넘기를 바라는 자신의 마음을 은밀하면서도 수줍은 방식으로 표현한 것이었다. 그녀는 책의 속표지에 이렇게 썼다. "나의 카트린에게. 다른 사람들이 지나치지 않으려고 조심한다면, 넌 너무 절제하지 않도록 조심해야 해. 너의 행복을 방해하는 가장 위험한 적은 바로 신중함과 관습, 규율

---

* 독일 문학계의 거장으로 인간의 내면의 탐구와 심리 묘사에 뛰어나다는 평을 받는 슈테판 츠바이크의 작품. 지중해변에 있는 한 민박집에 투숙한 부부의 아내가 그곳에서 하루를 머물었을 뿐인 청년과 눈이 맞아 그를 따라나서고, 민박집은 그 스캔들로 발칵 뒤집힌다. 범상치 않은 영국인 노부인으로부터 '한 여인 안에 꺼지지 않고 남아 있던 불씨를 그 청년이 다시 피워냈기 때문'이라는 설명을 들은 내레이터가 사라진 여인의 심리를 이해해가는 과정을 다룬 소설이다.

이니까." 클로드는 카트린이 다른 사람을 사랑하게 된다면 평생 마음 아파하고, 더 나아가 그녀를 증오하게 될 터였다. 그러나 내일 일은 내일 걱정할 문제였고, 클로드는 그때부터 두 사람 사이의 풀리지 않는 관계의 끈을 짜나가기 시작했다. 클로드는 카트린을 정복하는 일에 최선을 다했다. 필사적으로, 그리고 절대적으로. 그녀는 카트린에게 남자들처럼 지배하려 들거나 사랑을 강요하는 따위의 행동은 절대로 하지 않겠으며, 둘 사이에는 속박이란 결코 존재하지 않을 거라고 약속했다. 두 여자가 서로의 육체를 탐하는 갈망은 카트린을 혼란스럽게 했고, 동시에 클로드에게는 큰 위로를 주었다. 마침내 자신을 그처럼 진지하게 대해주는 유일한 사람, 자신의 지성에 관심을 가져주는 유일한 사람, 자신의 재능을 알아주는 유일한 사람을 카트린이 어떻게 거절할 수 있단 말인가! 카트린, 아무것도 두려워하지 말고 날 사랑해줘. 클로드는 허리띠로 카트린을 끌어당기면서 속삭였다. 날 사랑해줘, 내 사랑. 날 사랑해줘. 클로드는 그 말을 되풀이하면서 한 손으로 카트린의 허리를 어루만지고, 다른 한 손으로 낡은 리 쿠퍼 청바지의 지퍼를 열었다. 아무런 구속도 필요 없는 나른한 오후였다. 카트린은 마치 동물의 허물을 벗기듯이 청바지를 엉덩이 밑으로 말아서 내렸다. 그녀 다리 사이의 공간이 벌어졌고, 상처의 내부가 드러나듯 축축한 틈이 벌어지고 붉어지면서 부풀어 올랐다. 클로드가 그곳에 손가락을 넣었고 카트린은 신음했다. 음부의 축축함과 시큼하면서도 달콤한 냄새가 카트린의 혀끝에 닿은 클로드의 긴 머리카락 냄새와 뒤섞였다. 키스에 목마른 카트린의 입이 곧 갈기처럼 숱이 많은 클로드의 밤색 머리카락으로 가득 찼다. 쾌락의 황홀함으로 눈이 풀린 카트린이 몸을 뒤틀었고, 오후의 빛깔이 속눈썹의 떨림 속에서 점차 용해되었다. 클로드의 성적 흥분은 계속해서 카트린을 공격했지만, 완전히 복종시키지는 못했다. 안 돼, 괜찮아. 아마 어쩌면, 좀 더 나중에. 아니, 그래, 모르겠어. 맞아, 물론, 사랑해. 클로드는 카트린에게 망설일 기회를 너무 많이 허락했다. 그녀는 카트린에게 모든 걸 허용했다. 그녀는 카트린을 사랑했다. 그러니 기다리는 것밖에 선택의 여지가 없었다.

앙투안과 카트린이 늘 파리에서 지내는 건 아니었다. 그들이 파리에 있을 때는 여행을 가지 않을 때, 혹은 시골에서 주말을 보내지 않을 때뿐이었다. 카트린은 파리를 떠날 때마다 여행 가방을 꾸리면서, 두 사람이 오를리에서 만났던 장면을 떠올렸다(그들은 여전히 믿을 수 없을 만큼 엄청나게 많은 가방과 트렁크를 준비했다. 다 입지 못할 게 빤한 옷들과 절대로 읽지 못할 책들과 혹시 필요할까 싶어서 갖고 가는 생필품, 그리고 더는 필요 없을 잡지들까지). 카트린은 더 빨리, 더 완벽하게 준비하지 못했다는 생각 때문에, 뭔가를 빼놓은 듯한 기분 때문에, 더 효과적으로 가방을 싸지 못한 것 때문에 끊임없이 자책했다. 하지만 그녀는 무슨 일이든 발을 동동거리며 제자리걸음을 하는 타입이 아니었다. 짐 꾸리기 놀이에서도 앙투안이 계속 그녀를 독촉하다 보면, 결국 자기 가방을 제 손으로 싸지 않을 수 없었다. 그녀는 짐들을 다 풀어서 온 집을 난장판으로 만든 뒤에 나 몰라라 콧노래를 부르곤 했다. 자, 당신은 당신 짐만 꾸리면 돼요! 그들은 할마의 시골집으로 주말여행을 떠났다. 그 도시의 옛 시장을 지낸 전설적인 인물, 그의 훌륭한 아버지의 집으로 가는 것이다. 장성한 앙투안의 자녀들과 그들의 배우자들, 그리고 집안의 오랜 친구들이 모두 모였다. 그들이 식탁에 둘러앉으면, 카트린은 세심한 배려를 아끼지 않으면서 열심히 식탁을 차렸다. 그녀는 안주인 역할을 즐겼다. 비록 그녀를 안주인으로 보는 사람은 아무도 없었지만 어쨌거나 그녀는 늘 요리를 했고, 식탁을 차렸으며, 요리를 내오고 식탁 시중을 들었다. 그녀의 수고에 대해 불평하는 사람은 없었으나 그렇다고 고마워하는 사람도 없었다. 그곳 사람들은 그녀의 존재를 무시하는 것으로 만족했다. 그러나 카트린은 언젠가는 그들의 마음을 정복하게 될 거라고 믿었다. 결국은 자신이 우위를 점하게 될 거라고 확신했다. 하지만 아닐 수도 있었다. 워낙 쉽지 않은 상황이었다. 주말 행사가 그런 식이었다면, 여름의 시나리오는 앙투안이 어렸을 때부터 바캉스를 보냈다는 브르타뉴 해안에서 펼쳐졌다. 그곳은 많은 사람이 모여드는 휴가지였다(특히 노벨상 수상자들을 포함해 주로 학자들이 많이 찾았고, 유명 화가, 소설가, 음악가, 철학가들도 모였다). 전쟁 전에 〈매취〉라는 잡지에 실렸던 한 기사에서 그곳을 소르본 해변이라고 부를 정도였다. 그 외의 기간에는 비행기를 타고 앙투안이 콘퍼런스에 참여하거나 주최하는 곳, 혹은 사업을 구상 중인 장소들을 돌았다. 런던에 가면 늘 파크레인 호텔에 짐을 풀었고, 아테네에 가면 그레이트 브리튼 호텔에 머물렀다. 그리고 뉴욕에서는 더피에르, 세비야에선 알폰소 13세, 프랑크푸르트에서는 헤시스처 호프, 볼로냐에선 발리오니, 칸에선 르 마제스틱, 생폴드방스에서는 마 다르티니 호텔에 묵었다. 그럴 때는 관광도 귀찮았다. 그가 카트린에게 자기가 없는 동안 미술관에나 다녀오라고 하는 건 언제나 건성으로 하는 말이었다. 그는 카트린이 호텔에 남아서 자기를 기다려주는 걸 좋아했고, 언제나 손 닿는 곳에 있어주길 바랐다. 그리고 그 사실을 카트린은 너무 잘 알고 있었다. 그녀는 그가 전화하는 동안 창가에서 담배를 피웠다. 그들은 최고급 호텔에 머물 때면 항상 빗이며, 재떨이, 호텔 문장이 찍힌 냅킨과 그 밖에 자질구레한 것들을 수집해 왔다. 앙투안이 지나는 호텔마다 슬쩍 가져오는 것인데 처음에 카트린은 그 모습을 보고 깜짝 놀랐다. 그 부유한 사람이 자기와 비슷한 습관을 갖고 있다는 게 도무지 믿기지 않았다. 이런 걸 가져가도 돼요? 이 정도쯤이야 고객의 권리 아니겠어? 비슷한 일은 또 있었다. 앙투안이 일상적인 진료로 병원이나 응급실에 갈 때마다 처방지를 훔쳐 오는 버릇이 있다는 걸 알았을 때도 카트린은 놀라서 뒤로 넘어질 뻔했다. 그럴듯한 이유가 없진 않았다. 종종 경색이 일어나는 그였기 때문에 언제 또다시 그런 일이 닥칠지, 또 언제 두통이 동맥류를 공격할지 몰라서 불안했던 탓이다. 그의 심기증은 히스테리 발작을 일으킬 수도 있는 수준이었다. 그래서인지 그는 카트린이 약간 골 때리는 여자라는 사실이 그리 싫지 않았다. 두 사람은 정말 죽이 잘 맞았다. 그들의 터무니없는 생각이나 행동은 바람이 갑자기 방향을 바꾸면 완전히 다른 풍경으로 바뀌어버리는 모래 사막 같았다. 그러나 카트린의 내면에는 부서지기 쉬운 부분이 있었고, 두 사람의 만남은 고대 영웅들에게나 어울릴 법한 일련의 비극들로 특징지어졌다.

앙투안에게는 형의 자살이라는 비극이 있었다. 자살 이유는 불투명했는데, 그전에 분명히 있었을 거라고 짐작되는 심리적 문제들 역시 불투명하기는 마찬가지였다. 가스와 바르비투스산, 두 가지를 이용한 자살이었다. 아마도 실패할 확률을 없애려고 그랬을 것이다. 그녀가 앙투안의 삶 속으로 들어오자마자, 몇 주 되지 않아서부터 비극들이 쌓이기 시작했다. 우선 앙투안의 장남이 심각한 자동차 사고를 당했다. 고속도로에서 대형 트럭과 충돌했는데, 자동차가 완전히 쭈그러졌고, 그의 몸도 짓이겨진 상태였다. 구급차가 도착했을 때 장남의 모습을 확인해야 할 책임이 카트린에게 주어졌다. 그녀는 완전히 뭉그러진 상태에 있는 청년의 모습을 혼자서 봐야 했다. 그는 며칠 동안 눈도 못 뜨고 말도 못 하는 코마 상태에서 살았다. 부모가 그를 향해 끝까지 싸워달라고 했던 간청의 말을 그가 들었는지 알 길이 없었다. 결국 그는 겨우 스물다섯 살의 나이에 감았던 눈을 다시 떠보지 못하고 세상을 떠났다. 카트린은 상상도 못 할 고통을 당한 아버지의 심정을 어떻게 위로해줘야 할지 몰랐다. 그래서 그가 그녀에게 거리를 두어도 용서하기로 했다. 앙투안의 애도 기간이 짧지 않을 거라고 각오했다. 그녀는 아들의 죽음이 계속해서 아버지를 붙잡아두겠거니 생각했다. 그런데 몇 달 후, 앙투안의 자살한 형의 딸이 에펠 탑에서 뛰어내렸다. 이번에는 앙투안이 시신을 확인하러 가야 했다. 할마는 손녀가 정신 병원에 입원하는 걸 원치 않았다. 손녀를 미친 사람들이 사는 소굴에 둔다는 건 상상도 못 할 일이었다. 카트린은 자신의 자살 시도와 에피네 병원, 노장 병원에 입원했던 기억, 정신 치료 약으로 사용되던 리튬의 냄새, 그리고 그녀가 결혼하기 전까지 받아야만 했던 야만스러운 치료법들을 떠올리지 않을 수 없었다. 어린 시절의 추억과 정신 병원에서 요양하던 시절의 기억들이 마구 뒤섞이며 혼란스러웠다. 몇 년 전부터더는 괴롭히지 않았던 악몽도 다시 예고 없이 덥석 그녀를 붙잡기 시작했다. 하얀 가운의 남자들이 그녀를 금속 작업대 위에 꽁꽁 묶었다. 아마도 외과 수술대 같았다. 그들은 그녀를 가죽띠로 묶고 함부로 다뤘다. 얼굴은 보이지 않았다. 그래서 그들이 누군지 알 수 없었지만, 의사들은 아니었고 그녀를 고문하는 게 그들의 목적인 것 같았다. 공포에 질린 그녀는 움직일 수도 없었다. 전신이 마비된 것이다. 의사들 아니, 하얀 가운을 입은 남자들이 갑자기 사라지는가 싶더니 이번에는 느닷없이 토막으로 잘린 몸들이 나타났다. 상체 없는 다리, 잘린 머리 들이 그녀 주위를 돌아다녔고, 피투성이 회전목마처럼 그녀를 둘러싸고 빙빙 돌았다. 그녀를 포위하고 죽음의 무도를 추는 것이었다. 철제

느 날 해변을 드라이브하다가, 두 사람이 차를 세우고 쇼핑을 하러 이브 생로랑에 들렀을 때였다. 그곳에서 옷을 이 것저것 입어보고 나오는 카트린의 입에 미소가 걸려 있었다. 무슨 일인데 그렇게 기분이 좋은 거야? 몇 블록을 걸어서 차가 있는 곳까지 왔을 때 앙투안이 물었다. 그 도시에서 임대한 오픈카에 올라탄 후, 카트린이 외쳤다. 나 좀 봐요! 조금 전에 매장에서 앙투안이 사준 원피스를 들어 올리며 그녀가 말했다. 하나, 둘, 셋, 넷! 탈의실에서 입어봤던 원피스들을 무려 네 벌이나 겹쳐 입고 있었다. 아니, 당신 정말 미쳤어? 이 여자가 미쳐도 단단히 미쳤군, 사달라고 했으면 내가 다 사줬을 텐데 이게 대체 무슨 짓이야! 창피해서 다시 돌아갈 수도 없고! 이게 얼마나 수치스러운 일인지 당신, 정말 모르는 거야? 카트린은 그걸 악한 짓이라고 생각하지 않았다. 재미있잖아요! 재미있다고? 이 비싼 옷을 도둑맞고 놀랐을 점원의 얼굴을 생각해봐, 이게 재미있는 일이냐고! 앙투안은 그런 게 전혀 재미있지 않았다. 자기의 명성을 생각할 때, 웃고 어쩌고 할 유머 감각 같은 건 싹 달아날 수밖에 없었다. 그는 모순 속에 살고 있었다. 더 높은 자리, 더 큰 영광, 자기 커플에 대한 사람들의 부러움, 열망을 도와줄 수 있을 거라 여기고 골랐던 여자가 도벽에다 품위라곤 전혀 없는 여자였다는 그 영원한 모순.

카트린은 장관들이나 대학가 사람들, 아카데미 회원들과 식사하는 자리에서 전혀 도움이 되지 않았다. 앙투안은 그들과 친분을 유지해서 지지를 받을 수 있기를 간절히 바랐다. 언젠가는 콜레주 드 프랑스에서 강의도 하고, 연구 기관에 회원으로 뽑히고 싶었다. 그는 자기 아버지의 가슴에 붙어 있던 레종 도뇌르 훈장을 꿈꿨다. 그의 아버지, 1차 대전 때 공을 세운 용사로서 레종 도뇌르 훈장 중에서도 가장 높은 단계인 그랑크루아 훈장을 가슴에 다셨던 분, 인생의 정점을 누리셨던 분, 그러나 그 외에는…… 분명히 하자. 그의 아버지는 사람들의 존경을 받고 무공 훈장을 받았다는 것 외에는 다 똥이었다. 앙투안은 여러 권의 책을 썼다. 그중에서도 학교 교재로 쓰이는 책은 수십만 권이나 팔렸다(그런데 이것이 프랑스의 지성인들 사이에서는 그의 명성이나 대중적인 성공에 심각한 해를 끼치는 것이었다). 그 애는 공부도 제대로 했고, 무엇보다도 그 아버지의 아들이었으니, 얼마든지 고위 공직자도 될 수 있었지 뭐냐. 그런데 사업을 택한 거야. 돈을 택했단 말이다. 교수 자격시험에서 떨어졌지, 그랑제콜도 나오지 않았지, 그러니 그쪽 방면에서 인정받기 위해 필요한 단계는 다 건너뛴 거지 뭐냐. 그런데 더 끔찍한 건 어찌 된 게 이놈이 사랑한 여자들은 죄다 비참한 처지에 있는 여자들이더란 말이야. 무슨 구제 사업을 하는 것도 아니고! 할마는 분노했다. 할마가 보기에도 카트린은 재산이나 교육이나 심지어 품위도 문제 삼지 못하게 할 만큼 뛰어난 미모를 갖긴 했다. 수많은 실수를 눈감아주도록 눈을 멀게 하는 미모, 모든 걸 다 용서하게 만드는 미모, 너무 뛰어나서 거의 모든 무례함과 몰상식을 넘어가게 해주는 미모를 가졌다. 하지만 카트린은 언제나 선을 넘었고 지나치게 멀리 나갔다. 한번은 중요한 만찬이 있어서 앙투안이 그 자리에서 조신하게 행동하고, 술을 너무 많이 마시지 말라고 신신당부한 적이 있었다(그녀는 샴페인과 포도주를 너무 빨리 마시는 버릇이 있었다). 그 자리에서 결국 일을 내고 말았다. "당신처럼 운 좋게도 유태인처럼 보이지 않는 외모를 갖고 있을 땐 그냥 말없이 우쭐거리면 되지, 굳이 큰소리로 자기가 유태인이라는 걸 드러낼 필요가 없잖소"라고 지적한 한 멍청한 사내에게 "그래요? 유태인처럼 보이지 않으면, 굳이 말할 필요 없다고요? 그럼 이건 어때요? 유태인처럼 보여요?"라면서 포도주 잔을 던진 것이다. 예기치 못한 행동에 놀란 손님들 사이에 소동이 일어났다. 순식간에 시선이 마비된 앙투안은 어떻게 처신해야 할지 몰랐고, 자신이 그녀의 동반자라는 사실을 모두가 잊어주기만을 바랄 뿐이었다. 그러나 그녀는 앙투안을 똑바로 바라보면서 울부짖듯이 고함쳤다. 당신도 이들과 어울려서 불쌍한 유태인들을 갖고 놀 생각이라면 난 여기 1초도 더 머물 생각이 없어! 그러고는 자리를 박차고 나가버렸다.

두 사람이 함께 산 지 2년쯤 되었을 때부터 말다툼이 엄청나게 잦아지기 시작했다. 클로드와 앙투안 사이에 경쟁심도 일어났다. 앙투안이 클로드를 확실하게 쫓아낸 건 아니었지만, 클로드는 자기가 더는 환영받지 못한다는 걸 알았다. 클로드는 카트린에게 자기와 함께 나가서 살자고 열심히 설득했다. 카트린은 다시 예전처럼 발레를 가르칠 수 있을 것이다(그녀는 파리로 옮겨 왔을 때 세브르 예술 학원에 발레 교사 자리를 얻었지만, 앙투안이 언제든 자기가 원할 때 그녀의 시간을 쓸 수 없다며 몹시 화를 내는 바람에, 몇 개월 다니다 그만둬야 했다). 이제 드디어 자기 발레단을 만들어서 무대에 올리고, 안무도 다시 할 수 있을 것이다. 클로드는 신문기자니까 월급이 아주 적지만 않다면 얼마든지 펜으로 벌어 먹고살 수 있을 것이다. 그러면 두 사람은 꽤 넉넉하게 살 수 있을 터였다. 카트린은 자신의 성 정체성이 레즈비언이라고 생각하지 않았다. 여자가 여자를 사랑하면 꼭 그렇게 이름이 붙어야 하는 걸까? 어쨌거나 그녀는 클로드와 함께 있으면 안심이 되었다. 폴과 함께 있을 때처럼. 카트린은 다시 한 번 두 개의 사랑 사이에 끼이게 되었다. 사랑받고 있을 때의 카트린은 자신이 태양 빛을 받은 둥근 지붕처럼 빛나고, 상대를 볼 수 없게 만드는 눈부신 사랑의 등불 밑에서 반짝이는 기분이 들었다. 사랑하고 있을 때 그녀는 열정의 불꽃 지붕 아래 황홀해졌고, 자신의 작은 예배당을 황금 붓으로 끊임없이 칠하고 또 칠했다. 이제 그녀의 마음이 시계추처럼 쉬지 않고 양쪽을 왔다 갔다 했다. 그녀는 흔들렸다. 그러는 중에 크리스마스가 왔다. 앙투안과 카트린이 함께 맞는 두 번째 크리스마스였다. 카트린은 선물을 좋아했다. 그녀에게는 크리스마스와 관련된 안 좋은 기억이 있었다. 크리스마스에 딸을 데리고 외출했던 자클린이 백화점 밖에서 오들오들 추위에 떨면서 쇼윈도 안만 들여다보게 했던 기억이다. 군중 속에 있던 어린 카트린은 장난감이며 새 옷으로 가득한 쇼핑백을 들고 가는 행복한 얼굴의 사람들과 부딪치곤 했다. 하지만 모녀는 쁘렝땅백화점이나 라파예트 백화점의 김 서린 진열장 앞에서 그 광경을 바라보는 것으로 만족해야 했다. 그런 초라한 추억을 갖고 있는 카트린이 이제는 앙투안의 아이를 위해서 크리스마스 쇼핑을 했다. 그녀는 상점들을 거의 다 털다시피 선물들을 사서는 재규어의 트렁크와 뒷좌석을 꽉꽉 채웠다. 그리고 프리들랑가의 거실에 갖다 놓은 전나무에 크리스마스 장식들을 달고 아이의 방을 온통 꽃으로 치장하는 데 꼬박 일주일을 썼다. 그녀는 그 어느 때보다 아름다운 크리스마스를 준비했다. 꼬마는 다섯 살이었고, 자기 노래를 들어주는 사람을 향해 목청껏 노래를 불렀다. 카트린은 아끼던 투칸 식기를 꺼내 크리스마스 만찬을 준비하던 중이었다. 그런 카트린에게 비극이 벌어졌다. 누가 제일 근사한 크리스마스를 준비하는지 볼까요? 그건 우리 딸이 제일 잘 알고 있을 거예요! 몇 달 동안 아이를 전남편 집에 두고 돌아보지도 않던 여자가 새로운 남자를 만나서 제대로 정착하게 되었고, 이제 자기도 온종일 아이를 볼 수 있게 되었으니 딸을 데리고 가겠다는 거였다. 그러면서 크리스마스 때 아이가 아빠를 보러 올 수 없으니 그렇게 알고 있으라고 통보했다. 카트린과 앙투안은 아이 없이 크리스마스 파티를 벌이게 된 것이다. 카트린은 그것 때문에 병이 났다. 앙투안이 그녀를 진정시키려고 여행을 떠나자고 했지만, 카트린은 여행에 관심이 없었다. 그녀가 정말 바라는 건 가족들이 모두 모여서 지내는 크리스마스였다! 그녀는 며칠 동안 깊은 슬픔에 빠져서 이불 속에서 나오지 않았다. 완전히 낙담했고, 우울감에 빠졌다. 앙투안은 카트린이 다시 온몸이 마비될까 봐 불안했다. 하지만 아니었다. 이번엔 좀 달랐다. 그녀는 힘이 다 빠져 기운도 없다고 하

246

면서 울고, 울고 또 울었다. 그녀는 도대체 우는 걸 멈출 수 없었고, 앙투안은 그런 그녀를 보는 걸 견딜 수 없었다. 그 래서 그도 같이 울기 시작했다. 어떻게 기분을 풀어줘야 할 지 몰라서 그녀가 원하면 일하러 나가지도 않았다. 하지만 사무실에 나가지 않는 대신 전화통에 매달려서 온종일을 보냈기 때문에 그게 더욱 끔찍했다! 그녀는 흘러내리는 콧 물을 닦으며 신음했다. 평소에 그토록 먹성이 좋더니 이제 는 아무것도 먹으려고 하지 않았다. 브라스리 립에서 배달 해주는 슈크루트도, 심지어 그녀가 좋아하는 레스토랑 르 노트르의 새우 샐러드도, 한 번도 사양해본 적이 없는 디 저트 전문점 달로와요의 레몬 마카롱까지! 이렇게까지 식 욕도 기운도 없는 건 정상이 아니었다. 게다가 계속 헛구역 질까지 했다. 앙투안이 임신 테스트를 해보자고 했지만 카 트린은 임신일 리 없다고 거듭 확인시켰다. 그가 오히려 그 녀를 설득했다. 그게 뭐 어려운 일이야, 그냥 테스트 한 번 만 해보자는 건데. 그러면서 얼마 전부터 약국에서 자유롭 게 팔기 시작한 임신 테스트기를 사다 주었다. 임신이었다. 말도 안 돼! 말이 안 되긴. 불가능해요, 이런 테스트는 믿을 수 없단 말이에요. 그녀는 이게 얼마나 말이 안 되는 일인 지 증명하기 위해 테스트를 한 번 더 해보겠다고 고집했다. 뭐가 불가능하다는 거야, 내가 임신했다면 불가능한 거지만 내가 아니잖아. 당신이 임신한 거라고, 젠장. 이런 상황에서는 아이를 낳지 않는 게 좋을 거야. 니니가 지혜로운 목소리로 그녀에게 말했다. 니니의 말이 옳았다. 그들은 이미 너무나 많은 어려움을 겪어왔다. 그러니 아이가 생겼다고 해서 갑자기 상황이 달라질 건 아닐 터였다. 앙투안은 카트린이 마르세유를 떠나 자기에게 왔을 때, 개 한 마리를 구해주었다. 보방을 그리워하는 걸 알고, 보방 대신 기르라고 준 개였다. 그런데 몇 달 후에 그 개가 사라졌다. 그녀가 상점 앞에다 묶어놓는 걸 깜빡 잊었던 탓이었다. 그녀는 몇 시간이 지난 후에야 개가 없어졌다는 걸 알아차렸다. 그새 누군가가 개를 데리고 간 것이 분명했다. 하지만 개를 훔쳐 간다니, 우스운 일 아닌가! 어쨌거나 그렇게 정신이 없는 여자가 이런 끔찍한 난장판 속에서 아이를 낳는다면 어떻게 될까? 그러나 카트린은 앙투안의 아기가 자기 배 속에서 자라고 있다는 상상을 하고, 자신이 엄마가 되는 것을 상상했다. 그리고 아기를 상상했다. 그랬다, 그녀는 임신 중이었다. 앙투안의 꼬마를 볼 수 없다는 슬픔이 그녀 안에 이처럼 놀라운 존재가 있었음을 발견하게 해주었듯이, 그녀는 처음으로 자신도 모성이라는 성배에 접근할 수 있다는 가능성을 느꼈다. 그리고 운명의 징조, 있을 것 같지 않았던 어떤 징조를 믿었다. 그녀 안에서 뭔가를 넘어서

게 하는 어떤 힘이 그녀를 결심하게 만들었다. 그녀는 아기를 낳기로 했다. 아기는 1977년 여름에 태어날 예정이었다. 그녀가 서른 살이 되는 해였다. 그녀는 이제 준비가 되었다.

카트린은 여전히 아내가 돌아오길 바라고 있던 폴에게 임신 소식을 알렸다. 그 말을 듣고 나서 폴은 이혼을 요구했다. 카트린도 좋다고 했다. 클로드는 카트린의 임신을 반갑게 여기지 않았다. 나 없이 아기 낳고 잘 살아봐! 사랑하는 카트린, 그건 네 생애 최대의 실수가 될 거야! 넌 남편이 주는 것만 받아먹고 살게 될 거란 말이야. 대리인을 내세워야만 살 수 있고, 부양받으며 사는 모든 여자들처럼 집행유예 같은 삶을 살다가 끝나게 될 거라니까! 네가 꿈꾸는 창조적인 삶과 영원히 이별하게 될 수도 있어. 아이를 갖게 되면 사형 선고를 받는 거나 마찬가지야. 너의 소멸에 동의하는 거라고! 내 말 잘 들어, 카트린. 넌 아기가 태어나는 그 순간부터 아무것도 아닌 존재가 되어버리는 거야. 카트린이 말했다. 그래도 좋아. 카트린은 클로드의 말을 못 들은 척했다. 질투는 클로드를 잔인하게 만들었다. 그 다정한 클로드를. 안됐지만 할 수 없지. 카트린은 자신의 선택을 밀고 나갔다. 앙투안의 다 큰 자녀들은 수치스러운 일이라며 소리치고 항의했다. 그들 아버지의 나이는 이제 마흔여덟이었다. 아버지 품에 손자를 안겨드려야 할 판인데, 할아버지가 될 준비를 해야 할 나이에 아기를 낳겠다고? 아빠 될 나이는 지나도 벌써 한참 지났는데? 그들은 아버지를 가족회의에 출두시켰다. 그들의 엄마도 함께했다. 그들의 엄마가 자식들 편을 들었음은 말할 필요도 없다. 그 자리의 통치자인 할마가 과장하여 선언했다. 낙태하라고 해라. 마침 얼마 전에 임신중절도 합법화되지 않았더냐? 시몬 베유 법이 동네 개들을 위해 만들어진 게 아니잖니, 안 그래? 그 자리에서 앙투안은 한마디로 무참하게 깨지고 말았다. 가족들은 그가 자기들을 부끄러워서 얼굴도 들 수 없게 만들었으며, 무책임하다면서 비난했다. 그는 항의하지 않았다. 알겠다고 대답했지만 그렇다고 그들의 말을 따르려는 건 아니었다. 그의 자녀들은 어머니와 할머니가 부추기자 더욱 흥분했다. 하지만 카트린은 전혀 불안해하지 않았다. 그들이 그러는 것도 오래가지 못할 거라고 여겼다. 앙투안은 "상식이란 세계에서 가장 잘 팔려나가는 상품"이라고 말한 데카르트의 말을 인용하며, 상식이란 세상 모든 사람이 가장 많이 공유해야 하는 거라면서, 카트린에게 그들이 뭐라든 상관하지 말라고 했다. 내버려둬. 내가 키스하는 것도 허락받아야 하는 건 아니잖아? 하지만 앙투안의 전처 둘은 카트린에게 대항하여 동맹까지 맺었다. 특히 두 번째 전처가 더 노골적이었는데, 자신이 누군가에 의해 밀려나는 것 같아 참을 수 없었다. 가문의 복수가 걸린 듯한 분위기를 볼 때, 마치 카트린이 큰 범죄라도 저지른 것 같았다. 그 여자는 지금 간발의 차이로 우리를 이겼다고 생각한다니까, 기가 막혀! 다시 모인 시골집의 분위기는 긴장 그 자체였다. 앙투안의 아이들은 아빠가 자기들을 머저리 취급했다고 생각했다. 카트린이 여전히 임신 중이야, 배가 봉긋해졌잖아. 그렇다면 앙투안과 카트린은 파리에 머물러 있는 게 낫지 않겠어? 카트린을 진찰한 산부인과 의사는 그녀가 아이를 못 갖는다고 생각할 이유가 조금도 없다고 안심시켰다. 지금까지 피임을 안 했다니, 더 일찍 임신하지 않은 게 오히려 놀라운 일이죠! 사실 두 사람의 성생활을 생각할 때 놀랄 일이 아니었지만, 그녀는 말을 아꼈다. 그녀는 정말 담배를 끊어야 하는지 물었다. 카트린에게 담배를 피울 수 없다는 생각만큼 끔찍한 건 없었다. 담배를 끊기 위해서 진정제든 뭐든 처방이 필요할 것 같았다. 아뇨, 부인, 끊을 필요 없어요. 친절한 의사가 너그러운 말투로 그녀를 안심시켰다. 단지 좀 줄이기만 하면 됩니다. 하루에 다섯 개비 이상은 피우지 마세요. 그 이상은 아기가 견디기 어려우니까요. 다만 담배를 피우는 엄마들은 흡연하지 않는 엄마들보다 더 작은 아기를 낳는 다는 것만은 꼭 기억해두세요. 제왕절개를 하지 않고 자연 분만을 하면 더 좋을 거예요! 선생님, 그럼 술은 어때요? 마찬가지예요, 지나치게 마시지만 않으면 돼요. 포도주 한두 잔 마셨다고 사람이 죽는 일은 없죠. 그럼 약은요? 그것도 평소처럼 드세요. 아기에게 가장 중요한 건 엄마가 기분 좋게 잘 지내는 겁니다. 임신 기간을 마음껏 즐기세요. 임신 은 평생 할 수 있는 게 아니잖아요? 그러니 이 시간을 기쁘게 보내세요! 어렸을 때 의사의 손에 생명을 맡기고 살아야 했던 카트린은 의사의 말을 경건한 마음으로 경청했고, 그의 충고를 빠짐없이 따랐다. 앙투안은 여전히 카트린과 함께 외출하고 싶어 했고, 그녀는 이전보다 양이 줄긴 했지만 그래도 술을 마셨다. 담배도 하루에 두 갑 이하를 유지하긴 했어도, 한 갑보다 적게 피운 날은 극히 드물었다. 어쨌든 카트린은 임신 기간을 마음껏 이용했다. 자클린은 딸의 몸이 무섭게 변하는 것을 관찰했고, 카트린은 자신의 몸을 기분 좋게 바라보았다. 그녀는 자신의 몸이 자랑스러웠고, 자신이 그렇게 생각한다는 사실에 놀랐으며, 이제는 즐기기까지 했다. 살면서 그렇게 살이 쪄본 적이 없었다. 7개월째가 되었을 때, 그녀는 욕실에서 나오다가 거울에 비친 자신의 엉덩이를 우연히 보게 되었다. 앙투안이 남쪽 지방의 엉덩이에 재치 있는 갈색 머리를 가진 여자를 좋아한다는 걸 알기에, 금발 여자의 작은 엉덩이를 놀리면서 불평하던 그의 마음에 쏙 들겠다고 생각했다. 그래서 그 앞에 서서 이만하면 남부 지방 엉덩이 같냐고 물었다. 상관없어, 하지만 잘 어울리는걸! 그는 카트린의 임신과 통통해진 실루엣을 좋아했다. 아이를 품고 있을 그녀의 자궁을 생각만 해도 매일 감동이었다. 체중이 계속해서 불어가는 여인의 몸을 그토록 사랑한다는 게 터무니없는 말 같았지만, 그에게는 임신한 카트린의 모습이 말로 표현할 수 없을 만큼 아름답게 보였다. 그녀를 깨물어주고, 삼켜버리고 싶은 마음을 참기가 힘들 정도였다. 앙투안, 난 아무래도 당신이 거짓말을 하는 것 같아! 당신은 날 그 정도까지는 사랑하지 않는다구요. 게다가 당신은 임신한 여자들을 여러 번 봤잖아요. 아냐, 그 여자들은 이렇지 않았어, 당신 같지 않았다니까. 거짓말! 그는 심지어 이런 시적인 거짓말을 하기도 했다. 아이소포스 같고, 호메로스 같은 / 진짜 거짓말쟁이는 없으리 / 그 달콤한 매력을 몇 번씩 생각하네 / 그들이 만든 아름다운 예술을 통해서 / 거짓의 옷을 입고서 / 우리에게 진실을 전해주는 비열한 작자들이여! / 참, 라퐁텐도 있지!

카트린이 웃었다. 그들은 웃었고 행복했다. 모두들 그

들이 미쳤다고 했다. 배 속의 아이는 불기운을 돋워주었고, 그들은 열정을 불태웠다.

분만을 도와줄 의사가 초음파 검사를 하면서 아들이라고 알려주었다. 그들은 기뻐했다. 앙투안은 아들이든 딸이든 상관없다고 했지만, 막상 사내아이라니까 좋아했다. 카트린도 딸이 아니어서 다행이라고 생각했다. 자기 엄마를 닮아서 딸이 싫었던 건 아니고, 하여간 아들이라니 더 좋았다. 앙투안은 이미 여섯 아이를 낳았지만, 분만을 준비하는 수업에 참석한 건 이번이 처음이었다. 그는 라마즈 호흡법을 훈련하는 아내와 함께 리듬을 맞춰 호흡하고 손을 잡아주었다. 카트린은 파리에서 가장 훌륭하다는 불로뉴 빌랑쿠르에 있는 벨베데르 병원에서 아이를 낳기로 했다. 아기는 6월 말에 태어날 것이다. 그들은 먼저 시골집에서 여름휴가의 일부를 보낸 뒤에 남은 휴가는 브르타뉴에 가서 지내기로 했다. 가족들은 그런 상황을 거북스러워했다. 앙투안은 카트린을 여러 각도에서, 여러 모습으로 사진 찍었다. 벗은 모습, 임부복을 입은 모습, 서 있는 모습, 옆모습, 앉은 모습, 길게 누운 모습. 그는 활기를 찾고자 일요일 저녁마다 들르는 샹젤리제의 복합 상가에서 담배와 폴라로이드 필름을 잔뜩 사 왔다. 그리고 마치 애꾸눈 선장의 눈에 댄 안대처럼 폴라로이드 SX-70을 한쪽 눈에 딱 갖다 붙인 채, 터무니없이 많은 양의 필름을 아낌없이 스르륵스르륵 뱉어냈다. 분노한 해적의 입에서 연방 발사되는 침처럼. 사진은 임신 상태의 변화를 기록하기 위한 게 아니라, 곧 그들의 놀이거리가 되었다. 포즈 잡기, 스트립쇼 연출, 포르노그래피. 그는 사진을 찍는다는 핑계로 그녀에게 눈앞에서 감히 주문할 수 없었던 자세들을 요구할 수 있었고, 이미지를 핑계 삼아서 시각적뿐만 아니라 상징적으로도 판타지를 확대하고 증폭시켰다. 이미지화된 판타지는 우의적으로 표현되었다. 앙투안의 흥분된 시선 아래, 카트린은 은유적으로 변신했다. 그녀는 여자라는 실체로 구현된 색욕 그 자체였다. 게다가 약간 살진 모습이 충분히 증명해주지 않는가? 그녀의 임신은 그의 정력의 증거가 아니던가?

카트린은 임신 9개월째에 접어들었지만 징징거리는 타입이 아니었다. 그녀는 여전히 밤마다 클럽에 쫓아다녔고, 혼자서는 아무것도 할 수 없어서 천성적으로 늘 도움을 받아야 하는 남편에게 구두를 신겨주기까지 했다. 그의 머리를 빗겨주고, 면도도 해주었으며, 그들이 음탕해서건, 혹은 실용적이어서건 그의 욕망을 해결해주기 위해 거의 다리 사이까지 내려온 거대한 배를 안고 쭈그려 앉기도 했다. 그녀는 행복했다. 아니, 그녀는 그의 노예가 되는 것이 자랑스러웠다. 앙투안은 카트린이 충분히 먹지 않는 것 같아 몹시 걱정했다. 카트린은 자신이 전혀 쇠약해지지 않았다는 걸 증명하기 위해 허벅지를 보여주기도 했으나 소용없었다. 그는 한밤중에도 그녀에게 배고프지는 않은지 특별히 먹고 싶은 건 없는지 물었고, 뭐든 즉시 구해다 주겠다고 말했다. 어휴, 내가 못 살아. 알았어요, 그럼 슈크루트? 아! 슈크루트! 새벽 네 시지만 상관없어! 카트린은 임신도, 출산을 기다리는 것도 싫지 않았다. 그녀는 평안했고 아무런 두려움도 없었다. 육체적 고통은 그녀에게 조금도 두려움을 주지 못했다. 오히려 고통은 그녀를 안심시켜주었다. 그녀에게 고통은 향수를 느끼게 했다. 그녀에게 은총과 고통은 서로 빠져나올 수 없도록 얽혀 있는 것이었으며, 육체의 상처가 느끼는 감각은 살아 있다는 충만한 느낌과 분리될 수 없는 것처럼 보였다. 그녀의 육체는 이제 그녀의 것이 아니라, 그와 아이의 것이었다. 그녀의 몸 안을 흐르는 피는 그녀를 절제할 수 없게 만들었고, 판타지의 노골적인 영역 앞을 막고 서 있던 마지막 바리케이드까지 무너지게 했다. 그녀는 아무것도 두렵지 않았다. 그를 위해서라면, 또 그들을 위해서라면 무엇이든 할 수 있었다. 그녀는 불굴의 여성이었다.

　카트린은 에정일보다 열이틀이나 늦게, 거의 막바지에 이르러서야 분만을 했다. 그녀는 제왕절개를 원치 않았다. 안 돼요! 의사가 자기 배를 가르고 아이를 훔쳐 가는 건 상상도 할 수 없었다. 절대로 그렇게 하도록 내버려두지 않을 참이었다. 그래서 기다렸다. 의사가 더는 기다릴 수 없노라고 말하는 그 순간까지. 바로 그때 기적처럼 양수가 쏟아졌다. 그녀는 무려 32시간 동안이나 고통으로 몸을 뒤틀면서 보냈다. 그런 아내를 보며 불안해서 견딜 수 없었던 앙투안은 결국 흐느끼고 말았다. 그는 한 번도 출산 광경을 본 적이 없었다. 그래도 카트린 곁을 떠나고 싶지 않았다. 그녀 곁에 있을 수 없다는 생각조차 견딜 수 없었다. 앙투안은 아내를 시원하게 해줄 생각에 온천수가 든 분무기를 성가실 정도로 뿌려댔다. 이렇게 하면 좀 낫지 않을까? 그는 걱정스럽기도 하고 아내를 배려하는 마음에서 그렇게 물었다. 그녀는 알아들을 수 없는 헐떡이는 소리로 대답하면서, 머리를 흔들어 의사표시를 했다. 그러자 그는 그녀의 뜻을 오해하고 계속 분무기를 뿌렸다. 그녀에게 위스키를 크게 한 모금 마시게 하고는 마사지를 해주었다. 그러나 너무 서툴렀기 때문에, 결국 그녀는 멈춰달라고 간청했다. 전부 다! 마사지도, 분무기도, 제발 그만해요. 내 몸에 손대지 말아요. 모두가 기다렸다. 마침내 의사는 더 기다릴 수 없다고, 아기를 곧 꺼내야 한다고 말했다. 잠깐만요, 낳을 수 있어요. 내 아기는 내가 낳을 거예요. 그녀는 마치 저주받은 여자에게 달린 마지막 구원인 양 외쳤다. 그때 아기가 그녀의 몸을 통과하여 밑으로 나오고 있었다. 딸이었다. 의사가 그녀의 가슴 위에 아기를 올려놓자 아들이 아니라는 놀라움에 잠깐 어리둥절했지만, 그녀는 벌써 엄마가 되어 있었다. 완전히. 그녀는 아기를 향한 열렬한 사랑에 빠져들었고, 눈물이 헌신이라는 통로를 통해 흘러나오기 시작했다. 아기의 부모는 얼굴을 마주 봤다. 그들은 서로를 쳐다보면서 자랑스러움을 느꼈다. 이처럼 아름답고 작은 딸을 만들다니! 아기 이름이 뭐예요? 간호사가 물었다. 아, 이름! 아기의 눈이 어찌나 깊이 있고 심오하게 보이는지 방금 태어났다는 걸 잊어버렸지 뭐예요. 아주 오래전부터 알고 있었던 아기 같아요. 그녀는 기억조차 잊은 것 같았다. 엘자, 앙투안이 말했다. 엘자의 눈…… 엘자? 아름다운 이름이네요. 그래, 엘자로 해요. 자클린이 손녀를 만나러 왔다. 카트린은 자기가 낳은 아기를 보고 엄마가 그처럼 감격할 줄은 몰랐기에 몹시 놀랐다. 그녀는 엄마에게서 그때까지 한 번도 보지 못했던 사랑을 발견했다. 자존심이 막아주지 않았더라면 엄마 앞에서 울고 말았을 것이다. 감동한 카트린은 앙리를 아기의 유일한 할아버지로 여기겠다고 약속했다. 그러고 보니 그녀는 파리에 온 후로 한 번도 세르주를 만나지 않았다. 어쩌면 아기가 젖을 떼듯이, 앙투안이 그녀의 삶에서 아버지의 존재를 떼어준 건지도 몰랐다. 카트린이 폴과 헤어질 때 대가를 톡톡히 치르게 될 거라던 할머니의 입을 아기가 단번에 다물게 했다. 자클린은 마음이 찡해지며 감동했다. 드디어 그녀가 말했다. 이렇게 됐으니 앙투안과 정식으로 결혼하는 게 좋겠다고.

  앙투안은 그때까지도 여전히 별거 상태였지, 정식으로 이혼한 게 아니었다. 모두를 곤란하게 만들 심산에서 그랬는지 앙투안의 전처는 새로운 가정을 만들고 매우 행복하게 지내고 있으면서도 재혼을 서두르지 않을뿐더러, 더욱이 이혼을 거부하고 있었다. 이런 문제는 앙투안도 처음이었지만 1950년대만 해도 혼외 자녀를 인정하는 건 거의 불가능에 가까운 일이었고, 매우 까다로운 절차를 밟아야 했다. 그러나 카트린은 아무것도 염려하지 않았다. 그녀는 그저 상의를 적시며 넘쳐흐르는 젖과, 젖을 먹는 아기에게만 신경 썼다. 오직 먹고 자는 일과 작은 천사의 금빛 머리 솜털을 어루만지는 것에만 전념했다. 7월에 할마는 내

키지 않는 태도로 시골집에서 그들을 맞이했다. 아, 그래. 아기가 정말 예쁘긴 하구나. 이렇게 예쁜 걸 보니 애가 누구 애인지 모두 의심할 것 같구나. 그래그래, 확실히 카트린을 쏙 빼닮았어. 하지만 네 모습은 하나도 없으니 이상하지 않니? 아무리 제 어미를 많이 닮았다곤 하지만 네 모습도 조금은 보여야 하는 거 아니냐? 할마는 모든 방법을 동원해서 아들이 아이를 인정하지 못하도록 설득했다. 애가 정말 네 아이라는 걸 뭘로 증명할 건데? 정말 어처구니없는 소리였다! 카트린은 아예 듣지 않으려고 자기 방에 들어가서 아기 옆에 몸을 숨겼다. 때로는 비가 와서, 때로는 햇빛이 너무 강해서 방에 있어야겠다고 변명하면서. 여름날의 긴 낮잠 시간 동안 카트린은 아이를 위한 심리학책을 읽었다.《프랑수아즈 돌토의 육아법》과 미국의 심리학자 피츠휴 닷슨이 쓴 세계적인 베스트셀러《모든 것은 6세 이전에 행해진다》까지. 카트린은 건성으로 읽었다. 한 문장 읽고 요람 속의 아기를 들여다보고, 또 한 문장 읽고 아기를 보며 탄성을 올리느라 책에 집중할 수가 없었다. 아기의 아름다움은 볼 때마다 그녀를 놀라게 했다. 피츠휴 닷슨의 책은 제목부터 카트린의 마음을 끌었다. 정말 모든 게 6세 이전에 행해진다면 내 인생은 초장부터 망친 거로군. 그녀는 생각했다. 그리고 자신은 엄마가 보였던 태도를 절대 재현하지 않고, 모든 면에서 완전히 다르게, 완전히 정반대로 행하겠다고 결심했다. 그러면서 벌써 둘째 아이를 가질 생각을 했다. 외동딸은 언제나 제멋대로이니까. 그녀는 엘자를 그런 아이로 키우고 싶지 않았다.

그해 여름이 그럭저럭 지나가고 있었다. 가족 내의 분위기는 흙탕물을 튀겨놓은 것 같았지만, 카트린은 그 흙탕물이 자신에게 튀도록 내버려두지 않았다. 그녀는 분유와 기저귀 속에만 파묻혀 있었고, 얼굴은 다른 곳, 엘자의 눈을 향하고 있었다. 앙투안이 학기가 시작되면 미국에서 열리는 강연회 투어가 있을 거라고 알려줬다. 순회 강연회에는 당연히 카트린이 따라가야 한다는 게 그의 생각이었다. 두 사람은 딸에게 유모를 딸려서 외조부 집으로 보내기로 했다. 자클린도 앙리도 모두 직장이 있던 터라, 아기 봐줄 사람이 필요했던 까닭이다. 자클린은 딸과는 달리 성실하게 발레 학원을 운영했다. 아기를 떼놓고 미국으로 출발하는 날 카트린은 몹시 울었다. 3주 동안이나 딸을 볼 수 없다니! 너무 끔찍한 일이었다. 카트린은 안았던 아기를 내려놓았다. 그러자 무게감이 가슴에서 쑤욱 덜어지는 기분이었다. 이제 가슴에도, 배에도 아기가 없이 혼자가 되었다. 그녀는 완전한 권리를 지닌 한 명의 인간으로 다시 돌아왔다. 모유 수유를 갑자기 중단한 탓에 카트린은 병이 나고 말았다. 젖몸살로 온몸에 통증이 오고 열까지 심하게 나는 바람에, 도착 첫날부터 이틀 동안 센트럴 파크를 내려다보며 스위트룸의 침대에 누워 있어야만 했다. 하지만 곧 기력이 회복되었고 바로 앙투안과 뉴욕 대학교에 있는 그의 친구와 함께 저녁을 먹었다. 이 순회 강연의 기획을 도와주었던 친구는 앙투안에게 명예박사 학위 수여를 준비해놓고 있었다. 명예욕이 강한 앙투안에게 박사 학위는 매우 뜻깊고 영광스러운 일이었다. 친구의 아내는 남편이 저지른 명백한 부정행위로 인해 몹시 강경하게 여성 평등권을 부르짖는 여자였다. 그녀는 식사 자리에서 자기처럼 한 번도 자녀를 가진 적이 없는 여자들의 장점에 대해 설교하기 시작했다. 그거야말로 독립이죠! 책임져야 할 자녀들이 있으면 절대로 독립적인 삶을 살 수 없어요! 카트린을 봐요. 그녀가 옆에 앉은 카트린을 돌아보며 말했다. 보세요, 발레리나의 몸매에 그렇게나 아름다웠던 여자가, 엄마가 되고 나더니 어떻게 변했는지 한번 보라고요! 그 말에 카트린은 아직 본래 몸으로 완전히 돌아가지 않아서 그렇다고 변명했다. 다만 그뿐, 그녀는 소란을 피우지 않았다. 당신도 분명히 봤죠? 난 그 자리에서 소동을 피우지 않았어요. 늦은 밤, 앙투안이 돌아왔을 때 카트린이 말했다. 그 여자 말이에요,

당신도 그 여편네가 나더러 뭐라고 했는지 들었을 거예요! 카트린, 당신이 과장하고 있는 거야. 당신이 잘못 알아들은 거야. 아니, 난 아주 잘 이해했어! 그 여자는 사람들 앞에서 나한테 모욕을 주려고 일부러 그랬던 거야. 날 질투해서 그런 거지, 그 여잔 엄마가 된다는 게 뭔지 절대로 모를 테니까! 카트린은 임신 중에 슈크루트를 하도 먹어서 20킬로나 더 늘어버렸다. 하기야 그렇게 양껏 먹은 내 잘못이긴 해요. 그 탓에 괴상한 모습이 되어버린 거지. 그 결과로 모든 사람에게 비웃음거리가 되었으니까! 무슨 소리야, 당신은 여전히 아름다워. 너무 사랑스러운 내 보물이라고! 그 여자들은 당신의 아름다움을 질투하는 거야. 그러니 마음대로 떠들게 놔둬! 아니, 난 그 여자가 다시는 그딴 말을 하지 못하게 만들고 말 거야! 카트린, 조금 있으면 다들 당신이 모성 덕분에 더욱 아름다운 여자가 되었다는 걸 알게 될 거야! 다음 날부터 카트린은 카세트 하나를 들고서, 자신이 사용할 만한 리허설 스튜디오를 찾아서 미국의 캠퍼스들을 순례하며 꼬박 3주일을 보냈다. 지난 1년 동안은 몸에 꼭 끼는 옷을 일절 입지 않았지만, 그날로 몸매 관리에 필요한 운동복 세트를 샀다(그녀는 임신하기 전까지 발레를 계속해서, 옛 스승의 소개로 조르주 5번가에 있는 유명 학원에서 학생들을 가르쳤다). 무릎까지 올라오는 워머에서부터 실내용

운동화, 브이 자로 깊이 파진 레오타드*, 그리고 벨트까지. 엄격하게 다이어트를 하면서 각성제도 복용했다. 그 약은 어느 클럽에서 앙투안의 여자 친구가 친절하게도 그녀에게 준 것이었다. 곧 믿을 수 없는 효과가 나타났다! 19일 만에 정확하게 13킬로를 뺀 것이다. 앙투안은 지체하지 않고 카트린을 삭스 피프스 애비뉴 백화점으로 데리고 갔고, 그녀는 몸에 꼭 끼는 가죽 바지에다 속이 훤히 비치는 블라우스를 입고서 뉴욕 대학교 친구 부부를 찾아갔다. 앙투안이 작은 연단에 올라가서 재치와 멋진 문장으로 도배한 긴 연설을 하고, 명예박사 학위를 받는 동안, 카트린은 자신을 모욕했던 여자가 깜짝 놀라며 쏟아내는 찬사를 기어코 받아냈다. 그리고 나서 딸을 다시 본다는 기쁨을 안고 파리로 돌아왔다.

아기는 부모가 없는 동안에도 잘 지냈다. 카트린은 미국에서도 전화로 자주 안부를 물어서 아기가 별일 없이 잘 지내고 있다는 걸 확인하곤 했다. 젖병으로 분유를 먹고 있던 아기는 그새 키도 자랐고, 포동포동 살도 올라 있었다. 하지만 카트린이 없는 동안 아기에게 무슨 일이 생긴

* 무용수들이 입는 아래위가 붙은 형태로 소매가 없고 몸에 꼭 끼는 옷.

건지 이해할 수 없었다. 예전의 엘자가 아니었다. 아기는 3주 동안 달라져 있었다. 카트린은 어떻게 해야 할지 몰라서 당황했다. 3주 전만 해도 아기가 울 때마다 젖을 물리면 곧 울음을 그치곤 했는데, 젖병을 물린 지금은 어떻게 해야 우는 아기를 달랠 수 있는지 알 길이 없었다. 아기는 엄마가 온 후로 끊임없이 울어댔고, 오직 유모만이 진정시킬 수 있었다. 아마 엄마의 육체가 변한 데다, 향기까지 달라져서인지도 몰랐다. 카트린은 자신의 변신이 과연 잘한 일인지 고민이 되었다. 앙투안을 만난 지 얼마 되지 않아서 그가 기라로쉬 브랜드의 향수 피지를 사주었을 때, 카트린은 그 향기가 몹시 마음에 들었다. 그 이후로 기라로쉬 피지는 그녀의 향기가 되었고, 제2의 피부가 되었다. 그런데 뉴욕행 비행기 안에서 앙투안으로부터 반 클리프 앤 아펠의 퍼스트를 선물 받은 후로는 3주 동안 계속 그 향수를 썼다. 그러니 딸이 엄마의 형체와 향기를 알아보지 못했을 가능성이 컸다. 카트린은 너무 오랫동안 딸의 곁을 떠나 있었다. 그래선 안 되었는데…… 그녀는 아기를 그렇게 오래 떨어뜨려 놓아선 안 되었다는 생각에 죄책감을 느꼈다. 앞으로 아기를 돌볼 수 없게 되면 어쩌나, 그렇게 되지 않으려면 어떻게 해야 하나 하는 생각에 몹시 불안했다. 그래서 다시 피지 향수를 쓰기로 마음먹었지만, 웬일인지 그 향기가 갑자기 불쾌하게 느껴졌다. 향기에 싫증이 났던 건지 거부감이 드는 걸 막을 수가 없었다. 게다가 분유만 봐도 토할 것 같았다. 그녀는 먹던 피임약도 중단했다. 그랬더니 곧 피로감을 느꼈다. 카트린은 온종일 누워서 지내야 했다. 모든 일이 그녀를 지치게 했다. 그녀는 매우 예민해졌고, 아무것도 하고 싶지 않았으며, 심지어 딸을 돌보는 것조차 할 수 없었다. 오로지 늦은 밤에 마시는 한 잔의 위스키만이 기력을 되찾게 해주었다. 게다가 그녀는 앙투안이 나가는 칵테일파티, 디너파티, 저녁 초대를 다 따라다녀야 했다(이런 모임은 거의 매일 밤늦게야 끝이 났다). 유모는 아파트 제일 꼭대기 층에 따로 마련된 방에서 잤는데, 아기 부모가 돌아올 때까지 카트린의 아파트에서 엘자와 함께 있어야 했다. 그러던 어느 날 밤, 유모가 아기를 재우고 자기 방으로 돌아가 일을 하고 있는데 아기가 깨서 울기 시작했다. 죽을 듯이 숨이 넘어가는 울음이었다. 그 소리에 놀라서 아파트 관리인이 올라왔을 정도였다. 문을 열고 들어간 관리인은 커다란 아파트에 아무도 없이 아기가 혼자 있는 걸 보고 깜짝 놀랐다. 그래서 정신없이 자기에게 있는 번호란 번호는 다 돌려보았고, 드디어 자클린과 통화를 하게 되었다. 자클린은 앙리를 깨워서 프리들랑가로 달려왔다. 몇 시간 동안 울어서 목이 다 쉰 아기를 보고 깜짝 놀란 자클린

부부는 아기를 집으로 데리고 갔다. 유모가 집에 와서 아기가 사라진 걸 발견한 건, 다음 날 아침이었다. 카트린은 아직 술이 덜 깬 상태여서 그 불쌍한 여자가 두려움과 불안에 떨면서 횡설수설하는 이야기를 좀체 알아들을 수 없었다. 자기 잘못이 아니라고 맹세까지 했던 유모는 앙투안이 과장되게 손짓, 발짓하면서 간밤의 자기 딸만큼이나 큰 소리로 울부짖는 모습을 보고는 자리를 비웠던 걸 더 열심히 부인하고, 모든 의혹을 부인했다. 마침내 앙투안이 마지막 도움을 구하려고 불렀던 관리인이 모든 걸 다 설명해주었다. 아기 우는 소리며, 할아버지 할머니가 다녀갔던 이야기까지. 카트린은 자클린의 엄한 눈길 앞에 서야 했다. 단두대의 칼날처럼 날카로운 냉기를 지닌 엄마의 비판이 쏟아졌다. 그 앞에서 카트린은 내 일은 내가 알아서 하겠다고 소리쳤다. 그러자 자클린은 어디 두고 보자며 응수했다. 내가 언제 엄마한테 부탁한 적 있어? 난 아무것도 부탁한 적 없다고! 그래? 그거 처음 듣는 소리로구나! 자클린은 3주 동안 자기가 손녀의 기저귀를 갈아주었다는 걸 말하고 싶었을까? 카트린도 그렇지, 그녀는 정말 엄마에게 아무것도 부탁하지 않았단 말인가? 모든 게 엉망이 되어갔다. 카트린은 잘 지내고 있지 않았다. 그녀는 정상적인 상태에 있지 못했지만 결코 자신의 정상적인 상태라는 게 뭔지 말할 수 없을 터였다. 자유로운 여성으로서의 삶과 엄마로서의 삶을 양립시킬 수 있어야 했지만 그녀는 그러지 못했다. 균형을 이룰 수 없었다. 카트린은 자신이 물에 빠진 것처럼 허우적거리며 하루하루를 겨우 지내고 있다는 걸 알았다. 임신 테스트를 하기 전에 흘렸던 눈물이 또다시 그녀를 엄습했다. 하지만 이번엔 임신이 아니라 산욕기였다. 그녀는 휘몰아치는 어두운 생각들 속에 갇혀버렸고, 딸의 울음소리도 견딜 수 없었다. 어떨 때는 아기를 창문으로 내던질 수도 있을 것 같았고, 자기 자신이 뛰어내리고 싶은 마음이 들 때도 있었다. 앙투안이 자기를 만지는 것도 싫었고, 오직 우는 것과 잠자는 것만 하고 싶었다. 할 수만 있다면 다시는 깨어나고 싶지 않았다. 어느 날 아침 카트린이 알코올로 인한 코마 상태에서 깨어나지 않자, 앙투안은 급히 의사를 불렀다. 의사는 그녀를 잠시 관찰한 것만으로도 대번에 산후 우울증이라는 진단을 내렸다. 바깥공기를 자주 쐬고, 여행 좀 다녀오세요. 되도록 이국적인 곳으로요. 앙투안은 이번에도 도움을 청하기 위해 클로드를 불렀다. 클로드는 임신 소식을 들은 이후 카트린을 만나지 않았다. 물론 그녀는 여전히 카트린을 사랑했다. 그녀가 여기 카트린 곁으로 왔다. 이제 클로드가 카트린 옆을 지킬 터였다. 앙투안이 두 여자에게 말했다. 경비를 대줄 테니, 아무 곳이나 둘이 원하는 곳으로 가서 쉬고 오라고. 아프리카 대륙의 최서단에 가보고 싶었던 두 여자는 세네갈의 다카르를 여행지로 정했다. 연말 축제가 끝난 직후였다. 카트린과 클로드는 그곳에서 한겨울의 태양을 만나기로 했다.

　못 보던 사이에 클로드는 머리를 짧게 자른 모습으로 변해 있었다. 카트린은 몽파르나스에 있는 클로드의 스튜디오에서, 침대에 누워 반쯤 열린 문틈을 통해 클로드가 그 아름다운 긴 머리를 빗고 있는 모습을 보는 게 좋았다. 그랬던 클로드가 이제 소년처럼 짧은 머리에 옆 가르마를 타고, 이마 위로 비스듬히 머리채를 내렸다. 그 머리, 너한테 정말 잘 어울려. 카트린이 수줍게 말했다. 그러고 보니 그들이 서로 보지 못한 지 벌써 1년이나 되었다. 난 이제 이 앞머리를 견딜 수가 없어. 클로드가 공모자의 눈빛을 보내면서 짓궂은 태도로 카트린 흉내를 내면서 대답했다. 여행을 떠나기 전에 카트린은 마티뇽가에 있는 알렉상드르의 미용실에 들렀다. 인기 스타들의 머리를 만지던 미용사가 운영하던 곳이었다. 그러나 포마이카 계산대며 얼룩 있는 타일 바닥이 예전과 달리 눈에 거슬린 카트린은 스핑크스 숍에 예약했다. 장 콕토가 로고를 그려준 곳이었다. 그곳에서 카트린은 백발로 변신한 후에 진 세버그처럼 픽시 커트를 했다. 그날부터 그녀는 거북이 껍질로 된 빗을 사용한 부르주아식 쪽머리 스타일을 벗어던졌다. 그녀의 머리는 이제 클로드보다 더 짧았다. 경쟁심에서였을까, 아니면 변화를 갈망하는 자신과의 맹세 때문이었을까? 어느 편이든 간에 카트린은 케케묵은 여성성의 상징인 긴 머리를 잘라 버림으로써, 긴 머리를 선호하는 남성의 취향에 결정적으로 도전하는 현대 여성의 진영에 줄을 서게 되었다.

여행을 시작한 지 일주일이 지났을 때, 두 여자는 여행 기간을 일주일 더 늘렸고, 이어서 또 한 주를 늘렸다. 카트린은 집으로 돌아가기를 거부했다. 앙투안은 그녀에게 전보를 쳐서 제발 빨리 돌아오라고 간청했다. 자기와 어린 딸 엘자가 기다리고 있다고, 그녀를 너무나 사랑하고 그리워하고 있다고. 여보, 제발 빨리 돌아와. 클로드는 이제 절대로 카트린을 떠나지 않겠다고 맹세했다. 이제 두 여자는 타협점을 찾을 것이고, 무엇보다도 클로드는 카트린과 함께 살 준비가 되어 있었다. 두 여자는 집으로 돌아갔다. 모든 게 잘될 거라고 생각하면서. 카트린은 코로 숨을 깊이 들이마셨다. 10초마다 숨을 쉬어야 한다는 걸 기억하고 그것을 돕기 위해 담배 한 개비를 꺼냈다. 그녀는 정신과 의사에게 진료를 받았고, 가벼운 안정제도 처방받았다. 의사는 음주를 조심하라고 말했다. 섞어서 마시는 건 정말 위험합니다. 그녀는 알겠다고 대답했다. 그리고 곧 많은 게 훨씬 나아졌다. 하지만 엄마가 되는 것만큼은 여전히 복잡한 문제로 남았다. 유년기 기억에 사로잡힌 그녀는 자기 엄마의 방식을 되풀이하지 않는다는 게 정확하게 무엇을 의미하는지도 모르면서, 오직 엄마처럼 하면 안 된다는 생각에만 광적으로 사로잡혔다. 그리고 계속 자기에게 관심을 가져달라는 아이와 무심한 남편의 요구에 괴로워했다. 아이와 남편의 요구가 서로 모순되었다. 그녀는 하나의 몸으로 끊임없이 이분법의 삶을 살았다. 양쪽 모두를 잃을까봐 두려워했고, 양쪽의 요구를 모두 들어주지 못해서 실패할까 봐 전전긍긍했으며, 둘 사이에서 아슬아슬하게 타고 있는 외줄에서 떨어질까 봐 늘 불안해했다. 버려진 채 울고 있던 딸의 이미지가 머리에서 떠나지 않고 계속 그녀를 괴롭혔다. 그 아이는 바로 자신이었다. 버려진 건 엘자가 아니라 바로 카트린이었다. 아냐, 난 여기 있잖아, 난 항상 아이 곁에 있었어. 엄마 역할을 포기한 건 우리 엄마 자클린이었지, 내가 아니야. 난 아이 옆에 있잖아. 그녀는 과거의 기억을 유년 시절에 대한 환각 같은 이미지 밑에 감춰버렸다. 죄책감을 감당하기가 너무 힘들었기에(스스로에게 밤의 생활, 방탕한 성애를 허용하는 그 바람기), 감정을 회피하면서 직면하기를 거부했다. 그녀가 인정한 건 오직 세 가지였다. 앙투안의 욕망을 채워주기 위한 헌신, 아이를 향한 억누를 수 없는 사랑, 그리고 그 두 가지를 지키기 위해 노력했던 외줄 타기의 삶.

이제 카트린은 앙투안도 참여해주길 원했다. 혼인 신고를 안 했는데도 그가 그녀와 아이에게 아파트를 사주려고 할까? 앙투안은 부동산을 소유하는 것에 대해서 여전히 반대했다. 자기 어머니가 시골집과 파리의 아파트와 브르타뉴에 있는 별장에서 지붕이나 배관 문제로 평생 골치 썩는 것을 보아왔기 때문에 차라리 임대해서 사는 편이 훨씬 낫다는 말을 계속해왔다. 그들은 결혼할 생각을 하고 있었고, 카트린도 그도 그 점에 대해 염려하지 않았다. 시간문제일 뿐이니까. 카트린은 둘째 아이를 계획하고 있었지만, 앙투안에게 알리지 않았다. 둘째를 갖기엔 나이가 너무 많다고 말할 게 빤했다. 그녀 자신도 아이 하나만으로도 벌써 정신이 하나도 없지 않았던가? 그들은 1978년 여름에 엘자의 첫 번째 생일 파티를 열었다. 장소는 부르타뉴에 있는 할마의 별장이었는데, 그 기회를 이용해서 할마는 카트린의 육아 방식을 마음껏 비판했다. 카트린의 방임주의에서부터 소위 심리학이라는 끔찍한 학문이 주입된 교육 방식까지. 그러거나 말거나 카트린은 아이가 자라가는 발달 단계마다 경탄하며 놀라워했다. 어머, 엘자가 걸었어! 엘자가 하품했어! 엘자가 손가락으로 가리켰어! 두 사람이 1년 내내 이렇게만 살 수 있다면! 앙투안이 늘 그녀 곁에 있을 수만 있다면! 그가 일에 시달리지 않고 긴장을 푼 채 이렇게 웃고 노래하면서 살 수만 있다면! 그가 사무실에서 일어나는 온갖 문제와, 그 많은 일정표와, 헤아릴 수 없이 많은 사업 계획과, 주체할 길 없는 욕망으로 괴로워하지만 않는다면 얼마나 좋을까! 적어도 이곳 시골에서만큼은 그가 여자들 뒤꽁무니를 쫓아다닐 일이 없었고, 바캉스 기간만큼은 명예를 좇아 달리는 그 끈질긴 마라톤도 일시 정지되었다. 시골 별장은 몹시 낡은 집이었다. 나무 층계가 너무 위험해서 앙투안은 한밤중에 계단을 내려가지 않으려고 요강을 사용했다. 그리고 아침마다 창문 밖으로 요강을 비웠다. 카트린이 계속 그러다가는 재수 없게 그곳을 지나가는 사람의 머리 위에 뒤집어씌울 수도 있다고 말하면서, 자기가 생각해도 웃기는 말을 덧붙였다. 설마 나도 당신 딸 기저귀를 빌려서 내 오줌과 똥을 갖다 버린다고 생각하는 건 아니겠지? 앙투안은 그 말이 그렇게도 우스웠던지 하마터면 웃다가 창문에서 떨어질 뻔했다. 카트린도 함께 웃음을 터뜨렸다. 내가 어쩌다 저렇게 사이코 같은 남자를 만났지? 아이러니하게도 두 사람의 그런 엉뚱함과 괴상함이 서로를 연결해주었고, 난잡한 사랑 속에서도 노골적이고도 솔직한 농담을 마음껏 나눌 수 있도록 신뢰하게 해주었다. 8월이 되자 카트린은 휴양지에서 누리는 느긋한 휴식의 틈을 이용해서 임신했다는 말을 해야겠다고 결심했다. 아직 임신한 건 아니었지만 둘째를 원했고, 또 기대했다. 그녀에게는 그가 진지하게 귀 기울여주는 시간이 필요했고, 지금이야말로 더없이 좋은 기회였다. 그리고 이야기가 잘되면 둘째를 가질 시간도 충분했다. 아마 9월 쯤 아기를 가지면 될 것이다. 한 달밖에 안 남았지만 신중하게 게임을 하면 될 터였다. 다행히도 앙투안은 시간 개념이 별로 없었다. 마침내 그들은 크리스마스가 지나고 나서 결혼식을 올렸다. 두 번째 임신은 첫 임신보다 더 황홀했다. 그녀는 호르몬으로 잼을 만들고, 엉뚱한 생각들로 과일 젤리를 만들고, 행복한 상상으로 마롱 글라세와 식초를 듬뿍 넣은 샐러드와 온갖 치즈로 가득 채운 쟁반까지 만들며 결혼식을 준비했다. 신경 쓰이는 게 있다면 약간 짧은 한쪽 다리뿐이었다. 등이 꽤 아팠지만 늘 그랬듯이 불평하지 않았다. 앙투안이 가져다 둔 처방전에 소염제, 모르핀계 진정제, 부신피질 호르몬제 등을 적어서 약을 구입하고는 아무 데도 아픈 곳이 없을 때까지 복용했다. 카트린은 결혼식을 위해 진회색 벨벳으로 된 이브 생로랑의 바지와 재킷을 골랐다. 재킷 속엔 가슴에 레이스 장식이 달린 블라우스를 입고, 검은 물방울무늬의 얇고 작은 망사 베일을 썼다. 약간 불러온 배 때문에 바지 단추를 잠글 수 없었다. 재킷은 아주 풍성한 디자인에 세일러복처럼 앞이 넓게 벌어져 있었다. 그녀는 임신으로 약간 통통해진 데다 얼굴도 장밋빛 혈색이어서 더욱 아름다웠다. 결혼 전의 앳된 아가씨처럼 청초해 보이거나, 트뤼포 영화에 나오는 젊은 미망인 잔 모로처럼 신비해 보였다. 앙투안의 자녀들은 축제 분위기였다. 다 큰 자식들은 여전히 말들이 많았고, 서로 빈정대는 말들을 주고받으면서 킥킥거렸다. 하지만 승자는 카트린이었다. 이제 그들도 카트린과 그녀의 아이들을 받아들이지 않을 수 없을 것이다. 클로드는 오지 않았다. 굳이 강권할 필요도 없었고 카트린도 감수할 수밖에 없었다. 클로드는 카트린의 숨겨둔 애인일 뿐이었으니까. 그녀는 그것을 잘 알고 있었다.

앙투안은 어디를 가든 다른 사람이 운전해주는 것에 익숙했다. 약속 시각에 많이 늦은 때면 주로 카트린이 운전대를 잡았다(앙투안은 회전할 때마다 대시보드에 붙어 있는 전화기를 꽉 잡고 있어야 했고, 카트린이 보도 위로 올라가서 주행

할 땐 재규어의 천정에 머리를 부딪치기가 다반사였다. 그러면 앙투안은 소리를 지르며 카트린을 말렸다. 안 돼! 안 돼, 카트린. 안 돼, 안 돼! 제기랄, 통행금지 구역으로 가지 말란 말이야! 이러다간 사람 죽이겠다고! 그때마다 카트린은 입 닥치고 가만히 있으라고 소리쳤고, 언제나 거의 정확한 시각에 맞춰서 아무런 인명 피해 없이 남편을 목적지까지 데려다주었다). 그런데 어느 날, 핸들에서 손을 놓은 지 꽤 오래된 앙투안이 운전대를 잡았다. 9개월째 임신 중인 카트린이 평소답지 않게 너무 피곤하다면서 그에게 운전해달라고 부탁했기 때문이었다. 그는 국도에서 나무 한 그루를 들이받았고, 동시에 뒷좌석에 있던 엘자가 소리쳤다. 아빠, 쾅! 아빠, 쾅 안 돼! 카트린은 그 사고로 예정일보다 한 달 빠르게 출산하게 되었다. 둘째 아이는 앙투안의 둘째 형의 장례식 날에 태어났다. 그의 형이 죽은 것도 자동차 사고 때문이었다. 다만 그는 혼자 타고 있었다. 앙투안은 두 명의 형과 조카와 아들 하나를 잃었고, 딸 하나도 거의 잃은 상태였다. 딸은 오토바이를 타다가 큰 사고를 낸 후로 사지가 마비되었다. 카트린은 많은 죽음을 목격했고, 자신이 그 죽음에 관련되었을 뿐 아니라 둘러싸여 있는 느낌을 받았다. 이번엔 누구 차례일까? 저주를 믿어야 하는 걸까? 그들은 둘째 딸의 이름을 비올렌이라고 지었다(이번에도 딸이었다). 그즈음 앙투안이 아주 예쁜 여자를 만났는데, 그 여자 이름이 비올렌이었던 것이다. 그들은 마침내 의견의 일치를 보았다. 비올렌, 아주 고상한 이름이네요. 시적이고 프랑스다운 느낌이 물씬 나요. 사실 카트린의 제안한 이름은 모두 거절당했다. 만일 이번에도 딸이라면 그녀는 유태인 이름을 지어주고 싶었다. 예를 들면 레베카 같은 이름. 어때요? 라헬도 괜찮지 않아요? 라헬, 주님께서!* 라헬과 그 말이 무슨 관계가 있는데요? 프루스트, 그 둘의 연관성은 프루스트에게 있어. 아! 그러고 보니 비올렌이 태어난 5월 8일은 프랑스가 나치로부터 해방된 날이군. 빅투아르(승리)라고 지으면 어떨까? 역사 같은 건 거의 모르는 카트린은(돌아가신 시아버지와는 정반대로) 프랑스가 무엇으로부터 해방되었느냐고 물었다. 독일에 협력했던 내통자 페텡의 비쉬 정부로부터 해방되었지. 자, 비올렌이라고 하자고, 어때? 좋아요, 비올렌. 예쁜 이름이에요.

결혼하고, 두 아이를 갖고, 모든 게 질서 있게 돌아가는 것처럼 보였다. 카트린은 자신감에 차서 생각했다. 이제 우

* 프루스트의 《잃어버린 시간을 찾아서》에 오페라 〈유대 여인〉을 관람하는 대목이 나오는데, 그 오페라의 여주인공 이름이 라헬이고, 〈라헬, 주님께서〉는 한 아리아의 제목이다.

리는 가정을 이뤘어, 우린 가족이야. 앙투안의 정열도 좀 진정이 되겠지. 카트린은 마침내 균형을 찾은 것 같았다. 두 사람만 있던 시절에도 여행을 떠날 때마다 출발 준비가 복잡했지만, 네 명이 된 지금은 그야말로 끔찍했다. 그때마다 앙투안은 패배를 두려워하는 전쟁터의 장군으로 변했다. 그는 앞뒤가 맞지 않는 명령들을 기관총탄처럼 퍼부었고, 그들의 집은 마치 적군에게 약탈당한 전쟁터 같았다. 엄마와 아이들 대 아빠. 갓난아기야 비난할 일이 없었지만, 엘자는 끊임없이 온 집안을 어지럽혔다. 카트린은 매번 그 많은 물건을 욱여싸듯이 넣어서 힘겹게 가방을 닫았고, 앙투안은 자기 물건들을 함부로 다룬다는 생각에 카트린이 싼 가방을 다시 풀곤 했다. 그는 아내와 딸이 자신들의 경솔한 태도가 얼마나 심각한 결과를 가져올지 전혀 모른다고 생각했다. 이 서류들을 이렇게 함부로 다룰 거라면 당장 꺼져. 여기서 나가란 말이야! 집에 정리정돈이라는 게 있어야지, 이런 난장판 같은 집구석에선 살 수 없다고! 앙투안은 종종 아주 늦게까지 일을 했고, 며칠씩 온밤을 새워서 글을 쓰거나 책장의 책들을 정리하곤 했다. 그리고 가족들에게 자기 방의 물건은 그게 뭐든 절대로 손대지 못하게 했다. 그래서 카트린은 볼펜 한 자루, 종이 한 장도 만지지 않고 있는 자리에 그대로 두었다. 그는 쓸데없는 서류, 우편물, 이런저런 편지, 팸플릿, 신문, 잡지, 출판 계약서, 전표, 정육점에서 고기를 싸 온 포장지에서부터 국립도서관 고문서실에 갖다 둘만큼 중요한 서류에 이르기까지 별별 종류의 종이들을 너무 많이 쌓아두었다. 그랬다가 쌓아둔 무더기가 무너지기라도 하면, 화가 나서 팔을 휘둘러 더 뒤죽박죽으로 만들었고, 나중에는 도저히 정리할 수 없게 만들곤 했다. 그럴 때면 카트린은 아이들을 데리고 자동차 안으로 들어갔다. 그가 쇳소리를 지르는 걸 듣지 않기 위해서였다. 세 여자는 가장의 분이 풀릴 때까지 그곳에서 기다렸다.

다시 개를 길러볼까? 카트린은 가끔 그런 생각을 했다. 이번에는 아주 덩치가 큰 개였다. 앙투안이 직접 골랐는데 덩치가 큰 개라야 길에서 잃어버리는 일이 없을 거라고 생각했을까? 아무튼, 까만색의 브리산 개였다. 녀석은 뒷좌석의 베이비 시트에 앉아 있는 엘자의 발을 핥고, 광주리 안에 누워 있는 아기를 감시했다. 둘째 딸이 태어났을 때, 카트린은 큰딸이 질투하지 않도록 안심시키는 일에 우선권을 두었다. 아기와 엘자 사이에는 곧 끊으래야 끊을 수 없는 끈끈한 관계가 형성되었다. 엘자는 동생을 내 아기라고 불렀고, 카트린은 엘자가 원하는 만큼 흙 묻은 손으로든, 잼 묻은 손으로든, 세균투성이 손으로든 언제든지 아기를 만질 수 있게 허락해서 아이를 기쁘게 해주었다. 그래, 내 사랑, 우리 딸, 이 아기는 네 아기이기도 해. 내 예쁜 엘자, 이 아기는 우리 아기란다. 엘자와 엄마와 아빠, 우리 세 사람의 아기야. 22개월의 엘자는 끊임없이 어린 동생에게 입을 맞췄고, 자기 아기를 말할 수 없이 자랑스러워했다. 두 아이를 바라보는 카트린의 마음은 둘로 쪼개지는 기분이었다. 사랑하는 큰딸, 카트린의 살 중의 살, 카트린의 태의 열매인 엘자는 이제 더는 카트린이 살아야 할 유일한 이유가 아니었다. 둘째가 태어나기 전만 해도 카트린은 이토록 끔찍한 슬픔과 불안의 시기 속에서 딸에게 무슨 일이라도 생긴다면, 제 삶의 종지부를 찍는 것쯤은 쉬운 일일 거라고 생각했다. 그런데 이제 두 아이가 생기고 나니, 한 아이에게 무슨 일이 일어나더라도 남은 아이를 위해 계속 살아남아야 한다는 생각에 정신이 아득해졌다. 그녀는 앙투안의 삶에 침투한 비극들을 떠올리면서, 자신이라면 그런 상황을 어떻게 직면할 수 있을지 생각해봤다. 이제 그녀의 생존은 두 딸에게 달려 있었다. 그것은 자신의 삶에서 가장 크게 여겼던 사랑을 포기해야 한다는 뜻인 것 같았다. 또 하나의 사랑에게 자리를 나눠줘야 했기 때문이었다. 어느 날 밤에 앙투안의 품에 안겨 울면서 그녀가 한 말이었다.

두 개의 사랑을 한다는 건 상상만 해도 아름다운 일이었지만, 또한 몹시 어려운 일이기도 했다. 마치 하나의 진동수의 음, 그녀 가슴의 '라' 음만 내도록 고안된 소리굽쇠의 두 개의 막대처럼, 그녀의 마음이 똑같이 둘로 나뉘는 느낌이었다. 카트린은 아기를 처음 목욕시킬 때부터 큰딸에게 도와달라고 부탁했고, 엄마와 딸은 무엇이든 함께했다. 엘자, 이 아기는 네 아기란다. 카트린 가족이 여름을 보내기 위해 시골집에 갔을 때, 엘자가 어린 동생을 물에 빠뜨릴 뻔한 적이 있었다. 그때 복도에서 서성거리던 할마는 기회다 싶었는지, 신이 나서 손녀딸을 꾸짖었다. 카트린! 넌 사고를 예방하고 조심할 줄은 조금도 모르고 오로지 심리학만 숭배하는구나! 그러나 비난조로 떠벌리는 어떤 말도 카트린을 두렵게 하지 못했다. 이미 오래전부터 익히 들어서 익숙한 말들이었다. 할마, 미안한 말씀이지만 전 할마가 무슨 말을 해도 상관 안 해요. 그녀는 주저하지 않고 말했다. 할마와 카트린, 두 여자의 관계는 세월이 흘러도 해결되지 않았다.

절대로 다시 입에 올리고 싶지 않은 그 끔찍한 에피소드 후에 유모들의 행진이 시작되었다. 두 아이는 카트린에게 만만치 않은 과제였다. 지나치게 엄격한 영국인 유모, 친절하긴 하지만 너무 무른 유모, 무례하고 건방진 유모, 참을성이 없고 안절부절못하는 유모, 나이가 너무 많은 유모, 프랑스어가 서툰 유모, 밤에는 아기를 봐줄 수 없다는 유모…… 침식 제공을 조건으로 오긴 했지만, 행여 자기 침대에 아이들이 있어서 욕조로 자러 들어가는 일이 생긴다면 절대로 못 참는다고 으름장을 놓는 남편을 둔 젊은 유모도 있었다. 그들을 보며 카트린은 어떻게 해야 마음에 드는 유모를 구할 수 있을지 골치가 아팠다. 결국 아무도 구하지 못했다(관리인 말처럼 세상에 완벽한 인간은 없는 거야, 앙투안은 온종일 카트린에게 그 말을 되풀이했다. 너무 잘 고르려다가 오히려 일을 그르치는 법이라니까). 카트린도 면접을 계속한다고 해서 더 좋은 사람이 올 보장이 없다는 결론을 내렸으나, 상황은 여전히 끔찍했다. 그녀는 어쩔 수 없이 다시 광고를 냈고 면접을 보았다. 그 때문에 녹초가 되고, 기진맥진하고, 지겨워지더니 급기야 완전히 낙심하고 말았다. 솔직히 카트린에게 딸들을 다른 사람 손에 맡기고 싶은 마음이 정말 있는지도 확신할 수 없었다. 그녀가 만났던 유모들과 자신을 비교하려 들면, 아무도 그녀가 원하는 수준에 이르지 못할 것은 당연했다. 엄마의 자리를 대신할 수 있는 사람이 누가 있을까? 마침내 카트린은 하루 중 몇 시간만 돌봐줄 사람을 구하기로 했고, 스페인 출신 가정부의 도움을 받기로 했다. 가정부는 아주 상냥했고, 아이들에게 할머니 역할을 해줄 수 있을 것 같았다. 밤이면 딸들을 재우고 난 뒤에 베이비시터를 불렀다. 그녀가 택한 타협안은 되도록 칵테일파티를 포기하는 것이었는데, 빠질 수 없는 저녁 식사에도 늦기 일쑤여서 앙투안을 몹시 짜증스럽게 만들었다. 그는 이런 상황에 마지못해 적응하려고 애쓰고 있었다. 카트린은 더는 여행도 원치 않게 되었다. 말을 막 배우기 시작한 엘자가 엄마가 멀리 가려는 걸 눈치채고는 어찌나 애절하게 매달리는지 마음이 아파서 견딜 수 없었다. 아이의 그런 모습은 가슴을 찢는 것 같았고 죄책감마저 느끼게 했다. 게다가 무엇보다도 그녀는 아이들 잠재우는 시간을 좋아했다. 딸들에게 자기가 만들어낸 이야기를 저녁마다 이어서 들려주는 걸 그녀 자신도 몹시 즐겼다. 그녀는 꿈같은 모험 이야기를 연속극처럼 끌고 나갔고, 엘자는 엄마의 이야기에 여러 가지 세세한 요소들을 제공해주었다. 카트린은 둘째 딸에게 오랫동안 젖을 물렸다. 아기가 젖병 물기를 거부했기 때문이었다. 그래서 계속 모유를 먹였는데 모성애적인 육체적 접촉을 유지할 수 있는 핑곗거리가 있어서 위안을 얻기도 했다. 엘자는 말을 할 수 있게 되면서부터 아기와 같은 방을 쓰게 해달라고 졸랐다. 잠들기 전에 꼭 아기를 보고 싶어 했고, 깨어났을 때도 아기를 보고 싶어 했다. 엘자는 동생이 항상 자기 곁에 있길 원했다. 동생이 자기의 아기이기도 하다고 생각했고, 아기를 돌보는 자신의 역할을 아주 진지하게 받아들여서 한시도 동생에게서 눈을 떼지 않았다.

카트린의 일상은 어땠을까? 한마디로 일, 그리고 구속 상태. 인류의 다수는 자신의 존재를 확인하기 위한 온갖 종류의 의무로부터 심한 스트레스를 받고 산다. 카트린으로 말하자면, 집안일에 있어서 억지로 해야 하는 건 하나도 없었다. 그녀 스스로 자신에게 임무를 부여했고, 남편을 돌봤으며, 심지어 앙투안의 성까지도 받아들여서 자신을 아무개 부인으로 부르게 했다. 아이들을 돌보고, 나머지 일을 맡아서 해주는 가정부나 베이비시터들을 관리했다. 그녀는 딸들의 식사를 직접 준비했고, 가끔은 식구들을 위해 요리하는 걸 좋아했다. 하지만 앙투안은 집에서 저녁 먹는 걸 너무나 싫어했고, 미리 준비해놓은 요리나 냉동식품은 더더욱 질색했다. 어느 날, 카트린이 남편을 위해 쇠고기 스튜를 준비했다. 앙투안이 아주 좋아하는 요리였다. 전식과 후식도 다양하게 준비했다. 마치 메뉴판에서 먹고 싶은 걸 고르는 듯한 기분이 들게 하고, 그가 식당에서 늘 그렇게 하는 것처럼, 새가 모이를 먹듯이 여러 가지를 조금씩 골고루 먹어볼 수 있게 하기 위해서였다. 앙투안은 식당에 가면 언제나 12인분의 요리를 시키곤 했는데, 순전히 모든 요리를 맛보고 싶다는 이유에서였다. 한 가지를 시키고 나서 나중에 다른 걸 주문하지 못해 후회하고 싶지 않아서라고 했다. 그런 그가 그날 저녁, 아내의 명령에 마지못해서 식탁에 앉았다. 그런데 앉자마자 마치 의자에 불이라도 붙은 것처럼 갑자기 벌떡 일어나더니, 주방 벽장을 열어젖히고 안에 있는 통조림들을 모두 꺼내기 시작했다. 씩씩대면서 파상풍에 걸릴 위험까지 무릅쓰고 녹슨 따개로 통조림들을 따고는, 벽장 구석에 있던 오래된 카술레 병 과 다른 저장 식품들까지 모두 테이블 위에 펼쳐 놓는 것으로 자신의 언짢은 기분을 확실하게 표현했다. 자, 난 골라 먹는 걸 좋아하니까! 카트린은 너무 화가 나서 눈물이 나올 지경이었다. 하지만 자존심이 울음을 허락하지 않았고, 눈물이 흐르게 놔두지도 않았다. 빌어먹을! 그녀는 식탁 위에 있는 걸 모두 쓸어서 바닥에 와장창 쏟았다. 그리고 쇠고기 스튜를 화장실 변기 안에 처넣고는 물을 내려버렸다. 그가 와서 말릴 새도 없었다. 당신은 정말 완전히 돌았어! 엉망진창이야! 그래요, 엉망진창이야. 당신이 모든 걸 망쳤잖아. 당신 말대로 이 미친년은 가서 잠이나 잘게.

시골에서 보내는 주말과 휴가철을 제외하고 앙투안은 아이들을 제대로 보지 못했다. 그는 일에 파묻혀 살았다. 일을 좋아했고 옛날에도 늘 그랬다. 그는 가사를 조금도 돕지 않았고, 시간이 있을 때만 아이들을 찾았지만 아이들을 무척 사랑하는 아빠였다. 그는 아내가 아이에게 젖을 물리는 모습에 언제나 깊은 감동을 받곤 했는데, 카트린의 둘째 딸은 그를 많이 닮은 정도가 아니라 완전히 쏙 빼닮았다. 그런데도 가족 중에서 그 이야기를 하는 사람은 아무도 없었고, 아이에게 아는 체하는 법도 없었다. 아무래도 상관없었다. 카트린과 앙투안은 이미 결혼했으니까. 결국 그녀가 해낸 것이다. 두 사람은 원하던 것을 갖게 되었다. 하지만 원하던 게 정확하게 무엇이었는지 누가 알 수 있을까? 사실혼에서 정식 부부가 되었고, 가족을 이뤘으며, 겉으로 보기에는 규범을 준수하는 결혼 생활이었지만, 안을 들여다보면 모든 점에서 괴리가 보였다. 난장판 같은 생활이 지속되었으며, 모든 게 제멋대로였다. 가끔 아이들 방 옆의 손님방에서 잠을 자던 베이비시터들은 부모 방에서 들려오는 요란한 환락의 소리로 잠을 이룰 수 없는 경우가 비일비재했고, 분노하며 일을 그만두기 일쑤였다. 어느 날 아침, 엘자가 양변기 위에서 기절해 있는 여자를 발견하고는, 엄마에게 달려가서 변기 위에서 발가벗고 자는 아줌마가 누구냐고 물은 적도 있었다. 신중한 클로드는 카트린 부부와 거리를 유지하는 유일한 인물이었다. 그녀는 카트린의 아이들을 보고 싶지 않았고, 그들의 삶의 일부가 되고 싶지도 않았다. 그녀는 독점적으로 혹은 다소 공식적으로 카트린과 삶을 공유하지 않았으며, 이 불안하고 아슬아슬한 가족에게 덧붙여지길 원치 않았다.

앙투안은 저녁 식사를 집에서 하는 법이 없었다. 안정된 가정의 모습도 없고, 품행 단정한 결혼 생활도 아니었기에 카트린은 아파트나 주택처럼 두 사람이 공유할 수 있는 것을 갖고 싶어 했다. 안전한 울타리를 느끼고 싶었을 것이다. 만일 그녀가 재력가였거나, 부동산 문제에 관여할 수만 있었다면 진즉에 그렇게 했으리라. 하지만 앙투안은 돌덩어리에다 투자하는 건 저속한 속물근성에서 나온 행태이며, 그들은 아무것도 부족한 게 없을 뿐더러, 원하는 건 뭐든 다 갖지 않았느냐는 말만 줄기차게 계속했다. 당신은 대체 뭐가 불만인 거야? 그녀는 안전하고 확실한 거처를 원했다. 두 딸이 캐시미어 아기 침낭이나, 베이비 디오르 세트 안이 아닌, 그들 소유의 지붕 밑에서 보호받고 있다는 확신을 갖고 싶었다. 집에 대한 카트린의 고집이 그를 귀찮게 하기 시작했다. 그녀는 남편 모르게 십여 개의 아파트를 보러 다녔다. 좋은 아파트를 찾으면, 그를 설득할 수 있을 거라고 믿었다. 그 생각만으로도 그녀는 흥분했고, 터무니없는 공상까지 하기에 이르렀다. 하지만 그녀가 꿈꾸는 별은 거미처럼 집 짓는 비단실을 뽑아내지 않았고, 먹이도 함정에 걸려들지 않았다. 그녀의 말은 도통 앙투안에게 먹히지 않았다. 순진한 카트린은 계책을 세울 생각을 미처 하지 못했고, 그는 악의가 있어서 그런 건 아니지만, 계속해서 절대 안 된다는 말만 되풀이했다. 그는 아예 그 문제를 무시하기 시작했다. 게다가 집이나 아파트를 살 만큼 충분한 돈을 저축해둔 것도 아니었다. 그저 매일매일 충분하게 낭비할 정도의 돈만 갖고 있을 뿐이었다. 더욱이 그에게 있어서 절약한다는 생각은 집에서 저녁을 먹는다는 생각만큼이나 혐오감을 불러일으켰다. 나더러 공무원이 되어서, 베레모를 쓰고 직장에 가서 뼈 빠지게 일하고 저녁이면 퇴근 장부에 체크를 하고, 집으로 돌아올 때 바게트 하나를 사 들고 오는 그런 삶을 살라고? 교외에 코딱지만 한 아파트 한 채를 사기 위해서 매달 푼돈을 저축하는 소시민들처럼 살라는 거야? 차라리 당장 죽고 말지. 카트린은 자기 엄마처럼 살고 싶다는 말은 하지 않았다. 몽트뢰유에서 살던 때의 자클린과 앙리 모델은 아예 처음부터 머릿속에 있지도 않았다. 그들이 서민 은행의 친절한 은행장의 조언

288

으로 합법적 투자를 해서 남긴 이익에다, 저축한 돈을 합쳐서 집을 산 것도 마찬가지였다. 하지만 카트린은 두 딸 앞으로 각기 은행 계좌를 만들어서, 매달 약간씩 저축을 해줄 수 있기를 바랐다. 그래서 그 애들이 성년이 되었을 때 어느 정도 필요한 돈을 갖고 있게 하고 싶었다. 지금 저축하자고 했어? 네, 바로 그거예요, 저축이요. 그러나 앙투안에게 신중하게 산다, 검약하는 생활을 한다, 절제한다, 삼간다, 미래를 대비한다, 미리 준비한다, 앞날을 예측한다와 같이 고통을 수반하거나 초라함과 관련된 개념들은 절대로 그를 위한 게 아니었다. 아니, 그에게는 너무 시시하고 보잘것없게 보였다. 자신의 삶은 커다란 스크린 위에서 전개되어야지, 작은 텔레비전 화면에서 전개될 수 없다는 게 그의 생각이었다. 아예 가톨릭 채널에나 어울릴 법한 삶을 살지 그래? 조금의 양보도, 타협도 없었다. 그에게 열정적인 삶이란 우울한 일상에 활기를 주기 위해 지폐를 태워 빛나게 하는 거였다. 일상을 빛나게 하기 위해서는 돈이 빛을 내야 했고, 그는 매일 불꽃을 보느라 눈이 피곤했지만 기꺼이 감수했다.

어느 겨울, 카트린은 클로드와 함께 클로드 부모의 집에 갔다가 우연히 근처에 있던 코레즈라는 작은 주에 들리게 되었다. 두 여자는 계곡이 있고, 사람 손이 닿지 않은 자연이 넓게 펼쳐져 있으며, 아무런 장식도 없고, 불필요하게 덧붙여진 거라곤 하나도 없는 풍경을 보고 단박에 사랑에 빠졌다. 견고한 석조 건물들의 오래된 돌들 사이에서 진실성이 뿜어져 나오는 장소였다. 카트린은 그 단단한 흙 위에 서라면 자신도 견고하게 설 수 있을 것 같았다. 두 사람은 그 지역에서 팔려고 내놓은 집들을 방문하기 시작했다. 그러다 우연히 폐쇄된 역 앞에서 잠시 멈추게 되었는데, 마침 그때까지 문을 열고 있는 선술집이 있어서 맥주 한 잔으로 목을 축이기로 했다. 술집 내부는 지난 시대의 흔적을 고스란히 느끼게 했다. 맥주를 가져다준 여주인이 이런 구석진 동네에 뭐 하러 왔느냐고 물었다(이곳 사람들이 아니구먼, 아, 그래, 맞아, 파리에서 온 게 분명해, 한눈에 척 알아보겠네). 그 여자는 마을 언덕 꼭대기에 팔려고 내놓은 집이 한 채 있으며, 자기 숙모의 집이라고 했다. 그 집에 살지 않은 지 아주 오래되어서 지금은 거의 폐허처럼 되었다는 것이다. 아무도 살지 않은 지 벌써 수년째인지라 손 볼 데가 많은데, 여기서는 그런 큰돈을 들여서 수리할 만한 사람이 없다는 말도 덧붙였다. 카트린은 왠지 그 말에 마음이 끌렸다. 그래서 나선형으로 돌아가는 언덕길을 타고 올라가기 시작했다. 언덕길이 시작되는 곳에 '뤼페르튀'라고 쓰여 있는 녹슨 팻말이 보였다. 팻말을 보는 순간 카트린은 바로 자기가 찾던 집일 거라는 생각에 가슴이 조여오는 걸 느꼈다. 마침 내 자기 이름으로 된 집을 갖게 될 참이었다. 그녀는 이토록 마음에 쏙 드는 집을 찾은 게 꿈인가 싶어서, 클로드에 게 자기를 꼬집어보라고 했다. 아무래도 환각을 보는 것만 같았다. 하지만 분명 꿈은 아니었다. 그녀는 꿈에 그리던 집 앞에 서 있었다. 마치 동화 속 궁전 같았다. 클로드가 그 녀의 팔을 잡았다. 그녀는 카트린에게 아무것도 묻지 않았 다. 그저 사랑하는 카트린의 기쁨을 함께 나누었고, 부드 러우면서도 열정적인 입맞춤을 했을 뿐이었다. 카트린은 곧 선술집 주인의 숙모와 협상을 벌였다. 아니, 협상이라고 할 수도 없었다. 그 여자가 요구하는 가격에 그대로 승낙 을 해버렸으니까. 그래, 해보자! 난 언제든 사인할 준비가 되어 있어. 파리로 돌아간 카트린은 이 놀라운 소식을 앙 투안에게 알렸고, 앙투안은 그녀에게 농담하는 거냐고 물 었다. 그는 시골구석에 있는 바짝 마른 우물 같은 곳에 발 을 들여놓을 생각은 눈곱만치도 없다고 못을 박았다. 그딴 데서 뭘 하겠다는 거야? 당신을 기쁘게 해주고, 딸들과 함 께 지낼 집을 만들려는 거예요. 나도 나를 위한 장소를 갖 고 싶단 말이에요. 당신이 쓰는 것에 비하면 아무것도 아니 야. 물 한 방울 값도 안 된다고요. 온갖 꼴통 짓을 다 하느라 물 쓰듯 할 정도로 돈이 많으면서, 그깟 집 한 채 사는 게 무슨 상관이 있다고 그래요? 상관이 왜 없어? 내 돈이 들어가는데! 난 내 돈으로 내가 하고 싶은 일을 할 거야. 절대로 코레즈 같은 촌구석에다 집을 사는 짓 같은 건 안 해! 게다가 수리하고, 공사하고, 배관을 들이고, 귀찮은 일이 얼마나 많은데 당신은 대체 생각이 있는 거야, 없는 거야? 당신, 알아? 당신은 완전히 미쳤다고! 정신 나갔어! 제기랄, 난 절대 안 갈 거야! 카트린은 매달리고, 화를 내고, 욕하고, 흐느끼고, 울부짖었다. 그녀는 거기까지 가는 코라유 기차가 있다고 하면서 기차를 타고 가보는 것도 즐거울 거라고 말했다. 당신도 그 집을 한번 보면 마음이 달라질 거예요. 그는 안 봐도 뻔하다며 더 들으려 하지 않았다. 남편이 너무 강경하자 그녀는 몰래 그의 금고에서 돈을 훔치기 시작했다, 몇 달에 걸쳐서 마침내 필요한 액수를 다 모으는 데 성공했을 때, 그녀는 코레즈행 기차를 탔다. 그리고 앙투안을 약 오르게 하려고 클로드가 그 집을 사줬다고 말했다. 클로드는 그 말에 부인하지 않았고 결국, 앙투안은 마지못해서 공사비를 대는 데 동의했다. 하지만 여전히 그곳에 발을 들여놓지 않겠다는 뜻은 분명히 밝혔다. 절대로.

그다음은 잘 알고 있지 않은가. 소소한 것들 사이에 잊히지 않는 일들 말이다. 우리는 인생에서 뭘 간직하고 있을까? 그 인생을 어떻게 이야기할 수 있을까? 무엇을 이야기할 수 있을까? 출산 혹은 창조 외에 기대할 수 있는 게 있을까? 붙잡아둘 가치가 있는 인생이란 어떤 것일까? 우린 누구를 추억하고 있을까? 누구를 추억하게 될까?

카트린은 그 후 몇 년 더 앙투안과 함께 살았다. 그동안 두 딸은 많이 자랐고, 그녀는 불로뉴에 발레 학원을 차렸으며, 할마는 여전히 괴팍하고 까다로운 시어머니였고, 브리산의 개는 시골에 가 있는 동안 이웃 사람들에 의해 살해되고 말았다. 그래서 다른 개를 키웠는데, 그 녀석은 어느 날씨 좋은 날 소리도 없이 사라져버렸다. 아무도 그 개가 어떻게 되었는지 모른다. 그래서 이번에는 고양이 한 마리를 키웠다. 그 고양이는 창문에서 뛰어내리다 죽었다. 그들은 또 다른 개를 키웠다. 두 사람은 여전히 자주 외출했고, 카트린은 취미 생활을 하듯 계속 클로드를 사랑했다. 그러다 앙투안이 아주 젊은 여자에게 홀딱 빠지는 일이 일어났다. 코카인 중독자였던 그 여자는 뛰어나게 아름다웠다. 어느 날 밤에 열린 칵테일파티에서 카트린이 우연히 그 여자와 마주쳤는데, 두 여자는 앙투안이 사준 이브 생로랑의 똑같은 드레스를 입고 있었다. 앙투안은 타고난 바람기로 여전히 여자들을 만났고, 여기저기서 아가씨들과 정사를 가졌다. 고급 창녀들도 있었고, 오다가다 만난 여자들도 있었다. 어느 날은 앙투안이 부주의하게 아내인 줄도 모르고 카트린에게 수작을 건 적도 있었다. 옷 가게 안에서 아내의 뒷모습을 미처 알아보지 못하고 뒤태가 멋진 여자에게 추근거린 것이었다. 카트린은 앙투안에게 최소한의 존중을 요구했다. 최소한 사람들 많은 데서 싫은 내색을 하는 것만이라도 하지 말아주길 바랐고, 사람들 앞에서 대놓고 모욕을 주는 것만이라도 하지 말라고 부탁했다! 사실, 겉으로 볼 때 그건 불가능했다. 딸들은 네 살, 여섯 살이었다. 앙투안은 대부분의 밤을 매춘부들과 보냈고 집에 들어오지 않았다. 거의 정신을 잃고 횡설수설하는 카트린을 대하기가 너무 두려웠던 것이다. 보통 사람들이라면 어린 두 아이가 사는 아파트에 장전된 권총을 두는 것이 얼마나 위험한지 알 것이다. 하지만 그는 카트린이 자신을 협박하려다가 정말 미쳐버린 순간에 그 권총이 자기방어에 유용할 수 있을 거라고 보았다. 그러나 엘자가 장난으로 방아쇠에 검지를 대고서 동생에게 총을 겨누는 모습을 보고는, 자신의 부주의가 어떤 결과를 낳을지 모른다고 의식하게 되었다. 그즈음 카트린은 딸들이 다니는 학교에서 한 학부형을 알게 되었고, 그 남자가 자신을 유혹하도록 내버려두었다.

이혼남인 그는 카트린의 환심을 사기 위해 그녀에게 많은 것을 약속했다. 그리고 저녁을 카트린의 집에서 먹고, 그녀와 함께 새 가정을 꾸릴 것에 동의했다.

　카트린은 영어와 프랑스어를 함께 쓰는 미국인 학교에 딸들을 입학시켰다. 딸들만큼은 자신이 할 수 없었던, 하지 못했던 것을 다 접해보기를 원했다. 특히 충분히 시간을 들여서 학생들을 신경 쓰고, 또 학생들을 호되게 몰아치기보다는 격려를 아끼지 않는 교사들로부터 진보적이고, 엄격하면서도 동시에 유연한 교육을 받게 하고 싶었다. 그리고 어떤 값을 치르더라도 딸들이 영어를 잘하도록 만들겠다고 마음먹었다. 거기에는 그녀만의 속사정이 있었다. 그녀의 엄마가 영어를 배우지 못하게 막았던 탓이다. 자클린은 카트린이 사랑에 빠졌던 영어 교사와 함께 영국으로 연수를 받으러 가겠다고 하는 걸 반대했다. 카트린의 나이가 열여섯 살이었기에, 단호하게 반대할 만도 했다. 카트린이 어떻게든 영국에 가려고 뒷머리를 굴리고 있을 때, 자클린은 딸의 교활한 꾀를 예상하고 먼저 선수를 쳐서 선생을 만났다. 감정에 민감하고, 사랑에 빠져 있던 사춘기 소녀에게 면담은 너무나 모욕적이었다. 그래서 그 후로 다시는 학교에 가지 않았다. 이 일로 카트린은 엄마가 내렸던 금지 조치를 평생 가슴에 담게 되었다. 영어를 배우겠다는 딸의 의지를 엄마가 독살스럽게, 심술궂게, 어리석게, 영악하게 방해하다니! 카트린에게 딸들의 교육은 자기가 받았던 교육과 모든 면에서 완전히 반대여야 한다는 원칙이 가장 우선했다. 그랬기에 영어는 그 어떤 과목보다도 중요한 과목이 되었다. 그럼에도 카트린의 엄마는 손녀들에게 완벽한 할머니였다. 자클린이 놀랄 만큼 아이들을 잘 돌봤기에, 카트린은 규칙적으로 딸들을 엄마에게 맡겼다. 발레 학원 위층에 있는 아파트에 아이들을 맡기러 갈 때마다, 그녀는 딸들이 할머니 품에 달려가 와락 안기는 것을 보곤 했다. 엄마, 잘 있었죠? 그녀는 입꼬리만 살짝 올리고는 경멸의 표정과 함께 그녀에게서 좀체 볼 수 없는 인색한 태도로, 닿을락 말락 살짝 뺨을 스치고는 내뱉듯이 말했다. 자, 그럼 난 갈게요. 엘자, 비올렌! 두 분 말씀 잘 들어야 해. 정신 사납게 소란 피우면 안 돼, 알았지? 그러면서 집 앞에 주차한 새 자동차 오펠에 올라탔다(딸이 또 새 차를 산 걸 보고 입이 쩍 벌어진 엄마를 향해 카트린이 말했다. 네, 또 바꿨어요. 신경 쓰지 말아요. 사람들이 왜 난리인지 모르겠네. 게다가 재규어는 파리에서 타고 다니긴 좀 불편했었어). 그녀는 차창을 내리고 2층 창문에 있는 딸들에게 손짓으로 인사했다. 딸들은 마크라메 레이스로 만든 커튼 뒤에서 엄마에게 입맞춤을 날려 보냈다. 카트린은 예전에 할머니의 손에서 나던 래커 냄새와 늙고 떨리는 손가락을 기억했다. 그녀는 펠트 외투의 안감으로 할머니의 쭈글쭈글한 손을 문질러 따뜻하게 해주곤 했었다. 자신도 모르게 깊은 한숨을 내쉰 카트린은 (웬 감상적인 기분이람! 괜히 향수에 젖어서……) 담배 연기를 내뿜으며 눈물을 닦았다. 그녀는 자기 엄마와 딸들이 따뜻한 사랑의 띠로 연결되어 있다는 것에 자랑스러움을 느꼈다. 동시에 엄마와 주고받은 거친 말과 쓴 감정으로 마음에 가책을 느끼기도 했다.

카트린은 굉장한 부르주아가 되었어. 자클린은 딸이 화려한 액세서리와 사치한 차림으로 으스대는 것을 바라보면서, 저 애는 나도 속일 수 있다고 믿는 건가 하고 생각했다. 자클린은 자기 딸이 어디 출신인지 알고 있었다. 그녀는 딸이 주는 선물들을 거절하지 않았지만(카트린은 엄마에게 매우 값비싸고 아름다운 것들을 많이 선물했다), 아무짝에도 쓸모없는 바보 같은 것들에다 그처럼 많은 돈을 낭비하는 건 비상식적이고 부조리하다고 여겼다. 카트린도 동의하고 싶었지만, 엄마 말이 옳다고 인정하는 건 죽어도 할 수 없었다! 원래 아무 쓸모도 없는 것, 그게 더 아름다운 거야! 앙투안은 시라노의 대사를 인용하면서 말했다. 카트린은 자기 엄마 앞에서 항상 남편 편을 들었다. 그녀는 오직 사랑만을 원칙으로 여겼다. 자클린이 자기더러 딸들을 왜 엄격하게 교육하지 않느냐, 가르칠 건 가르쳐야 한다, 다 큰 나이가 되도록 젖병을 물고 있게 내버려두는 건 부끄러운 짓이다, 필요할 땐 애들에게 벌도 세워야 한다, 지금부터 좋은 습관을 들여놓지 않으면 나중에 힘들다, 등등의 말로 비난할 때도 카트린은 사랑을 내세워서 반박했다. 나는 내 딸들을 누구보다 사랑한다, 그러니 교육에 대해선 왈가왈부할 게 없다, 내가 사랑이 중요하다는 걸 조금만 더 일찍 알았더라도 지금보다 훨씬 더 잘 살았을 거다. 엄마한테 배울 교훈은 하나도 없다는 말도 잊지 않았다. 카트린은 사회적 위치에서 어느 정도 관록이 붙은 데다가, 엄마가 된 것에 매우 자부심을 느꼈다. 그녀가 쓰는 돈은 그녀를 권위 있는 사람처럼 보이게 해주었다. 훗날 카트린은 돈이 있으면 사람들을 다루기가 훨씬 쉽다는 말을 자주 했다. 사람들은 항상 지폐 뒤에 줄을 서는 법이야. 남편이 적어도 그것 하나는 아내에게 확실히 가르쳐 준 셈이었다.

앙투안은 여전히 그녀를 사랑했고, 카트린은 여전히 그에게 미쳐 있었다. 그녀를 괴롭히는 게 바로 그 점이었다. 털이 많고 볼품없는 몸매, 가느다란 장딴지, 불룩 나온 배,

곱실거리는 긴 털로 덮여 있는 빈약한 어깨, 살 속으로 파고드는 발톱에다 보기 흉하게 일그러진 발, 서투른 손, 섬광을 발하며 번쩍이는 사고력, 믿을 수 없을 정도로 박학한 지식, 달콤한 사랑의 말들, 일이 생길 때마다 들고 오는 꽃다발(그녀는 가차 없이 바로 그에게 내던지곤 했다), 그가 보여주는 모든 것, 그의 정신뿐 아니라 육체까지도 그의 모든 것이 그녀의 일부였다. 앙투안은 불꽃처럼 타오르며 그녀 안에 살고 있었다. 그 불꽃은 세월이 흐를수록 꺼지는 게 아니라 오히려 그의 엉뚱한 짓, 엉뚱한 실수로 인해 계속 다시 타올랐다. 그녀는 그가 실패하면 그와 함께 분노했고, 그가 성공하면 함께 기뻐하고 자랑했다. 그의 성공과 실패는 자신의 성공과 실패였고, 무엇보다도 그녀는 그와 고락을 함께하는 아내였다. 그녀는 그의 합법적인 배우자였다. 그래서 결혼 생활에 최소한의 규칙을 부여할 의무가 있다고 생각했다. 왜 정상적으로 살려고 노력하지 않죠? 젠장, 왜 좀 평범한 사람들처럼 살려고 단 2분도 애쓰지 않는 거예요? 정상? 그것처럼 광대하고 모호한 문제가 어딨어! 그들은 어떤 규범에도 들어맞지 않는 커플이었다. 천방지축, 어디로 튈지 모르는 한 쌍이자, 기준 파괴를 일삼는 한 쌍이었다. 그들은 어느 것 하나 보통 사람들처럼 하지 못했다. 심지어 똥 싸는 것까지도 정상적으로 지나가지 않았다. 그들은 똥 싼 이야기로 몇 시간씩 대화할 수 있었고, 똥 하나로도 많은 문제를 일으켰다. 똥을 너무 많이 쌌다, 충분히 싸지 못했다에서 더 나아가, 당신이 내 얼굴에 똥칠을 했다느니, 그래, 당신 똥이 더 굵다느니, 똥 묻은 개가 뭐 묻은 개를 나무란다느니 하면서. 정상적인 거라곤 하나도 없었지만 남아돌 만큼 많은 사랑이 있었다. 그들은 딸들을 광적으로 사랑했고, 아이들의 사랑스러운 쪼끄만 발에 수도 없이 뽀뽀했으며, 온몸을 간질이면서 웃었다. 게다가 아이들의 살굿빛 성기는 또 얼마나 예쁘고 사랑스럽던지, 그들은 거기에도 수없이 입을 맞추곤 했다. 그들은 아이들의 사랑스러운 모습 앞에서 황홀하여 어쩔 줄 몰랐고, 아이들이 얼굴을 찌푸리거나 익살을 부릴 때면 목젖이 다 보이도록 크게 웃어젖혔다.

   클로드는 아마도 자신의 시간이 왔으며, 자신에게 기회가 올 것으로 생각했을 것이다. 그녀는 기다렸다. 그녀는 카트린을 몹시 사랑했다. 카트린이 사랑의 선택을 할 수 있을까? 카트린은 새 발레 학원을 열었고, 마르세유에서 느꼈던 자신감을 되찾길 바랐다. 그리고 마지막으로 앙투안에게 학교 바로 옆에 아파트를 사자고 졸랐다. 이번에는 왠지 앙투안이 자신의 부탁을 들어줄 거라고 믿었다. 그녀는 앙투안이 비열한 놈이라는 걸 확신했으면서도, 결국엔 두 딸을 데리고 떠날 결심을 했으면서도, 왜 그렇게 믿었을까? 그리고 어디로 떠날 생각이었던 걸까? 바로 그 시점에 클로드가 그녀에게 두 팔을 내밀었다. 클로드는 자기와 함께 살자고, 소심하게 굴지도 말고 두려워하지도 말라고, 사회적인 시선 같은 건 무시하라고 말했다. 카트린, 레즈비언으로 보이는 게 두려운 거니? 그런 거야? 아니. 그녀가 두려워했던 건 사회적 시선이 아니었다. 그녀는 남자가 필요했다. 그녀를 자기 자리에 있게 해줄 수 있는 사내, 그녀에게 위치를 부여해줄 수 있는 그런 사내. 그녀는 생각했다. 그래, 어쩌면 클로드와 함께 살 수도 있을 거야. 그럴 수도 있겠지. 하지만 카트린은 언젠가는 한 송이 꽃을 따듯이 자신을 따러 오는 남자를 만나게 될 걸 알고 있었다. 클로드는 이번에도 그녀를 기다렸다.

그 남자는 알제리 출신의 프랑스인이었다. 아마도 카트린에게는 그 사내가 앙리를 떠올리게 해주었을 것이다. 앙리가 알제리에서 복무하던 시절에 대해 그녀에게 자주 이야기해주었으니까. 그 남자에게는 두 아이가 있었고, 전처는 영국인이었다. 두 사람은 연애를 시작했다. 카트린은 그것을 앙투안에게도 클로드에게도 숨기지 않았는데, 클로드에게 고백하기가 더 쉽지 않았다. 그녀는 핑계를 대고 그 남자와 함께 여행을 떠났다. 앙투안은 그녀의 말을 그대로 믿진 않았지만, 굳이 마음을 다시 돌릴 생각도 없었다. 그 역시 그즈음 새로 만난 여자에게 빠져서 정신이 없었다. 엘자와 비올렌은 할아버지와 할머니 집에서 주말과 공휴일을 보내는 일이 점점 더 많아졌다. 앙리와 자클린은 언제든지 손녀들을 두 팔을 벌려 환영했다. 이 정도 횟수라면 자기 손으로 두 아이를 다 키웠다고 해도 과언이 아닐 거라며 공로를 강조했다. 카트린과 앙투안 커플이 눈부신 시간을 지나는 동안 잠시 휴지기에 들어갔던 모녀의 직업적 경쟁은 카트린이 발레 학원을 차리자마자 곧 재개되었다. 카트린의 발레 학원은 빠른 속도로 신입생이 늘어났다. 그녀는 불안을 없애기 위해 진정제와 진통제, 수면제에다 아침의 몽롱한 상태를 씻어내기 위한 각성제 등 온갖 알약을 섞어 과용하면서도 학원 운영을 꽤 잘해나갔다. 그녀는 술을 많이 마셨고, 때로는 지나치게 많이 마시기도 했다. 시간이 지나면서 외출이 점점 줄었고, 혼자서 술을 마시기 시작했으며, 조용히 있고 싶어 했다. 딸들과의 관계는 복잡했다. 그녀는 금방 인내심을 잃곤 했다. 그녀는 자신의 부재가 아이들을 불안하게 한다는 것을 알고 있었다. 아이들은 그녀의 모든 치부를 다 보았고, 그런 아이들의 시선이 카트

린에게 큰 죄책감을 느끼게 했다. 두 딸의 눈빛을 보고 싶
지 않아서 아이들의 눈알을 뽑아버릴 수도 있을 것 같았
다. 엄마! 엄마! 엄마아아아아아아! 딸들은 엄마를 부르고,
부르고, 또 불렀다. 아이들은 그녀가 말하는 것도 뚝 끊게
만들었고, 전화하는 것도 방해했으며, 심지어 화장실에도
가지 못하게 만들었다. 두 딸은 항상 뭔가를 필요로 했다.
엄마? 엄마, 어딨어? 엘자와 비올렌은 아파트의 긴 복도를
가로질러 합창을 하곤 했다. 나 여깄어, 젠장! 엄마 화장실
에 있다고! 엄마 주방에 있어! 엄마는 밤의 여왕처럼 목청
을 있는 대로 소리를 질렀다. 나 여기 있어어어어어어어어
어! 여기 있다고오오오오오오! 어떻게 된 게 이 집에선 오
줌도 한 번 조용하게 쌀 수 없을까? 계속 이렇게 엄마를 괴
롭히면 나도 더는 못 해. 더는 이렇게 못 한다고, 알아들어?
그러면 아이들은 순식간에 얼어붙어서 입도 벙긋하지 못
하다가, 이어서 울기 시작했다. 미안해, 엄마, 미안해, 사랑
하는 엄마! 그러면 카트린은 아이들에게 소리를 질렀던 걸
금방 후회했다. 아니, 너희들 잘못이 아니야. 오, 내 사랑하
는 딸들아, 그건 너희들 잘못이 아니야. 오히려 내가 사과
를 해야지, 용서해다오, 제발. 너희들은 엄마가 세상에서 제
일 사랑하는 존재야. 하지만 엄마가 너무 피곤해, 그래서
그랬던 거야. 그런 와중에도 그 사내는 끊임없이 카트린에

게 추파를 던지며 유혹했고, 언제라도 그녀를 받아들일 준비가 되어 있었다. 물론 딸들까지도. 그들은 머지않아 대가족을 꾸리게 될 터였다. 클로드는 질투의 심정을 억제했다. 그녀는 자기가 카트린에게 노리갯감이었다고 생각했다. 카트린은 끝까지 그녀를 바보로 만들 셈이었던 걸까? 벌써 10년이었다, 앙투안과 함께 공동생활을 한 것이! 카트린도 클로드와 취미처럼 사랑하는 관계를 이어온 게 10년이었다. 10년이란 결코 짧은 세월이 아니었지만 카트린이 정말 원한 건 앙투안과의 재결합이었고, 그들이 이전처럼 쿵짝이 잘 맞는 부부 사이로 돌아가는 것이었으며, 그들의 욕망이 서로 화해하는 것이었다. 그녀는 앙투안에게 최후통첩 대신에 20쪽이 넘는 편지를 썼다. 틀린 맞춤법과 시와 저속한 어휘와 과장된 표현으로 가득한 편지였다. 하지만 그는 눈 하나 깜짝하지 않았다. 아니, 편지를 읽기나 했을까? 카트린은 그가 편지를 읽었을 거라고 확신하지 못했다. 그녀는 고통스러워 죽을 것 같았다. 하지만 딸들을 위해서라도 감정을 자제해야 했고, 앞으로 계속 나아가야 했다.

앙투안은 계속 거짓말을 하면서 그녀를 옆에 붙잡아두려고 애썼다. 정부와의 관계를 곧 끊겠노라고 약속했지만 실은 그럴 생각이 전혀 없었고, 양다리를 걸쳤다. 당신, 그러다가 그 바보 같은 장난 때문에 종국에 모든 걸 잃고 말거야. 카트린이 경고했다. 그 사치스러운 창녀가 얼마 가지 않아서 당신에게 싫증을 안 낼 것 같아? 이 불쌍한 양반아, 내가 장담하지. 당신이 아무리 그 여자 비위를 맞춰봤자 두 달이면 끝날 거야. 당신이 꼬리를 내리고 내 치마폭 안으로 돌아와도 그땐 벌써 늦었다는 걸 알아야 해! 카트린은 아직 자신이 강하다고 느꼈고, 그녀가 앙투안을 얼마나 사랑하는지 잠시 잊었다. 그녀는 앙투안이 자기에게 혐오감을 주었던 일들에 집중했다. 그를 죽도록 증오했고, 끔찍한 복수로 절대로 일어서지 못하게 만들고 싶었으며, 그가 고통스럽게 천천히 죽어가는 걸 보고 싶었다. 하지만 세상에 정의란 건 없었다. 죽을병에 걸린 건 앙투안이 아닌 클로드였다. 유방암 4기에 림프의 전이가 너무 빨리 진행되어서 곧 극심한 고통을 겪을 거라고 했다. 카트린은 그 소식을 듣고 너무나 큰 두려움을 느꼈지만, 동시에 자신도 깜짝 놀랄 정도로 냉정하게 받아들였다. 카트린은 아픈 환자를 옆으로 밀어냈다. 그녀는 머뭇거릴 시간이 없었다. 클로드를 보러 두세 번 병원에 가긴 했다. 그러나 마지막 단계에 접어들었다는 이야기를 듣고는 병문안 가는 것마저 그만두었다. 클로드는 혼자 쓸쓸히 세상을 떠날 것이다.

카트린은 할머니의 죽음을 지켜보지 못했던 과거를 떠올렸다. 그녀는 이번에도 연인이 운명에 자신을 맡기도록 내버려뒀다. 카트린은 1984년 6월에 앙투안을 떠났다. 두 딸은 엄마의 새 남편 집인 바렌가 59번지 아파트로 이삿짐을 옮기는 동안, 할머니 집에서 방학을 보내기로 했다. 이사를 가면 아이들은 방 하나를 넷이서 쓰게 될 터였다. 카트린은 큰 방에 칸막이들을 세워서 네 아이가 같은 공간에 있으면서 동시에 각자의 영역을 가질 수 있게 해주었다. 학년이 끝나고 여름방학이 시작될 때 카트린은 아이들에게 진지한 어조로 말했다. 두 딸의 눈물 앞에서 엄마도 흐느끼지 않을 수 없었다. 그녀는 아이들을 품에 꼭 껴안고 말했다, 사랑하는 내 딸들! 물론 엄마도 여전히 아빠를 사랑해. 그리고 아빠는 여전히 너희들 아빠야. 아빠는 너희들을 영원히 사랑할 거야, 당연하지. 엄마가 맹세하는데 다른 방법을 찾을 수 있었다면 엄마도 이렇게 하지 않았을 거야. 이건 엄마도 원했던 게 아니란다. 사랑하는 딸들아, 울지 마. 제발 부탁이야. 너희들이 이러면 엄마도 너무 마음이 아파. 카트린은 딸들에게 약속했다. 저녁마다 아빠가 딸들을 보러 올 거라고, 그리고 방학 때마다 아빠와 함께 보낼 수 있을 거라고.

실제로 카트린과 앙투안은 두 딸과 함께 오성급 호텔이나 개인 풀장이 딸린 커다란 방갈로로 바캉스를 떠났다. 카트린과 앙투안은 여전히 서로를 사랑했다. 첫째 날은 그럭저럭 괜찮았지만 둘째 날부터 사이가 점점 악화하고, 악화하고, 악화했다. 그녀는 다시 두 딸을 데리고 친정으로 떠났고, 그녀의 엄마는 건방진 딸에게 모욕감을 줄 기회를 얻어서 만족스러워했다. 아, 별일 없어요, 별일 없어. 엄마, 제발 입 좀 다물고 있을 수 없어? 우리 딸들 걱정은 안 해도 돼. 아이들은 괜찮을 거야! 괜찮고말고. 부모가 이혼했다고 세상이 다 끝난 건 아니잖아. 우리 시대에 이혼한 부모들이 얼마나 많은데, 그것보다 훨씬 더 끔찍한 일들이 너무 많아요. 우리 딸들은 잘 견딜 테니 두고 봐. 그리고 애들은 매일 자기 아빠를 만날 거야. 그가 약속했어요, 저녁마다 아이들을 보러 오겠다고 했다니까. 게다가 대식구들을 불러 모으는 일을 얼마나 중요하게 생각하는 사람인데! 방학이 끝나고 새 학년이 시작되었다. 아이들은 새 가정에 잘 정착했고, 앙투안은 저녁마다 아이들이 잠들기 전에 집에 들렀다. 아직 정식 이혼을 하기 전이었다. 두 딸은 잠깐의 과도기일 뿐이고, 언젠가는 아빠가 완전히 돌아와서 모든 게 질서 속으로 혹은 그들에게 너무나 익숙한 무질서 속으로 다시 돌아갈 수 있기를 간절히 바랐다. 카트린은 새 연인의 두 자녀 양육권을 얻어내는 데 성공했다. 파리의 최고 변호사이자, 앙투안의 친구 덕분이었다. 앙투안은 그 친구와 카트린 사이에 무슨 관계가 있지 않았는지, 적어도 성관계가 있었는지 의심하기도 했다. 세상에, 똥 묻은 개가 겨 묻은 개 나무라는 격이지! 어쨌거나 카트린은 새로 구성된 가족이 주중에도 함께, 그리고 격주에 한 번씩은 주말 내내 함께 지낼 수 있는 권리를 얻었다. 이제 카트린과 두 딸, 그리고 그 남자와 그의 아들딸로 이뤄진 가족이 되었다. 그 집의 남매는 카트린의 아이들과 같은 나이였다.

그는 정말 무미건조한 남자였다. 특징이랄까 입체적인 면이 너무 없어서 그를 묘사하기란 쉽지 않았다. 그는 상스러운 얼굴을 가졌고, 턱은 전형적인 마초들에게서 볼 수 있는 각진 턱이었으며, 커다란 코는 넙적했고, 머리카락은 구둣솔처럼 짧은 스포츠형이었다. 작고 못되게 보이는 눈, 꽉 다문 입술, 움푹 들어간 턱, 늘어진 볼살, 한마디로 첫인상이 좋은 얼굴은 아니었다. 카트린이 대체 그에게서 무엇을 발견했는지는 아무도 모른다. 어쨌든, 대가족을 거느린 카트린은 나무랄 데 없는 엄마였다. 그녀는 두 사람이 함께 구입한 볼보 밴에 아이들을 태워서 학교로 데려다주고 데리고 오는 건 물론이고, 이 꼬마 공동체가 학교 밖 교육 활동을 하도록 운전기사 노릇을 톡톡히 했다. 저녁 시간 이후에는 딸들을 보러 오는 전남편을 맞이했다. 그러니까 그들의 관계는 아주 복잡했다. 두 사람은 자기들이 옳은 결정을 내린 건지 확신할 수 없었다. 특히 그녀는 더욱 그랬다. 카트린은 자신이 가족들과 함께 있길 원한다는 걸 알고 있었다. 게다가 카트린의 말이 옳았다. 카트린이 떠난 지 얼마 되지 않아서 그 매춘부도 앙투안을 떠난 것이다. 물론 그는 다른 여자를 찾았다. 단 1초도 혼자 있지 못하는 남자였다. 그리고 이 말을 꼭 해야 하는데, 그는 선택 장애가 있었다. 그래도 그가 사랑하는 여자는 카트린이었다. 그는 그녀에게 돌아오라고 간청했지만 너무 늦었다. 아이들은 안정되어갔고, 이미 새 학년이 시작되었으며, 그녀는 아이들을 모두 테니스와 발레 학원에 등록시켰다. 적어도 그들은 모두 함께 모여서 저녁을 먹었다. 게다가 코레즈의 별장이 있었다. 그곳은 마침내 사람이 살 만한 모습을 갖추게 되었다. 그러니 너무 늦은 것이다. 1년 후에 앙투안은 이혼해달라고 그녀를 성가시게 했다. 그리고 그녀는 2년 뒤에 앙투안과 이혼하고, 3년 후에 재혼했다.

재혼한 카트린은 자신의 40번째 생일을 축하했다. 그녀는 가족들에게 둘러싸여서, 만우절에 태어났다는 이유로 물고기 모양의 사과 케이크에 꽂힌 촛불을 껐다. 아이들은 자랐고, 그녀는 아이들에게 일일이 생일 파티를 열어주었다. 마술사와 어릿광대를 부르고 많은 손님을 초대했다. 하나같이 가장무도회가 있는 멋진 파티들이었다. 바캉스만큼은 둘로 나뉘어서 보냈다. 한쪽 아이들은 친아빠 집으로 갔고, 다른 아이들은 친엄마 집으로 갔다. 그리고 길지 않은 겨울방학은 스키장과 코레즈에서 보냈다. 카트린이 만든 코레즈의 별장은 성공적이었고, 그녀는 그 집을 몹시 자랑스러워했다. 카트린이 재혼한 지 얼마 되지 않아서 대공사가 시작되었다. 결혼 준비를 하고, 별장 공사를 하고, 아이들을 돌보고, 학원 운영이 동시에 이루어졌다. 그녀는 사랑해서 결혼했다기보다는 같이 살 남자가 필요했다. 그녀는 그와 한 침대를 쓰고 삶을 공유했지만 서로를 잘 안다는 확신도, 공통된 취미가 있다는 확신도 없었다. 하지만 그런 게 꼭 필요한 걸까? 그녀는 사랑에 데인 여자였다. 이제 사랑하지 않고도 누군가와 살 수 있었다. 그가 좋은 아빠라고 믿었고, 그들 가족이 탄 배를 안전한 항구로 인도해줄 거라고 믿었다. 하지만 어떤 항구? 어떤 배? 그녀는 그냥 흐름에 자신을 맡겼고, 그 배가 불로뉴 숲에 있는 파리 동물원에서 본 배와 약간 닮았다는 이유로 올라탔다. 모두가 매혹적인 강물 위에 떠 있는 배에 올라타고는 "야호! 멋지다!" 하고 외쳤다. 그녀는 정말 배가 이끄는 대로 가려고 했던 것일까? 그녀는 스스로 그 배에 올랐다. 두 눈을 가린 채. 새 남편에게 전남편이 올 때마다 자리를 피해 달라고 부탁한 건 카트린이었다. 앙투안이 경쟁자를 의식하지 않고 자기 딸들을 만날 수 있게 하기 위해서였다. 그는 오래 고민하지 않고 수월하게 부탁을 들어주었다. 그는 집에 와서 저녁을 먹은 후에, 거기서 멀지 않은 자기 사무실로 돌아갔다. 그리고 어떤 때는 근무 시간이 훨씬 지나 갑자기 업무가 폭주하는 바람에 아주 늦게 돌아오는 날도 있었다. 그는 모두가 잠들고 난 뒤에 돌아왔다. 카트린은 그가 콘퍼런스에 참석하기 위해 여행을 떠난다고 해도 조금도 의심하지 않았다. 그처럼 양복과 가죽 모카신에, 소형 서류 가방을 들고 다니는 남자들은 원래 사업상 여행이 잦은 법이라고 생각했다. 그랬기에 그가 벌써 몇 달 전부터 비서와 불륜 관계였다는 걸 알았을 때 정말로 깜짝 놀랐다. 게다가 그 여자가 첫 번째도 아니었다. 그녀는 너무 놀라서 할 말을 잃을 정도였다. 자신이 그렸던 그 남자의 초상화에 너무나 부합되지 않았으니까. 벽난로 위에 걸어두었다고 생각했던 일상의 그림에도 부합되지 않았다. 하지만 그것은 단순한 옥의 티가 아니었다. 벽 전체를 폭발시킨 폭탄이었다. 그녀가 사랑했던 남자, 온 마음을 다해 사랑했던 남자를 떠났던 건, 이처럼 한심한 남자와 살기 위해서가 아니었다. 절대로.

카트린의 삶은 꼬였다. 지옥의 여신은 바보가 아니었다. 그녀는 조롱당했고, 모욕당했고, 배신당했다. 사람들은 여왕 카트린을 진흙탕 속에 나뒹굴게 던져버렸다. 지옥의 여신은 바보가 아니었다. 카트린은 자신이 가진 것 중에서 가장 비싼 것을 볼모로 잡고 복수했다. 그녀의 인생만으로는 배반이라는 중죄와 씨름할 수 없었다. 그녀의 삶만으로는 충분치 않았다. 인류 전체에다 책임을 돌려야 했다. 인류의 부패, 남자들의 비열함에 책임을 돌려야 했다. 남자들은 비열하고, 저속했다. 남자들은 성기로만 생각하는 돼지들이고, 모두가 역겨운 존재들이었다. 그녀는 그런 비열하고 더러운 놈의 딸이었다. 지옥의 여신은 바보가 아니었다. 그녀는 신들의 뜻을 경고하는 존재였다. 신들이 매일 그러는 건 아니지만, 가끔은 마침표를 찍어주기 위해 여기 존재한다. 아니, 솔직히 말해서 그건 아니다. 과장이다. 이제 더는 가망이 없다. 모든 게 끝장났다. 게임은 이미 결판이 난 것이다. 앙투안의 가방 안에 들어 있는 권총만 손에 넣을 수 있다면 카트린은 모두를 죽여버릴 수도 있었다. 하지만 무기가 없는 카트린은 발레 학원에 불을 지르는 것부터 시작했다. 엄마에게 그 학원을 다른 사람에게 양도하지 않을 수 없었다는 걸 고백하고 싶지 않아서였다. 행정적인 업무며, 직원들 관리, 아이들 등록 문제, 노인들의 스트레칭 교실 운영 등의 일을 지금 당장은 감당할 수 없었다. 그녀는 자신의 육체와 인생을 쓰레기장으로 만들었던 이 쓰레기들과의 문제를 해결하기 위해서 모든 일을 잠시 쉬어야 했다. 우라질, 그놈들은 아직 한 번도 카트린의 분노를 제대로 본 적이 없었다. 깊이를 측량할 수 없는 그녀의 분노는 이내 맹렬한 불이 되었다.

그녀는 만삭이 된 비서의 내장을 꺼내는 짓도 서슴없이 할 수 있었을 것이다. 손톱으로 배를 가르고 태아를 꺼낼 수도 있었을 것이고, 그 사생아를 자기 엄마의 핏속에 빠져 죽게 만들 수도 있었을 것이다. 정말 그녀는 그렇게 할 수 있었다. 하지만 거기까지 가지 않았다. 그녀는 부두교의 인형에 바늘을 찔러대는 대신, 작은 개를 해부하는 것으로 끝냈다(그녀는 얼마나 많은 동물이 가정에서 무사히 행복하게 지내는지는 생각도 해보지 않았다) 카트린이 밀회를 발견했을 때, 그 여자는 임신 7개월째였다. 약혼자가 있었지만 이미 꽤 오래전부터 사장과 불륜 관계였으니, 그 아이가 천치의 아이가 아니라는 보장이 어디 있을까? 자기 애의 아빠가 누군지도 모른다면 창녀가 따로 없지 않은가? 더럽고 불결했다. 정말 개 같은 일이었다. 카트린은 이미 난관 수술을 했다. 그녀가 두 딸의 아빠를 떠나면서 가졌던 한 가지 확신은 앙투안 외엔 결코 다른 사람이 없을 거라는 믿음이었다. 남편이 아내가 아닌 다른 여자를 임신시킨다는 건 상상만 해도 얼마나 모욕적인가! 그녀에게 있어서 여러 잠자리의 애들을 갖는다는 건 여전히 저속함의 극치였으며, 저급함 그 자체로 보였다. 그녀는 소스라치게 놀랐고, 반발했다. 그녀는 완전히 가루로 박살내는 절대적인 힘으로 그들에게, 그 족속들에게 복수하고 싶었다. 그들을 능가하는 힘으로 한주먹에 그들을 가루로 만들 수 있을 것 같았다. 그래서 그녀는 가장 악랄한 방법으로 복수했다. 결국 희생되는 건 자기 자신이라는 걸 미처 의식하지 못한 채 자신에게 복수한 것이다. 우선 발레 학원에 불을 지르는 것부터 시작했다. 그다음에 개를 죽였고, 그다음에는 남편의 소소한 비밀부터 시작해서 공금 횡령과 하루 이틀 전에 시작된 게 아닌 온갖 종류의 비리들을 모조리 사장에게 일러바쳐서 그의 경력을 깡그리 파괴해버렸다. 그는 소송을 당했고, 그들 부부는 유리창 깨지는 소리와 수치와 공포의 고함을 지르면서 몰락해갔다. 겁에 질린 아이들은 방에 납작 엎드려 있었고, 밤에 화장실 가기 위해 방을 나서는 것도 감히 하지 못했다. 그래서 막내가 열 살인데도 침대에서 오줌을 싸기 시작했다. 그러고 나서 카트린은 피신했다. 그녀는 긴급 대책을 세워서 앙투안의 조언에 따라 프리들랑가에 있는 아파트로 들어갔다. 앙투안은 새 아내와 다른 곳으로 이사하면서, 그 아파트의 일부를 사무실로 개조해 둔 상태였다.

앙투안은 재혼했다. 카트린이 재혼할 때 그 역시도 재혼했다. 이제 그는 카트린이 원한다고 해서 아무 때나 찾을 수 있는 사람이 아니었다. 그는 이제 카트린과 함께 살고자 돌아올 수 있는 사람이 아니었고, 이미 깨져버린 그들의 가정은 다시 조각들을 모아 붙일 수도 없게 되었다. 어쨌든 카트린은 예전에 살던 아파트를 되찾았다. 그녀가 골라서 온 바닥에 깔았던 푸른 바다색의 두꺼운 융단, 그녀가 가족들을 위해 찾아냈던 소파, 그녀가 수집한 양탄자들, 대리석 식탁, 침대, 커튼…… 그녀는 그 커튼에 목을 매고 싶었을 것이다. 커튼의 가로막대 핀들로 자신을 찌르고 싶었을 것이다. 끝장을 내기 위해서. 그랬다, 끝내야 했다. 클로드의 죽음이 그녀를 잡으러 쫓아왔다. 클로드의 유령이 그녀를 사로잡고자 꿈속에 나타났기에 카트린은 단 몇 분도 계속해서 잠을 잘 수 없었다. 수면제와 진정제를 먹고 아무리 위스키를 마셔도 소용없었다. 잠깐 잠이 들었다가도 누군가가 뒤에서 머리카락을 잡아당기는 듯한 기분이 들어서 소스라치게 놀라 깨곤 했다. 하얀 가운을 입은 악몽 속의 남자들이 다시 돌아왔다. 마구 잘린 몸통과 팔다리가 그녀를 쫓아다녔고 금속 기계 돌아가는 소리가 들렸다. 아냐, 아냐, 난 아니야. 이건 아냐! 클로드가 죽은 건 그녀 때문이 아니었다. 남자들이 조롱하며 비웃은 것도 그녀 잘못이 아니었다. 바로 그런 순간을 골라서 폴이 15년의 침묵을 깨고 그녀에게 편지를 보내왔다. 카트린이 어디 있는지 몰랐기에 그 편지는 자클린에게 보내졌다. 카트린은 폴이 남긴 번호로 전화를 걸었다. 폴, 마침내 그녀를 구해줄 남자. 폴이 그녀를 구해주러 돌아올 것이다. 하느님 감사합니다. 하느님을 찬양하라. 폴, 고마워요.

  카트린은 그들이 마지막에 헤어지던 날처럼 바로메트로 카페에서 폴과 만나기로 약속했다. 주변의 환경은 최악이었다. 얼굴에 비가 내리쳤지만 그녀는 여전히 아름다웠다. 약간 마르고, 약간 창백해지고, 초췌해진 얼굴에 더는 예전의 싱그러운 젊은 여자가 아니었으나, 여전히 예쁘고 눈부셨다. 폴도 재혼해서 아들이 둘이었다. 카트린의 딸들보다 한 살씩 어렸다. 물론 폴은 여전히 그녀를 사랑했다. 그녀는 폴의 따뜻한 품과 그의 고요함과 세심한 배려를 다시 찾았다. 그들은 함께 밤을 보냈다. 그녀가 지난 15년 동안 한 번도 가본 적 없는 아주 작고 초라한 호텔이었다. 그와 사랑을 나누면서 카트린은 울었다. 첫날밤의 결합으로 몸을 불사를 때 그랬던 것처럼. 눈물 닦아, 나의 카트린. 당신을 사랑해. 다 잘될 거야, 너무 걱정하지 마, 당신은 늘 강했잖아. 그러면서 폴은 자기 아내가 카트린을 무척 만나고 싶어 한다고 말했다. 폴의 아내는 남편에게서 사랑스러운 카트린, 아름다운 카트린에 대해 너무 많이 들어서 그녀를 궁금해한다고 했다. 폴의 어머니도 새 며느리를 카트린이라고 부르는 걸 고치기까지 10년이나 걸렸다고 했다. 당신 아내가 날 만나고 싶어 해서 편지를 쓴 거야? 그녀는 그 문장을 기계처럼 몇 번이나 되풀이했다. 15년 전, 앙투안을 다시 만나야 할지 말지 망설이던 그날 밤처럼 멍한 눈으로 천장을 바라보면서. 크게 뜬 그녀의 눈이 천장의 갈라진 틈에 고정되었다. 그 틈이 금방이라도 벌어지고, 그 사이로 짐승들이 떼 지어 나올 것만 같았다. 그것들이 몸 안에 퍼질 것 같은 두려움을 느꼈다. 아니야, 저건 가짜야. 사라질 거야, 없어질 거야. 숨이 막혔다. 아니, 난 괜찮아지지 않을 거야. 난 이제 예전처럼 강하지 않아. 전혀 그렇지 않아. 그녀는 다시 일어서는 방법을 잊어버렸다. 더는 그렇게 할 수 없고, 더는 그렇게 되지도 않을 것 같았다. 그녀는 아팠다. 많이 아팠다. 아, 너무 아파! 아파! 그녀가 갑자기 짐승처럼 거친 숨결을 내뱉으며 소리쳤다. 그녀는 침대에서 뒹굴었고 방구석에 몸을 웅크렸다. 제기랄, 이럴 수는 없어. 난 죽을 거야! 그녀는 울었다. 그녀는 남자들의 세계를 떠났고, 이성이 지배하지 않는 다른 차원으로 넘어갔다.

카트린은 세르주를 생각했다. 그녀의 비열한 아버지, 세르주. 그녀는 싸움꾼으로서의 자신의 여정을 되돌아봤다. 어린 시절의 전투, 살아남기 위해 해야 했던 투쟁, 네케르 병원에서 자기를 담당했던 의사, 할머니를 때리고 자기도 가축 채찍으로 때리며 괴롭혔던 할아버지, 그리고 새아버지 앙리. 자신을 방어해줘야 할 자리에는 단 한 번도 없었던 그 불알 없는 사내, 앙리. 그는 자클린이 틀렸다는 게 분명할 때조차 단 한 번도 카트린의 편을 들어준 적이 없었다. 그리고 폴…… 카트린이 기댈 만한 어깨를 갖지 못했던 남자, 약속을 지키지 않은 남자. 폴은 카트린을 절대로 떠나보내지 않을 거라고 약속했지만 카트린이 떠나도록 내버려두었다. 그리고 앙투안, 쓰레기 같은 자식, 앙투안. 그는 최후까지 그녀를 결딴냈다. 그리고 마지막으로 천치, 천치, 이 망할 놈! 그녀가 세 번째 택했던 남자. 그녀는 세

번이나 자기 성을 바꾸었다. 카트린, 넌 정말 천치 부인이
라고 불릴 생각이었던 거야? 네가 그 정도로 우둔했다니,
천치와 결혼할 정도로 바보 천치가 되었다니! 불쌍한 카트
린, 대체 머릿속에 뭐가 들어 있는 거니? 머리가 고장이 난
사람이 아니고서야 누가 그런 일을 하겠어? 네가 아니면
도대체 누가 그런 짓을 하겠니? 불쌍한 카트린, 이 상황을
어떻게 해결해갈 거니? 대체 이 진흙탕에서 어떻게 빠져나
올 거야? 이 똥 더미에서, 응?

　　그녀는 더는 앞을 볼 수 없었다. 서 있을 수도 없었다. 망
령에 사로잡힌 그 집에 있으면 주위가 빙빙 도는 것 같았
다. 걸을 때마다 그녀를 괴롭히는 더러운 추억들이 나선을
이루고 빙빙 돌면서 그녀를 꼼짝 못 하게 했다. 그녀는 앙
투안과 헤어지면서 피아노를 갖고 왔다. 검은색의 야마하
피아노는 두 딸에게 피아노를 가르쳐주려고 앙투안과 함
께 샀던 것이었다. 그녀가 천치의 집으로 옮겨 갈 때 갖고
간 물건은 의류와 장신구들을 제외하고 그것이 유일했다.
카트린은 월광 소나타 1악장을 연주했다. 자클린이 그렇
게도 자주 열었던 리사이틀을 위해 전곡을 다 외웠던 악장
이었다(딸이 악기 하나를 다룰 수 있도록 했다는 건, 딸을 사회
적으로 상승시키려 했다는 증거였다). 카트린은 소나타를 아

주 잘 쳤다. 홀 전체가 박수갈채를 보냈던 걸 아직도 기억하고 있었다. 그녀는 건반 위에 손가락을 올려놓고서 쉬지 않고 피아노를 연주했다. 솔페지오*는 한 번도 배우지 않았지만, 이 소나타의 첫 번째 악장은 다 외우는 그녀였다. 입에는 담배 한 대가 물려 있었다. 건반 위로 담뱃재가 떨어졌지만 피아노 연주에만 열중했고, 담뱃재를 없애기 위해 잿빛 가루를 입으로 훅 불어냈다. 그녀는 짧게 쉬었다가, 새 담배를 꺼내서 거의 다 타버린 꽁초로 불을 붙였다. 그리고 다시 연주를 시작했다. 절망적인 소나타, 암흑 가운데서 올라오는 듯한 소나타, 달빛이 없는 월광 소나타, 그녀의 소나타가 길 잃은 영혼에 종을 울렸다. 죽은 여인의 소나타. 카트린은 학교에 딸들을 데리러 가는 것도 잊었다. 그녀는 모든 걸 다 잊어버렸다. 자기가 어디서 왔는지, 누구인지도 몰랐다. 내 이름이 뭐였지? 그녀는 42년을 사는 동안 여섯 번이나 성을 바꿨다. 이젠 기억도 나지 않았다. 누가 누구인지도 몰랐다. 아, 그래, 크렘니츠. 그녀의 성은 크렘니츠였다. 그녀의 아버지는 수용소에서 죽었다. 그녀는 유태인이었다. 그래, 아버지는 아우슈비츠에서 죽었지. 그녀는 거기서 아빠에게 이별을 고했었다. 거기서 마지

* 악보를 읽는 것을 중심으로 하는 음악 기초 교육과정.

막으로 아빠를 보았었지. 유태인들을 실은 호송 기차들이 오스테를리츠 역을 떠났어, 그래, 이제 그 역이 기억나. 죽음의 수용소. 맞아, 가스실에서의 죽음. 이제 다 기억나. 그녀는 소나타를 밤낮으로 연주했다. 그녀의 손가락들이 그녀를 위해 곡을 연주했다. 길고 가느다란 손가락들이 건반 위를 달렸다. 조명 때문에 눈이 부셔서 앞이 잘 보이지 않았다. 곧 갈채 소리가 날 테지, 북소리가 들리겠지. 마지막 음절이 끝나면 자리에서 일어나서 두 팔을 넓게 벌렸다가 한 팔을 접고 한쪽 무릎을 굽히면서 청중을 향해 절할 준비를 하는 거야. 깊은 한숨. 마지막 음에 맞춰서 인사.

앙투안은 저녁마다 그녀와 딸들을 보러 왔다. 그는 자두나무를 흔들 듯이 그녀를 흔들면서 외쳤다. 카트린, 정신 차려, 젠장! 카트린, 정신 차리라니까! 애들은 어디 있는 거야, 젠장! 카트린은 약과 술에 취해서 무기력하고 멍한 눈으로 그를 바라봤다. 그를 바라보고 있긴 하지만 흐릿한 눈동자는 다른 곳을 향하고 있었다. 그녀가 눈살을 찌푸린다. 그리고 눈을 들어 하늘을 쳐다보면서, 담배 연기로 아주 자연스럽게 공중에다 물음표를 그린다. 아, 우리 딸들…… 그래, 우리 딸들! 아, 맞아, 우리 딸들. 앙투안이 그녀를 협박했다. 계속 이렇게 미친 짓을 하면 정신 병원에 입원시켜버리겠어. 당신은 병원에 들어가야 해, 지금 정상이 아니라고. 그녀는 치료를 받아야 했다. 아, 정상? 너무나 광대한 질문. 카트린, 난잡한 년! 난잡한 카트린은 이제 없다. 카트린이란 존재는 이제 없다. 카트린은 기권했다. 전투에서 패배했다. 카트린은 망가졌다. 그녀는 이 지긋지긋한 방황을 끝내고 싶었다. 자신과 딸들을 위해서. 카트린은 모든 걸 끝낼 것이다. 조심해, 이번 공격은 실패하면 안 돼. 그녀는 딸들에게 두려움을 주고 싶지 않았다. 안 돼, 애들에게 두려움을 줘선 안 돼. 가스는 안 돼. 아파트가 너무 커서 질식사하는 건 불가능해. 더 좋은 방법을 생각해야 했다. 셋이 함께 끝낼 방법을. 셋이 함께 이 세상을 영원히 떠나는 방법을.

자동차 사고 이후에 앙투안은 딸들을 데리러 운전기사를 보냈다. 그리고 아이들을 친구들 집에 맡겼다. 아이들이 걱정하지 않도록, 그리고 아이들의 기분도 바꿔줄 겸해서였다. 카트린은 뭔가 기류가 심상치 않다는 걸 눈치채고, 니니의 집으로 도망쳤다. 니니는 어릴 적 친구가 당한 재난들과 그녀의 몰락을 죽 지켜봤기에 몹시 마음이 아팠지만, 그녀를 도와줄 힘이 없었다. 카트린은 니니에게 자동차를 빌려달라고 간절히 부탁했고, 니니는 그러겠다고 했다. 어떻게 안 된다고 말할 수 있겠는가? 카트린은 앙투안이 자기를 쫓아올 거라는 걸 알았다. 그리고 그다음에 어떤 일이 벌어질지도 알고 있었다. 자신을 정신 병원에 가두려는 게 분명했다. 하지만 가만히 앉아서 잡혀가길 기다리고 있지는 않을 것이다. 절대로. 절대로 그녀는 감옥에 가지 않을 것이다. 죄를 짓지 않았으니까! 책임은 오히려 그들에게 있었다. 그 나쁜 놈들, 비열한 쓰레기들, 그 살인자들! 앙투안은 천치에게 나서달라고 부탁했지만 그는 침묵했다. 그녀와 다시 엮이고 싶지 않았다. 그녀는 완전히 미친 여자, 히스테리 환자였다. 이미 한 번 그를 죽이려고까지 하지 않았던가! 그러니 그녀를 더 보고 싶을 리 없었다. 앙투안은 이번에는 자클린에게 부탁했다. 어찌 됐든 그녀의 딸이지 않은가, 젠장! 자클린이 말했다. 자기 딸은 자기가 제일 잘 안다고, 그 애의 일에 말려들고 싶지 않다고. 그녀가 난폭해지기 시작하면 자신도 절제할 수 없는 상태가 될 수 있다고. 결국 뭔가를 할 수 있는 사람은 앙투안밖에 없었다. 앙투안은 주먹을 불끈 쥐고 용기를 내기로 했다. 그리고 기사에게 푸아베르튀로 가자고 했다. 천치는 그녀가 거기 숨어 있을 거라고 확신했다. 앙투안은 정신과가 있는 튈 종합 병원의 구급차를 불렀다. 낡은 병원이긴 하지만 대형 병원이었고, 루이 14세에 건립된 역사가 깊은 병원이었다. 병원 사람들은 카트린에게 구속복을 입혔다. 마치 범죄자들에게 쇠고랑을 채우듯이. 그렇게 해서 카트린은 튈 병원에 입원했다. 1989년 가을이었다. 튈에서 그녀는 다시 생탄느로 옮겨졌다. 프랑스에서 정신 병원으로는 가장 좋은 모델로 일컬어지는 곳으로, 최초로 신경이완제를 발견한 곳이자, 정신과 교육의 성지, 파리의 모든 미치광이들을 위해 24시간 응급실이 열려 있는 곳이었다.

카트린은 요양소의 하늘을 보며, 그 하늘을 파서 자기 무덤을 만드는 생각을 했다. 무덤에서는 꽉 끼는 구속복을 입지 않을 것이다. 그녀는 이제 고통은 끝났다고, 인생이라는 저주받은 고통은 끝났다고 생각했다. 이 병원에서 끝내야지. 어린 시절을 보냈던 그곳처럼 오줌 냄새와 소독약 냄새를 풍기는 이곳에서. 가는 곳마다 매캐한 약 냄새가 자신의 흔적처럼 따라오던 이곳에서. 카트린은 이제 충분하다고 생각했다. 그래, 이제 멍청한 짓은 이걸로 충분해. 그녀는 딸들의 면회를 거부했다. 이런 장소에서 이런 상황에 있는 엄마를 보게 하고 싶지 않았다. 아마도 그녀는 엄마가 네케르 병원에 한 번도 찾아오지 않았다는 걸 기억하고 있었는지도 모른다. 병원은 고아들의 장소다. 카트린은 자신이 영원토록 땅속에 묻혀 있기를 원하지 않았다. 벌레들보다는 차라리 불이 낫다. 그녀는 먼지가 되는 쪽을 원했다. 먼지는 새벽의 희뿌연 어둠 속에서 길을 내줄 기회가 더 많으니까.

이렇게 해서 1980년대가 끝나고 새로운 10년이 시작되었다. 면회 사절, 버려짐, 청동 고양이가 그 시기의 키워드였다. 생탄느의 환자들과 함께 아틀리에에서 청동 고양이를 만들던 시기. 신경이완제로 인해 안개처럼 뿌옇고 몽롱한 의식 속에서 계절들이 마구 뒤섞였다. 카트린은 병원에서 43번째 생일을 맞았다. 그녀를 웃게 해주려고 니니가 물고기 모양 사과 케이크를 가져왔지만, 카트린은 이제 웃지 않았다. 그리고 얼마 있지 않아서 어머니날이 왔다. 딸들이 학교에서 쓴 시를 보내왔다. 병원에서는 상태가 양호한 환자들에게 글쓰기 수업을 장려했다. 카트린은 아이들의 반 친구 엄마가 손수 가져온 편지 봉투를 감히 열지 못했다. 내가 읽어줄까? 응, 그래주면 고맙겠어. 그 엄마가 첫번째 시를 읽었다. 엘자의 시였다.

엄마가 꽃이라면 아마도 하얀 장미일 거야.
엄마는 순결하니까.
엄마가 동물이라면 아마도 늑대일 거야.

엄마 늑대는 새끼를 끝까지 보호하니까.

카트린은 첫 번째 줄부터 훌쩍거리기 시작했다. 그녀는 소리 없이 울었다. 온몸에서 배어 나오는 눈물이 흘렀다. 시를 읽어주던 여자가 그녀를 품에 안았다. 카트린은 그녀를 꼭 끌어안았다. 그리고 나서 비올렌의 시를 읽어달라고 부탁했다. 읽어줘, 들을 준비가 되었으니까.

엄마, 엄마,
날 너무나 사랑하는 엄마
왜 내게 한마디 말도 없이 떠나버렸어요?
지금 나는 괴로워
엄마를 다시 못 볼까 봐 괴로워.

흐느끼던 그녀가 소리 내어 울기 시작했다. 훌쩍거리고 딸꾹질을 했다. 이제 알았어, 고마워. 난 여기서 나갈 거야. 반드시 이 고통에서 빠져나갈 거야. 내 딸들 곁으로 돌아갈 거야.

카트린은 《바위초》에 엘자와 비올렌의 시를 싣고 나서, 두 페이지에 걸쳐서 마치 심전도 그래프처럼 보이는 서투른 그림과 함께 대문자로 이렇게 썼다. "나는 이 고통에서 벗어나야 했다." 그리고 다음 페이지에 이렇게 썼다. "나는 두 팔을 내려뜨린 채 포기할 권리가 없다. 내 두 팔은 아이들이 도와달라고 할 때 달려가서 그들을 감싸 안고 사랑을 줘야 할 팔이므로."

카트린은 두 팔을 내려놓지 않았다. 그녀는 딸들 곁으로 돌아왔다. 그리고 자신의 삶에 두 번째 기회를 주었다.

3부

파리에 있는 언니가 전화로 엄마의 죽음을 알려왔다. 끝났어. 엄마는 떠났어. 나는 뉴욕에 있었다. 언니의 전화를 기다리고 있던 중이었는데, 시간을 죽이기 위해 퍼시픽 스트리트에 있는 아파트에서 나와 강까지 걷기 시작한 참이었다. 핸드폰이 울린 건, 브루클린 옆에 있는 이스트 강의 강둑에서 쌍둥이 빌딩의 붕괴가 섬 남쪽에 남겨놓은 제로 그라운드를 바라보고 있을 때였다. 그 후 나는 지상 전철을 탈 때마다, 열차의 창문에서 이 강의 끝을 바라볼 때마다, 내 육체가 그 순간을 기억해서 순식간에 기차가 궤도를 이탈해 지옥 구덩이로 빠져드는 기분이 든다. 몇 달 후, 이제 추모의 장소가 되어버린 그곳을 택시를 타고 지나가는데, 브루클린 다리 쪽으로 가는 길에 하얀 글씨가 쓰인 녹색 팻말이 눈에 띄었다(영화에서 자주 보이는 전형적인 미국식 연출 방식이다). 팻말에는 아직 공사를 보류 중인, 외곽 순환 도로의 이름이 적혀 있었다. 캐서린 도로. 카트린의 영어식 이름이다. 뉴욕은 나의 엄마 카트린이 세상을 빠져나간 그 순간을 기념하기 위해 캐서린이라는 표지판을 헌정했다.

나는 쌍둥이 빌딩을 떠올렸다. 나는 그 건물을 우편엽서로만 본 게 아니라, 바로 옆에 있는 작은 출판사에서 몇 년 동안 일했다. 습격이 일어났을 때 도로 위에 쌓인 먼지 가루를 헤치고 나아가서, 경찰들이 세워놓은 바리케이드를 넘어서 내 직장이 제대로 남아 있는지 확인해야 했다. 나는 1998년에 프랑스를 떠나 뉴욕에 왔다. 열아홉 살이었다. 바칼로레아를 통과하고 나서 정확하게 1년 동안 엄마 곁에서 버틴 후였다. 엄마는 어떻게든 바칼로레아를 치르게 하려고 나를 샤워기 밑으로 끌고 가서 찬물 세례를 받게 했고, 뺨을 때리기도 했다. 시험 날에는 시험 장소인 샤를마뉴 고등학교 앞에 데려다주면서, 시험이 끝나는 즉시 교실로 날 데리러 오겠다고 했다. 엄마가 그렇게까지 하지 않았더라면 바칼로레아를 통과하지 못했을 것이다. 순전히 나의 반항심 때문이었다. 고등학교를 졸업할 때, 난 우리 반에서, 아니 우리 학교 전체에서 그랑제콜* 준비반에 등록하기를 거부한 유일한 학생이었다. 한번은 철학 선생님이 내게 우수생들이 참가하는 전국 고교 작문대회 시험을 치르라고 한 적이 있었다. 나는 평범한 스커트 대신 인도 사리를 입고 다니고, 노는 시간엔 보그 담배를 물고 다니며, 짙은 아이새도로 더 강조되어 보이는 다크써클을 늘 달고 다니는 데다가, 흐트러진 머리카락을 대충 뒤로 모아 올려서 볼펜으로 고정하고 다니는 학생이었다. 도대체 나를 어떻게 보시고 그런 제안을 하실까 어리둥절한 표정을 짓다가 이렇게 대답했다. 아뇨, 아뇨, 생각해주셔서 감사한데요. 전 시험을 잘 보려고 몇 시간씩 예습 복습하는 애가 아니에요. 심지어 대학교 입학도 망설였다. 하지만 결국 대학교 입학원서는 쓰기로 했는데, 시험 준비라고 해서 별도로 공부할 필요도 없어서 손해 볼 게 없다는 생각에서였고, 달리 할 것도 딱히 없기 때문이었다. 엄마와 함께 살았던 마지막 한 해는 언니가 이미 집을 떠난 후인지라 내게는 특히나 힘든 시간이었다(언니는 런던에서 국제법으로 명망 높은 프로그램 수업을 받고 있었다). 엄마는 나마저 곧 떠날 날이 얼

---

* 최고의 인재들을 양성하기 위한 프랑스 고유의 엘리트 고등교육기관. 소위 '대학 위의 대학'으로 알려져 있다.

마 남지 않았다는 걸 느끼고 있었고 우리는 그 문제에 대해 이야기했다. 엄마는 내가 바칼로레아를 통과하고 운전면허를 따면 1년 정도만 대학 생활을 하다가, 결국 집을 떠날 거라는 걸 알고 있었던 것 같다. 이번엔 내 차례라고 생각했던 것이다. 엄마는 두 딸 덕분에 세상에 살아남았노라는 말을 자주 했었다. 딸들 덕분에 살았지, 엄마 역할을 해야 했으니까. 엄마는 엄마가 되기 위해서 살아남았다. 이제 우리가 없으면 엄마는 어떻게 될까?

내가 열아홉 살이던 해의 여름에 언니와 나는 뉴욕에 연수를 받으러 갔다. 우리는 이스트 빌리지에 있는 작고 예쁜 아파트를 임대했다. 물론 아빠가 준 돈으로 얻은 아파트였다. 그 동네는 당시만 해도 아직 정리가 제대로 되지 않았지만, 젊은 사람들이 모여드는 카페가 있을 정도로 유행의 첨단을 걷는 곳이었고, 실제로 언니와 나는 그 카페에서 유혹을 받기 위한 노력을 소홀히 하지 않았다. 나는 그곳에서 연상의 남자애와 사랑에 빠졌는데, 아빠는 그 애가 박식하다는 이유로 꽤 괜찮다고 여겼고, 엄마는 현실적인 면이 없어 보인다는 이유로 매우 호감을 보였다. 엄마가 뉴욕에 왔을 때, 난 방학이 끝나도 파리로 돌아가지 않고 뉴욕에 남겠다고 말했다. 엄마는 마치 중대한 상황에서 취해야 할 듯한 엄숙한 어조로 이해한다고 말했다. 내 인생을 성공적으로 살아야 한다면서, 엄마가 강요했던 고통과 정신적 외상을 지고 가기에는 너무 무거운 것들이었다고. 엄마의 고통의 잔해들과 과거의 위험한 지뢰밭 위에서 삶을 건설하지 말고, 미래의 땅, 새로운 도시에서 내 삶을 건설하라고 진지하게 말했다. 엄마는 내게 절대적이고도 무한한 신뢰와, 조건 없는 사랑과, 독립심을 키워갈 수 있는 담대한 용기를 주었다. 가려무나, 내 사랑하는 딸아. 옳게 결정한 거야. 그 애가 있어서 다행이구나. 네 아빠도 안심할 수 있을 거야. 잘됐어. 아빠를 설득하기 위해 필요하다면 좀 꾸며서 이야기해도 돼. 어쨌거나 아무 걱정하지 마. 만일 여의치 않으면 엄마라도 너를 지원해줄 테니까. 그러고 나서 엄마는 내가 집을 떠나서 새롭게 인생을 시작하는 게 매우 중요하다고 아빠에게 설명했다. 아빠는 우리가 어떤 의견을 내놓았을 때 한 번도 불만을 표현한 적이 없었고, 권위를 내세워 반대한 적도 없었다. 이번에도 아빠는 은행 계좌에 돈을 넣어주었고, 원하는 만큼 얼마든지 더 보내주겠다면서 내가 훨훨 날아가도록 해주었다. 사실 돈은 걱정거리가 아니었다. 나는 궁핍해본 적이 한 번도 없었고, 빈곤을 두려워할 필요가 없었다. 나는 곧장 파리로 돌아와 남자 친구와 헤어지고 난 뒤에 짐을 쌌다. 대학교에 들어간 후 1년을 그 친구의 집에서 살다시피 했었고, 그는 내가 뉴욕에서 방학을 보내고 돌아오기를 친절하게 기다려주었다. 그가 상처받고 괴로워하는 걸 보면서, 이 잔인한 이별이 곧 엄마와 헤어지는 어려움을 미리 보여주는 건 아닐까 생각했다. 마치 속죄의 매질처럼, 다른 누군가가 대신 고통을 치러주기라도 해야 할 것처럼.

엄마의 죽음을 알리는 전화를 받았던 그날은 피나 바우슈*가 죽은 지 며칠 안 된 날이었으며, 머스 커닝햄**이 죽기 바로 전날이었다. 20세기를 마감하는 가장 위대한 무용가이자 안무가인 그들, 그 양대 산맥의 죽음 사이에 엄마의 죽음이 끼어 있었다. 루이 말의 영화 〈도깨비불〉에서 그노시엔느의 선율이 흐르는 가운데 거울 위에 빨간 매직펜으로 한 날짜가 쓰여 있는 장면이 나오는데, 그 날짜가 바로 엄마가 죽은 날이다. 그 전날, 그러니까 시차를 고려했을 때 엄마가 죽은 바로 그날, 전화기 너머로 들리는 엄마의 목소리가 약간 슬프게 들리긴 했지만 그뿐이었고, 특별하게 느껴지지는 않았다. 엄마는 친구들 집에서 저녁을 먹었

* 독일의 현대 무용가 겸 안무가로, 무용과 연극적 퍼포먼스를 결합한 춤연극을 선보였다.
** 미국의 무용가이자 안무가로, 그레이엄 무용단에서 제1무용수로 활동하다가 자신의 무용단을 결성했다.

다고 말했다. 그리고 아주 잠깐 망설이는 듯한 느낌을 받았다. 엄마? 왜? 아무것도 아니야, 내 사랑하는 딸내미. 널 사랑한다고 말하고 싶어서, 그것뿐이야. 엄마는 7년 동안 살았던 다카르에서 파리로 돌아가기 위해 비행기 표를 살 때 이미 결심하고 있었다. 엄마는 파리에서 마지막을 보내고 싶었던 거다. 아마도 딸들의 수고를 덜어주고 싶어서였을 것이다. 그리고 아마도 자기 집에서, 가족들 곁에서 죽고 싶어서였을 것이다.

엄마는 언니가 로스앤젤레스에서 돌아오는 날을 기다렸다. 언니는 나이에 비해 아주 빠르게 시작한 변호사 경력 중에서 가장 큰 사건의 소송 자료를 구하기 위해 며칠 파리를 떠나 있었다. 엄마는 파리로 돌아오는 언니가 상공에 있을 시간을 기다렸다. 세상을 떠나 하늘로 가는 길에, 비행기를 타고 공중에 있을 딸의 모습을 보고 싶었는지도 모른다. 언니는 징크스처럼 비행기를 타기 전에 반드시 엄마와 통화하는 습관이 있었다. 그날 엄마의 핸드폰은 계속해서 음성 메시지를 남기라는 말만 되풀이할 뿐이었다. 나는 놀라서 전화한 언니에게 엄마가 친구들 집에서 저녁을 먹고 잠이 들었을 거라고 안심시켰다. 말은 그렇게 했지만 나도 언니만큼이나 불안해졌다. 엄마가 언니와 통화하지 않고 잠드는 일은 한 번도 없었다. 딸이 비행기를 타기 전에 반드시 엄마 목소리를 들어야 한다는 걸 엄마가 가장 잘 알고 있었다. 하지만 그날 엄마는 감히 큰딸과 이야기를 나눌 힘이 없었을 것이다. 어째서 동생하고는 통화를 했으면서 자신과는 통화하지 않았는지 이해하려는 시도조차 거부하는 언니에게 나는 설명해야 했다. 언니는 항상 엄마에게 살아야 한다는 걸 강조하고 그 문제 때문에 싸우려 들잖아. 언니와 통화하면 자기 뜻을 관철할 수 없다는 게 분명하니까, 그걸 아는 엄마는 통화를 피할 수밖에 없었을 거야. 만일 엄마가 언니와 통화했더라면 언니는 분명히 엄마 목소리의 억양만으로도 이상한 낌새를 알아챘을 것이다. 왜 그래, 엄마? 무슨 일이야? 말해봐, 어서! 언니는 늘 그랬듯이 엄마와 싸우지 않을 수 없게 만들었을 것이다. 엄마는 더는 싸움을 하고 싶지 않았을 것이다. 이미 마음의 결정을 확고히 했기에, 삶의 문제를 놓고 투쟁하는 건 이제 그만하고 싶었을 것이다.

엄마는 오르세 미술관 뒤에 있는 파리의 아파트에서 자살했다. 아빠가 월세를 내주고 있는 아파트였다. 엄마는 다카르로 떠난 뒤로, 가끔 파리에 올 때면 그곳에서 머물렀다. 우리가 집을 떠나고 난 후에 엄마는 곧 그 아파트로 이사했다. 언니는 공항에 도착하자마자 엄마의 아파트로 갔고, 그곳에서 엄마의 시신을 발견했다. 그리고 즉시 내게 전화를 했다. 아니, 먼저 경찰에 전화했고 그다음에 내게 전화했다. 언니가 말했다. 끝났어, 엄마는 떠났어. 나는 믿을 수 없었다. 아니야! 그럴 리 없어, 다시 한 번 정신 차리게 해봐, 언니. 구조대를 불러! 구급대원들이 오면 항상 엄마를 살렸었잖아! 그때를 생각해봐, 다시 한 번 시도해봐! 언니는 흐느껴 울기 시작했다. 그리고 나더러 가능한 한 빨리 파리로 오라고 말했다. 나는 엄마의 몸을 아무도 건드리지 않게 해달라고 부탁했다. 언니, 제발 부탁이야. 엄마의 모습 그대로 보고 싶어. 엄마의 마지막 모습을 꼭 보고 싶어. 제발 부탁이야 언니, 엄마의 몸을 그대로 놔둬. 아무도 만지지 못하게 해줘. 부탁이야. 침묵이 흘렀다. 아기가 울음을 터뜨리기 직전에 잠시 보여주는 그 침묵. 잠시 후에 언니가 폐부를 찌르는 듯한 소리를 내며 울었다. 가능할 것 같지 않아. 부탁이야, 동생아. 나를 원망하지 말아줘. 그건 불가능할 거야. 나는 곧 언니에게 말도 안 되는 부탁을 강요하다시피 한 나 스스로를 질책했다. 우리는, 언니와 나는 서로의 부탁이라면 어떤 것이든 다 들어주고 싶어 했다. 그 어떤 부탁이라도.

불가능한 일을 해야 할 의무는 누구에게도 없다. 다만 언니와 나는 엄마가 이 땅에 살아 있게 만드는 꿈같고 비현실적인 힘을 갖고서, 한계를 모르는 환경에서 자라왔다. 장애물이란 원래 밀어내기 위해 존재하는 것이기에 늘 가능성이란 단어를 다시 정의하도록 강요받으며 자라왔을 뿐이다. 그런데 이제 암초를 만나 움직일 수 없게 되었다. 우리는 엄마를 잃었다. 엄마를 잃음으로써 우리 삶의 의미, 곧 우리의 기반이 되어왔던 그 불가능한 사명 또한 잃어버렸다. 수많은 전문가와 치료사가 우리는 엄마의 죽음에 책임이 없고 죄책감을 느낄 필요도 없다고 말한다고 해도 그런 건 조금도 중요하지 않았다. 우리는 어떻게든 엄마의 삶이 유지되게 해야 했다. 그랬다, 우리는 불가능한 것에 매달려 있었다.

언니는 내가 파리에 도착하고 나서 몇 시간 후에야 엄마가 자살했다고 알려주었다. 아파트 옆에 있는 보주 광장의 한 카페 테라스에서였다. 우리는 엄마의 아파트를 빈소로 만들고 싶지 않았다. 적어도 나중에 우리가 자주 마주하지 않을 수 있는, 우리와 무관한 장소를 찾아 빈소로 만들기로 했다. 가장 친한 친구 두 명이 와서 내 손을 꼭 잡아주었다. 엄마가 유서를 남겼다는 걸 언니가 알려준 건 그때였다. 엄마는 약물 과용으로 숨을 거뒀다. 자살이 확실한 이유는 파리와 다카르에 각각 편지를 남겼기 때문이었다. 파리에 남긴 편지에는 다카르의 집에도 편지를 남겼다는 이야기가 적혀 있었다. 책장 어느 선반에 숨겨두었다고 했다. 그 책장에는 빈 곳이 많아서 엄마가 과거에 읽던 책들, 《바위초》의 증정본들과 알베르 코엔의 《영주의 애인》(내가 사춘기를 보내고 있을 때 엄마가 머리맡에 두고 읽던 책이었다. 엄마가 욕조 안에서 아리안의 긴 대사 장면을 뜻을 알아내려고 애쓰면서, 마침표도 없는 문장들을 리듬에 맞추어 큰 소리로 읽는 것을 본 적이 있다), 나탈리 사로트의 《트로피즘》, 《모든 것은 6살 이전에 행해진다》, 그리고 엄마가 자신을 상징한다고 여기거나 우리 가정의 초상화 역할을 했던 몇몇 책들이 꽂혀 있었다. 엄마는 자신의 마스코트인 슈테판 츠바이크의 책 안에 편지를 넣어두었다고 하면서, 책이 선명한 빨간색이어서 그냥 지나치는 일은 절대로 없을 거라고 썼다. 책의 제목은 《불타오르는 비밀》*이었다.

* 한 휴양지에서 연애 사건이 벌어지고, 12살 소년 에드거는 의도치 않게 그 사건에 휘말리게 된다. 그는 자신의 어머니를 유혹하는 남자와 흔들리는 어머니 사이에서, 아이로서는 이해하기 어려운 일들을 경험한다. 즉 이 소설의 핵심 테마는 사춘기 에드거의 정신적 성장이다. 그는 이 경험을 통해 성인의 세계를 어렴풋이 깨닫는다. 그리고 중년에 도달해 어머니와 여성의 역할 속에서 정서적으로 흔들렸던 어머니와 그 비밀을 공유하게 되면서, 사랑과 인간에 대해 이해하게 된다. ─ 출판사 서평(우리나라에서는 《일급비밀》이라는 제목으로 출판.)

과연 그 책은 눈에 안 띌 수가 없었다. 황혼의 하늘에 그려진 붉은색의 균열. 나는 감히 그 책에 손을 대지 못하고 오랫동안 바라보기만 했다. 산파들이 출산 후에 산모들에게 조심해야 한다고 말하는 그 진홍색의 빛깔, 혹은 선명한 빨강. 내 두 손에 들린 책은 초판이 아니었다(책의 맨 뒷장에 표시된 인쇄 날짜를 보고 알았다). 초판은 틀림없이 언니가 수많은 상자 중 하나에 보관하고 있을 것이다. 언니가 상자들을 버리길 거부해서 이삿짐 창고 하나를 임대해서 상자들을 모두 집어넣었다. 그리고 다른 사람들이라면 조상이 물려준 보석들이나 유언, 서류들을 간직해두는 상자에 편지들을 보관했다. 만일 내가 엄마 이야기를 쓰게 된다면, 츠바이크를 읽는 것으로 그 작업을 끝내야 한다고 생각했다. 나는 의식적으로 그 책을 피했다. 츠바이크에게 관심을 갖는 건 마치 근친상간을 저지르는 듯한 느낌이 들었다고 할까. 엄마, 솔직히 말해서 이건 너무 심하잖아, 안 그래?《불타오르는 비밀》이라니…… 난 이 마지막 상황 증거를 조사해봐야 했다. 그래, 어쩌면 엄마의 마지막 편지는 엄마와 똑같은 나이에 자살한 이 오스트리아계 유대인에게 쓴 걸지도 몰라. 나는 엄마의 마지막 편지가 세네갈 남편에게 썼다기보다는 이 작가에게 쓴 것이라고 생각하고 싶다. 그 세네갈 남자는 엄마의 눈높이와는 아주 먼 사람이었다. 아니다, 그 남자뿐 아니라 어떤 남자도 엄마의 발목에도 미치지 못했다. 물론 이런 선언이 엄마를 우상으로 바라보던 과거 어린 소녀의 눈길에서 나온 것임을 안다. 하지만 설령 내가 성숙에서 후퇴하여 엄마의 초상화를 미묘하게 붓질한다고 해도(난 엄마의 힘뿐 아니라 마음의 상처도 분명히 보았다), 엄마는 그 누구보다도 영웅적인 존재였다. 엄마는 나의 영웅이었다. 그것으로 충분하다.

《불타오르는 비밀》은 한 소년이 오랜 질병에서 회복하여 엄마와 함께 집으로 가기 위해 길을 떠나는 이야기다. 그들은 온천 휴양지에 들러 묵게 되는데, 그곳에서 한 남자가 특별한 점이 없는 데도 왠지 끌리는 소년의 엄마를 눈여겨보게 된다. 그리고 잠시 권태를 털어낼 심산으로 그녀를 유혹한다. 내가 그 책을 처음 집어 들었을 때, 그 책이 말하는 비밀에 대해 어떤 상상을 했었는지는 기억이 나지 않지만, 분명코 내가 발견한 그 비밀은 아니었을 것이다. 아이는 어른들, 그러니까 엄마와 그 남자가 자기에게 뭔가를 감추고 있다는 걸 알아차린다. 두 사람 사이에 행해지는 어떤 은밀한 사인을 관찰하면서 아이는 여자의 존재를 의식하게 된다. 엄마가 엄마이기 전에 먼저 한 인간이라는 점을 의식하게 된 것이다. 가족들의 욕망과는 별개의 욕망, 더 나아가 아예 상반되는 욕망도 품을 수 있는 인간이라는 점을.

　엄마는 엄마와 창녀 사이에서 어느 한쪽을 선택할 줄을 몰랐다. 이 변함없는 불균형은 두 딸이 떠나고 난 후에도 계속되었고, 확실히 그 이전에도 그랬다. 소설 속 소년의 어머니는 여성이 지닌 피할 수 없는 외줄타기 곡예의 삶을 그럭저럭 살았지만, 나의 엄마는 그러지 못했다. 엄마는 두 개의 의자 사이에 엉덩이를 둔 채, 한 번도 엉덩이를 내려놓는 데 성공하지 못했다. 남자들이 그토록 원했던 그 아름다운 엉덩이를.《바위초》에서 엄마는 이렇게 썼다. "내 엉덩이, 내 엉덩이, 당신들은 더는 그것을 가질 수 없어!" 그러고 나서 이렇게 결론을 맺었다. "그날…… 난 당신들을 향해 이렇게 말할 수 있는 권리를 얻었다고 믿는다. 빌어먹을!" 엄마는 자신의 성의 연약함 때문에 끊임없이 조롱을 당하면서 거기서 해방되고자 했지만, 해방을 위한 헛된 시도들은 어쩔 수 없이 자신의 음부에 종속되어 있었다.《불타오르는 비밀》속에 끼워 넣어둔, 자기 연인에게 보내는 마지막 메시지에 이르기까지. 그 책, 욕망이 엄마에게 얼마나 죄책감을 주었는지, 여성으로서의 자신을 얼마나 속였는지, 그리고 자기 아이를 얼마나 배반했는지에 대해 말하고 있는 그 책 속에. 어머니이자 음녀이며, 순종적이면서 관능적이고, 동의하면서도 길들지 않고, 아이를 먹이는 젖가슴이자 남자를 받아들이는 자궁인, 종속적이고 지배당한 존재. 어머니는 모든 걸 빼앗길 수밖에 없는 존재였다. 엄마도 모든 것을 빼앗겼다. 자신부터 시작해서 모든 것을.

한 인간이 일단 자신을 발견하고 나면 그는 세상에서 더는 아무것도 잃을 수 없게 된다. 한 존재가 일단 자신을 이해하고 나면 그는 모든 인간을 이해할 수 있게 된다.

나는 이 인용문의 의미, 혹은 엄마가 이 인용문을 자서전의 첫머리에 넣을 때 부여했던 의미를 제대로 파악했는지 확신이 서지 않았다. 엄마가 자서전을 마무리하면서, 그 책의 정신적 가치를 언급하는 일을 이 두 문장에 맡겼다고 상상했다. 창의적인 모든 작업에 필요한 오랜 자기성찰 후에, 마침내 엄마가 인류라는 형제들(혹은 그런 종류의 어떤 것)을 이해할 수 있게 된 거라고 느꼈던 것이다. 그런데 이상하게도 슈테판 츠바이크의 작품들 속에서 그 의미를 찾아야겠다는 생각은 미처 해보지 못했다. 그래서 그의 소설들을 읽어나가기로 했고, 그러다 환상의 밤의 결론 부분에서 그 문장을 찾아내곤 깜짝 놀랐다. 이 문장은 내게는 실제로 《바위초》 안에서만 존재하는 것들이었다. 마지막 페이지 끝부분에, 그 문장이 하얀 여백에 둘러싸여서 유령처럼 춤을 추고 있었다. 이 산문의 유령들은 전혀 새로운 해석을 보여주었다. 츠바이크는 극도의 관능에 의해 일깨워진 감정들의 절대적인 생명력, 위험, 넘침을 찬송했다. 그 이야기에서 관건은 존재의 격렬한 열정을 옹호하는 것이었다. 그 존재가 악의 진흙탕 속에 있든 고상함 속에 있든 상관없었다! 오직 자신의 운명을 신비처럼 살아내는 자, 규범들을 무의미한 것으로 여기는 자, 사회적 관습을 상관 않는 자만이 진정으로 살아 있는 것이다. 유레카! 엄마는 그렇게 살고 싶어 했다. 혹은 그렇게 살고 싶지 않았다. 강한 감각의 파도는 엄마에게 불리했다(파도들은 엄마를 너무나 멀리, 너무 높은 곳, 너무 낮은 곳으로 데리고 가버렸다). 갑자기 이는 큰 파도에 마음이 쏠렸어도, 엄마는 한 파도에만 순응해야 했다. 엄마는 파도 거품이 없는 잔잔한 바다에 빠져 죽기를 바랐다. 만일 엄마가 내 의견을 물어봤다면 버지니아 울프를 골라줬을 것이다. 그러나 엄마는 내게 아무것도 묻지 않았다. 엄마가 우리 때문에 오줌도 제대로 쌀 수 없다고 악을 쓰듯 소리를 질렀던 것처럼, 나도 엄마를 대신해서 살아줄 수 없었다.

아주 오래전부터 역할을 뒤바꿔 살아온 탓이었는지, 엄

마가 그토록 배은망덕하다고 불평하던 그 이야기를 우리
도 모르는 사이에 우리가 엄마에게 하고 있었다. 엄마에게
매해 돌아오는 생일과 어머니날은 이따위 성의 없는 선물
이 어디 있느냐면서 우리가 준비한 선물을 내던지는 날이
기도 했다. 엄마에 대한 배려가 형편없다는, 말하자면 감
사할 줄 모르고 배은망덕하다는 게 그 이유였다. 너희들도
양심이 있다면 너무 피곤해서 그랬다는 말은 절대 못 할
테지! 언니와 나는 각각 다카르의 엄마와 전화한 뒤 통화
를 했다. 엄마가 네게 머플러 이야기했니? 응, 엄마는 그걸
고른 게 언니였다고 생각하고 있어. 엄마 말을 그대로 옮기
면 이래. 너희들은 정말 형편없어. 네 언니가 고른 머플러는
정말 최악이지 뭐니, 안 그래? 맞아요, 엄마. 어쨌든 정말 웃
기지 않아, 언니? 그래서 내가 엄마에게 뭐라고 했는지 알
아? 자기 엄마의 생일을 완전히 잊고 지내는 아이들도 있
다는 점을 상기시켜줬지. 그랬더니 엄마가 뭐라고 했는지
맞춰봐. 음…… 어디를 가든 바보 천치들은 있기 마련이라
고 했겠지? 언니와 나는 마치 우리가 엄마를 만들기라도
한 듯이 엄마를 속속들이 잘 알고 있었다. 가끔가다 내가
엄마더러 또 이상한 생각 하고 있지 않느냐고 어조를 높이
면서 화를 내면, 엄마는 반항하며 말했다. 네, 맞습니다, 어
머니! 아냐, 나는 엄마가 아니잖아. 난 카트린의 엄마가 아

니었다. 엄마는 그렇게 빈정거리면서도 우리에게 엄마의
역할을 부여했다는 생각에 가책을 느꼈다. 미안하다, 딸아.
내가 실수했어.

　우리는 경찰서에 가야 했다. 언니가 그 일이 일어난 장소
와 상황을 설명해야 했다. 언니는 경찰에게 엄마의 편지를
보여줘야 하나 망설였었다고 했다. 그 편지가 증거물이 되
어 곧 몰수될 거라는 걸 알고 있었기 때문인데, 언니는 감
추지 않은 걸 다행으로 여겼다(언니가 편지를 감추려고 했던
건, 그 편지를 직접 내 손에 전해주고 싶어서였다). 언니가 그렇
게 하지 않았더라면 골치 아픈 문제가 생겼을 것이다. 자살
은 일단 범행 여부를 살펴봐야 하기에, 증인들은 살인자로
의심받을 위험이 있어서 거리를 유지해야만 한다. 엄마는
우리가 이런 험한 일들을 직면해야 한다는 생각에 몹시 절
망했을 것이다. 아파트에는 출입 금지 테이프가 쳐졌고, 핸
드백 안의 내용물도 일일이 목록으로 작성되었다. 수사관
이 엄마가 늘 갖고 다니던 약병의 수에 대해 뭐라고 한마디
했는데, 그것이 우리에게는 공격적이고 무례하게 느껴졌다.
언니와 나는 서로를 도와서 대답했고, 엄마의 시신을 옮기
는 경찰관에게 욕을 하지 않으려고 서로를 꼬집어주기도
했다. 일부러 그런 건 아니었지만, 우리의 고통은 그들에게

강력한 압력을 행사했다. 우리가 온몸에 고통을 후광처럼 두르고 있었기에 아무 말 하지 않아도 위협적으로 보였을 것이다. 그러고 나서 엄마의 시신은 법의학연구소 시체실로 옮겨졌다(언니는 내가 도착할 때까지 기다릴 수 있느냐고 물었고, 안 된다는 아주 단호한 거절의 대답을 들었다). 그곳에서 사체 부검을 통해 사망 원인을 확인했다.

　엄마는 다카르에서 살았다. 그곳에서 새 가정을 꾸렸고, 중간중간 파리에 와서 지냈다. 언니를 보러 오거나, 내가 파리에 갈 기회가 생기면 그 기간에 맞춰서 나를 만나러 왔다. 혹은 약을 처방받기 위해서 오기도 했다. 엄마는 여기 저기 아픈 곳이 점점 더 많아졌다. 고관절 수술을 두 번이나 했는데, 심각한 감염으로 죽을 뻔하기도 했다. 언니와 나는 교대로 엄마의 머리맡을 계속 지켰다. 물론 집중 치료도 받았다. 우리는 면회 금지라는 병원 규칙도 무릅썼고, 간호사들이 돌아다닐 때는 벽장에 숨었다. 마침내 엄마를 향한 우리의 헌신을 증명해 보일 기회가 찾아왔는데, 여기서 머뭇거린다는 건 말도 안 될 일이었다. 의사들은 엄마의 빠른 회복에 놀라워했다. 우리는 할 수만 있었다면 밤새도록이라도 엄마 옆을 지켰을 것이다. 어느 날 저녁, 병원 문을 닫는 시간에 경비가 등을 돌리고 있는 틈을 타서 반쯤 내려온 쇠창살 밑으로 몰래 들어간 적도 있었다. 그날 우리는 새벽 1시에 엄마를 껴안고 있어야 했다. 불안해진 엄마가 갑자기 소리를 질렀기 때문이었다. 우리는 누워 있는 엄마의 양쪽에 무릎을 꿇고 전신을 마사지하고 나서, 간호가 들어오기 전에 나가려고 엄마에게 입맞춤을 했다. 그러나 먼저 들어온 간호사들에게 들키고 말았다. 아니 어떻게 들어왔어요? 이러면 안 되는 거 몰라요? 당장 나가요! 엄마는 그런 우리를 무척 자랑스러워했다. 내가 복도 끝에서 망을 보고 있는 동안 언니가 한 번 더 엄마 방으로 들어가서 아침 일찍 다시 오겠다고 약속했다. 어렸을 때 잠들기 전 언니가 그랬던 것처럼, 엄마에게 속삭이는 소리가 귀에 들리는 것 같았다. 엄마, 내일 봐, 내일 아침에. 엄마, 엄마! 사랑하는 엄마, 엄마 사랑해! 난 엄마를 너무 사랑해, 영원히 사랑해. 엄마의 몸은 어릴 때 겪은 질병과 고된 발레 연습과 약물 남용과 알코올, 담배로 망가져 있었다. 엄마의 얼굴은 점점 황폐해져갔고, 그 모든 걸 가리기 위해 받았던 외과 수술은 세월이 빼앗아간 아름다움을 더 악화시키고 말았다.

엄마는 파괴되었다. 60세의 엄마는 나이보다 더 늙어 보였다. 다리를 절고, 배는 탄성을 잃었고, 비단 같던 머리카락은 숱이 빠졌으며, 손은 한 줌의 벌레들처럼 핏줄이 튀어나와 있었다. 피부는 아프리카의 태양에 그을렸는데도 잿빛이었다. 그래도 엄마는 아름다울 수 있었다. 다카르에서 엄마는 백인이라는 뜻의 투밥이었다. 금발의 아름다운 투밥. 엄마의 엉뚱함은 백인들의 결점이려니 하고 여겨졌고, 엄마의 광란 상태는 다른 문화의 특징으로 분류되었으며, 엄마의 헛소리는 엄마가 계속 지출하는 프랑스 프랑 덕분에 쉽게 용서받을 수 있었다. 아빠가 계속 보내주는 생활비는 크게 호화스럽지는 않아도, 가난하다고 천대받거나 실패자 혹은 미친 여자로 여겨지지 않고 대우받을 위치를 누릴 정도의 호사는 부릴 수 있게 해주었다. 엄마는 투밥이었다. 그걸로 충분했다. 엄마의 새 남편은 나와 동갑이었다. 2미터 정도의 키에 가슴둘레가 1미터는 되어 보이는 덩치 큰 어린애였다. 엄마는 새로 사귄 친구들과 여행을 갔다가 그를 만났다. 그 친구들은 엄마에게 문화 센터를 열라고 부추겼다. 절대로 엄마의 머리에서 나올 수 없는 아이디어였다. 엄마는 아주 낙천적이면서 동시에 이상야릇한 사람들에게 심취했고, 그들과 함께 거창한 계획들을 세웠다. 모로코에 있는 아틀라스산맥 언저리에 농가 겸 카바레 만들기, 미국을 가로지르며 프랑스 샐러드 체인점 만들기, 튀니지 그릇을 수출입하는 사업체 세우기, 루마니아 이주민들을 위한 숙소를 만들어서 예술가들이 묵을 수 있게 하는 동시에 길거리의 고아들도 돌볼 수 있게 하는 사회사업체 구상하기 등등. 다카르에서 보낸 마지막 해에 엄마는 그 지역 장인들에게 주문해서 인테리어 사업을 해보겠다고 결심했다. 코티베 나무와 아프리카 월넛 나무, 호두나무, 마호가니 나무로 만든 가구들을 직접 디자인할 생각이었다. 원자재가 정말 쌌기 때문에 큰돈을 벌게 해줄 거라고 믿고 있었다. 엄마는 언니와 내가 그 계획에 시큰둥한 반응을 보이자 몹시 화를 냈다. 언젠가부터 엄마는 부쩍 화를 많이 냈는데, 나중에 생각해보니 할머니가 돌아가신 다음부터였던 것 같다.

그 못된 여자가 어서 죽기만을 초조하게 기다리는 중이라고 말했던 엄마. 엄마는 비행기에서 내리자마자 곧장 몽트뢰유로 갔다. 선글라스를 끼고 입에는 담배를 문 채로. 엄마는 떠날 때까지 선글라스를 벗지 않고, 담배도 손에서 놓지 않았다. 그러고는 영안실에서 관 뚜껑을 닫기 전에 자기 엄마를 보고 싶다고 했다. 엄마는 할머니에게 조용히 할 말이 있다고 하더니, 관 속에다 편지 한 장을 집어넣었다. 편지 내용을 묻지도 않았는데 엄마는 먼저 입을 열었다. 할머니를 용서한다고, 평안하게 세상을 떠나시라고 썼다고 했다. 할머니는 생전에 자신을 화장시켜달라고 부탁했었고, 우리는 할머니 소원대로 몽페르메유에 있는 화장터에서 장례를 치렀다. 엄마는 화장터의 음산함을 아주 능숙하고 그럴듯한 표정으로 표현했다. 우리가 원하면 할머니를 추모할 기회를 가질 수 있다고 했던 장의사의 말에 따라 추모관으로 가는 택시 안에서, 엄마는 친아빠에게 전화하기로 결심했다. 언니와 나는 엄마가 줄곧 그 남자와 연락하고 있었다는 사실을 몰랐다. 통화를 마친 엄마는 그도 역시 병이 나서 곧 죽을 날만 기다리고 있는 처지라고 전해주었다. 그러면서 혹시 그와 이야기하고 싶은지 물었다. 우리는 질색하는 시선으로 답을 대신했다. 화장이 끝나고 나서 엄마가 말했다. 미리 말해두는데, 니들은 몽페르메유에다 내 유골을 보관할 생각 같은 건 절대 하지 마라! 빌어먹을, 저렇게 음산하고 음울한 장소는 처음 봤어! 엄마는 다카르 알마디 최서단의 넓은 바다에 재가 뿌려지길 바랐다. 아, 간단하네. 우리도 엄마에게 농담 같은 어조로 말했다. 엄마가 농담하는 거라고 믿었으니까. 그래, 그렇게 해줘. 내가 좋아하는 길고 헐렁한 상의를 입은 젬베 연주자들과 함께 큰 배에서 축제를 여는 거야. 엄마는 아주 진지했다. 엄마의 부재를 슬퍼하는 게 아니라, 오히려 엄마의 존재를 축하하는 파티를 열라고 했다. 우울하고 서투른 장례식이 아니라, 기쁨의 순간, 파티의 시간이 될 수 있도록 모두가 함께하는 아주 성대한 파티여야 해. 너희 친구들이랑 우리가 아는 사람들을 모두 부르렴. 아주 큰 파티를 열고 모두 나를 생각해줘.

나는 다카르에 전화하여 엄마의 자살을 알리고, 엄마가 남겨준 편지가 어디 있는지 알려줄 책임을 맡았다. 그를 만난 적이 있는 유일한 사람이었기에, 내 의사와 상관없이 지목받은 거였다. 엄마가 다카르에서 어떻게 살고 있는지 보기 위해 혼자 그곳에 간 적이 있었다. 그 남자는 전화를 붙들고 아주 많이 울었다. 처음엔 비명을 질렀고, 그러고 나서 울기 시작했다. 그는 마지막으로 엄마를 볼 수 있느냐고 물었다. 그가 파리로 오지 않는 한 불가능할 터였다. 그러니 그를 오게 할 방법을 찾아야만 했고, 그러려면 엄마의 시신을 볼 수 있는 기간 내에 비자를 얻어야 했다. 그렇게 빨리 비자를 얻기는 불가능할 게 분명했지만, 언니와 나는 할 수 있었다. 엄마와 관련된 문제만큼은 우리에게 불가능이란 없었다. 단 엄마를 되살리는 것만 빼고. 우리는 외무부 장관 비서실과 다카르에 있는 프랑스 대사관에 관련된 사람들을 모두 동원했고, 일주일도 되지 않아서 그는 비행기를 타고 있었다.

할머니가 돌아가시고 나서 맞은 여름에, 우리는 할머니가 남긴 유산으로 오스만풍의 작은 아파트 하나를 샀다. 엄마와 내가 파리에 머물 때 임시로 쓰기 위해서였다. 파비용 다르 스날(파리 도시 계획관) 앞에 있는 그 아파트에서는 센 강이 보였고, 오스테를리츠 다리 쪽으로 장애물 하나 없는 확 트인 전경을 볼 수 있었다. 반대편 강변에는 파리 식물원과 오스테를리츠 역이 있었다. 너무도 친근한 이 도시의 전경을 감탄하며 보고 있는 동안, 유년 시절의 추억들이 중간중간에 끊어지며 점선처럼 이어지는 게 보였다. 이 거리에 있었던 과거의 흔적들은 지워지지 않을 것이다. 하지만 뉴욕이라는 도시가, 너무나 강력해서 굳이 영화를 보지 않아도 알아볼 수 있는, 집단 상상에 속하는 영화 장면들을 떠올리게 해주듯이, 파리에서도 개인의 과거사에 문학사의 연대기가 중첩되곤 한다. 비 내리는 파리의 아침은 낮고 무거운 하늘 아래 학교로 향하던 사춘기 시절을 기억나게 하고, 아빠가 자주 가던 레스토랑의 주소와 으젠 드 라스티냑* 아파트 주소가 헷갈린다. 생루이 앙 릴 거리를 바삐 걷는 리듬에 맞춰서 비용의 8음절 시를 들었던 기억, 잘못 튀어나온 보도블록에 걸려서 발목을 삐었던 일 등

---

* 발자크의 소설《고리오 영감》에 나오는 등장인물.

등……. 2000년 이후로 에펠 탑은 매일 저녁 정확한 시각에 빛을 발했다. 그 강 좌편이 반짝이는 시각에, 나는 내가 전설적인 거리 생제르맹이 이 몽환적인 도시의 다른 불빛들과 함께 빛나는 것을 바라보는 유일한 사람이 아닐 거라고 확신했다. 그러나 자동차에서 껑충 뛰어내려 앵발리드 건물 앞 광장에서 볼일을 보던 우리 집 개의 모습이, 부르봉 궁전의 광장 뒤편에 있는 한 청사에서 열렸던 리셉션의 환상과 겹쳐지는 건 나만이 간직하고 있는 특별하고도 고유한 느낌임이 분명하다. 그 리셉션에서 스타킹 때문에 다리가 간질거렸고, 머리카락이 나를 당기는 것 같은 데다가, 너무 더웠고, 무엇보다도 엄마가 무섭게 느껴졌었다. 오스테를리츠 역을 바라보고 있자니, 다시 엄마가 생각났다. 바지 안에 돈다발을 감추고 코라유 열차를 타러 가던 엄마의 모습. 제발트의 책에 돈을 숨겨 가기도 했는데, 어느 겨울엔가 로우어 이스트 사이드의 한 카페에서 그 책을 읽었다. 이런 나의 몽상은 우리 집 맞은편에 있는 별 특징 없는 벽돌 건물 앞에서 갑자기 멈췄다. 언젠가 엄마에게 저게 무슨 건물인지 아느냐고 묻자 엄마는 창가로 다가오더니, 담배 연기를 코로 내뱉으면서 말했다. 아니, 전혀 모르겠는데.

아빠는 알았을 것이다. 아빠는 해체된 클럽의 회원들을

만나기 위해 그 앞을 종종 지나가곤 했었으니까. 그 건물이 바로 법의학연구소였다. 나는 그곳에서 마지막으로 엄마를 보았다. 엄마와의 영원한 이별 인사를 해야 했다. 비행기에서 내리자마자 엄마가 보고 싶었다. 어떤 값을 치르더라도 엄마를 보고 싶었지만 부검 결과를 기다리지 않으면 안 되었다. 엄마를 볼 수 있었던 건 엿새나 지난 후였다. 그 건물에 도착하면 실신할지도 모른다고 생각했다. 단단히 결심하고 갔음에도 불구하고 건물 앞에 서자 다리가 후들후들 떨렸다. 엄마의 주검 앞에서 무너지지 않을 힘이 있을지 확신할 수 없었다. 영안실에 안치된 시신들은 모두 살해나 사고의 피해자들이었다. 폭력의 피해자들이 대부분이고, 불에 타 죽거나 총탄에 맞아 죽은 아이들도 있었는데, 부모들이 자기 아이가 맞는지 확인하러 와야만 했다. 천국과 지옥 사이에 있는 이 연구소의 원장은《죽은 자의 집》이라는 훌륭한 책을 썼고, 그 책에서 자신의 경험을 이야기했다. 나를 맞이해준 원장이 바로 그 책의 저자인지는 확신할 수 없지만, 그녀가 세련된 화장에 잘 손질된 머리를 하고, 손에 다이아몬드 반지를 끼고 있었다는 것, 그리고 예상치 못했던 연민과 순수함이 담긴 눈으로 나를 꿰뚫어 보았던 것을 기억한다. 그녀는 우리가 어디로 이동할 건지 알려주면서 내 손을 잡았다. 그리고 이제 곧 보게 될 것과 엄마가 어떤 모습으로 내 앞에 나타날지를 설명해주고, 우리는 유리문 뒤에서 엄마를 보게 될 거라고 말했다. 내가 갑자기 눈물을 터뜨리자 그녀가 아주 가까운 사람처럼 다정하게 손을 잡아주었다. 엄마를 만져볼 수 없을까요? 내가 묻자 그녀가 대답했다. 우리 둘이 함께 가서, 유리문 뒤에서 어머님을 뵐 거예요. 하지만 예외적으로 안으로 들어갈 수 있을지도 몰라요. 그러려면 반드시 제가 지시한 대로만 하셔야 해요. 엄마를 만져볼 수 있게 해준다면 지옥까지라도 쫓아갈 판이었다. 난 명령을 절대로 어기지 않고 맹목적으로 따라가겠다고 생각했는데, 그녀의 목소리, 친절함, 차분함과 깊이 숙고하는 모습이 절대적인 신뢰감을 느끼게 했다. 그녀는 지옥에 갇힌 엄마를 만나러 갈 수 있게 나를 건네준 뱃사공이었다. 게다가 내가 엄마의 이마에 입을 맞출 수 있게 해주었다. 어머님이 아주 평온한 얼굴을 하고 계시는군요. 사실이었다. 엄마의 얼굴은 윤곽이 내려앉기 시작하고, 아래 속눈썹이 눈구멍 속으로 말려 들어갔으며, 이미 부패가 시작되고 있었다. 엄마의 발을 좀 볼 수 있을까요? 내가 두려운 표정으로 그녀에게 물었다. 아뇨, 보실 수 없어요. 발은 이미 괴저 상태입니다. 그녀는 내게 부검 결과를 이야기하고, 시트 밑에 감춰진 부풀어 오른 상태를 설명해주었다. 나는 울지 않으려고 애썼다. 내가 눈물을 흘리면 그 방에서 빨리 나가라고 할까 봐 겁이 났다. 하지만 눈물을 참는 데 성공하지 못했고, 내 의지와 달리 눈물이 저절로 흘러내렸다. 엄마의 발, 그 발도 죽었다는 걸 생각하니 너무 슬펐다. 그 휘어진 형태에 깃들인 고상함도 같이 죽어버린 것이다.

　　나는 결혼하지 않았다. 미국에서 합법적으로 살 수 있는 자격을 얻을 목적으로 결혼하고 싶지는 않았다. 열아홉에 일을 시작했던 나는 전공이었던 현대 문학을 소르본 대학에서 통신으로 계속 공부하여 석사까지 마쳤다. 연말이면 시험을 치르기 위해 파리로 돌아왔고, 과제와 소논문, 텍스트 해석, 방법론에 관한 서류들을 모두 제출했다. 나는 대체로 성실하고 성적이 좋은 학생이었다. 내가 일했던 출판사는 취업 비자를 얻게 해주었고, 경험이 전무한 나의 능력을 넘어서는, 혹은 순전히 잠재적인 능력을 넘어서는 책임에 도전할 기회를 주었다. 곧 배우게 될 거예요. 내가 전문 지식과 경험이 없다고 고백했을 때 사장이 해주었던 말이다. 나는 그곳에서 일을 배웠고, 내게 부족했던 지식과 인간관계에 대해 많은 것을 배웠다. 그리고 그린카드도 얻었다. 순전히 내 힘으로. 아빠의 후원이나 추천 없이, 결혼을 통하지 않고도. 그 점에서 내가 자랑스러웠다. 미국에

온 지 얼마 되지 않아서 만났던 남자와는 6년을 살고 헤어졌다. 예상했던 일이었다. 어쩌면 예상보다 더 오래 살았던 셈이다. 그 후에 다시 사랑에 빠졌고, 그 뒤에 또 다른 사랑을 만났다. 엄마가 돌아가셨을 때 내 연인은 우리를 위해 브루클린에 멋진 아파트를 마련했다. 우리는 몇 달 전에 그 아파트로 이사한 참이었다. 그와 나는 오랫동안 알고 지낸 사이였는데, 세월이 흐르는 동안 산발적인 관계를 맺고 있었다. 이번엔 좋은 사람이니? 엄마가 물었다. 엄마, 그게 무슨 낡아빠진 프랑스적인 질문이야? 엄마는 딸이 결혼하지 않고 있어서 걱정돼? 엄마의 결혼은 성공적이었던 거야? 아, 그래, 됐다! 결혼에 있어서 난 모델을 자처할 만한 처지가 못 되지. 엄마가 자신을 변명했다. 그냥 물어본 것뿐이야. 아무것도 강요하지 않아. 네가 결혼했으면 좋겠다고 말한 적 없잖니. 나는 엄마에게 어떤 존재를 자처할 필요가 전혀 없다고 대답했다. 엄마는 그냥 내 엄마로 충분하다고. 대개 대화는 거기서 멈췄다. 우리는 흥분하지 않았다. 서로의 의견을 이야기했고, 우리 시대의 결혼이 갖는 가치에 대해, 여성의 지위에 대해, 남성과 여성 사이의 영원한 불평등에 대해 때때로 토론을 벌였다. 그런 대화는 늘 모든 게 잘되고 있다는, 아무 문제가 없다는 표시이기도 했다. 엄마는 내 소식을 듣고, 내 과거의 일상을 추억하고,

내 미래에 대해 질문하곤 했다. 그 외에 더 물을 게 뭐가 있을까!

　장례식을 치러야 했다. 언니와 나는 관공서나 영안실이나 장례식장에 들를 일이 없을 때면 카페에 얼굴을 마주 보고 앉았다. 한마디도 하지 않고 서로의 얼굴만 쳐다봤지만, 똑같은 말을 하고 있다는 걸 알았다. 거기로 가야 해. 그래서 우리는 화장이 끝나면 곧바로 다카르로 떠나기로 했다(우리는 몽페르메유가 아닌 그곳에다 엄마의 유골을 뿌리기로 약속했다). 나와 내 연인, 언니와 언니의 동성 연인, 그리고 사랑하는 친구들과 함께 가기로 했다. 어린 시절부터 삶의 가장 비극적인 순간마다 한결같이 우리를 돕기 위해 달려왔던 사람들이다. 모두 여덟 명이었다. 여덟 명이 각자 가방에 엄마의 유골을 나눠 담고 다카르로 떠나기로 했다. 너희들 지금 진지하게 하는 말이니? 그 계획을 처음 알렸을 때 친구들이 물었다. 우리가 지금 농담하는 것 같아? 하지만 세네갈에선 화장이 불법이고, 따라서 인간의 유골을 뿌리는 것도 불법이라는 걸 알게 되었다. 우리는 변수를 예상했고 방법을 찾았다. 그전에 파리에서 장례식부터 끝내야 했다.

상상할 수도 없는 고통은 절도라든가 자제력이라는 단어의 의미를 완전히 지워버렸다. 우리는 뻔뻔하고, 거칠고, 사납고, 격분한 야수들이 되었다. 아직도 엄마를 위해 뭔가 할 수 있는 한, 우리는 여전히 엄마의 삶을 유지할 수 있었다. 그것을 위해서라면 어떠한 완력도 사용할 수 있었고, 계획을 저지하고자 하는 사람은 누구라도 때리고, 할퀴고, 물어뜯을 수 있었다. 화장터의 책임자들은 우리를 지하에 있는 습하고 더러운 작은 방으로 쫓아내려고 했다. 예약을 미처 하지 못했고, 장비가 부족하다는 문제도 있었다. 그렇다고 전혀 해결할 수 없는 문제도 아니고 그렇게 흥분할 문제도 아니라고 계속 우기며 고집을 부렸다. 악착스러운 고집 덕분에 요구를 관철할 수 있었다. 우리는 그랜드 피아노가 있는 큰 빈소를 원했다. 그래서 빈소가 결정되었다는 확인을 받기도 전에, 먼저 피아니스트부터 구하기 시작했다. 우리는 〈월광 소나타〉와 쇼팽의 〈이별의 왈츠〉를 연주할 수 있는 피아니스트를 원했다. 그러자 곁을 떠나지 않고 계속 도와준 지원군 위원회(우리가 그 모임에 참여하지 않아도 그들이 릴레이식으로 계속 자리를 지켜줬다. 그들은 효율적인 레지스탕스 소대였다) 가운데 한 친구가 질겁한 눈으로 이렇게 말했다. 그거 굉장히 마음에 드는걸! 그리고 나서 우리 모두 같이 목매다는 거야? 그 말에 모두가 웃음을

터뜨렸다. 강처럼 흐르는 눈물과 취기 사이에서(로제 와인
과 샴페인이 넘쳐흘렀다. 자, 건배! 엄마를 위하여!) 우리의 인간
성을 회복시켜주는 웃음이었다. 인간에게만 있는 이 웃음,
긴장을 풀어주는 이 감정 배출이 자발적으로든 강제로든
우리를 다시 살아 있는 자들의 세계로 돌아오게 해주었다.
친구들은 무의식적으로, 너무나 자발적이어서 저절로 순
식간에 튀어나올 수밖에 없었던 그 놀라운 감수성으로 이
렇게 말하는 듯했다. 너희는 지금 지옥을 살고 있구나, 하
지만 거기 머무르지 마. 우리가 반드시 너희를 구할 거야.
지금은 우리가 거기 함께 있어줄게. 잘 견뎌내, 우린 너희를
놓지 않을 거야.

　장례식 날, 아빠로부터 장미꽃이 도착했다. 반드시 흰색
이어야 한다고 부탁했다. 우리는 빈소를 극장 무대처럼 만
들었다. 엄마의 마지막 무대, 마지막 퍼포먼스를 위해서.
관 속의 엄마는 숭고한 아름다움이어야 했다. 우리는 빈소
가 장미 화원처럼 보이길 바랐다. 그래서 아치형 통로를 세
웠고, 그런대로 가지 시렁처럼 보이는 구조물도 세웠다. 하
얀 장미로 피라미드 모양의 화환도 만들었다. 오직 흰 장
미, 수백 송이의 흰 장미로만. 엄마의 거대한 초상화도 가
져왔다. 아빠의 친구인 화가가 목탄과 연필로 그린 흑백

초상화였는데, 어린 시절 내내 피아노 위에 군림하듯 자리하고 있던 것이었다. 엄마는 자신을 정말 잘 표현했다면서 좋아했지만, 난 너무 매끈하기만 한 그 그림이 싫었다. 엄마의 미모만 단조롭게 나타냈기 때문이었다. 아무튼, 이 장례식에서는 언니와 내가 발언권을 가진 유일한 사람들이었다. 아빠는 장례식에 오지 않았다. 8월 초는 파리 전체가 피서지로 옮겨가는 때이다. 아빠까지 포함해서. 아빠는 브르타뉴 별장에서 이곳까지 왔다가 되돌아갈 시간이 되지 않는다고 했다. 흔들리지 않는 헌신을 보여준 친구들만이 우리와 함께하기 위해서 바캉스 계획을 포기했다. 엄마에게는 이제 친구가 없었다. 엄마가 그들 모두를 소진해버린 탓이다. 심지어 엄마의 어릴 적 친구이자, 항상 옆에 있던 친구이며, 큰언니 같았던 그분조차도. 엄마가 살아 있는 동안 항상 그 자리에 있어준, 마음의 언니였던 그분조차도 전의를 상실하고 갑자기 불참을 알려왔다. 엄마의 죽음을 전하려고 전화를 했을 때 엄마보다도 남겨진 우리 때문에 마음이 아픈 것 같았다. 그러면서 장례식장에 오지 않겠다고 분명하게 의사를 표시했다. 얼마 전에 태어난 손녀를 데리고 아들과 함께 여행을 떠나기로 했는데, 예정대로 그냥 떠나겠다고 했다. 아줌마, 우리 엄마 장례식에 오시지 않는다고요? 우린 믿기지 않았고 당황했다. 아니, 정말이지 너무 늦어버렸다. 아줌마는 엄마를 위해 필요 이상의 노력을 했다. 어쩌면 아줌마는 일찌감치 엄마의 초상을 치렀는지도 모른다. 엄마가 죽기도 전에 미리.

엄마의 남편은 아직 아내의 시체를 보지 못했다. 두 사람은 그의 가족을 위해서 결혼했다. 신실한 이슬람교 집안인지라, 결혼식도 올리지 않은 채 함께 산다는 건 생각도 할 수 없는 일이었다. 그래서 엄마는 일곱 번째로 성을 바꿨다. 이번엔 아프리카 성이었다. 결혼식 날엔 머리쓰개를 하고, 목에는 행운의 부적을 걸었다. 이슬람 성자 앞에서 두 사람의 결혼을 선포하는 날 그 남자의 할머니, 누이들과 여자 사촌들, 이웃 여인들이 엄마 곁에 있었고, 티에부디엔을 먹은 후에 결혼식은 끝이 났다. 두 사람은 함께 살기 위해서 만난 지 얼마 되지 않아서 금방 결혼했고, 엄마는 엄마가 죽은 바로 그해에 결혼을 공식화하기 위해 우리들에게 나와 동갑인 남편을 소개할 계획을 세웠다. 그리고 그의 가족들과 함께 모두를 한자리에 모으고 싶다고 했다. 그런데 마지막 순간에 모호한 이유로 모든 계획을 포기했다. 뭔가 커플 사이에 힘든 문제가 있다는 인상을 받았다. 엄마는 부쩍 짜증이 늘었고, 대하기 까다로운 사람이 되어 있었다. 육체적으로도 정신적으로도 너무 힘들어했다. 아픈 데가 한두 군데가 아니었다. 배도 아프고, 기관지도 아프고, 고관절도 아프고, 마음도 아팠다. 엄마는 고통스러웠다. 엄마의 안녕에 책임이 있는 언니와 나, 우리 중 누구도 측량할 수 없는 무서운 고통이었다.

관 뚜껑을 닫기 전에 우리는 엄마의 아파트에 들렀다. 문을 열고 들어서자, 역한 오줌 냄새가 났다. 엄마의 몸이 죽어가면서 쏟아낸 오줌이 침대에 젖어 있었다. 엄마의 물건들을 분류하고 세탁하고, 청소해야 했지만, 그 일을 할 시간은 아직 몇 주일이나 남아 있었다. 모든 걸 동시에 할 수는 없었다. 우리는 그곳에서 예상치 못한 편지들을 발견했다. 언니가 태어나고 나서 아빠가 엄마에게 보낸 편지들이었다. 편지에는 엄마가 산후 우울로 힘들어했던 이야기가 적혀 있었다. 엄마가 처음 다카르에 갔던 게 그때였다. 편지와 전보들에 의하면 엄마는 자오선이 지나는 지역에 한 여인과 함께 있었다. 그 여자 이야기를 많이 듣긴 했지만, 한 번도 본 적은 없었다. 우리는 옷장을 뒤지다가 이브 생로랑의 블라우스들을 발견했다. 엄마 아빠의 화려한 시절을 기억나게 해주는 옷들이었다. 그중에 가슴 장식이 달린 아주 풍성한 옷이 눈에 띄었다. 아마도 나를 임신한 엄마가 결혼식에서 입었던 옷이었을 것이다. 우리는 장례식

때 엄마에게 그 옷을 입혀드리기로 했다. 나는 엄마를 떠나보낼 준비를 했다. 울지 말자고 몇 번이나 나 자신과 약속했다.

법의학연구소에서 페르 라셰즈로 향하는 이 마지막 여행에서 언니와 나는 흰 장미 꽃잎들을 두 팔에 가득 안았다. 꽃잎으로 관을 가득 채울 참이었다. 그 슬픔과 공포의 날 이후로 아직 엄마를 보지 못했던 언니는 그날에야 엄마를 보았다. 우리는 엄마 집에 있던 옷들을 골랐다. 검소한 옷들이었다. 엄마의 마지막 남편이 편지 한 장을 썼는데, 그는 고인의 가슴 위에 그 편지를 놓기 전에 우리에게 보여주겠다고 고집했다. 그는 편지 끝에 자신의 피 한 방울로 서명을 대신했다. 나는 가슴이 조여오는 고통에도 불구하고, 그 우스꽝스러운 행동 앞에서 그가 연민으로 괴로워하고 있다는 걸 느꼈다. 아이고, 이 한심하고 멍청한 계집애야! 엄마가 나를 향해 말하는 소리가 들리는 것 같았다. 한심하고 멍청한 계집애! 언니가 엄마의 부패한 얼굴에 수없이 입을 맞추고, 눈물을 적시기 시작했다. 언니는 엄마의 몸 주위에 하얀 꽃잎을 미친 듯이 뿌려댔다. 우리는 방부 처리를 하는 사람에게 엄마의 손을 드러내서 가슴에 얹게 해달라고 부탁했다. 하지만 그는 엄마의 손이 보여줄 상태가 안 된다고 말했다. 시신이 이미 12일이나 됐습니다. 12일은 너무 긴 시간이지요. 언니는 엄마의 몸을 보고 싶어 했다. 그래서 엄마의 옷자락을 들추려고 시트를 걷었다. 그러고는 마치 사람들이 보는 앞에서 수유를 위해 자기 엄마의 옷을 풀어헤칠 권리가 있는 아기처럼 옷자락을 잡아당겼다. 옆에 서 있던 나는 언니에게 제발 멈추라고 간청했다. 언니는 잠깐 안을 들여다보고는 급히 동작을 멈췄다. 어린 소녀 때, 엄마가 과장한다고 생각해서 엄마를 자제시키던 때의 표정을 지으면서 샐쭉해졌다. 관이 다시 닫혔다. 피아노 연주와 고별인사 낭독 후에 나무관은 화장로로 들어가서 불태워졌다. 우리는 곧 엄마의 유골이 담긴 대리석 유골함을 받았다.

언니와 나는 각각 엄마가 우리를 출산했던 나이가 되었다. 서른 살과 서른두 살. 엄마는 우리를 여기까지, 엄마가 어머니가 되던 나이까지 이끌고 온 것이다. 엄마는 우리에게 선물을 주는 데 성공했다. 부고란에 엄마의 사망을 알려야 하는, 슬픔을 느끼는 유일한 생존자들인 언니와 나는 어깨를 맞대고 여기 이렇게 함께 있다. 엄마의 엄마는 세상을 떠났다. 마침내 엄마의 아빠까지도. 우리는 이제 성인이고, 여인이었지만 절대로 다음 단계로 넘어갈 수 없을 것처럼 보이는, 유년기로 되돌려진 고아였다. 할머니와 할아버지가 돌아가셨을 때 엄마가 느꼈을 정신적 고통의 크기를 측량해보기 시작한 건 그때부터였다. 그분들의 죽음이 엄마에게는 마지막 둑이 무너진 것과 마찬가지였으리라. 엄마는 두 분의 뒤를 이어 자신도 영원히 떠날 것을 스스로에게 허용했다. 엄마의 시신을 화장한 그날, 엄마의 부재로 헛헛한 공허함에 삼켜진 언니와 나는 서로의 손을 꽉 그러쥐었다. 마치 허공 속에서 나뭇가지 하나라도 붙잡으려는 듯이…… 우리는 엄마의 유골과 만날 약속을 했던 그 방, 그 엄숙한 방 안에 와 있는 슬픈 모습의 친구들을 주의 깊게 살펴보았다. 그러자 엄마의 부재가 다시 한 번 나를 후려쳤다. 가학적인 잔인함으로 후려치는 따귀였다. 그 자리에 와 있지 않은 아빠를 용서할 용기가 없었다. 아빠는 어떻게든 우리 가족에게 돌아와서 함께 있어야 했다. 그래서 자신에게도 엄마가 무척 소중한 사람이었다고, 그녀를 너무 사랑했다고, 항상 사랑했었다고, 우리와 똑같은 고통을 느끼고 있다고 말했어야 했다. 나는 아빠가 딱 한 번만, 엄마 곁이라는 자신의 위치를 되찾아주길 바랐다. 마지막으로 딱 한 번만. 하지만 그의 여왕은 이미 오래전에 그에게서 벗어났다. 떠난 여왕은 되돌아오지 않을 것이다.

우리는 언니 집 주방에서 유골함에 속으로 고개를 처박고 재들을 샅샅이 조사했다. 아직 파쇄되지 못한 뼛조각이 없길 바랐다. 그런 다음 유골함의 뼛가루를 작은 비닐봉지들 안에 옮겨 담았다. 한 숟가락, 한 숟가락 조심스럽게 떠 담았다. 어린 시절에 쓰레기봉투 안에 쏟아버렸던 담배꽁초의 산들을 떠올리게 했다. 우리는 세네갈의 세관을 통과하기 위해 모두 8개의 차통 안에 고이 감췄다.

내가 정찰병으로 먼저 출발했다. 내 연인과 친구들과 함께. 만일에 대비해서 저마다 다른 비행기를 타는 게 좋겠다고 생각했다. 세네갈에 도착하자마자 첫눈에 발견한 엄마의 집은 내게 기념비 같은 장소였다. 엄마는 짐을 많이 옮겨다 놓지 않았다. 그 집은 여전히 공사 중이었다. 엄마가 그곳에다 만들고 싶었던 것들이 워낙 거창했기에, 계속해서 조금씩 덧붙이고, 잇고, 추가시켰다. 엄마는 그곳에서 다시 개 한 마리를 키웠다. 현관에 도착했을 때만 해도 그것을 잊고 있었다. 엄마의 집은 해변이 보이는 인기 있는 동네 한가운데 위치했다. 엄마는 요프에 살았다. 다카르 북쪽, 공항으로 가는 길에 있는 동네였다. 드넓게 펼쳐진 해변, 바다와 땅의 경계선에서 파도가 수많은 쓰레기를 기다란 롤러처럼 휩쓸어가곤 했다. 갑자기 이는 큰 파도의 위험성을 아직 모르거나 혹은 부모의 주의를 무시한 어린아이들이 파도에 삼켜지는 사고도 가끔 있었다. 아무도 그곳에서 개를 데리고 산책하지 않았다. 엄마는 생애 마지막 즈음엔 완전히 현실 감각을 잃어버렸다. 이런 기후와 환경에서, 게다가 종교적 이유로 개라면 기겁하고 혐오하는 이슬람 동네에 살면서, 순종 말만큼이나 다루기 어렵고 혈기왕성한 데다, 덩치도 망아지만 한 독일셰퍼드를 골랐다는 사실이 명백한 증거다. 엄마는 개를 집 안에 들이기까지 남편관 아주아주 많은 협상을 해야 했을 것이다. 난 집에 도착하자마자, 그의 뜻에 동의한다고 말했다. 우리는 그 녀석을 처분하기로 했다.

다음 날 아침, 주방 찬장에서 커피를 찾았다. 역한 냄새의 커피가 담긴 커다란 금속 상자를 꺼냈다. 엄마는 복잡하게 만드는 에스프레소보다 언제나 그 커피를 좋아했다. 엄마에게 에스프레소를 만들어주면, 엄마는 늘 찬물을 더 부으라고 했다. 나는 커피를 마시기 위해서 그간 방치되었던 테라스에 가서 자리를 잡았다. 아마도 아프리카에서는 네스카페가 제일 좋은 커피인 듯했다. 커피 잔 가장자리에서 엄마의 향기가 났다. 결국 눈물이 터졌다. 울음은 멈출 줄 모르고 계속되었다. 이런 나를 봤다면 엄마가 따귀 한

대를 날렸을 거라는 생각이 들자 감정이 북받쳤다. 마치 엄마 목소리를 실제로 듣기라도 한 것처럼 더욱 큰 소리로 울었다. 엄마에 대한 기억들이 내 머릿속으로 마구 침범해 들어오는 걸 막을 길이 없었다. 그 기억들은 마치 기마 부대처럼 공격해 들어왔고, 전속력으로 달려들었다. 한참을 울고 난 뒤에 문득 현관 외부 벽에 달려 있는 종을 발견했다. 코레즈 집에 있던 종이었다. 식사 시간 때마다 엄마는 종을 쳐서 우리를 식당으로 불렀다. 오, 제발 나 좀 살려줘. 망할 놈의 저 종! 오, 살려줘. 코레즈! 다카르에 코레즈를 재건축할 수 있는 사람은 엄마밖에 없었다! 정말이지 엄마뿐이었다. 엄마는 놀라운 사람이다. 그 누구로도 대체할 수 없는 존재다.

언니와 동행자들이 며칠 뒤에 도착했다. 다행히 잃어버린 가방은 하나도 없었다. 여덟 개의 봉지가 모두 무사히 모였다. 그게 제일 중요했다. 언니 일행이 도착한 날 밤, 공항 계류장에는 열대 계절풍이 열대성 비를 쏟아붓고 있었다. 먼지와 공해가 뒤섞인 무거운 비였다. 나는 자동차 안에서 머리를 차창에 기댄 채, 터미널 주위에 새까만 호수가 만들어지는 장면을 바라보았다. 공항은 늦은 시간인데도 사람들로 북적거렸다. 공항에서 나온 사람들이 임시로 만든 차양 밑에 자발적으로 줄을 섰다. 나는 차창에 입김을 불고, 그 위에 작은 십자가들을 그렸다. 유리창으로 흐르는 빗방울의 리듬에 따라 내 뺨에도 계속 눈물이 흘렀다. 언니가 우산 대신 가방을 머리 위에 이고서 주차장을 가로질러 오는 게 보였다. 그 뒤에 친구들이 따라오고 있었고, 엄마의 남편이 10미터쯤 앞장서서 걸었다. 물이 복사뼈 위까지 차올랐다. 언니는 차 문을 딸깍하고 열자마자, 내게 욕을 하기 시작했다. 엄마가 아프리카에서 살려고 프랑스를 떠난 게 내 책임도 아니고, 지금이 때마침 우기인 것도 내 잘못은 아닌데! 자신의 건강 상태에 대해 필요 이상으로 염려하는 데 있어서는 언니가 아빠보다 더 심했다. 언니, 말라리아 예방약 먹었어? 그걸 말이라고 해? 말라리아까지 걸려서 돌아간다면 참 가관일 거야! 우리는 엄마 집에서 밤을 보냈다. 갑작스러운 정전, 거리 아이들의 시끄러운 소리, 거실 안의 젖은 개에게서 나는 냄새, 발전기 돌아가는 소리, 윙윙거리는 에어컨 소리, 모든 사람을 짜증스럽게 만드는 모기들의 앵앵거리는 소리 속에서. 언니는 자기와 친구들을 위해서 메리디앙 데잘마디 호텔에 방을 예약해두었다. 우리가 재를 뿌리기 위해 정한 바다 바로 옆이었다. 엄마는 이곳에 와서 보낸 처음 몇 년간은 이 호텔의 풀장 밖에서 세네갈 여자 친구들과 함께 오후를 보냈다. 엄마는 새 친구들에게 아페리티프와 미니어처 우산으로 장식한 칵테일을 대접하곤 했다. 알마디 구역은 엄마가 좋아하던 곳이었지만 그곳에서 살고 싶어 하지는 않았다. 한결같이 너무나 백인스러웠고, 새롭고, 부유한 티가 좔좔 흐르고, 겉치레로 눈을 끄는 곳이었다. 엄마가 그곳을 좋아했던 이유는 메리디앙 호텔과 조금 떨어진 곳에 있는 레스토랑 때문이었다. 엄마의 남편이 바다가 보이는 해변에 자리한 그 레스토랑을 알려주었다. 그는 엄마가 일몰을 즐기던 그곳에다 자기의 재를 뿌려줬으면 했다고 말했다. 2년 전에 내가 다카르에 왔을 때, 그가 나를 레스토랑에 데리고 가서 포도주 한 잔을 사주었다. 그때 그는 여행사 가이드 같은 어투로 이렇게 선포했었다. 자, 여기가 아프리카 대륙의 서쪽 끝, 최서단입니다. 그리고 이런 농담도 덧붙였다. 여러분, 잘 보시면 아마 뉴욕이 보일 겁니다!

드디어 그날이 왔다. 우리는 여자 남자 할 것 없이 모두 엄마의 옷장에서 마치 새 둥지의 알을 꺼내듯이 세네갈의 날개옷을 하나씩 꺼내 입었다. 알록달록한 옷들이었다. 그 지역에 사는 엄마 친구들이 우리를 맞으러 와서, 머리에 두건을 감아주었다. 우리는 아프리카 사람들처럼 위장하고서, 비닐봉지 하나씩을 팔에 끼고 산책하듯 길을 나섰다. 투명한 비닐봉지 밖으로 쿠스미 차통이 보였다. 해변에 젬베 연주자들이 북을 갖고 와 앉아 있었다. 카누 조종사도 미리 시간 약속을 해놓은 상태였다. 우리는 배에 올라탔다. 하지만 모두가 탈 수 없다는 게 분명해서, 몇 명이 자발적으로 해변에 남겠다고 양보했다. 해변에서 기다리겠다고 양보해준 내 친구 하나가 엄마를 위해 자기 머플러의 한쪽 끝을 찢어서 건네주었다. 몇 명이 해변에 남았는데도 소형 보트에 타기엔 여전히 많은 수였다. 생각보다 물이 너무 많이 튀겨서 바다로 뿌려지기도 전에 재가 진흙으로 변할 위험이 있었다. 우리는 먼바다를 향해 100미터 정도 나아가서 멈췄다. 기도를 하고 싶었지만 언니와 나는 청원 기도문밖에 몰랐다. 우리는 서로 눈길을 주고받았다. 그리고 서투른 몸짓으로 목마처럼 앞뒤로 흔들리는 배 위에서 저마다의 봉지를 비우기 시작했다. 바람이 불어오는 통에, 뿌린 재가 다시 우리에게로 날아와 젖은 눈썹에 달라붙었다. 손도 재로 덮였다. 우리는 가루가 하나도 남지 않을 때까지 그 일을 계속했다. 그런 다음 친구가 맡겼던 천 조각을 바다에 던졌다. 언니가 왜 바다에 헝겊 쪼가리를 던지느냐고 물었지만 설명할 말을 찾지 못했다. 그저 침묵으로도 충분할 것이다. 이제 돌아갈 때였다. 그때 다시 모터를 작동시키던 카누 조종사가 말했다. 모터가 움직이지 않는다고. 그러고 보니 우리가 탄 배는 이미 작은 만 밖으로 나와서 흔들리고 있었다. 더는 해변이 보이지 않았다. 우리 배는 바위들에 둘러싸여 있었고, 갑자기 일어난 파도를 타고 바위 쪽으로 빠르게 밀려가고 있었다. 아, 엄마, 제발! 이건 아니잖아! 언니가 외쳤다. 애원이 점점 더 간절해지기 시작했다. 엄마의 바보 같은 생각 덕분에 우리 모두 바위에 충돌하여 죽게 될 것이다! 그때 모터가 다시 움직이기 시작했고, 그 소리에 우리도 안도의 한숨을 쉴 수 있었다. 우리의 한숨은 금방 미친 듯한 웃음으로 변했다. 굳이 말하지 않아도 못 말리는 엄마의 장난이라는 걸 알 수 있었다. 망할 놈의 그 장난! 떠나는 마당에도 엄마는 자신의 규율을 따르게 하려고 찾아온 것이다. 애들아, 왜들 그렇게 찌그러진 울상을 하고 있니! 그 못생긴 얼굴로 찌푸리는 것 좀 그만두지 못해? 그러지 말고 배꼽 잡고 웃으란 말이야, 제기랄. 내가 뭐라고 했니? 축제를 열어달라고 했잖아. 난 좀비들의 행렬을 보고 싶지 않단 말이야!

언니와 나는 그 후 며칠을 엄마의 물건들을 분류하고, 엄마가 남편에게 주고 싶어 했던 자동차 소유권 이전에 필요한 일을 하면서 보냈다. 엄마의 은행 계좌는 언제나처럼 적자 상태였다. 우리가 돈을 아는 나이가 되고부터는 거의 늘 그랬었다. 엄마가 서재로 사용하던 방에서 우리는 종이 한 뭉치를 발견했다. 그 종이들에는 예전의 일을 떠올리는 듯한 짧고도 난해한 글들이 휘갈기듯 씌어 있었다. 지칠 줄 모르고 글쓰기에 열중해 있던 엄마를 다시 보는 듯했다. 여전히 바둑판무늬의 줄이 그어진 오렌지색 로디아 노트 위에 여전히 녹색의 펜탈 수성 펜으로 쓴 글들이었다. 숫자, 철학적 사색, 완성되지 않은 문장들, 이름들, 선언의 문장들이 적혀 있었다. 추상적이거나 구상적인 그림들이 서투르게 그려진 수백 장의 낱장 메모지들 가운데서 아빠의 사진들도 발견되었다. 우리는 아빠가 엄마를 만나러 다카르에 왔었다는 것도 몰랐다. 우편엽서들도 있었다. 아빠가 쓴 것도 있고, 우리가 모르는 사람들이 보낸 것들도 있었다. 엄마는 우리와 멀리 떨어져서, 아프리카의 대도시에서 살았다. 그리고 우리의 삶과 다른 삶을 재건축했다. 우리와 관계없는 삶이었다. 우리는 엄마가 잘 살고 있는 한, 큰 곤경에 처하지 않는 한, 엄마를 간섭하지 않고 조용히 지내게 놔두었다. 그리고 엄마의 일상이나 엄마가 교분을 나누고 있는 사람들에 대해서 일절 궁금해하지 않았다. 엄마도 성인이고, 스스로 알아서 할 수 있으니까. 엄마는 수도 없이 말했다. 나도 성인이야, 알아? 나도 모든 걸 스스로 알아서 다 할 수 있다고! 니들도 언젠가는 내 구좌에 관해 묻는 걸 그치겠지. 제발 부탁이야. 얼마 있느냐고 묻는 것 좀 그만해. 매일 구좌, 구좌! 제발 좀 그만하라고! 엄마는 예순두 살의 나이에도 엉덩이와 돈으로 자신이 원하는 건 모두 할 수 있었다. 비록 아빠의 돈이긴 했지만, 그 돈을 받을 자격이 있었다. 엄마는 우리를 떠나는 시간은 자신이 정할 거라고 말하곤 했었다. 휠체어에 앉아서, 혹은 노망이 나서 우리에게 의존한 채 생을 마칠 생각은 눈곱만치도 없었다. 엄마는 위엄 있게 떠날 거라고, 여왕의 모습으로 우리를 떠나겠다고 입버릇처럼 말했다. 우리는 엄마의 노트들을 자세히 조사했다. 마치 암호 메시지라도 찾으려는 것처럼, 엄마가 우리에게 귀띔해주는 다른 설명이라도 찾으려는 것처럼 각 단어를 세심하게 읽었다. 이젠 질렸어, 난 충분히 줬어. 우리는 그 뜻을 해석할 수 없었다. 어느 엄마가 딸들에게 충분히 줬다고 말할 수 있을까? 엄마가 옳았다. 하지만 결코 충분하지는 않았다. 우리에겐 그랬다. 엄마는 우리를 잘못 길들인 것이다. 우리는 항상 더 원했다. 우리는 엄마에게 중독되어 있었다. 이 세상에서 엄마의 존재는 총계였다. 엄마는 우리의 전부였다. 그런데도 우리는 배은망덕했다. 왜냐하면 우리는 엄마의 자식들이었으니까. 서른 살, 서른두 살이어도 우리는 엄마의 아기들이고, 사랑스러운 딸들이었으니까. 그리고 엄마의 표현대로라면 '엄마의 망할 년들'이었으니까. 우리는 아직 엄마가 우리 곁을 빠져나가도록 내버려둘 수 없었다. 눈물은 결국 나를 대서양 저편에서 아케론 강기슭까지 데리고 가고 말 것이다. 적어도 이 흐느낌이 끝나지 않으리라는 걸 알 수 있었다. 그 흐느낌이 세상의 모든 바다 중의 바다로 흘러 들어갈 때, 슬픔은 여전히 내 가슴을 죄어오면서, 결코 나를 떠나지 않을 것이다.

언니가 다카르에 도착하기 전날 밤, 나는 책상 서랍에서 봉투 하나를 발견했다. 아직 사용하지 않은 새 봉투지만, 아주 오래된 봉투였다. 과거로부터 온 새 봉투. 봉투는 닫혀 있지 않았다. 난 기계적으로 봉투의 덮개를 열었다. 아무 거리낌 없이(죽은 자들은 더는 숨길 게 없으므로). 그리고 그 봉투에서 천천히 종이 한 장을 꺼냈다. 눈에 익은 푸른 빛과 분홍빛 줄이 그어진 종이였다. 그것은 반으로 접혀 있었고, 종이를 펼치는 순간 초등학교 때의 내 글씨체를 단번에 알아볼 수 있었다. 눈물에 잠겨 뿌연 시야 속에 흐릿하게 겹쳐져 보이는 글씨를 읽을 수 없었다. 아니, 읽을 필요가 없었다. 이미 그 시를 다 외우고 있었으니까. 마치 성도들이 기도문을 외우듯이.

엄마, 엄마,

날 너무나 사랑하는 엄마

왜 내게 한마디 말도 없이 떠나버렸어요?

지금 나는 괴로워

엄마를 다시 못 볼까 봐 괴로워.

사람들이 어떻게 했기에 엄마가 떠난 거예요?

편지 한 장 없이…

그 떠남이 엄마가 원한 것이었기를.

하지만 엄마가 기뻐하고 있는지 내가 어떻게 알 수 있을까?

엄마는 지금 울고 있을까? 웃고 있을까?

아마 엄마도 지금쯤 늙어가고 있겠지?

엄마도 잠 못 이루고 있기를!

하지만 엄마, 이건 꼭 알고 있어야 해요, 내가 엄마를 사랑한다는 걸.

이 시에서 말한 것만큼 깊이깊이!

옮긴이 김주경

전문번역인. 이화여자대학교와 연세대학교 대학원에서 불어불문학을 전공했다. 리옹2
대학 불어불문학 박사과정을 수료했다. 옮긴 책으로는 《신은 익명으로 여행한다》, 《해
저 2만리》, 《80일간의 세계일주》, 《이방인》 외 다수가 있다.

나의 카트린

2019년 12월 12일 초판 1쇄 인쇄
2019년 12월 19일 초판 1쇄 발행

지은이 | 비올렌 위스망
옮긴이 | 김주경
발행인 | 윤호권
책임편집 | 조예원
책임마케팅 | 정재영 임슬기 박혜연

발행처 | (주)시공사
출판등록 | 1989년 5월 10일(제3-248호)

주소 | 서울특별시 서초구 사임당로82(우편번호 06641)
전화 | 편집 (02)2046-2869 · 마케팅 (02)2046-2883
팩스 | 편집 · 마케팅 (02)585-1755
홈페이지 | www.sigongsa.com

ISBN 978-89-527-4182-0 03860

이 도서의 국립중앙도서관 출판예정도서목록(CIP)은 서지정보유통지원시스템 홈페이지
(http://seoji.nl.go.kr)와 국가자료종합목록 구축시스템(http://kolis-net.nl.go.kr)에서 이용하
실 수 있습니다. (CIP제어번호 : CIP2019045944)